LA RUMEUR

Du même auteur :

Beach Club, Michel Lafon, 2001.
Les Nuits de Nantucket, Michel Lafon, 2002.
Pieds nus, Lattès, 2009.
L'Été sauvage, Lattès, 2011.
L'Été de la deuxième chance, Lattès, 2012.
Secret d'été, Lattès, 2013.
Un si beau jour, Lattès, 2014.
L'Entremetteuse, Lattès, 2015.

www.editions-jclattes.fr

Elin Hilderbrand

LA RUMEUR

Roman

Traduit de l'anglais
par Perrine Chambon

JC Lattès

Titre de l'édition originale :
The Rumor
publiée par Little, Brown and Company, New York

Maquette de couverture : Atelier Didier Thimonier
Photo : © Magnus Fond / Getty Images

ISBN : 978-2-7096-5071-7

Première édition juin 2016.

C'est avec gratitude et humilité que je dédie ce livre au Dr Michelle Specht pour m'avoir sauvé la vie et au Dr Amy Colwell pour avoir sauvé mon corps.
#mamastrong

NANTUCKET

On n'aimait pas les ragots. On les adorait.

Est-ce que tu es au courant ?

La plupart du temps, vivre à Nantucket nous réconfortait ; on avait l'impression que l'océan nous tenait au creux de sa main. Mais parfois, cette île nous pesait et nous agaçait. L'hiver était difficile à supporter. Quant au printemps, il était pire encore, parce qu'il ressemblait exactement à l'hiver, sauf pendant quelques brèves semaines.

Que disait T.S. Eliot, déjà ? « Avril est le mois le plus cruel. »

Les ragots se propageaient toujours de façon effrénée au printemps. Ils coulaient comme l'eau d'un ruisseau après le dégel ; ils se répandaient comme du pollen. On ne pouvait pas s'empêcher de les répéter, de la même façon qu'on ne pouvait s'empêcher de frotter nos yeux allergiques.

Nous n'étions pas mal intentionnés, méchants ou cruels. On mourait simplement d'ennui et après une longue période sans les touristes, l'argent ou la magie de l'été, nos réservoirs étaient vides.

De plus, on était des êtres humains, en proie à la curiosité. On avait conscience que des choses se passaient ailleurs dans le monde, qu'on décodait des génomes humains sur le campus du MIT, que les plaques tectoniques bougeaient en Californie, que Poutine faisait la guerre à l'Ukraine, mais ces événements ne retenaient pas autant notre attention que ceux qui se déroulaient sur les cent soixante-huit kilomètres carrés de notre île. On échangeait des ragots chez le coiffeur, chez l'esthéticienne, au rayon « produits frais » du supermarché, au bar du Boarding House ; on recommençait le vendredi soir pendant l'apéritif au Club de pêche, le samedi à 17 heures entre les prie-Dieu de la messe et quand on faisait la queue pour acheter le *New York Times*, le dimanche matin.

Est-ce que tu es au courant ?

Personne ne pouvait prévoir qui serait notre prochaine cible. Mais si quelqu'un nous avait dit, pendant ce mois d'avril glacial et gris, qu'on passerait le plus clair de l'été à parler de Grace et Eddie Pancik...

... de Trevor Llewellyn et Madeline King...

... et de Benton Coe, le célèbre paysagiste...

... on serait sans doute restées muettes de surprise.

Non, c'est pas vrai.

Impossible.

C'était les gens les plus gentils qu'on connaissait.

AVRIL

Madeline

Les deux premiers coups de téléphone venaient de Marlo, l'assistant d'Angie, et le troisième était d'Angie en personne. Madeline ne répondit pas.

Elle savait ce qu'Angie allait dire parce que Marlo avait lui-même été assez clair : il leur fallait un résumé de son nouveau roman d'ici vendredi, lundi au plus tard. Ils avaient des délais à respecter.

Quand Madeline écouta le message d'Angie, elle écarta le téléphone de son oreille, comme si cela pouvait en atténuer la portée.

« Nouveau roman. Vendredi. Lundi au plus tard. Je suis sûre que tu en es consciente, Madeline. »

Madeline était assise au bar de sa cuisine, son carnet vierge posé devant elle. Son précédent roman, *Islandia*, lui était venu aussi facilement que le sirop d'érable sortant de la bouteille. Elle avait progressé lentement, ligne par ligne, paragraphe par paragraphe, mais elle avait toujours su où elle allait. *Islandia* était une dystopie décrivant Nantucket dans quatre cents ans. L'île était peu à peu engloutie par l'océan Atlantique à cause du réchauffement climatique. Tout le monde était fichu, sauf les protagonistes,

Jack et sa cousine Diane (baptisés ainsi en hommage à la chanson préférée de Madeline quand elle était jeune), deux adolescents qui parvenaient à survivre grâce à un bateau pneumatique jusqu'à la fin du roman.

Madeline attribuait son inspiration aux sept mois qu'elle avait passés à s'occuper de son beau-père, Big T., avant sa mort. Son cancer de la prostate s'était étendu provoquant des métastases au cerveau et au foie et même si cela avait considérablement affecté Madeline, ça avait eu un effet bénéfique sur son imagination. Ses pensées étaient occupées par la maladie, la déchéance physique, la déchéance de l'humanité. À la suite de ça, elle avait lu un article passionnant dans le *New Yorker* (auquel elle s'était abonnée à l'âge de dix-neuf ans dans le but de se cultiver). D'après cet article, si l'humanité ne modifiait pas ses habitudes de consommation, des îles comme Nantucket et Martha's Vineyard, ainsi que des îles-barrières comme les Outer Banks seraient englouties en moins de quatre siècles.

Islandia marquait une rupture avec ses deux précédents romans plus autobiographiques, *The Easy Coast* et *Hotel Springford*. Il avait été bien accueilli par sa maison d'édition, qui le considérait comme un livre « plus important ». L'agent de Madeline, Redd Dreyfus, avait ensuite négocié un excellent contrat, une avance à six chiffres pour ses deux prochains livres. Cette nouvelle avait été tellement excitante et inattendue que Madeline avait eu du mal à y croire.

Mais la plus grande partie de cette avance avait été placée dans un investissement avec Eddie. Et Madeline était sommée de proposer au moins une idée pour son prochain livre. Elle était censée fournir un résumé d'une centaine de mots pour les représentants.

Mais elle n'avait rien écrit.

Elle était bloquée.

Elle fut tirée de son angoisse par le ronronnement d'une camionnette UPS et le bruit d'un paquet déposé sur le seuil de sa porte. Elle sortit en hâte dans l'espoir de trouver un carton contenant une idée géniale pour son nouveau roman, mais au lieu de ça, elle y découvrit les photos de classe de son fils, Brick.

Elles étaient magnifiques.

Madeline s'assit sur la marche du perron, même s'il faisait un froid glacial et qu'elle n'avait pas mis son manteau. Elle était fascinée par ce portrait qui rappelait à la fois le petit garçon que Brick avait été – avec ses cheveux blonds épais, sa fossette dans la joue droite – et l'homme qu'il était en train de devenir. Il ressemblait à Trevor et Big T. mais avait les yeux bleus de Madeline ainsi que son sourire (qui laissait voir un peu trop ses gencives, avait-elle toujours trouvé). Elle rentra dans la maison avec les portraits et sortit du secrétaire toutes les photos de classe de Brick qu'elle aligna sur le tapis, depuis la maternelle jusqu'au lycée.

Beau garçon, pensa-t-elle. Elle avait absolument voulu un deuxième enfant, mais après trois fausses couches, elle avait abandonné.

Elle se demanda si Grace avait reçu le portrait des jumelles et si elle était en train de faire exactement la même chose chez elle, à Wauwinet Road. Madeline prit son téléphone en pensant très brièvement au message angoissant d'Angie, et elle appela Grace.

Aucune réponse sur sa ligne fixe. Peut-être qu'elle était dehors et s'occupait des poulets. Ou bien dans le jardin. Ou peut-être qu'elle avait une migraine. Avant, Madeline notait les dates des migraines de Grace sur un calendrier dédié jusqu'à ce que Trevor tombe dessus et lui dise que si elle n'était pas plus productive dans son écriture, c'était sûrement parce qu'elle se préoccupait trop de ce genre de choses. Elle avait jeté le calendrier.

Est-ce qu'elle devait appeler Grace sur son portable ? Elle ne répondait jamais ; elle vérifiait ses textos toutes les deux ou trois semaines. Autant lui envoyer une lettre par la poste…

Elle raccrocha sans laisser de message puis ramassa les photos de Brick. C'était officiel : elle n'arrivait à rien dans cette maison. Le lave-vaisselle demandait à être vidé, le linge propre à être plié, les meubles à être époussetés. Il y avait toujours quelque chose : le téléphone sonnait, les éboueurs passaient, il fallait penser au dîner, faire les courses, cuisiner… tous les soirs ! Il fallait toujours emmener ou aller chercher Brick quelque part. Faire réviser la voiture, trier les déchets, approvisionner le compte en banque, payer les factures. Certaines mères de famille disaient à Madeline que ça devait être idéal de « travailler à la maison ». Mais en réalité, c'était une bataille constante entre le travail et la maison.

« Vendredi. Lundi au plus tard. »

La porte d'entrée s'ouvrit puis se referma et Madeline entendit quelqu'un siffloter un air de *Mary Poppins*. Est-ce qu'il était déjà si tard ? Son mari, Trevor, entra, coiffé de son chapeau de pilote si mignon. « Chem-cheminée, chem-cheminée, chem-chem-cheroo ! » Trevor se plaisait à croire qu'il était Dick Van Dyke réincarné.

— Salut ! lança-t-il.

Il prit Madeline dans ses bras. Elle posa la tête sur la chemise et la cravate en polyester fournies par sa compagnie aérienne. Trevor était pilote chez Scout Airlines, qui reliait Nantucket à Hyannis, Boston et Providence.

— Comment s'est passée ta journée ?

Madeline fondit en larmes. Elle n'arrivait pas à croire qu'il soit déjà 17 heures. Comment s'était passée sa journée ? Mais quelle journée ? Sa journée s'était évaporée. Elle n'avait strictement rien fait.

— Je suis bloquée, annonça-t-elle. Je n'ai pas une seule idée et les loups sont à la porte.

— Je te l'ai dit. Tu devrais...

Elle secoua la tête pour le faire taire. Elle savait ce qu'il allait dire. Il allait lui conseiller d'écrire la suite d'*Islandia*. C'était la solution logique à ses problèmes, mais au fond d'elle, Madeline sentait que c'était une solution de facilité. À la fin d'*Islandia*, ses deux protagonistes étaient sains et saufs ; c'était pour elle la fin la plus juste. Elle ne voulait pas annoncer à ses lecteurs ce qui se passait ensuite. Elle se résoudrait à écrire une suite uniquement si elle était vraiment incapable de trouver une nouvelle histoire et de nouveaux personnages.

Le fait est qu'elle en était incapable.

Peut-être que Trevor avait raison. Une suite. Est-ce qu'elle pouvait modifier la fin du monde ?

Elle s'essuya les yeux et leva le visage vers lui pour qu'il l'embrasse.

— Qu'est-ce qu'on mange ? demanda-t-il.

— Une pizza ? Du thaï ?

Il se renfrogna. Elle n'avait rien écrit, mais elle n'avait pas fait les courses ni préparé le dîner non plus. Comment lui expliquer que chercher une idée lui prenait encore plus de temps que l'écriture en elle-même ?

— Je suis désolée.

Il déposa un baiser sur son front.

— C'est pas grave. Allons chercher des pizzas chez Sophie T. Est-ce que quelqu'un ramène Brick à la maison après l'entraînement ?

— Oui, répondit Madeline. Calgary.

Trevor desserra sa cravate et prit une bière dans le frigo.

— Devine qui était sur mon premier vol ce matin.

— Qui ?

— Benton Coe.

— Ah bon ?

Benton Coe dirigeait Coe Designs et c'était le paysagiste le plus prestigieux de l'île. C'était lui qui transformait l'hectare et demi de Grace en un jardin époustouflant, le plus beau de tout Nantucket et probablement de tout l'État du Massachusetts.

Benton Coe était de retour.

Eh bien, voilà qui pouvait expliquer pourquoi Grace n'avait pas répondu à son téléphone.

Grace

Elle avait commencé sa transformation en secret, juste après le 1er janvier, en prévision de ce jour-là.

Le retour de Benton.

Elle s'était inscrite à un cours de vélo en salle et avait perdu neuf kilos et demi, qu'elle avait pour la plupart pris pendant la grossesse des jumelles et jamais réussi à perdre depuis. À présent, elle avait perdu deux tailles et il lui fallait un nouveau jean. Elle avait aussi autorisé Anne, sa coiffeuse, à camoufler ses mèches grises et à ajouter quelques reflets noisette à sa chevelure noire. Pour finir, tout ce temps passé à l'extérieur pour jeter les bases du nouveau jardin et s'occuper des poules avait donné à son visage un hâle printanier.

Elle ne s'était pas sentie aussi bien dans sa peau depuis des années.

Madeline le lui avait d'ailleurs fait remarquer le samedi précédent, alors qu'elles dînaient avec leurs maris à l'American Seasons. Grace et elle étaient allées aux toilettes ensemble, et quand son amie avait aperçu Grace dans le miroir, elle avait dit :

— Tu es canon ! Tout simplement magnifique !

Eddie avait remarqué sa perte de poids (« Tu as l'air en forme, Gracie – plus mince ») mais pas sa nouvelle coiffure. Ses filles, elles, avaient remarqué la coiffure (« Un balayage », avait commenté Allegra, « très bonne idée ») mais pas la nouvelle silhouette svelte de Grace. Elle n'était pas surprise. Eddie était complètement absorbé par ses investissements immobiliers, Hope par ses études et sa flûte, Allegra par son histoire d'amour avec Brick Llewellyn et sa future carrière de mannequin. Pour eux, Grace était une épouse, une mère, une cuisinière, une maîtresse de maison. Une éleveuse de poules qui mettait sur la table des œufs bios. Une hypocondriaque aux « migraines récurrente ». Elle était l'amante d'Eddie tous les dimanches matin et certains soirs de semaine. Grace savait que sa famille l'aimait, mais elle n'était pas au centre de leurs préoccupations comme elle l'avait été quand Eddie et elle étaient jeunes mariés avec deux enfants en bas âge.

Est-ce qu'elle se sentait invisible à leurs yeux ? Un peu, bien sûr. Mais elle ne devait pas être la seule épouse ni la seule mère à ressentir ça.

À 10 heures pile, la grosse camionnette noire de Benton avança dans l'allée et Grace sentit ses oreilles chauffer. Elles allaient virer au rose, signe chez elle de nervosité. Elle avait un petit faible pour Benton Coe, qui ne mènerait nulle part puisque Benton avait une petite amie baptisée McGuvvy et que Grace, bien entendu, était mariée.

Elle le regarda descendre de sa camionnette. Est-ce qu'il avait changé ? Non, il était exactement le même. Très grand (vingt bons centimètres de plus qu'Eddie), aussi large d'épaules qu'un roi ou un conquérant. Il avait des cheveux roux frisés, portait une casquette des Ohio State Buckeyes et avait des pattes-d'oie autour des yeux. Il portait sa tenue habituelle en cette saison, un sweat à capuche bleu marine avec un trèfle à quatre feuilles imprimé dessus (le logo de Coe Designs), un jean et des bottes. Il était légèrement bronzé. Il avait passé l'hiver au Maroc.

Ils étaient amis. Il lui avait manqué. Grace alla l'accueillir à la porte.

— Benton !

Quand il la vit, il fit des yeux ronds, pour le plus grand plaisir de Grace.

— Wouah, Grace, tu es… Waouh ! Je ne sais pas quoi dire !

Elle sortit sur le perron et le serra dans ses bras. Il était tellement fort qu'il la fit décoller du sol. Ils se mirent à rire et Benton la reposa par terre.

— Ça me fait plaisir de te voir, dit-il.

— Moi aussi !

Ils se regardèrent un instant. Grace ne savait pas si ce silence était romantique ou gênant. Gênant, décida-t-elle. Ils étaient amis ; la conversation était censée venir d'elle-même. Elle n'allait pas pouvoir travailler avec lui pendant tout l'été et réaliser leur projet si elle se comportait comme une ado empotée. Il fallait qu'elle réagisse.

— Merci pour tes cartes postales, dit-elle.

— Tu les as reçues ? On ne sait jamais avec la poste à l'étranger.

— J'en ai eu quatre ou cinq, répondit-elle sur un ton qu'elle voulait léger.

Ces cartes, au nombre de cinq et soigneusement rangées dans son tiroir à lingerie, avaient alimenté son petit faible pour lui pendant tout cet hiver gris et froid.

Benton Coe. Sa réputation le précédait : à tout juste quarante ans, c'était le paysagiste le plus talentueux de toute l'île de Nantucket. Il y habitait depuis cinq ans quand Grace l'avait engagé. Au départ, il avait été appelé là par l'association locale de défense du patrimoine pour repenser les terrains de leurs vingt-quatre propriétés. Avant de venir à Nantucket, Benton Coe avait conçu des jardins à Savannah, en Georgie et à Oxford, dans le Mississippi, des endroits si verdoyants – disait-il – qu'on pouvait entendre l'herbe pousser. Il avait grandi à Youngstown, dans l'Ohio, et avait fréquenté l'université d'Ohio State, où son job d'étudiant dans les espaces verts avait fait naître en lui une vocation de paysagiste. Il avait passé un semestre à l'étranger, dans le Surrey, en Angleterre ; il aimait toujours les jardins anglais. C'était ce qu'on faisait de mieux, avait-il déclaré à Grace. Les Britanniques étaient doués pour dominer le monde, mais ils étaient encore meilleurs avec les phlox, les digitales, le buis et les roses.

Quand Benton Coe en eut terminé avec les jardins de l'association de défense du patrimoine (ce qui lui avait valu des récompenses de la part de toutes les associations d'horticulture ou d'histoire de la Nouvelle-Angleterre), tout le monde se l'était arraché. Il avait créé le jardin des Amster à Dionis et des Keppling à Shimmo. Grace avait eu l'occasion de voir son travail en participant au club de jardinage de Nantucket.

Quand Eddie avait acheté la maison à Wauwinet, avec son hectare et demi de terrain vierge, Grace avait saisi sa chance. Elle avait embauché Benton Coe.

Ils avaient tout de suite été sur la même longueur d'ondes. L'été précédent, ils avaient semé de la pelouse et délimité des massifs. Ils avaient creusé, carrelé et rempli la piscine puis érigé un petit pont qui surplombait la crique. Benton avait supervisé la construction de l'abri de jardin et du poulailler. Il y avait beaucoup de décisions à prendre chaque jour. Normalement, les clients de Benton lui donnaient carte blanche. Mais il devait bien admettre qu'il appréciait cette collaboration avec Grace. C'était plus amusant que de tout décider seul. C'était stimulant d'avancer sur un projet avec quelqu'un dont la sensibilité s'harmonisait si bien avec la sienne, disait-il.

Grace était charmée par les mots que choisissait Benton Coe. « Sensibilité. » Est-ce que quelqu'un avant lui avait déjà apprécié la « sensibilité » de Grace ? Son sens de l'esthétique ? Son goût ? Son intuition ? Non, pas à sa connaissance. Elle avait été une fille et une petite-fille obéissante, une sœur tolérante, une étudiante consciencieuse, une serveuse de café acceptable, une épouse et une mère dévouée et une amie exceptionnelle. Mais est-ce que quelqu'un – y compris Eddie ou Madeline – avait apprécié à sa juste valeur sa sensibilité ?

« S'harmoniser » : un verbe si doux, une façon tellement délicate de décrire leur relation sans hauts ni bas, sans tension ni dispute.

Il trouvait ça « stimulant », un mot à la connotation trop sexuelle pour que Grace puisse s'appesantir dessus.

À la fin de l'été précédent, Benton lui avait avoué que ses visites à Wauwinet avaient été les meilleurs moments de la saison. Il avait ajouté que s'il n'avait jamais emmené avec lui Donovan, son associé, c'était parce qu'il voulait garder ce projet rien que pour lui.

Grace comprenait. Elle avait commencé à sentir un tressaillement dans la poitrine chaque fois que sa camionnette noire avançait dans l'allée.

Benton passait à 10 heures tous les matins, du lundi au samedi, même quand ce n'était pas nécessaire. Parfois il ne restait que dix minutes, juste pour un rapide tête-à-tête, autre expression qu'il utilisait souvent et que Grace adorait. Elle imaginait que leurs fronts se frôlaient. Elle imaginait qu'ils s'embrassaient.

Mais… c'était seulement dans son imagination.

L'automne arriva, comme toujours, et ils mirent le jardin au repos. Puis ce fut l'hiver et Benton partit en voyage. La première carte postale arriva de Casablanca ; elle portait le tampon du 4 janvier, jour de son arrivée là-bas. Deux semaines plus tard, une deuxième arriva d'Essaouira, sur la côte ; une semaine après, une autre d'Agdz, dans le désert ; deux semaines plus tard, de la vallée de l'Ourika, dans les montagnes de l'Atlas. Elles disaient toutes la même chose : « Regarde ça ! Bises, Benton. »

Vingt jours s'écoulèrent sans une seule carte et Grace se dit qu'il l'avait oubliée. Ou alors que sa petite amie, McGuvvy, lui avait rendu visite. Mais une nouvelle carte arriva de Marrakech : « Mon endroit préféré entre tous. J'aimerais bien que tu puisses voir ça. Bises, B. »

Cette carte avait réveillé la « sensibilité » de Grace ; elle la relut un millier de fois. Elle s'en servit de marque-pages pour le livre qu'elle lisait alors, *Un thé au Sahara*, de Paul Bowles, qu'elle avait choisi parce qu'il lui donnait l'impression elle aussi de déambuler dans les souks et de traverser les dunes de sable en Afrique du Nord.

Elle pensait sans cesse à cette nouvelle formulation qu'il avait choisie : « J'aimerais bien que tu puisses voir ça. » La sceptique qui était en elle se disait qu'il s'agissait simplement d'une variation du message classique de la carte postale : « J'aurais aimé que tu sois ici avec moi. » Mais la romantique qui était en elle les imaginait en tête-à-tête, côte à côte, admirant le paysage, leurs sensibilités en parfaite harmonie.

Elle adorait le fait qu'il signe toutes ses cartes « B ».

Grace avait rassemblé les cartes postales et les avait placées dans le premier tiroir de sa commode avec ses sous-vêtements, ses soutiens-gorge et son pyjama en soie noir.

— Est-ce que tu veux boire quelque chose ? lui proposa Grace.

Benton claqua des doigts.

— Zut ! Je t'ai ramené un cadeau de mon voyage mais je l'ai oublié à la maison. Je l'apporterai demain.

— Il ne fallait pas, protesta-t-elle.

Un cadeau du Maroc ! Grace se demanda ce que ça pouvait être. Elle pensa aux pantalons amples des danseuses du ventre. Elle pensa à des petites cymbales en argent, à des coussins à glands en soie aux couleurs chaudes ; elle pensa à des coffrets en bois aux multiples compartiments. À un narguilé avec du tabac aromatisé à la framboise. À des huiles exotiques et des épices odorantes : des tiges de safran, des bâtons de cannelle, des graines de cardamome. Elle pensa de nouveau à la danseuse du ventre. Benton avait un cadeau pour elle !

— Est-ce que tu as ramené un cadeau à tous tes clients ?

— Non, seulement à toi.

Seulement à elle ! C'est tout juste si elle ne fit pas une pirouette arrière.

Ils passèrent près d'une heure à inspecter chaque section du jardin de Grace en discutant des éventuels changements et des améliorations. Ils commencèrent par le fond, là où étaient installées les chaises longues surplombant Polpis Harbour (l'eau ressemblait encore à une plaque d'acier) puis parcoururent les monticules herbeux jusqu'à la piscine et au jacuzzi (tous les deux couverts même si Grace et Eddie avaient utilisé le jacuzzi tard un soir de janvier, quand les investissements immobiliers d'Eddie semblaient prometteurs et qu'il était plus détendu). Ils s'attardèrent devant le massif de tulipes – le bébé de Benton – et devant les rosiers qui, à cause de l'hiver, étaient devenus broussailleux et pleins d'épines.

— Ça avance bien, commenta-t-il.

Il effleura le dos de Grace et une décharge électrique remonta sa colonne jusque dans sa nuque.

— Je crois que cette année, ce sera la bonne.

Ils avaient un but commun : publier des photos dans un grand magazine. Benton avait une préférence pour *Classic Garden*, mais Grace pensait plutôt à un reportage dans la section « Maison & jardins » du supplément week-end du *Boston Globe*. Elle avait convaincu Eddie d'engager une publicitaire, Hester Phan, qu'il payait une petite fortune ; c'était le seul moyen de montrer au grand public le fruit de leur collaboration.

— Allons voir le cabanon, proposa Benton. Il m'a manqué.

Grace ouvrit la porte. Benton la laissa entrer en premier avant de la suivre. Il n'y avait pas beaucoup de place à l'intérieur. Grace redoutait qu'il entende son cœur battre la chamade.

Le cabanon avait été conçu selon les lignes d'une maison typique de Nantucket : bardeau gris bordé de blanc. À l'intérieur, on trouvait un comptoir en stéatite et un évier de ferme en cuivre. Sur le mur du fond étaient alignés des crochets où étaient suspendus les outils de Grace, ses râteaux, binettes, pelles, truelles et sécateurs. Il y avait une table de rempotage fabriquée à partir d'une vieille planche de pin, et des étagères contenant sa collection d'arrosoirs et ses pots. Un panneau peint était accroché au-dessus de l'évier : « Un jardin n'est pas une question de vie ou de mort. C'est bien plus que ça. » Le cabanon avait une petite annexe où étaient rangés la tondeuse à gazon et les trois coupe-bordures. Même si Grace avait embauché Benton, elle mettait la main à la pâte et se chargeait de tondre la pelouse, d'arracher les mauvaises herbes, de pailler, de tailler et d'enlever les fleurs fanées. C'était un travail à temps plein, en plus de s'occuper des poules et de la vente de ses œufs bios. C'était sa passion.

Le cabanon était le bijou de la propriété. Un jardin restait toujours un jardin; les éditeurs de magazines adoraient la brique et le mortier. Ils voulaient un intérieur propre, organisé et aussi féerique que l'atelier du père Noël.

Grace et Benton se tenaient debout l'un en face de l'autre, une hanche posée contre l'évier. Benton était tellement grand que sa tête frôlait le plafond incliné. Grace sentait que ses oreilles étaient toutes roses.

Benton poussa un soupir exagéré.

— J'adore l'odeur de ce cabanon. L'herbe coupée et le terreau.

Grace aussi adorait cette odeur. Plus que tout au monde.

— Est-ce que tu veux jeter un œil aux poules? lui demanda-t-elle. Tu sais qu'elles vont se mettre dans tous leurs états en te voyant.

Il rit. Ses yeux se mirent à pétiller. Les oreilles de Grace brûlaient comme des charbons ardents.

— Je dois y aller, malheureusement, répondit-il. J'ai des gens à voir, des choses à faire.

Des gens à voir. Cette phrase innocente rendit Grace jalouse. La déception dut se lire sur son visage parce qu'il ajouta :

— Ne t'inquiète pas, Grace. On a tout l'été devant nous.

Grace était toujours sur un petit nuage (elle avait cassé deux des œufs d'Hillary par inadvertance) quand les jumelles rentrèrent de l'école.

Hope entra en premier, portant son étui à flûte. Allegra la suivit, avec son grand sac Stella McCartney à mille deux cents dollars qu'elle avait forcé Eddie à lui acheter quand il l'avait emmenée à Manhattan pour un casting de mannequin. Elle n'avait ni livre ni cahier avec elle, ce qui expliquait pourquoi elle alignait les mauvaises notes. Eddie tolérait ça parce qu'il avait lui-même eu des mauvaises notes au lycée et ça ne l'avait pas empêché de réussir dans la vie. Grace se força à oublier ses sentiments – quels qu'ils soient – pour Benton Coe et se concentra sur ses filles, son soleil et sa lune. Allegra était le soleil : lumineuse, vivante, chaleureuse. Hope était la lune : placide, sereine, impénétrable. Grace admirait un tout petit peu plus Allegra parce que… eh bien, parce que c'était Allegra. Et elle protégeait davantage Hope parce qu'ils avaient failli la perdre à la naissance.

— Bonjour, mes beautés, leur dit-elle.

Elle tenta de les serrer toutes les deux contre elle, mais chacune exécuta un pas de côté pour l'éviter, Allegra à gauche, Hope à droite, et elles se dirigèrent vers leurs chambres dont les portes resteraient fermées jusqu'au dîner.

Au menu du dîner, il y avait de la quiche lorraine et une salade d'épinards. Eddie aimait la viande et les pommes de terre, mais depuis qu'il s'était lancé dans ses investissements immobiliers, il appréciait de manger leurs propres œufs.

Grace essaya de ne pas se sentir vexée par l'attitude de ses filles, qui ne l'avaient pas saluée et ne lui avaient pas demandé comment sa journée s'était passée. Si elle était parfaitement honnête, elle devait bien admettre que ces derniers temps, elle se sentait assez seule avec ses filles.

— Comment s'est passée l'école ? lança-t-elle.

Mais elle n'obtint aucune réponse.

— On mange de la quiche ce soir ! Dîner vers 18 heures !

Pas de réponse.

Pendant l'hiver, il y avait eu des jours où l'attitude distante de ses filles avait déprimé Grace. Elle rêvait de leur préparer des tasses de thé bien chaud et des cookies aux pépites de chocolat, de feuilleter avec elles des magazines de mode pendant qu'Allegra parlerait du week-end prévu avec Brick et que Hope sortirait sa flûte pour jouer quelques mesures d'un concerto de Mozart. Grace elle-même savait que ce n'était pas réaliste. Après tout, elles étaient ados et ce n'était pas étonnant qu'elles ne pensent qu'à elles.

Aujourd'hui, Grace s'en fichait. Aujourd'hui, elle retourna dans la salle de bains pour se mettre du vernis à ongles sur les orteils.

Benton Coe était revenu. Cette année, c'était la bonne. Ils avaient tout l'été devant eux.

Hope

Parfois elle aurait préféré que ses parents ne lui aient jamais raconté l'histoire de sa naissance et pourtant, cela faisait partie d'elle-même du plus loin qu'elle s'en souvienne. Hope – le bébé numéro deux, la jumelle la plus petite et la plus faible – avait failli s'étrangler avec son cordon ombilical, chose qui avait échappé à la vigilance de l'obstétricien parce qu'Allegra était sortie en pleine forme, retenant l'attention de toute la pièce comme elle en prendrait si souvent l'habitude par la suite. Quand le médecin avait remarqué que le deuxième bébé était en danger, Grace avait été emmenée d'urgence au bloc opératoire où on avait pratiqué une césarienne pour faire sortir Hope quatre minutes plus tard. Mais elle était presque morte à ce moment-là. Comme son père aimait le rappeler de façon dramatique, elle était de la même couleur qu'une prune de Damas et il s'était dit que c'était terminé. Mais le docteur l'avait ranimée, maintenue en vie grâce à un respirateur puis emmenée, avec Eddie, jusqu'à Boston en hélicoptère pendant que Grace et Allegra restaient au Nantucket Cottage Hospital.

Ses parents ne lui avaient donné de prénom qu'au bout d'une semaine. Au départ, ils avaient prévu de l'appeler Allison (Allegra et Allison, pour la symétrie) mais après tous ces événements, ils avaient changé d'avis et avaient opté pour Hope, « espoir ». Inutile d'expliquer pourquoi.

Elle avait survécu ; elle était la plus petite et la plus faible des deux, on l'avait négligée pendant que sa sœur était au centre de l'attention. Elle avait de la chance d'être en vie. Les médecins avaient prévenu ses parents qu'elle pouvait avoir des séquelles au cerveau ou dans d'autres domaines.

— Mais, disait sa mère, tu es en pleine forme !

Hope ne savait pas vraiment ce que tout ça voulait dire mais elle aurait préféré que ses parents gardent cette histoire pour eux. Elle aurait préféré que ce soit un secret plutôt que l'événement qui la définissait.

Plus petite, plus faible, une chance d'être en vie. Allegra, elle, était plus grande et plus forte et elle avait une aisance naturelle qui apparemment était de naissance. En CM1, Allegra avait été choisie pour jouer Alice dans la pièce de théâtre *Alice au pays des merveilles*, et Hope la souris. Ça résumait assez bien leurs différences.

Allegra était supportable. La plupart du temps. Pas aussi intelligente que Hope, ou en tout cas pas aussi intello ; à l'école, elle faisait le minimum d'efforts. Hope avait un cours en commun avec elle : éducation à la santé, donné par leur prof de sport, Mlle Norman. C'était le cours le plus facile du monde, parce qu'il portait sur la nutrition, l'exercice physique et l'hygiène de vie, des trucs de base que tous les élèves connaissaient déjà parce qu'ils étaient humains et élevés par d'autres humains. Pourtant, Allegra ne rendait jamais ses devoirs à temps et quand Mlle Norman l'interrogeait pendant le cours en lui demandant de nommer le nutriment le plus présent dans le lait, elle ricanait et répondait : « Heu... J'en sais rien. » Elle avait l'air d'une imbécile et Hope avait honte d'avoir partagé un utérus avec elle. Il suffisait d'avoir vu n'importe quelle pub pour savoir que la réponse était : le calcium.

En dehors des salles de classe, Allegra et sa meilleure amie, Hollis Brancato, faisaient la loi au lycée. C'était elles les vraies jumelles, elles étaient toutes les deux jolies, avaient des cheveux longs et soyeux (même si Hollis était blonde et Allegra brune), étaient maquillées comme dans les magazines et ne portaient que des vêtements de marque. Allegra avait sans doute forcé leur père à dépenser plusieurs milliers de dollars dans des « pièces » de Parker, Alice + Olivia ou Dolce Vita. Allegra avait réussi quelque chose de plus que Hollis : elle avait passé un casting de mannequin à New York. À l'issue du casting, elle avait dit à son amie et au reste de l'école qu'elle « attendait de leurs nouvelles », sous-entendant qu'elle pouvait d'un jour à l'autre rejoindre les rangs de Gisele ou Kate. Seule Hope savait que la responsable du casting avait déclaré qu'Allegra était trop petite et trop « banale » pour espérer décrocher quoi que ce soit.

L'autre chose que Hope était la seule à savoir, c'était qu'Allegra, qui sortait avec Brick Llewellyn depuis deux ans, le trompait avec Ian Coburn, un type d'une famille aisée qui avait fini le lycée à Nantucket l'année précédente et était étudiant en première année à l'université de Boston.

D'après ce que savait Hope, Allegra avait vu Ian pendant trois week-ends le mois précédent. Elle était censée se rendre à Cape tous les samedis pour suivre un cours de préparation au bac (cher, élitiste et qui garantissait des résultats) mais elle avait séché. Ian était venu la chercher dans sa Camaro rouge et ils étaient allés « faire un tour », quelle que soit la signification de cette expression. Le week-end dernier, ils étaient allés au centre commercial de Cape Cod où Ian lui avait acheté trois rouges à lèvres Chanel au rayon maquillage, chez Macy's. Ensuite, ils étaient allés déjeuner et boire au Naked Oyster. Allegra avait utilisé une fausse pièce d'identité prétendant qu'elle avait vingt-sept ans et vivait à Grand Rapids, dans le Michigan. Elle avait demandé à Hope de la couvrir, à la fois vis-à-vis de Brick et de leurs parents. Elle lui avait proposé de la payer, ou de lui prêter sa fausse carte d'identité même si elle savait très bien que Hope n'en aurait jamais l'utilité.

Hope avait accepté, mais pas parce qu'elle voulait cet argent ou la pièce d'identité.

Ce qu'elle voulait, c'était Brick.

Pendant deux ans, Hope avait pensé que Brick ne romprait jamais avec sa sœur. Ils seraient ce genre de couple qui vieillirait ensemble, malgré la séparation pendant les études (si Allegra entreprenait des études, ce qui à ce stade semblait peu probable) avant de se marier, d'avoir des enfants et de fêter finalement leur cinquantième anniversaire de mariage. Brick envisageait peut-être son avenir de cette façon lui aussi, mais ce que lui et Hope avaient oublié, c'est qu'Allegra était Allegra : elle était incapable de faire attention aux autres. C'était une girouette, une ambitieuse, une opportuniste dotée d'une mémoire très courte. Allegra allait s'amouracher de Ian Coburn et ça marquerait la fin de son histoire avec Brick. Hope n'avait plus qu'à patienter.

Hope et Brick s'envoyaient régulièrement des textos au sujet de leurs devoirs de chimie, chose qu'elle n'avait jamais dite à sa sœur, et elle savait que Brick ne lui en avait rien dit non plus. Allegra n'était pas dans leur groupe de chimie, le plus avancé. Elle était dans le groupe moyen avec d'autres élèves moyens, comme Hollis et leur copain Bluto.

À 17 h 30, sachant que Brick serait rentré de son entraînement de baseball, elle lui envoya un texto : « On ne peut jamais savoir si un verre est chaud ou froid. » C'est comme ça qu'ils commençaient chacune de leurs conversations sur leurs devoirs de chimie, une blague d'initiés qui faisait référence au panneau accroché dans leur salle de cours. M. Hence, leur prof, craignait qu'un de ses élèves ne prenne un bécher qui avait été posé sur un bec Bunsen juste avant.

Pas de réponse. Peut-être qu'il ne s'était pas encore mis à ses devoirs de chimie. Peut-être qu'il était sous la douche ou en train de discuter avec ses parents. Il aimait bien passer du temps avec eux (contrairement à Hope et surtout à Allegra qui les fuyaient comme la peste), parce que Trevor et Madeline étaient très cools et ils étaient tous les trois comme des amis.

Parfois Hope se disait qu'elle avait moins envie de sortir avec Brick que de devenir sa sœur adoptive.

Elle lui renvoya un texto : « T'as regardé les questions de la page 242 ? Les gaz inertes ? »

Pas de réponse. Elle pouvait envoyer deux textos d'affilée mais pas trois. Elle aurait l'air désespérée et collante.

Une seconde plus tard, son téléphone émit un petit bip.

Brick avait répondu : « Est-ce que ta sœur était vraiment à son cours de préparation samedi ? Ou est-ce qu'elle a séché pour aller au centre commercial ? »

Hope ouvrit de grands yeux. L'occasion venait de se présenter, au moment où elle s'y attendait le moins. Brick se posait des questions sur Allegra. C'était le moment ou jamais…

Elle : « En cours, je crois. Pourquoi ? »

Lui : « Quelqu'un l'a vue au centre commercial. »

Elle : « Qui ça ? »

Lui : « Quelqu'un. »

Elle : « Allez, qui ça ? »

Lui : « Parker Marz. Il a dit qu'elle était avec un type qui portait un sweat de l'université de Boston. T'as un cousin là-bas, non ? »

Hope mâchonna la gomme au bout de son crayon. Ses cousins étaient tous plus âgés mais l'un d'entre eux (le plus abruti de tous) était allé à l'université de Boston, ce qui donnait à Eddie l'occasion de répéter sa blague préférée : « Comment peut-on savoir que quelqu'un est allé à l'université de Boston ? Parce qu'il te le dit lui-même. »

Hope : « Un de nos cousins y était. Il y a un moment. »

Brick : « OK. »

Hope : « Tu as posé la question à Allegra ? »

Brick : « Non, c'est rien. C'est pas grave. »

Il s'enfonçait la tête dans le sable, se dit Hope. Elle ne pouvait pas le blâmer. La vérité était trop douloureuse.

Hope allait à l'église toutes les semaines avec sa mère. Elle avait la foi, elle croyait en Dieu et en la majorité des préceptes de l'Église catholique, mais pas tous. Elle croyait en la prière et c'est pourquoi elle en récita une pour Brick avant d'ouvrir son manuel à la page 242, au début de la leçon sur les gaz inertes.

Eddie

Il avançait dans la rue pavée au volant de sa Porsche Cayenne, son panama porte-bonheur sur la tête, saluant tous ceux qu'il croisait. Grace aimait bien se moquer de lui, disant qu'il saluait absolument tout le monde.

— Tu ne connais même pas cette personne ! lui avait-elle fait remarquer un jour. Pourquoi est-ce que tu lui dis bonjour ?

La vérité, c'était qu'Eddie était un peu myope et il redoutait davantage de ne pas saluer une personne de sa connaissance que de dire bonjour à un parfait inconnu. Dans l'immobilier, ne pas saluer quelqu'un pouvait vous être fatal : vous pouviez rater une vente ou une location et passer à côté de plusieurs milliers de dollars.

Sur le siège passager, quatre factures étaient posées, en rapport avec ses investissements immobiliers sur Eagle Wing Lane. Ou, plus exactement, quatre factures du

13 Eagle Wing Lane, parce qu'il avait dû stopper la construction des numéros 9 et 11. Il n'avait pas les moyens.

Recevoir quatre factures en une seule journée, ça devrait être illégal, songea-t-il. Le maximum devrait être trois. Mais il en avait reçu quatre ; sa secrétaire, Eloise, les lui avait tendues entre le pouce et l'index comme si elle lui donnait un mouchoir usagé.

La première facture, correspondant aux fondations, s'élevait à vingt-deux mille dollars. Eddie avait cligné des yeux puis s'était souvenu avec soulagement qu'il avait déjà réglé celle-ci. Cependant, après un coup de fil à Gerry, le responsable des fondations, il découvrit qu'il avait payé celles des numéros 9 et 11, mais pas du numéro 13.

Son panama ne lui portait pas chance. Il l'aurait bien enlevé pour le jeter sur le siège arrière, mais il croyait tellement en ses pouvoirs qu'il craignait de se tuer au volant de sa voiture, laissant Grace et les filles criblées de dettes.

Avant de quitter l'agence, il s'était arrêté devant le bureau de sa sœur, Barbie, qui était le seul autre courtier de l'agence parce qu'elle était la seule personne dans toute l'île en qui il ait confiance, à l'exception de sa femme et ses enfants.

— Où est-ce que je vais trouver cet argent ? lui avait-il demandé.

Barbie l'avait regardé derrière sa frange dégradée. Ce n'était pas la plus belle femme de Nantucket, mais elle savait parfaitement mettre en valeur ses atouts. Elle portait toujours une robe, particulièrement celles cache-cœur de Diane von Furstenberg (Eddie n'y connaissait rien, mais Allegra lui avait fait une leçon sur les goûts vestimentaires de tante Barbie), des talons (Manolo Blahnik), du parfum (il ignorait son nom mais cette odeur était la sienne, à tel point que la fragrance aurait très bien pu s'appeler Barbie, tout simplement). Elle avait mis ce jour-là son bijou fétiche : une perle noire aussi grosse que les bonbons qu'ils piquaient à l'épicerie quand ils étaient petits.

Ils avaient grandi dans Purchase Street, à New Bedford, sans un sou. Eddie avait fait tout son lycée avec deux pantalons en velours (gris et beige), deux chemises à boutons (blanche et écossaise) et une paire de baskets rouges et bleues que sa mère avait trouvées aux bonnes œuvres. Ces chaussures étaient devenues son emblème quand il s'était mis à battre tous les records de sprint de son lycée, puis des autres lycées de l'État, ce qui lui avait valu le surnom de Fast Eddie.

Eddie avait réussi à dissimuler leurs difficultés mais Barbie, plus jeune que lui de onze mois, avait été obligée de les affronter. On se moquait d'elle à cause de ses vêtements, ses chaussures, ses cheveux, son odeur, à tel point qu'elle s'était souvent bagarrée et avait été exclue de l'école trois fois. Il savait que pour elle, il n'y aurait jamais assez d'argent.

— J'ai une idée révolutionnaire, dit-elle. Essaie de vendre une maison.

— Très drôle.

Le marché stagnait.

— Eh bien, reprit-elle en consultant son calendrier, ce type vient avec son groupe à Low Beach Road la semaine prochaine.

— Quel type ?

— Tu sais bien de qui je parle. Ce type qui t'a demandé un truc.

« Ce type qui t'a demandé un truc. » Eddie aurait préféré ne pas savoir de qui elle parlait, mais il le savait très bien. Elle faisait référence à Ronan « Numéro Masqué ».

L'un des atouts majeurs d'Eddie était cette villa, au 10 Low Beach Road. C'était une magnifique propriété face à l'océan qui comprenait six – oui, six – suites, une piscine à débordement, deux cuisines équipées (une à l'intérieur, une à l'extérieur), un court de tennis sur gazon, un sous-sol de mille cinq cents mètres carrés comprenant un cinéma, une salle de jeux avec de vieux flippers, une salle de gym qui était la réplique exacte de celle qu'utilisaient les New England Patriots quand la saison était finie, un sauna, une salle de billard tapissée de bois d'acajou, et une cave à cigares. Il y avait également une cave à vins aux murs en stuc avec une table construite à l'origine pour Guillaume d'Orange. La maison se louait pour cinquante mille dollars la semaine et Eddie en avait l'exclusivité. Le propriétaire était un trentenaire qui avait étudié au lycée de Nantucket avant de rejoindre Cal Tech où il avait inventé une puce électronique utilisée désormais par tous les distributeurs automatiques de billets du pays. Il avait épousé un top modèle et vivait à LA. Ils venaient à Nantucket pendant deux semaines en août. Le reste du temps, Eddie avait pour tâche de louer la maison.

L'année précédente, il l'avait louée à un groupe d'hommes d'affaires de Las Vegas. Ils avaient une entreprise de jeux baptisée DeepWell et avaient choisi Nantucket pour leur séminaire annuel. Celui qui s'était occupé de la location, Ronan, était arrivé avant que l'équipe de nettoyage composée de cinq femmes de ménage russes ait terminé. Il avait demandé à Eddie :

— Est-ce que ces filles pourraient revenir plus tard pour nous divertir ?

— Vous « divertir » ?

Il savait très bien ce que Ronan voulait dire, ou il pensait le savoir.

— Elles ne savent pas jongler et je pense qu'elles ne chantent pas non plus, avait-il répondu.

— Dix mille de plus pour vous. Par nuit.

Dix mille dollars par nuit. Eddie en avait eu le vertige.

Il n'allait pas mentir : il y avait réfléchi l'espace d'un instant. Il paierait les filles mille dollars par nuit et il partagerait le reste avec Barbie.

Mais le bon sens avait repris le dessus, la boussole de sa morale avait retrouvé le nord et il avait répondu d'une voix guindée qu'il n'avait pas reconnue lui-même :

— Non, je suis désolé, ça ne va pas être possible.

Ronan avait immédiatement fait marche arrière :

— OK, OK, pas de problème. Je posais juste la question.

Mais à présent, alors qu'il avait repris le chemin de sa maison sur Wauwinet Road, où d'autres factures l'attendaient certainement, il repensa à ces dix mille dollars par nuit. Sa part à lui serait de dix-sept mille cinq cents. Est-ce qu'il pouvait demander aux filles ? Est-ce qu'elles allaient comprendre ? Ça représenterait beaucoup d'argent pour elles, trop pour pouvoir refuser. C'était illégal, bien entendu, et il y avait donc le risque de se faire prendre.

Quand Eddie avait posé la question à Barbie, elle avait levé les yeux au ciel en disant :

— C'est le plus vieux métier du monde, Eddie. C'est pas toi qui l'as inventé.

Il l'avait regardée en haussant un sourcil.

— Ça coûte rien de leur demander. Appelle-les pour savoir. Elles t'adorent. Elles feraient n'importe quoi pour toi.

Il se rappela la pile de factures sur le siège passager et eut soudain des aigreurs d'estomac, quand bien même il n'avait mangé qu'une tartine de beurre au déjeuner.

Cinquante-huit mille dollars. Le seul moyen pour lui de trouver cet argent, c'était de prendre un troisième crédit sur leur maison. Il pouvait sans doute espérer en tirer quarante ou cinquante mille. Les deux locaux commerciaux qu'il possédait étaient déjà hypothéqués au maximum. Il était en train de sombrer. C'était évident. Lui, Edward Pancik, alias Fast Eddie, l'agent immobilier le plus doué de l'île, était en train de faire faillite.

À l'heure actuelle, il n'y avait pas vraiment de place dans sa vie pour la morale.

Il décida de considérer ses options. D'abord, un coup de fil à Ronan.

— Bonjour, c'est Eddie. Eddie Pancik, Fast Eddie, de Nantucket.

— Fast Eddie !

Les gens adoraient son surnom, les hommes en particulier. Eddie ne savait pas très bien pourquoi.

— Vous vous souvenez que vous m'aviez parlé de ces filles russes, l'année dernière ?

— Oui, pourquoi ? Est-ce que vous y avez réfléchi ? Vous avez changé d'avis ?

— Peut-être bien.

Ensuite, Eddie appela Nadia, celle qui s'exprimait toujours au nom des cinq filles parce que c'était celle qui parlait le mieux anglais.

Il exposa sa proposition indécente en y mettant le plus de formes possibles. « Un groupe d'hommes d'affaires américains vont louer la maison la semaine prochaine... Est-ce que vous seriez d'accord pour vous pomponner et leur rendre visite vers 22 heures pour boire un verre avec eux ?

Vous seriez payées mille dollars chacune.

Mais... ce ne sera sans doute pas que pour boire des verres, Nadia. Il faudrait faire tout ce qu'ils demandent, aussi.

Et il ne faudra en parler à personne... Sinon vous serez virées et expulsées du pays. »

Nadia garda le silence un instant et Eddie patienta, anxieux. Elles étaient toutes les cinq sans papiers et ne pouvaient donc pas porter plainte contre lui pour leur avoir demandé ça, mais tout de même, il se sentait minable. Si elles démissionnaient, il allait devoir leur trouver des remplaçantes et probablement les payer plus.

Nadia se mit à parler en russe, sans doute à Elise ou Tonya. Elles poussèrent des cris... de joie ? D'excitation ?

— D'accord, dit Nadia à Eddie. D'accord, on va le faire.

Eddie eut l'impression qu'elles étaient très enthousiastes à cette idée. Est-ce qu'il se trompait ? Après tout, mille dollars pour une nuit, c'était vraiment beaucoup d'argent. En plus, ces hommes n'étaient pas de pauvres types rencontrés au hasard. Ce n'était pas non plus des brutes de la mafia russe. C'était des hommes d'affaires cultivés, raffinés et aisés.

Au moins trois d'entre elles espéraient sans doute se trouver un mari riche dans l'histoire. Elles avaient l'air aussi excitées que des jeunes filles allant au bal.

Elise prit le téléphone des mains de Nadia. C'était la plus petite du groupe.

— Eddie, tu es le meilleur, merci !

Eddie raccrocha, se sentant étrangement fier. Comme s'il était l'inventeur du plus vieux métier du monde.

MAI

Madeline

Redd Dreyfus, l'agent de Madeline, l'appela pour lui annoncer qu'il avait négocié deux semaines supplémentaires.

— Et quand je dis « négocié », ça n'a pas été facile, dit-il. Angie Turner m'était redevable pour un service que je lui ai rendu il y a huit ans et pendant toutes ces années j'ai attendu d'avoir une vraie bonne occasion de lui réclamer un retour d'ascenseur. Je fais ça pour toi. Ne me déçois pas, Madeline. Trouve une bonne idée.

Cette nouvelle aurait dû la rassurer (elle avait deux semaines de plus), mais au lieu de ça, elle se sentait sous pression et avait mal à la tête.

Elle décida de passer cette journée à se creuser les méninges, mais quand elle partit en quête de son stylo préféré, elle finit par passer une heure à ranger son tiroir. Pour sa défense, ce tiroir avait vraiment besoin d'être rangé. Madeline y trouva une moitié de sandwich rassis au beurre de cacahuètes, une paire de ciseaux cassés, une boîte de poivre moulu vide, quatre tours du cou publicitaires Scout Air, un badge électoral de 2006 à l'effigie d'un élu qui n'habitait même plus Nantucket, trois flacons de vernis à ongles séché (quand s'était-elle verni les ongles pour la dernière fois ?), des élastiques, des trombones, des coupons de réduction périmés, des épingles à nourrice, des vis, des clous, des crochets pour cadres, des bouchons de bouteille, de la colle, une tétine de bébé et – Dieu merci – son stylo préféré, rose vif pour rappeler la lutte contre le cancer du sein.

La deuxième heure, Madeline la passa sur eBay à la recherche de compartiments pour tiroirs. Elle s'était dit que si elle rangeait son tiroir, elle y verrait plus clair dans sa tête.

Elle commanda des compartiments pour tiroirs : $21.99 frais de port inclus.

À ce moment-là, à sa plus grande surprise, il était 15 heures. C'était le moment d'aller voir le match de baseball de Brick.

Dans les gradins, Madeline s'assit à côté de Rachel McMann, la mère de Calgary. Rachel était gentille quoiqu'un tantinet trop enthousiaste au goût de Madeline. Elle portait toujours sa tenue des Nantucket Whalers pour assister aux matchs et avait toujours à la main un gros pompon bleu marine et blanc qu'elle agitait à la moindre occasion. Elle était allée à l'université du Delaware, où, comme elle se plaisait à le dire aux gens, elle avait été directrice de son club, le Kappa Alpha Theta. Rachel était agent immobilier chez Bayberry Properties, le concurrent de l'agence d'Eddie, Island Fog Realty. Cela expliquait pourquoi Eddie et Grace ne l'aimaient pas trop.

En plus, il s'était passé quelque chose à Noël entre Hope, la fille de Grace et Eddie, et Calgary, le fils de Rachel. Si

Grace savait que Madeline s'était assise à côté de Rachel McMann, elle ne serait pas contente.

Mais Madeline pensait que les parents des copains de son fils devaient nécessairement faire partie de son cercle à elle. Brick et Calgary étaient amis depuis la maternelle. Madeline et Rachel assistaient à leurs manifestations sportives depuis leurs cinq ans, à l'époque où ils jouaient au ballon. Et aujourd'hui, Madeline avait besoin de l'optimisme de Rachel.

Elle avait apporté son carnet, juste au cas où l'inspiration lui vienne entre la première et la deuxième manche ou en faisant un tour à la boutique pour acheter des graines de tournesol.

Rachel jeta un œil au carnet de son air enjoué habituel.

— Comment ça avance, l'écriture ? demanda-t-elle.

Madeline ne pouvait pas lui mentir, ce n'était pas dans sa nature.

— Ça me tue de travailler à la maison. Aujourd'hui, j'ai rangé mon tiroir et passé une heure sur eBay.

— Il te faudrait un bureau.

— Tu as raison.

— Je suis sérieuse. Comme le disait Virginia Woolf, il est indispensable qu'une femme possède un peu d'argent et une chambre à soi.

Madeline cligna des yeux. Elle était impressionnée que Rachel McMann ait cité Virginia Woolf. Même Grace aurait été impressionnée.

Rachel se rapprocha.

— J'ai l'endroit qu'il te faut, Madeline.

Madeline aurait dû l'interrompre à ce moment-là. Elle aurait dû lui dire que même si un bureau était la solution idéale, ce n'était pas réalisable parce que Trevor et elle n'en avaient pas les moyens. Certains mois, ils avaient du mal à rembourser leur crédit, sans parler des dépenses courantes, assurances, courses, factures de téléphone, essence, réparations de la voiture, soirées à l'extérieur, économies pour payer l'université de Brick, et une grosse facture d'hospitalisation de Big T, avant sa mort. « La vie coûte cher, aurait-elle dû lui confier. Virginia Woolf va devoir attendre. »

Mais au lieu de ça, elle répondit :

— C'est vrai ?

— Absolument ! Un petit deux-pièces dans l'immeuble victorien bleu à l'angle de Centre et India Street. La dernière fois qu'un de ces appartements a été disponible sur le marché, c'était en 2004.

— Waouh...

Pour le plus grand soulagement de Madeline, Rachel s'arrêta là. Elle recommença à suivre le match en agitant son pompon et Madeline serra son carnet contre sa poitrine.

Le lendemain, Madeline essayait de se concentrer sur ses idées tout en émincant des oignons, des pommes de terre et des carottes pour préparer un ragoût (elle ne pouvait pas négliger le dîner une nouvelle fois) quand Rachel l'appela.

— Quand est-ce que tu serais disponible pour visiter l'appartement sur Centre Street ? lui demanda-t-elle.

— Tu veux dire... aujourd'hui ? demanda Madeline après avoir bégayé de surprise.

— Oui. Je vais y aller dans la journée, ou demain au plus tard. C'est exactement ce que tu cherches, Madeline, je te le promets.

Elle baissa les yeux vers ses pelures d'oignons, de pommes de terre et de carottes. Le ragoût pouvait cuire doucement, mais il fallait qu'elle nettoie tout ce bazar, sans compter qu'elle devait aller racheter du bouillon de bœuf. Comment est-ce que les autres femmes se débrouillaient ?

Il faut que je sorte de cette maison, songea-t-elle.

— Je peux venir maintenant, proposa-t-elle.

L'appartement était bel et bien idéal, à la fois par sa simplicité et son emplacement géographique. Madeline espérait qu'il serait hors de prix, bien au-dessus de ses moyens, pour qu'elle puisse dire non sans réfléchir. Mais il était beaucoup moins cher que ce qu'elle avait pensé. Et Rachel était d'accord pour un bail de six mois… parce qu'elles étaient amies.

— Je vais appeler Trevor.

— Bien sûr.

Madeline compta les sonneries. S'il ne répondait pas, elle aurait une excuse pour se défiler.

— Allô ?

Elle lui expliqua la situation à voix basse : elle était en train de visiter un appartement qui pouvait faire office de bureau, en ville, à un bon prix, avec un bail de six mois. Est-ce qu'elle devait tenter le coup ? Elle aurait un bureau où elle se rendrait tous les matins.

— Évidemment ! répondit-il. C'est exactement ce qu'il te faut !

Il avait raison, c'était exactement ce qu'il lui fallait. Mais ça signifiait sacrifier tout ce qu'il restait de son avance.

— Je m'inquiète juste pour… Tu sais, on a promis à Brick qu'il aurait une voiture et on a encore six paiements à régler pour l'hospitalisation de ton père et…

— Pour gagner de l'argent, il faut en dépenser, lui répondit Trevor. On pourra acheter une voiture à Brick avec ton prochain chèque de royalties et pour l'hôpital, les paiements sont échelonnés. Tu ne vas pas renoncer à un bureau juste parce que mon père nous a laissé des factures. C'est un investissement pour ton prochain livre.

Madeline prit une profonde inspiration. Elle avait l'impression d'être sur le point de sauter d'une falaise ou d'un avion.

— Je vais le prendre, souffla-t-elle.

— Super, répondit son mari.

Elle raccrocha.

— C'est d'accord, dit-elle à Rachel.

— Tu es la femme la plus chanceuse du monde d'avoir un mari comme Trevor, commenta Rachel. Andy ne me laisserait jamais faire un truc pareil. Il trouverait ça bizarre.

— Tu trouves ça bizarre que j'aie mon propre bureau ? lui demanda Madeline.

— Non ! s'exclama son amie. Tu as une bonne raison. Tu es une artiste. Une romancière.

Une artiste. Une romancière. Ces mots la réconfortèrent. Virginia Woolf. Une chambre à soi.

Rachel lui tendit les clés en lui tapotant le bras.

— Félicitations !

Le lendemain matin, Madeline prit son carnet, ses stylos, le roman qu'elle était en train de lire (*Une épouse presque parfaite*, de Laurie Colwin, pour la quarantième fois) et un sac en papier contenant son déjeuner. Peu à peu, elle ferait des courses pour les amener à l'appartement, mais pas aujourd'hui. Aujourd'hui elle allait écrire, écrire et encore écrire.

L'appartement était situé dans l'ancienne maison d'un capitaine de baleinier. Ella avait été construite en 1873, rénovée en 1927 puis de nouveau en 2002, époque où elle avait été divisée en appartements. D'après Rachel, la femme qui occupait l'appartement avant Madeline était partie vivre sur les îles Vierges parce qu'elle ne pouvait pas endurer un nouvel hiver à Nantucket. Il était loué avec une place de parking. Rien que ça, ça valait le coup, pensa Madeline. Juste en face, il y avait son café préféré, Black-Eyed Susan, qui servait des petits déjeuners. Il n'était pas encore ouvert pour la saison, mais bientôt, Madeline pourrait y faire un saut et commander une omelette aux légumes et un latte à emporter. Une vraie vie de citadine !

Madeline introduisit la clé dans la serrure et pénétra dans… son appartement !

C'était terriblement excitant, même si en réalité, l'endroit n'avait rien d'exceptionnel. Les murs étaient peints en blanc cassé. La locataire précédente avait heureusement laissé quelques meubles : un canapé et deux fauteuils avec housses en lin beige, un tapis épais dans les tons bleus, une table ronde en bois avec quatre chaises et – la seule chose digne d'intérêt – une boîte en bois avec quinze compartiments fermée par une fine plaque de verre. Chaque compartiment contenait un œuf d'oiseau : pluvier, goéland gris, goéland marin, Harelde Kakawi, huîtrier, petite sterne.

Rachel s'était excusée que cette boîte soit là et avait proposé de s'en débarrasser, mais Madeline avait tenu à la garder. Il y avait une petite cuisine tout en longueur, une minuscule salle de bains dotée d'une cabine de douche en plastique, et une chambre avec un sommier et un matelas, sans draps.

L'appartement n'avait rien de remarquable, en dehors du fait qu'il soit à elle.

C'était quelque chose qu'elle n'avait jamais eu : un endroit rien qu'à elle. Elle avait envie d'aller chercher un bouquet de fleurs chez le fleuriste de Chestnut Street, acheter une sélection de tisanes, elle voulait des coussins colorés et un plaid moelleux, des bougies à la cire d'abeille qu'elle allumerait quand la lumière commencerait à décliner, ainsi que des enceintes sans fil pour pouvoir écouter Mozart et Brahms.

Mais ce n'était pas le moment de rêvasser à tout ça. Il fallait qu'elle écrive ! Elle éteignit son téléphone portable. Rien n'était plus dangereux pour l'écriture que le portable. Idem avec l'ordinateur. Elle était bien placée pour savoir que l'ordinateur pouvait bousiller une journée.

Madeline sortit ses carnets, ses stylos, son livre de Laurie Colwin de son sac à dos et improvisa un bureau sur la table de la salle à manger.

Des bougies, ce serait pas mal.

Et du Mozart.

Mais pour l'instant, elle allait devoir s'en passer.

Madeline avait voulu devenir écrivain depuis qu'elle savait tenir un stylo. Ce désir était encodé dans ses gènes, mais c'était également le fruit de son éducation, ou de son manque d'éducation. Elle avait grandi dans les chambres de bonnes de l'Hotel del Coronado, près de San Diego, où sa mère travaillait comme serveuse. Sa mère n'était jamais là le soir et les nuits étaient terrifiantes puisqu'on racontait que l'hôtel était hanté par le fantôme de Kate Morgan. Madeline s'occupait donc l'esprit en écrivant des histoires avec une héroïne baptisée Gretchen Green. Gretchen Green était l'aînée de sept sœurs, elle vivait dans une maison en bord de mer à La Jolla et elle était toujours accompagnée par Walter Mondale, son teckel. Madeline avait perdu toutes ses histoires de Gretchen Green, mais si elle remettait la main dessus, elle était persuadée d'y trouver des preuves de tout ce dont elle avait manqué durant l'enfance : des sœurs, des parents, une maison, un animal de compagnie. L'idée qu'elle, Madeline, était une personne spéciale.

Sa passion pour l'écriture avait duré jusqu'à l'université. Elle avait fréquenté l'établissement de l'État de San Diego où elle avait étudié auprès d'une écrivaine géniale et inspirante. Madeline avait tellement peur de la décevoir qu'elle ne lui avait remis que des histoires inachevées. « Ce n'est pas vraiment terminé », telle avait été son excuse systématique. Puisqu'elles n'étaient pas vraiment abouties, on ne pouvait pas critiquer ses histoires.

Son enseignante l'avait malgré tout encouragée.

— Vous savez manier la langue, lui disait-elle. Votre écriture a une énergie. Je serais intéressée de voir ce que ça donne si vous creusiez un peu. Vous devriez essayer de terminer au moins une de ces histoires. Vous avez un problème avec les fins, on dirait.

Pendant sa dernière année, Madeline avait postulé à quatre masters en écriture créative, mais un seul lui avait donné une réponse positive, son dernier choix, l'université de Bellini, en Floride, surnommée « l'université Bikini ».

Elle se sentit déprimée. Elle avait espéré être prise à l'université de l'Iowa. Quand la lettre de refus arriva, elle éclata en sanglots. Si ce n'était pas l'Iowa, alors elle voulait aller à Columbia mais là encore, ce fut un refus (la lettre expliquait que le nombre de candidatures était particulièrement élevé cette année-là). Idem à l'université du Michigan. C'était donc Bellini ou rien.

À cette époque, Madeline sortait avec Geoffrey, un ancien joueur de football de l'université de Californie du Sud qui travaillait comme videur au Coaster Saloon, à Mission Beach. Elle savait qu'il était très attaché à elle, mais c'était un pauvre type. Mission Beach était un coin sordide et il dealait de la drogue en douce. Quand Madeline annonça à Geoffrey qu'elle postulait à l'université, il eut peur qu'elle s'en aille et lui dit qu'il viendrait avec elle. Quand elle émit des doutes au sujet de cette idée, il se fit tatouer son nom sur la partie intérieure de l'avant-bras. « MAD », laissait voir le tatouage, parce que c'était le surnom qu'il lui donnait.

Geoffrey avait hâte de partir en Floride démarrer une nouvelle vie, c'est-à-dire trouver un nouveau job dans un bar et de nouveaux clients à qui vendre de la drogue.

Madeline décida que non. Elle n'irait pas en Floride. Elle ne se rabattrait pas sur l'université de Bikini et ne resterait pas avec Geoffrey. Un soir, après son travail, elle rompit avec lui.

Ce qui se passa ensuite fut la pire chose qui lui soit jamais arrivée. Un soir, peu après cette rupture, Geoffrey enchaîna les tequilas et la cocaïne avant de se présenter à la résidence étudiante de Madeline à 3 heures du matin. Comme son ex-petite amie et sa colocataire étaient endormies, il prit Madeline dans ses bras et quitta le bâtiment. Il la mit à l'arrière d'un break qu'il avait volé sur le parking du Coaster Saloon puis lui attacha les poignets et les chevilles avec un câble plastique. Il lui noua un bandana sur la bouche et l'emmena dans un motel à Encanto où il la garda captive pendant cinquante-deux heures, jusqu'à ce qu'il soit à court de cocaïne et perde connaissance. Madeline réussit à faire suffisamment de bruit en tapant des coudes contre le mur fin de la chambre pour qu'une femme de ménage hispanique l'entende, ouvre la porte et appelle la police.

Après que Madeline eut témoigné et que Geoffrey fut envoyé en prison, elle n'avait qu'une seule envie : s'éloigner le plus loin possible de la Californie du Sud. Avec l'aide de son ancienne enseignante de l'université de San Diego, elle trouva une chambre pour l'été dans une résidence d'écrivain sur l'île de Nantucket. Cette « résidence d'écrivain » regroupait en fait un groupe d'étudiantes en Lettres de Caroline du Nord qui aimaient organiser des soirées de slam. Mais la chambre était bon marché et Madeline décrocha un petit boulot de serveuse au 21 Federal, ce qui lui laissait du temps libre pour écrire.

À la fin de l'été, elle avait bouclé son premier vrai projet : un roman intitulé *The Easy Coast*, qui parlait d'une jeune femme brutalement enlevée par son petit ami, un dealer sans ambition.

Toujours avec l'aide de son professeur, elle envoya son roman à trois agents littéraires new-yorkais qui lui répondirent tous en moins d'une semaine qu'ils voulaient la représenter. Madeline prit l'avion depuis Nantucket pour aller les rencontrer et c'est ainsi qu'elle connut Trevor.

Il pilotait cet avion.

Trevor aimait raconter le souvenir qu'il gardait de Madcline le jour de leur rencontre : une belle blonde de Californie du Sud sur le point de voir son plus grand rêve se réaliser.

Madeline se souvenait de cette année-là comme d'une explosion de lumière. Elle trouva un agent (Redd Dreyfus) et peu après, une avance de trente mille dollars tomba, en provenance d'une jeune éditrice prometteuse chez Final Word, Angie Turner. Sans oublier que Madeline avait rencontré Trevor Llewellyn et qu'ils étaient tombés amoureux. Neuf mois plus tard, ils étaient fiancés. À ce moment-là, le livre de Madeline avait reçu deux critiques élogieuses, la première de la revue notoirement sévère *Kirkus* et la deuxième de *Publisher's Weekly*, annonçant toutes les deux la naissance d'un nouveau talent.

« Un nouveau talent. » Madeline se répéta la phrase dans sa tête tout en fixant la page blanche.

Ce premier roman n'avait pas rencontré un très grand succès commercial (il s'en était vendu environ quinze mille exemplaires), mais marcha suffisamment bien pour qu'Angie lui propose un contrat pour un deuxième roman.

Son livre suivant, *Hotel Springford*, parlait d'une fille qui avait grandi dans un vaste hôtel hanté avec sa mère serveuse. Il ne se vendit pas aussi bien que le précédent, mais Madeline l'avait écrit alors que Brick était bébé et elle était trop occupée à changer des couches et préparer des purées pour se soucier des ventes.

Après *Hotel Springford*, Madeline fut surprise de sentir que son désir d'écrire faiblissait, pour la première fois de sa vie, supplanté par les joies et les épuisements de la maternité. Elle décida de faire une pause dans l'écriture pour se consacrer à plein temps à sa vie de mère. Elle adorait sa vie avec Brick ; cela rendait les aléas de la vie (ses trois fausses couches, la maladie et la mort de Big T) supportables.

Quand Brick entra au collège et que Madeline avait perdu tout espoir d'un deuxième enfant, elle se remit à écrire de la fiction. Elle rédigea *Islandia*, qui lui avait valu le fameux contrat à six chiffres prévoyant deux livres à venir – ce qui expliquait sa situation actuelle.

L'année précédente, cette somme lui avait semblé énorme, mais une fois les impôts et la part de Redd déduits, il restait tout juste assez pour payer leurs crédits, investir cinquante mille dollars avec Eddie qui paraissait gagner de l'argent pendant son sommeil... et louer l'appartement.

Madeline fixa la page blanche. Est-ce que des bougies parfumées pourraient l'aider ? L'appartement était calme mais elle pouvait entendre des voix dehors ainsi que le bruit de la circulation. Mozart ou Brahms couvriraient ça. Écrire un roman avec une date butoir était difficile, surtout en étant aussi préoccupée.

Elle regarda par la fenêtre en direction de Centre Street. À l'époque de la pêche à la baleine, cette rue avait été surnommée rue des Jupons parce que les hommes étaient tous partis chasser la baleine, laissant les femmes s'occuper des magasins.

Rue des Jupons, ça aurait fait un bon titre, mais Angie détestait les romans historiques. Ça ne se vendait pas, à moins de s'appeler Philippa Gregory.

La rue ne l'inspirait pas autant que Madeline l'aurait espéré.

Redd Dreyfus avait fait un gros sacrifice pour elle. C'était un agent littéraire new-yorkais à l'ancienne. Il était rond, il buvait du whisky, il fumait des cigares et emmenait les éditeurs déjeuner au Grill Room du Four Seasons où il commandait un steak d'aloyau saignant. Pour une raison qu'elle ignorait, Angie lui était redevable. Angie Turner était très mince ; elle portait des jupes crayons et des chaussures à brides. Elle buvait du chardonnay et grignotait des salades. Madeline se demandait quel service il avait bien pu lui rendre. Elle imaginait que ça devait concerner un autre auteur, quelqu'un de très respecté qui s'était mal conduit. Elle imaginait qu'il devait être question de sexe, de drogue ou d'argent même s'il s'agissait plus probablement d'une histoire de droits étrangers ou d'une bévue publicitaire.

Elle aurait bien aimé passer en revue toutes ses émotions avec Trevor, mais il était en vol. Les gens pensaient que c'était dur d'être pilote mais une fois qu'on savait piloter un avion, c'était comme de conduire un bus avec plus de sex appeal. À cause des lunettes, aimait dire Madeline.

Elle prit la boîte contenant les œufs d'oiseaux. Ils paraissaient si fragiles et parfaits, nichés dans leur compartiment tapissé de paille. Tour à tour mouchetés, lisses, et granuleux avec de subtiles nuances de couleurs : blanc, crème, ivoire, porcelaine, légèrement bleuté ou avec une touche de vert. Est-ce que la précédente locataire était ornithologue ? Un jour, Madeline avait donné une interview pour un magazine dans laquelle elle avait déclaré que « chaque existence contient un roman ». Est-ce qu'elle pouvait envisager d'écrire un roman sur une ornithologue qui quittait Nantucket pour les îles Vierges ?

Elle ne connaissait rien au sujet des îles Vierges.

Un coup à la porte la surprit à tel point qu'elle faillit lâcher la boîte d'œufs.

Mais qui… ?

Madeline avait peur alors même qu'on était en plein jour, au beau milieu du centre-ville. Elle souffrait toujours de temps en temps du syndrome de stress post-traumatique, vingt ans après son enlèvement. Les bruits soudains la terrifiaient et elle n'aurait jamais pu écrire un roman SM comme *Cinquante nuances de Grey*. Les cordes, les bâillons, les bandeaux sur les yeux, tout ça la stressait tellement qu'elle pouvait s'en évanouir.

Qui était à la porte ?

Madeline attendit, retenant sa respiration, espérant que l'inconnu allait s'en aller.

Un nouveau coup. Assuré, insistant. La voiture de Madeline était garée devant l'immeuble. N'importe qui pouvait l'avoir reconnue.

Elle avança jusqu'à la porte sur la pointe des pieds pour ne pas se faire entendre.

Une voix d'homme qu'elle connaissait bien lança :

— Madeline, je sais que tu es là. Ouvre, c'est moi.

« Moi ? » Elle connaissait cette voix pourtant, dans sa panique, elle n'arrivait pas à l'identifier.

Elle déverrouilla la porte et l'entrouvrit.

Eddie.

Elle poussa un soupir.

— Bon sang, tu m'as fait une peur bleue.

Il portait une chemise blanche en lin, un pantalon kaki, un panama et les chaussures Versace qu'il aimait tant. C'était sa tenue d'été et Madeline se dit qu'il était un peu en avance sur la saison. Il faisait plutôt bon aujourd'hui, au moins dix-sept degrés, mais on était encore loin de l'été et Eddie était habillé comme un souteneur de La Havane dans les années 1950. Et pourtant, ce look lui allait vraiment bien. Fast Eddie. On pouvait lui confier une maison à 10 heures du matin, il faisait deux visites et l'avait vendue dix pour cent plus cher dans l'après-midi. Les gens adoraient ce panama, qui ne venait pas du Panama contrairement à ce qu'on aurait pu penser, mais du Pérou ou de l'Équateur.

Tous les ans, quelqu'un se déguisait en Fast Eddie pour Halloween.

— Est-ce que je peux entrer ? demanda-t-il. S'il te plaît ?

Madeline le laissa entrer. Sa fierté d'avoir son propre appartement disparut dès qu'Eddie observa les lieux de son œil de professionnel.

— Comment est-ce que tu as su que j'étais là ? Je ne l'ai même pas encore dit à Grace.

— Je l'ai appris par la voie habituelle : je l'ai entendu dans la rue. Alors, tu paies combien ?

— Heu…

Madeline envisagea de dire un mensonge, mais il finirait par découvrir la vérité. Il connaissait probablement déjà le prix de toute façon. Il demandait simplement pour la forme.

— Deux mille par mois.

— Ha ! fit-il en lâchant un petit rire.

Madeline attendit la suite.

— J'aurais pu te l'avoir pour mille cinq, peut-être mille deux.

Il bluffe, se dit-elle.

— Ah bon ?

— Mais tu as préféré négocier avec Rachel.

— C'est vrai. Elle a insisté. Et je ne voulais pas t'embêter avec ça.

— Tu ne m'aurais pas embêté. C'est calme pour moi en ce moment. J'aurais pu avoir cet appartement pour un meilleur prix. Franchement, je suis surpris que tu aies décidé de traiter avec Rachel. Après ce que Calgary a fait à Hope…

Calgary n'a rien fait à Hope, songea-t-elle, il a simplement rompu avec elle une semaine avant Noël. Et apparemment, il avait donné le pendentif en verre (qui n'avait pas dû lui coûter plus de trente dollars) à une autre fille, Kylie Eckers. Mais les ados se conduisaient comme ça depuis la nuit des temps, non ? Pourquoi est-ce qu'il faudrait punir Rachel ?

— Pourquoi est-ce que tu es venu, Eddie ?

— Quand j'ai entendu que tu avais un « bureau », je me suis dit qu'il fallait que je vienne jeter un œil.

Elle n'aimait pas la façon dont il avait prononcé le mot « bureau ». Il lui donnait une connotation ridicule et absurde, comme si elle avait acheté une licorne.

— Je travaille, précisa-t-elle en indiquant son carnet.

— Vraiment ?

— J'essaie.

— J'ai toujours pas lu ton dernier livre. Mais tout le monde l'a adoré.

Madeline savait qu'il n'avait jamais lu ses livres et qu'il ne les lirait jamais. Le dernier qu'il ait lu, c'était *Dune*, en classe de seconde.

Eddie visita l'appartement, son intérêt pour l'écriture de Madeline s'évaporant soudainement comme une odeur nauséabonde. Dans la cuisine, il ouvrit les placards et la porte grinçante du vieux lave-vaisselle. Dans la salle de bains, il tourna le robinet d'eau. Et dans la chambre, il poussa un petit grognement de réprobation.

Madeline leva les yeux au ciel. Vraiment, pourquoi est-ce qu'Eddie Pancik s'intéressait à ce petit deux-pièces sans personnalité qu'elle louait pour deux mille dollars par mois ? La seule location dont il s'occupait, c'était cette fameuse maison à cinquante mille dollars par semaine sur Low Beach Road, sur laquelle il se faisait une sacrée commission.

Eddie sortit de la chambre et réajusta son panama d'un geste qui n'appartenait qu'à lui, laissant brièvement entrevoir son crâne rasé. Madeline le connaissait depuis tellement longtemps qu'elle se rappelait l'époque où il avait des cheveux bouclés.

— Qu'est-ce qu'en pense Trevor ? demanda-t-il.

— Il m'a encouragée à le prendre.

— Évidemment. Tu mérites d'avoir ton propre espace, Maddie. Il n'y a aucune raison de se sentir coupable.

— Je ne me sens pas coupable.

— Sauf que tu paies trop cher.

— À propos d'argent…

Elle avait du mal à croire qu'elle allait aborder ce sujet, mais il était tellement rare qu'elle se retrouve seule avec Eddie qu'elle se sentit obligée de poser la question.

— Est-ce que tu penses que Trevor et moi, on pourra avoir bientôt un retour sur notre investissement ? Je ne vais pas te mentir, Eddie. Prendre cet appartement nous demande quelques sacrifices. Et Brick veut une voiture. Ça ne m'embêterait pas de ne faire aucun profit, si tu pouvais juste nous rendre nos cinquante mille dollars.

— Je ne comprends pas bien. Pourquoi est-ce que vous avez investi avec moi si vous ne vouliez pas faire de profit ?

Pourquoi est-ce qu'elle avait investi ? Par cupidité sans doute, et parce que ce projet l'excitait. Eddie était venu les voir en leur proposant une occasion de doubler leur mise et cette perspective avait séduit Madeline. Trevor et elle avaient des problèmes financiers depuis tellement longtemps (alors que Grace et Eddie avaient acheté une propriété immense, une nouvelle Range Rover et une Porsche Cayenne tout en laissant les jumelles faire du shopping en ligne chez Saks et Neiman Marcus) qu'elle avait cédé à la proposition d'Eddie simplement parce qu'elle le pouvait.

Mais elle ne voulait pas admettre ça devant lui. Elle avait visé trop haut.

— Est-ce que ce serait possible de récupérer notre argent, disons, d'ici le mois prochain ?

— Le mois prochain ?

Eddie haussa les sourcils et lui adressa ce petit sourire narquois que Madeline trouvait séduisant.

— Tu comprends ce que je fais, non ? Je construis des maisons d'investisseurs. Je les construis, je les vends et je fais du profit seulement à ce moment-là. En ce moment, j'essaie de terminer la construction.

— Et c'est bientôt fini ?

Il y eut un long silence, suffisamment long pour que Madeline se demande s'il l'avait entendue. Elle s'apprêtait à reposer sa question quand il répondit :

— Non, Maddie, pas vraiment. Pas du tout, même.

— Mais on est toujours d'accord pour avoir un retour d'investissement en juin, non ? Ou bien août au plus tard. C'est ce que tu nous as dit au mois de janvier, Eddie.

— Oui, je sais, mais les choses ont changé entre-temps. Il faut prendre en compte les fluctuations du marché.

Madeline essaya de ne pas céder à la panique. Eddie était un homme d'affaires tellement doué qu'elle n'avait pas eu le moindre doute en investissant avec lui. Trevor l'avait prévenue que des opérations financières de ce type (les prêts, les investissement, etc.) étaient exactement le genre de choses qui pouvaient ruiner une amitié. Mais Madeline avait insisté.

— Les fluctuations du marché, répéta-t-elle.

Elle ne savait pas exactement ce que cela voulait dire, mais ça devait signifier que son argent n'était pour l'instant pas récupérable.

— Exactement, rétorqua Eddie.

Il afficha un air compréhensif, que Madeline trouvait aussi charmant. Eddie avait une certaine douceur sur le visage qu'il ne laissait entrevoir que rarement, généralement quand il s'adressait à ses femmes.

— Il faut que j'y aille, annonça-t-il. Je te laisse travailler. On se voit demain soir pour dîner. Grace fera des tacos à la crevette.

Madeline se sentit soulagée. Au moins une perspective agréable : le dîner chez les Pancik. Trevor et Brick n'auraient pas à manger de la pizza un soir de plus. Grace était une cuisinière exceptionnelle.

— Ne lui parle pas de cet appartement, lui demanda Madeline. Je veux lui faire la surprise.

— OK, répondit-il soudain pressé de partir.

Madeline le raccompagna.

— À demain, Eddie. Merci d'être passé.

Une fois Eddie reparti, elle se laissa tomber sur le canapé. Les fluctuations du marché ? Ils allaient finir par récupérer leur argent, non ? Ils avaient une preuve écrite quelque part. Mais Madeline était inquiète. Si elle voulait de l'argent, elle allait devoir se mettre au travail, écrire ce livre, en faire quelque chose de spécial. Rien que d'y penser, elle se sentait dépassée.

Elle avait besoin de faire une sieste.

Nantucket

Sultan Nash, qui avait été engagé pour repeindre la devanture de Black-Eyed Susan, vit Madeline King se garer sur une des trois places réservées à la bâtisse victorienne juste en face.

Sultan connaissait Madeline parce qu'il avait grandi sur l'île avec son mari, Trevor, avec qui il avait joué au football au Boys & Girls Club. Il remarqua la Mini Cooper turquoise de Madeline parce qu'il avait précisément voulu garer son pick-up sur cet emplacement la semaine précédente et avait failli finir à la fourrière. Ça l'avait mis en colère. Il savait qu'il s'agissait d'un emplacement privé mais il croyait fermement que quand on était né sur l'île, on devrait pouvoir se garer où on le voulait, quand on le voulait. Cela faisait dix ans qu'il défendait cette idée aux réunions publiques.

Il agita la main en direction de Madeline et lui lança :

— Je ne me garerais pas ici si j'étais toi !

— Je loue un des appartements de l'immeuble ! répondit-elle en souriant.

Elle louait un de ces appartements ? Est-ce que l'inimaginable était arrivé ? Est-ce que Trevor et Madeline s'étaient séparés ? Sultan les avait vus ensemble à l'automne précédent lors d'un mariage et il avait remarqué à quel point ils paraissaient fous amoureux, comme de jeunes mariés. À la fin de la soirée, Trevor avait exécuté un petit numéro de claquettes pour elle (il était plutôt doué) et quand il avait terminé, Madeline lui avait donné un baiser qui avait fait rougir Sultan. Il aurait donné n'importe quoi pour avoir une relation pareille.

Environ une demi-heure après avoir vu Madeline se garer, Sultan aperçut Eddie Pancik qui frappait à la porte. Madeline ouvrit et Eddie disparut à l'intérieur.

Sultan en fit part à Darlene Lanta, serveuse au Downyflake, où Sultan déjeunait tous les jours dans l'espoir de la séduire.

— Laisse-moi récapituler, insista Darlene. Madeline King a un appartement en ville et Eddie Pancik est venu lui rendre visite ?

Sultan hocha la tête et mordit dans son sandwich.

Rachel McMann dit à son mari Andy (ou Dr Andy, comme l'appelaient ses patients du cabinet dentaire) qu'elle avait loué à Madeline « une chambre à elle ». Dr Andy – qui n'écoutait toujours qu'à moitié parce que la plupart des gens avec qui il discutait avaient la bouche grande ouverte et n'étaient de toute façon pas vraiment intelligibles – interpréta ça comme « un appartement pour elle toute seule ». Il n'avait pas lu Virginia Woolf.

— J'ai eu de la chance, poursuivit Rachel, j'étais là au bon moment, comme je te le dis souvent, mon chéri. Je n'arrive pas à croire que Madeline ne se soit pas adressée plutôt à Eddie Pancik.

Le Dr Andy se demanda si Madeline et Trevor s'étaient séparés. Il ne chercha pas à en savoir plus. Mais au détour d'une conversation, il mentionna cela à Janice, son assistante, le lendemain matin. Janice était mariée à Alicia, qui travaillait aussi dans l'immobilier et qui était bien placée pour contrebalancer les histoires terribles que lui rapportait le Dr Andy, et qui venaient généralement de Rachel.

— Madeline King a déménagé ? demanda Janice. Ça n'a pas de sens. Est-ce que tu es sûr que c'est ce qu'a dit Rachel ?

Il en était sûr, ou presque.

— J'imagine que Rachel s'attendait à ce que Madeline s'en remette à Eddie Pancik.

Janice, en tant qu'assistante, écoutait elle aussi seulement à moitié. Elle entendit la chose suivante : « Rachel s'attendait à ce que Madeline se mette avec Eddie Pancik. »

— Ah bon ? s'étonna Janice. Ça me paraît peu probable, non ? Eddie Pancik ? Sa femme est sa meilleure amie, non ?

— J'imagine que tout est possible, Janice. Mais on ne devrait pas échanger des ragots sur Eddie Pancik, c'est notre propriétaire. Il pourrait nous mettre dehors.

— J'ai toujours pensé que Madeline King devrait écrire un roman sur un cabinet dentaire.

Dr Andy était bien d'accord et sur ce, il alla s'occuper de son patient de 9 heures venant pour une carie tandis que Janice demandait à la patiente suivante, Phoenix Hernandez, qui était aussi une de ses confidentes, si à son avis Madeline King ferait mieux de sortir avec Eddie Pancik maintenant qu'elle avait son propre appartement en ville.

Grace

Les vivaces de Grace commençaient à sortir, ses bulbes de printemps fleurissaient (des narcisses, des hyacinthes, des tulipes) et ses cerisiers japonais avaient des milliers de boutons. Dans deux semaines, ils seraient couverts de fleurs roses, comme le cœur de Grace.

Benton venait chez elle tous les matins à 10 heures.

Le cadeau qu'il lui avait rapporté du Maroc était une théière en argent ouvragé pour préparer du thé à la menthe, accompagné de deux verres en cristal gravé. Quand Benton lui avait montré la théière, Grace avait perdu toutes ses illusions. Une théière, ce n'était ni sexy ni romantique. Il aurait aussi bien pu lui rapporter un plat à tajine.

Mais accomplir le rituel (cueillir les feuilles de menthe les plus robustes dans le jardin intérieur de Grace, mettre l'eau chaude et ajouter juste ce qu'il fallait de sucre dans la théière puis verser l'élixir dans les verres en cristal avant de le déguster) se révéla être une expérience sensuelle qu'ils partageaient ensemble.

— Ça te plaît ?

— Le goût est très pur, dit Grace. Et tellement rafraîchissant.

Grace vit le soulagement et aussi, pensa-t-elle, l'affection se peindre sur son visage.

Ils préparaient du thé à la menthe tous les jours et le buvaient tout en bavardant de leurs projets pour le jardin. Ils décidèrent d'installer un long et étroit massif d'hémérocalles devant la terrasse.

— Je n'ai pas beaucoup d'expérience avec les hémérocalles, avoua Benton.

— Eh bien pour une fois, c'est moi qui vais t'apprendre ! répliqua Grace.

La grand-mère de Grace, Sabine, une femme qu'elle avait admirée pour son goût raffiné, avait des hémérocalles dans son jardin et quand elle était enfant, Grace avait été fascinée par ces fleurs aux noms poétiques : « Beauté divine », « Banquise », « Chant des sirènes », « Bien-aimée de Maud ».

Benton et elle étaient assis côte à côte à la table de la cuisine, penchés sur le catalogue.

— Je crois qu'il nous faut des variétés mâles, avança-t-il. Qu'est-ce que tu dirais de « Coq de bruyère » ? Ou « Fils du bandit » ? Ou « Phare des baleines » ?

— « Dents de loup », proposa Grace.

— Ou « Pas de deux ».

Leurs doigts se frôlèrent quand il tourna la page et Grace sentit ses oreilles rougir.

— Je préfère les noms plus doux, insista-t-elle. On devrait choisir « Chéri bibi ».

— S'il te plaît, ne me force pas à planter une fleur qui s'appelle « Chéri bibi ».

Elle se mit à rire.

— Qu'est-ce que tu penses de « Café crème » ?

— Va pour « Café crème », mais seulement si tu acceptes de prendre aussi « Étoile de mer de Broadway ».

— Ou bien celle-là, regarde : « Baisers de crapaud », dit-elle en pointant une photo dans le catalogue.

— Elle n'est pas particulièrement jolie, commenta Benton. Et puis qui aurait envie d'être embrassé par un crapaud ?

Grace tourna la page. Elle s'arrêta sur la plus belle fleur de la page et lut son nom à voix haute sans réfléchir :

— « Chaleur torride ».

— Oui, elle me plaît.

Il leva la tête et leurs regards se croisèrent. Grave savait que ses oreilles devaient être cramoisies.

Il va m'embrasser, songea-t-elle. Il s'approcha. Leurs lèvres se frôlèrent. Grace retint sa respiration et ce petit bruit sembla ramener Benton à la réalité. Il s'éloigna.

— Je suis désolé, Grace, lâcha-t-il. Je crois que ces noms de fleurs me sont montés à la tête.

— Ne t'excuse pas ! protesta-t-elle.

Elle était effondrée qu'il se soit arrêté là. Elle voulait revenir à l'intimité qui les avait unis pendant qu'ils choisissaient les fleurs, mais le charme avait été brisé. Elle referma le catalogue et décida de lui poser la question qui lui brûlait les lèvres depuis deux semaines :

— Est-ce que McGuvvy t'a accompagné au Maroc ?

— Non. Elle a décroché un job à San Diego, comme prof de voile. On s'est séparés.

Pendant que Grace digérait cette nouvelle, il tapota nerveusement des doigts sur la table.

— Alors tu es libre comme l'air, souffla-t-elle.

— En effet.

— Benton...

— Tu es mariée, Grace. À Eddie, qui paie mes factures.

— Je...

— Ne dis rien, reprit-il avant de pousser un long soupir, la tête baissée sur sa tasse de thé. Tu as une maison, des enfants, toute une vie avec Eddie.

Il but une gorgée.

— Moi je suis ton jardinier.

— Tu es bien plus que ça. Cet hiver, quand j'ai reçu tes cartes...

— Non, n'ajoute rien de plus...

— Je me suis rendu compte à quel point tu étais important pour moi. Mon… amitié pour toi, ce jardin, ce projet, ce qu'on est en train de créer ici, tout ça compte beaucoup pour moi.

— Arrête.

— Que j'arrête quoi ? D'avoir des sentiments pour toi ? Ou que je t'empêche d'en avoir pour moi ?

— Tu ne sais pas ce que je ressens.

Cette réponse la laissa sans voix. Oh non, se dit-elle, ce n'est pas réciproque. Il ne m'aime pas. C'était la phrase la plus triste qui soit.

— Et qu'est-ce que tu ressens ? demanda-t-elle.

— Je me sens perdu.

Elle ne répondit rien.

— Je ne suis pas ce genre de types, reprit-il. Je ne suis pas comme ça. Et puis, c'est pas comme si tu étais une femme rencontrée par hasard dans un bar. Tu es une de mes clientes.

— Je le sais.

— Je ne suis pas comme ça, répéta-t-il en repoussant sa chaise. Il faut que je réfléchisse.

— Loin de moi.

— Loin de toi.

— Mais tu m'aimes bien ?

— Oh Grace, je t'aime plus que bien.

Le lendemain matin, Benton arriva vingt minutes plus tard que d'habitude et pendant ces vingt minutes, Grace pensa qu'il ne viendrait pas du tout. Elle se dit : Il va partir. Il va laisser tomber notre projet. Il l'aimait « plus que bien », mais à cause de ça, ils allaient devoir arrêter de travailler ensemble.

Quand sa camionnette se gara enfin dans l'allée, Grace poussa un soupir de soulagement. Elle s'empressa de sortir dans le jardin et pour ne pas lui donner l'impression qu'elle était restée plantée là à l'attendre, se mit à arracher des mauvaises herbes inexistantes du massif de tulipes.

— Salut Grace ! lança Benton en faisant le tour de la maison avec à la main une boîte venant de la boulangerie de la rue des Jupons. Je t'ai apporté quelque chose.

Son ton était léger. Tout était redevenu normal. Grace se sentit soulagée mais également triste.

— Est-ce qu'il faut que je cueille quelques feuilles de menthe ?

— Avec plaisir !

Dans la cuisine, Benton prépara le thé pendant que Grace se lavait les mains et essayait de calmer ses nerfs. Ensuite, ils prirent leurs places habituelles à la table.

Benton ouvrit la boîte en carton qui contenait quatre macarons vert pâle avec une garniture rose.

— Je suis devenu fan des macarons à cause d'une boulangerie française à Marrakech, expliqua-t-il. Ceux-là sont tout aussi bons.

Il lui en tendit un.

Grace le prit et en croqua un morceau. Elle ne put s'empêcher de pousser un grognement de plaisir.

— Goûte-le avec le thé, lui conseilla-t-il.

Elle but une gorgée. C'était une explosion en bouche.

— Ça te plaît ?

— C'est le nirvana.

Il soutint son regard et lui sourit. Grace sentit son cœur faire un bond. Il reposa son verre de thé et secoua la tête comme si elle avait fait une bêtise. Très doucement, il dit :

— Et puis zut...

Il prit son menton dans sa main et l'embrassa.

Madeline

Brick n'avait pas envie d'aller dîner chez les Pancik.

— Pourquoi, mon chéri ? lui demanda Madeline.

Brick haussa les épaules. Quand il était rentré de son entraînement de foot, il s'était avachi sur le canapé. À présent, il était scotché devant la télé, sur une chaîne de sports.

Madeline s'assit doucement à côté de lui.

— Mon chéri ?

— J'ai pas envie.

C'était une première. Habituellement, Brick sautait de joie à l'idée d'aller dîner chez eux. C'était le seul moment où il avait le droit de rester seul avec Allegra dans sa chambre. Avec la porte ouverte, bien entendu.

— Est-ce que tout va bien avec Allegra ?

— Je sais pas, répondit-il en haussant les épaules.

Madeline baissa les yeux sur ses mains. Elle avait élevé cet enfant pendant seize années sans pour autant réussir à ce qu'il lui fasse des confidences. Trevor y parvenait beaucoup mieux. Elle attendit en se mordillant la langue jusqu'à ce qu'elle sente le goût du sang dans sa bouche.

Sa patience fut récompensée.

— Je sais pas trop ce qui se passe, finit-il par dire. Elle est bizarre en ce moment. Je me suis dit que c'était peut-être les hormones, ou un truc comme ça, mais maintenant j'ai l'impression qu'elle en a juste marre de moi.

Est-ce que ce serait horrible de la part de Madeline si elle répondait qu'elle n'était pas surprise ? Allegra avait des qualités, notamment sa beauté, sa prestance, sa confiance. Quelle autre fille de seize ans avait autant confiance en elle ? Elle pouvait aussi être drôle ; elle imitait à la perfection Mme Kraft, leur professeur d'anglais. Mais elle avait toujours eu quelque chose de supérieur, d'hautain, une attitude assez désagréable qu'elle réservait généralement à sa mère. Elle faisait régulièrement pleurer Grace et, en tant que meilleure amie de cette dernière, Madeline avait toujours été à son écoute. « Oui, c'est horrible que ta fille t'ait dit ça. Oui, elle s'est vraiment montrée égoïste et insensible. Mais elle est jeune, ça lui passera. »

À cause d'Allegra, Madeline était soulagée de ne pas avoir eu de fille.

— Tu penses qu'elle en a marre de toi ? reprit Madeline. Comment est-ce que ça pourrait être possible ?

Il esquissa un faible sourire.

Madeline ne laissait pas souvent transparaître ce qu'elle pensait réellement d'Allegra parce que c'était la petite amie de son fils ; il en était fou amoureux. Au début de leur histoire, ils passaient tellement de temps à s'embrasser et se caresser que Madeline avait dû mettre le holà. Elle était loin d'être prude, mais tout cet étalage de désir était gênant. Elle avait vu un éclair de triomphe passer dans les yeux bleus d'Allegra. Brick la vénérait.

Elle le rendait heureux et entre eux, ce n'était pas seulement sexuel ; quand il entendait sa voix, son visage s'éclairait.

Madeline et Grace s'étaient promis quelque chose, quand leurs enfants avaient commencé à sortir ensemble : ne pas s'en mêler. Elles laisseraient Allegra et Brick régler leurs problèmes. Madeline s'était toujours demandé ce qu'il se passerait s'ils se séparaient. Elle espérait que ce serait une décision commune, au moment où chacun suivrait une route différente.

— S'il te plaît, dit Madeline. Viens au dîner. Allegra et toi, vous pourrez discuter de ce qui ne va pas.

— Non, répondit Brick. Dis-leur que je ne me sens pas bien. C'est pas un mensonge. J'ai le cœur brisé.

Elle dégagea sa frange de son front.

— Oh, mon chéri...

— S'il te plaît, maman. Je préfère rester tout seul ici. Allez-y sans moi.

— Tu veux manger quelque chose ? Je peux te faire un croque-monsieur.

— Non, maman, c'est bon.

Trevor entra dans le salon vêtu de sa chemise fétiche à rayures vertes. Ses cheveux blonds étaient soyeux et il avait déjà le teint un peu hâlé : c'était le début de son bronzage d'été. En août, sa peau aurait foncé et ses cheveux auraient éclairci. Il avait l'air aussi californien que Madeline sinon plus.

— Qu'est-ce qui se passe ? demanda-t-il.

— Brick préfère rester à la maison, répondit-elle. On devrait peut-être annuler. On pourrait rester là et commander une pizza.

— Non, répondit Trevor, Grace s'est sûrement donné beaucoup de mal, comme d'habitude. On va y aller. Tous les trois, ajouta-t-il en tendant la main à Brick.

— J'ai apporté ce malbec que tu aimes bien, annonça Madeline en posant le vin sur le magnifique plan de travail en granit bleu de Grace.

C'était, comme le disait Trevor, le revêtement de cuisine le plus sexy du monde.

Grace était occupée à remuer des oignons et des poivrons dans une poêle d'où s'échappait une délicieuse odeur.

— Comme c'est adorâââble ! répondit-elle en imitant cet accent qu'elles avaient baptisé « l'accent bourgeois ».

Par la porte-fenêtre, Madeline vit Eddie tendre une bière à Trevor et un Coca à Brick. Ce dernier s'installa dans une des chaises longues en rotin avec un coussin en tissu. L'une des jumelles apparut, avec ses longs cheveux châtains et ses jambes fines. Madeline espéra qu'il s'agissait d'Allegra et qu'elle allait embrasser Brick comme avant, faisant ainsi rougir Eddie et Trevor. Mais ce n'était pas Allegra. C'était Hope. Elle avait les cheveux séparés par une raie au milieu et passés derrière les oreilles. Elle était un tantinet moins jolie que sa sœur ; ses yeux étaient plus petits, ses joues plus rondes. Elle était peut-être moins glamour, mais plus gracieuse. Elle avait un air posé et sérieux doublé d'une élégance naturelle que Madeline avait remarquée seulement chez des femmes comme Jacqueline Onassis ou Audrey Hepburn.

Des deux filles, Madeline préférait Hope. Elle s'autorisait rarement à le penser.

— Le jardin est magnifique, commenta-t-elle.

C'était peu dire. Le jardin était époustouflant, comme toujours. Le reste de l'île était encore gris et marron, les arbres étaient nus et les jonquilles qui bordaient Milestone Road avaient subi la pluie et le vent. Mais le jardin de Grace était vert et luxuriant comme s'il avait reçu tout spécialement quelques rayons de soleil. Les bordures des massifs étaient nettes et propres; des petits lutins semblaient avoir coupé la pelouse à l'aide de ciseaux à manucure. Tout était en bourgeon, prêt à éclore. Il y avait un massif de tulipes oval qui aurait fait pleurer un Néerlandais. Il contenait sept cents bulbes orange vif, blanc éclatant, rouge cerise, améthyste et trois nuances de rose : poudré, nacré et fuchsia. Ce massif seul poussait Madeline à croire en l'existence de Dieu. Les pierres avaient été frottées, tout comme ses vieux pots en fonte et sa statue de l'ange Gabriel, acheté dans une église de Lourdes où Grace avait passé un semestre lors d'un échange universitaire quand elle étudiait à Mount Holyoke. Il y avait un banc récupéré aux Tuileries, datant soi-disant de l'époque de Monet et Renoir. Des fougères voluptueuses le tapissaient, à l'endroit précis où s'étaient peut-être assis Claude et Auguste. Au fond du jardin, il y avait le cabanon et le poulailler. Les portes de celui-ci étaient bien fermées; les poules dormaient.

Madeline admira le petit pont qui enjambait le ruisseau, puis les cabanes à oiseaux faites main, les chaises longues disposées de façon à avoir vue sur Polpis Harbor. La piscine, avec son carrelage foncé, délimitée par les mêmes pavés que ceux qu'on trouvait en ville dans Main Street, était encore couverte tout comme le jacuzzi. Tout ici était paradisiaque. Madeline était venue dans cette maison des milliers de fois et systématiquement, cette beauté somptueuse lui coupait le souffle. Elle ne pouvait pas imaginer comment serait sa vie si elle avait un jardin pareil à admirer tous les jours.

Celui de Madeline consistait en parcelles de terre, de sable et de gazon où poussaient quelques arbres tordus, des haies maigrichonnes et des mauvaises herbes. Elle avait un hortensia qui donnait quelques fleurs violettes et rabougries. Ceux de Grace, au contraire – au nombre de vingt-deux –, étaient magnifiques. Ils donnaient des fleurs bleues, violettes, roses, blanches et vertes. Madeline ne savait même pas qu'il existait des hortensias verts et pourtant si. Une variété qu'on appelait le « Limelight ».

— Benton est venu.

— Oui, je le sais, commenta Madeline. Parce que tu ne m'appelles plus qu'une fois tous les trois jours.

L'expression de Grace était difficile à déchiffrer. Elle sourit et c'était un sourire d'excuse mêlé à autre chose.

— Du vin s'il te plaît, lança-t-elle. J'adorerais un petit verre de vin.

Madeline sortit deux verres Baccarat du vaisselier. Grace aimait bien utiliser ces verres le mercredi soir même s'ils étaient fragiles et que chacun coûtait aussi cher qu'une nuit dans une suite du Four Seasons. Madeline en avait cassé un, Grace aussi et Eddie en avait cassé deux, deux semaines de suite. Madeline les remplit généreusement de malbec et en apporta un à Grace.

— J'ai une nouvelle à t'annoncer, dit-elle.

— Moi aussi, répondit Grace avant de boire une gorgée de vin et de poser le verre sur son plan de travail sexy. Mais je vais devoir attendre un peu avant de t'en parler. Et toi, qu'est-ce que tu as à me dire ?

Madeline prit une profonde inspiration. Elle avait peur que Grace soit en colère contre elle pour avoir loué un appartement à Rachel McMann et aussi pour l'avoir choisi sans le lui montrer d'abord.

— J'ai pris un appartement en ville.

— Quoi ? !

— Ce n'est pas ce que tu crois. Il va me servir de bureau pour écrire.

Grace parut soulagée et elle répondit en imitant l'accent aristocratique de sa grand-mère Sabine :

— Magnifique, ma chérie ! Dans quel coin de la ville ?

— Dans l'immeuble bleu qui fait l'angle d'India et de Centre.

— J'ai toujours adoré cet immeuble.

Elle baissa le feu sous les oignons et les poivrons puis serra Madeline dans ses bras.

— Alors tu as un vrai espace de travail rien qu'à toi, maintenant. Je suis jalouse ! Mais tu le mérites.

— C'est ce que tout le monde me dit, mais je n'en suis pas sûre. C'est assez cher.

— Combien ?

— Deux mille par mois.

— Bah, dit Grace en se retournant pour prendre son verre sur la cuisinière. C'est plutôt raisonnable pour le centre-ville en pleine saison.

Certes, pensa Madeline. Ça lui paraissait raisonnable parce que Grace n'avait jamais eu à se soucier d'argent. Elle avait grandi dans une vieille famille puritaine, les Harper de Salem, dans le Massachusetts ; un de ses ancêtres avait été le juge qui avait défendu Bridget Bishop, l'une des femmes accusées d'être une sorcière. (« Je ne suis pas une sorcière. Je suis innocente. Je ne sais rien de tout ça. » Pendue le 10 juin 1692.) Grace avait trois frères aînés qui étaient tous avocats défendant les droits de l'homme à Boston. Grace et ses frères avaient été forcés de s'habiller correctement chaque soir pour le dîner dans la majestueuse demeure en brique d'Essex Street. Du côté maternel, il y avait grand-mère Sabine qui possédait une propriété de cent vingt hectares à Wayland et à qui Grace rendait visite tous les dimanches. Ils y jouaient au croquet en été et y faisaient de la luge en hiver. Madeline avait toujours aimé entendre les anecdotes de l'enfance de Grace ; elle les savourait comme des petits fours. Grace ne pouvait pas comprendre ce qu'étaient les difficultés financières.

— Au sujet de cet appartement, ajouta Madeline qui voulait être honnête parce que c'était dans sa nature, j'en ai entendu parler grâce à Rachel McMann.

— Ah.

— Eddie n'est pas très content de ça, apparemment. Il est passé voir l'appartement et n'a pas vraiment apprécié que j'aie fait appel à Rachel. Mais c'était un hasard. J'ai simplement dit quelque chose et tu connais Rachel...

— Elle a fait le reste, termina Grace.

— Elle a saisi l'occasion. Si j'avais pris le temps de réfléchir... Si j'avais été à la recherche de quelque chose, j'aurais évidemment contacté Eddie. Tu le sais, non ?

— Bien sûr. Eddie va s'en remettre, assura Grace en agitant la main.

Madeline se sentit infiniment soulagée. Elle n'avait pas espéré que Grace prenne cette nouvelle aussi bien. Son amie était tellement nerveuse la plupart du temps qu'une nouvelle pareille pouvait provoquer une crise. Mais ce soir-là, elle était d'une humeur exceptionnelle. Madeline ne se rappelait pas quand elle avait vu son amie si joyeuse, si... détendue. Elle était rayonnante.

— Va rejoindre les garçons, lui dit Grace. J'ai presque fini.

— Madeline ! s'écria Eddie. Ça faisait longtemps !

— Eddie.

Ils s'embrassèrent et elle sentit les habituels effluves de Calvin Klein, parfum qu'il portait depuis l'université. Il sourit à Madeline avant de passer la main au-dessus du gril pour vérifier la température.

— Alors, qu'est-ce que tu penses du nouvel appartement de ta femme ? demanda-t-il à Trevor.

— Je le trouve super, répondit-il en donnant à Madeline une petite tape sur les fesses. Plus d'excuse pour ne pas travailler ! Maintenant elle devrait écrire un livre par an voire deux, comme tous les autres romanciers de Nantucket !

— Deux livres par an ! À ce train-là, vous pourriez non seulement investir dans mes maisons, mais carrément en acheter une !

Madeline serra le pied délicat de son verre Baccarat. Entendre Eddie mentionner ses maisons pour investisseurs la rendit nerveuse.

— Marchons jusqu'au pont, proposa-t-elle à Trevor.

Ils traversèrent la pelouse verte et soyeuse jusqu'au pont qui enjambait un petit ruisseau. Le bruit de l'eau ruisselant sur les cailloux était comme une musique rappelant le son des cloches. Madeline ferma brièvement les yeux pour s'en imprégner. C'était à cause des cailloux que Benton avait choisis ou la façon dont il les avait positionnés.

— Écoute, Trevor, j'ai demandé à Eddie de nous rendre nos cinquante mille dollars.

— Ah bon ? Quand ça ?

— Hier. Il est passé à l'appartement.

— Il est venu ? Je ne suis pas sûr que ça me plaise, que tu reçoives des inconnus chez toi. Après tout, je ne l'ai pas encore vu, cet appartement.

Son ton était léger, mais Madeline sentait qu'il était un peu vexé.

— Il est venu me dire qu'il m'en voulait de l'avoir loué à Rachel.

— Oh ! s'exclama-t-il tout à coup plus détendu. Ça lui ressemble bien, ça.

— Dis-moi que ça va aller. Que je vais écrire un autre livre et qu'on va récupérer notre argent.

Trevor l'embrassa et prit ses deux mains dans les siennes.

— Ça va aller.

Madeline se retourna. Eddie, Brick et Hope étaient tous les trois en train de les regarder. Et Grace aussi, depuis la cuisine.

— Qu'est-ce que vous faites ? Une demande en mariage ? lança Eddie.

Ils retournèrent vers la terrasse où Grace avait disposé les amuse-gueules habituels : terrine de poisson fumé, petits pains plats au romarin, cheddar, confiture de figues, poivrons rôtis, amandes, fromage arménien et du salami aux herbes accompagné de deux types de moutardes. Il y avait des crackers et du beurre doux pour Eddie qu'il préférait à cause de ses aigreurs d'estomac, un autre type de crackers et du fromage à tartiner pour Brick parce qu'il adorait ça et Grace en gardait toujours pour lui. Toutefois, Brick ne sembla pas se réjouir à la vue de son en-cas préféré.

Il n'y avait toujours aucun signe d'Allegra.

Eddie leva son verre de vin.

— Au nouvel appartement de Madeline ! Santé !

Hope

Allegra ne descendit dîner qu'au dernier moment. Sa mère l'avait appelée trois fois, puis Eddie s'y était mis. Il était le seul à avoir de l'autorité sur elle parce que c'était lui qui alimentait sa carte bancaire.

Allegra sortit sur la terrasse, les yeux rivés sur son téléphone, tapotant sur son clavier.

— À qui tu écris ? demanda Hope.

Tout le monde se tut. Non parce qu'ils voulaient connaître la réponse (à l'exception de Brick), mais parce que Hope parlait tellement peu que quand elle le faisait, on l'écoutait.

— Personne, lâcha Allegra.

Elle termina son texto et glissa son téléphone dans la poche de sa veste en cuir. Elle portait un slim, des ballerines noires, un chemisier en dentelle noire Dolce Vita et sa veste en cuir couleur caramel. On aurait dit qu'elle venait tout juste de descendre de la Ducati d'un bel Italien, quelque part sur la côte.

Elle sourit aux invités comme si elle était surprise de les trouver là, comme si elle ne les avait pas entendus bavarder depuis une demi-heure.

— Bonjour tout le monde ! lança-t-elle. Salut, Brick !

Brick pivota légèrement sur sa chaise et fit un geste de la main dans sa direction.

— Salut.

C'était tendu entre eux. Est-ce qu'il était au courant pour Ian Coburn ? Hope pensait que non. Allegra avait réussi à ne rien dire au sujet de Ian. Elle n'en avait même pas parlé à sa meilleure copine, Hollis. « Hollis n'a pas besoin de savoir », lui avait-elle confié une fois. Une autre fois, elle avait ajouté : « Si je le dis à Hollis, toute l'école sera au courant avant la première heure de cours le lendemain. Je l'adore mais elle sait pas garder un secret. » La seule personne à qui elle ait parlé de Ian Coburn, c'était Hope.

Ian Coburn passait ses examens à l'université de Boston. Il serait de retour à Nantucket la semaine suivante.

— Qu'est-ce que tu vas faire à ce moment-là ? avait demandé Hope à sa sœur.

— À ton avis ?

Hope n'en avait aucune idée. Elle pouvait imaginer qu'Allegra allait rompre avec Brick ou bien avec Ian Coburn. Et elle la croyait également tout à fait capable de jongler entre les deux pendant tout l'été.

— Tu vas continuer comme ça et voir comment ça se passe, non ? avait fini par répondre Hope.

— Exactement.

Hope n'avait pas été surprise. Sa sœur croyait en sa bonne étoile et était persuadée que tout tournait toujours en sa faveur.

Mais ça allait foirer.

Allegra posa la main sur l'épaule de Brick puis se pencha pour l'embrasser sur le front comme une mère. Hope eut de la peine pour lui. C'était évident qu'elle ne ressentait plus rien pour lui et qu'elle était uniquement intéressée par son téléphone, qui n'arrêtait pas de vibrer dans sa poche.

— Qui c'est qui t'envoie des textos ? demanda Brick.

— Des textos ? répéta-t-elle d'un air innocent comme si elle ne sentait pas les vibrations insistantes des messages de Ian contre sa poitrine.

Elle sortit son téléphone et vérifia l'écran.

— Oh, c'est Hollis. Elle me demande des trucs pour le devoir de maths.

C'était une menteuse née, pensa Hope. C'était incroyable. Elle pouvait laisser tomber sa carrière de mannequin et entrer en politique.

— Je ne te crois pas, répliqua Brick. Montre-moi le message !

Il tendit la main pour attraper le téléphone et ce faisant, renversa le verre de Madeline qui se brisa et aspergea de vin la veste en cuir d'Allegra.

Allegra poussa un cri.

— Oh, Brick, non ! lâcha Madeline.

— C'était un accident, chérie, dit Trevor.

Madeline entreprit de ramasser les morceaux de verre pendant qu'Allegra essuyait sa veste ; elle sortit son téléphone de sa poche et le posa sur un coin sec de la table, sous le nez de Hope et Brick. Elle reçut un nouveau texto et le nom de Ian Coburn s'afficha.

— Ian Coburn ! s'exclama Brick. Depuis quand il t'envoie des messages ?

— Bon Dieu, Brick, cette veste m'a coûté une fortune ! répliqua Allegra.

— Heu, elle m'a coûté une fortune à moi, rectifia Eddie. Est-ce qu'elle est fichue ?

Allegra la tamponna avec des serviettes en papier, mais le vin avait laissé une multitude de petites taches qui rappelaient le sang.

— C'est une veste italienne, non ? fit Hope. Elles doivent sûrement être résistantes au vin.

— J'y crois pas ! explosa Allegra.

Grace alla chercher une éponge et Madeline vida les morceaux de verre à la poubelle.

— Tu veux l'éponge pour ta veste, chérie ? demanda Grace.

— On peut pas mettre de l'eau dessus, maman, répliqua sa fille.

— Ne hausse pas le ton, la reprit Eddie.

Le téléphone d'Allegra continuait de vibrer.

Ma famille est tellement prévisible, songea Hope. Ils devaient sans doute penser qu'elle aussi était prévisible. Mais personne ne se doutait que d'ici un mois ou deux, elle sortirait avec Brick.

— Il en a des choses à te dire, Ian Coburn, fit remarquer Brick.

Allegra récupéra son téléphone.

— Ça te regarde pas, lui lança-t-elle.

— Ah bon ?

— Je lance la cuisson des crevettes ! annonça Eddie.

— On devrait peut-être rentrer, suggéra Madeline.

Grace tendit à Eddie un grand plateau de brochettes aux crevettes et piments. Quand il déposa la première sur le gril brûlant, la chaleur saisit immédiatement la chair qui produisit une sorte de sifflement.

— Non, restez, protesta Grace. C'est juste un verre et un peu de vin renversé. Mais Eddie, tu devrais présenter tes excuses à Madeline pour lui avoir reproché d'avoir fait affaire avec Rachel McMann.

Rachel McMann, pensa Hope. Berk.

Rachel était la mère de l'ennemi juré de Hope, Calgary McMann. Elle était sortie avec lui pendant un mois avant de le laisser s'approcher de ses endroits les plus intimes mais il l'avait quittée juste après, et Hope en avait conclu qu'elle ne savait pas s'y prendre. Quand Calgary et ses copains la croisaient dans le couloir, ils faisaient des gestes bizarres de la main qu'elle ne comprenait pas. Elle ne pouvait demander à personne ce que ça signifiait mais elle imaginait que ce n'était pas flatteur. En échange, elle leur faisait un doigt d'honneur et ils éclataient de rire. Calgary avait quitté Hope juste avant le bal de Noël ; la robe de soirée en velours rouge qu'elle avait achetée avec sa mère était donc restée au placard. Calgary était allé au bal avec Kylie Eckers, mais Kylie avait tellement picolé avant la fête que le principal et le commissaire de police l'avaient empêchée d'entrer et avaient appelé ses parents pour qu'ils viennent la chercher. Quand Hope avait appris cette nouvelle par Allegra le lendemain matin, elle s'était sentie vengée mais à présent, cinq mois plus tard, sa haine pour Kylie et Calgary était restée indélébile, comme un fossile imprimé dans une pierre.

— Tout ce que je dis, c'est que Rachel McMann ne mérite pas ta commission, fit remarquer Eddie.

— Je ne crois pas qu'elle ait pris une commission, rétorqua Madeline.

— Oh si, crois-moi.

Rien que d'entendre le nom de Rachel McMann, ça rendait Hope malade. Elle ne pouvait pas supporter cette conversation une minute de plus.

— Maman, j'ai pas très faim, dit-elle.

— Moi non plus, renchérit Brick. On peut rentrer, s'il te plaît ?

— Oui, répondit Madeline, je crois que ça vaudrait mieux.

Ce fut la dernière chose qu'entendit Hope avant de monter à l'étage, à l'exception du téléphone d'Allegra qui vibrait toujours.

Madeline

— Vous ne pouvez pas partir ! s'insurgea Grace. On n'a pas encore mangé ! J'ai fait de la sauce à l'ananas ! Et des panna cotta à la mangue.

— Je ne me sens pas bien, répondit Brick.

— Tu ne peux pas tenir le coup encore un peu ? lui demanda Trevor. On mange et on y va, OK ?

Madeline voulait que tout le monde soit content. Elle se sentait coupable que Brick ait cassé un verre à cinq cents dollars mais en voulait aussi à Grace d'utiliser de la vaisselle pareille pour un dîner entre amis. Madeline se sentait obligée de proposer de rembourser le verre ou la veste d'Allegra même si elle n'en avait pas les moyens. Pourtant elle s'offrait un appartement à deux mille dollars par mois rien que pour elle !

Elle s'affala dans une chaise en rotin, déprimée. Et puis elle se redressa. Elle avait envie de reboire du vin ; elle allait s'en servir un peu dans un verre à eau.

Grace la suivit dans la cuisine.

— Je ne veux pas que vous partiez tant qu'on n'aura pas eu l'occasion de discuter un peu, toi et moi. On ira à l'étage après le dîner. J'ai quelque chose à te dire et je ne peux pas en parler au téléphone.

— D'accord, consentit Madeline.

— Le dîner est prêt ! cria Eddie.

Pendant le dîner, la conversation fut sans cesse interrompue par les vibrations du téléphone d'Allegra.

Eddie finit par dire :

— Allegra, éteins-le ou rentre-le à l'intérieur.

— Ian Coburn doit vraiment avoir envie de te parler, commenta Brick.

— On est amis, OK ? répliqua Allegra. C'est pas autorisé ?

— La sauce est délicieuse, dit Trevor.

— Merci, répondit Grace.

Madeline remarqua qu'Eddie n'avait pas touché à son assiette. Il grignotait seulement les crackers de l'apéritif.

— Si, c'est autorisé, répondit Brick. Bien sûr. Tant que vous êtes seulement amis. Amis et c'est tout.

— Évidemment que c'est tout ! s'indigna Allegra en jetant sa serviette brodée dans son assiette.

Madeline savait que Grace lavait et repassait toutes les serviettes avant chaque dîner.

— Comment est-ce que tu oses faire des insinuations ? reprit-elle.

« Des insinuations », pensa Madeline. Il y avait quelque chose entre Allegra et Ian Coburn. Elle ressentit une montée de colère en elle. Et puis elle se rappela ce qu'elles s'étaient promis avec Grace : ne pas s'en mêler.

— Allegra..., commença Brick.

Mais Allegra s'était levée, son téléphone glissé dans la poche de sa veste tachée.

— Laisse tomber, Brick, lâcha-t-elle avant de disparaître dans la cuisine.

Brick avait l'air de vouloir lui courir après mais il n'en fit rien.

Madeline termina son verre de vin. Elle se leva pour se resservir, mais Grace lui glissa :

— La bouteille est vide. Est-ce que tu veux qu'Eddie aille en chercher une autre à la cave ?

Non, pensa-t-elle. Ils feraient mieux de rentrer. Brick avait été suffisamment humilié comme ça. Mais Grace avait quelque chose à lui dire qu'elle ne pouvait pas raconter par téléphone et Madeline était intriguée.

— Oui, répondit-elle.

Eddie rapporta deux bouteilles de cabernet et Madeline cligna des yeux. Est-ce qu'elle avait des visions ? Il avait toujours déclaré qu'il gardait ces deux bouteilles pour son lit de mort.

— Edward, qu'est-ce que tu fais ? lui demanda-t-elle.

— J'ai envie de les ouvrir ce soir. Je ne sais pas trop pourquoi... j'en ai envie.

— C'est une bonne raison, commenta Trevor. J'ai hâte de le goûter.

Grace alla chercher dans la cuisine un verre Baccarat propre pour tout le monde.

— Vous reprenez du vin ? s'étonna Brick. Tu avais dit qu'on y allait, papa.

— C'est probablement le meilleur vin qu'on puisse goûter. Eddie a patienté... combien de temps pour en avoir ?

— Huit ans et sept mois, répondit Eddie fièrement.

— Je m'en fous, bougonna Brick. Désolé, mais j'ai juste envie d'y aller.

On devrait partir, se dit Madeline. Brick ne se plaignait jamais. Ils feraient mieux de réserver le cabernet pour une autre soirée, quand ils auraient quelque chose à célébrer. Par exemple, quand les investissements d'Eddie commenceraient à rapporter.

Mais Eddie déboucha la bouteille et les servit. Ils trinquèrent en silence.

Allegra passa la tête par la fenêtre de sa chambre et lança en direction de la terrasse :

— Brick, tu peux venir s'il te plaît ?

Madeline vit l'indécision de son fils.

— S'il te plaît ? insista Allegra.

Il se leva et entra dans la maison.

— Bien, murmura Grace. Ils vont pouvoir s'expliquer.

« Ian Coburn », pensa Madeline. C'était un joli garçon qui avait quitté le lycée de Nantucket l'année précédente. Son père travaillait dans le capital-investissement, à New York. Sa mère n'avait d'yeux que pour son fils. Ian Coburn faisait partie de ces jeunes qui avaient le droit d'organiser des fêtes et d'acheter de l'alcool avec la bénédiction de ses parents. Pour Madeline, le voir fréquenter Allegra n'était pas une bonne nouvelle.

On ne s'en mêle pas, se rappela-t-elle.

— Laissez la porte ouverte ! cria Eddie.

Grace resservit son verre et celui de Madeline pendant qu'Eddie calculait la quantité de vin écoulée.

— Je veux montrer quelque chose à Madeline là-haut, dit Grace. On peut vous laisser seuls un moment ?

— C'est l'heure du cigare, annonça Eddie.

— Bonne idée, commenta Trevor.

— Oh regarde, j'ai justement deux Cohibas dans ma poche !

Madeline suivit Grace à l'intérieur. Elles traversèrent la cuisine jusqu'au grand escalier. La maison des Pancik était trois ou quatre fois plus grande que celle des Llewellyn, mais Madeline avait arrêté d'être jalouse depuis longtemps. C'était inutile.

Elles entrèrent dans le bureau de Grace qui était la réplique quasi exacte de celui de sa grand-mère Sabine à Wayland. La pièce était trop sombre et formelle au goût de Madeline mais elle était belle. Il y avait des tableaux de chasse accrochés au mur couleur taupe, des bibliothèques encastrées et d'épais rideaux en brocart. Grace avait hérité de Sabine son énorme bureau en acajou gravé ainsi que le tapis persan, avec ses centaines de milliers de fils de soie dans les tons bourgogne, marine et crème. Madeline inspira. Elle adorait l'odeur de cette pièce. Celle du bois et des vieux livres. Grace avait étudié la littérature française à Mount Holyoke si bien que sa bibliothèque était remplie de livres de Victor Hugo et Voltaire, Colette et Proust, Émile Zola, Dumas, Camus. Elle avait une collection de vingt-quatre bougeoirs Ted Muehling avec un assortiment de bougies blanches, ivoire ou gris clair. Un vieil encrier avec une plume en bon état. Une ancienne horloge accrochée au mur faisait tic-tac et marquait tous les quarts d'heure d'un gong profond.

Grace ferma la lourde porte à clé et atténua la luminosité de l'énorme chandelier suspendu au plafond. Si Madeline avait eu un bureau avec une porte fermée à clé, se dit-elle, elle n'aurait pas eu besoin de dépenser en tout douze mille dollars dans un appartement.

Mais Madeline aimait trop Grace pour lui reprocher d'avoir un bureau pareil. Cette pièce n'était pas seulement un objet de déco : Grace y accomplissait de nombreuses tâches liées à son jardin, à son élevage de poules Araucana et à sa vente d'œufs bios.

Madeline s'assit dans le fauteuil vert et mit une épaisse couverture couleur crème sur ses jambes. Grace s'étendit à plat ventre sur le canapé en velours. Elle posa sa tête sur un coussin en brocart doré et plongea les yeux dans son verre de cabernet qu'elle tenait à deux mains.

— Grace, qu'est-ce qui se passe ?

— Tu te rappelles que j'avais un petit faible pour Benton Coe ?

— Oui, évidemment que je me rappelle.

Ça remontait à la fin de l'été précédent. Les deux amies étaient sur la plage de Steps Beach et buvaient des margaritas à la pastèque que Grace gardait dans un thermos. La tequila faisait depuis longtemps office de sérum de vérité pour Grace si bien qu'au milieu de cet après-midi chaud, elle avait posé la main sur le bras de Madeline (la tirant du sommeil) pour lui dire :

— J'ai un petit faible pour Benton Coe.

Madeline était encore à moitié endormie, mais avait répondu :

— Non, Grace, c'est impossible.

— Si, je t'assure. Ça a bien dû t'arriver à toi aussi, d'avoir juste un petit faible innocent pour quelqu'un d'autre.

— Non.

— C'est vrai ? Vous deux, vous avez toujours été comme Dick Van Dyke et Mary Tyler Moore ?

— Oui, toujours.

La conversation s'était arrêtée là, mais Madeline ne l'avait pas oubliée.

— Il s'est passé quelque chose entre nous, lui avoua Grace.

Madeline avait bu tellement de vin que son visage ne parvint pas à exprimer l'expression adéquate. Elle ne savait même pas ce qu'il aurait dû exprimer. Le choc ? L'horreur ? La désapprobation ? Madeline n'avait jamais été du genre à juger. Le spectre de l'expérience humaine était bien trop vaste pour pouvoir croire en un bien absolu ou un mal absolu.

— Il s'est passé quoi, exactement ? demanda-t-elle.

— Il m'a apporté des macarons à la pistache de la boulangerie. Et ensuite il m'a embrassée.

— Il t'a embrassée ? Une seule fois ?

— Il y a eu cette fois-là et puis… ça s'est reproduit dans le cabanon. Et une troisième fois quand on a installé le hamac.

Elle fit tourner son vin dans son verre avec tant d'abandon que Madeline craignit qu'elle n'en renverse sur le coussin. Grace était ivre. Peut-être qu'elle exagérait un peu ces baisers qu'ils avaient échangés.

— Et maintenant, reprit-elle, ça se produit tous les jours.

— Tous les jours ? C'est quel genre de baisers ?

— Les meilleurs. Du genre qui me font tourner la tête. Tu vois ce que je veux dire ?

Elle voyait très bien. Trevor et elle, à l'été 1993.

— Ou alors c'est le désir d'une quadragénaire qui se sent négligée depuis trop longtemps.

— Est-ce qu'Eddie te néglige au lit ?

Grace haussa les épaules sans que Madeline sache comment l'interpréter.

— Ça fait bien longtemps que je ne suis plus sa priorité. Combien de temps, à ton avis ?

— Pas mal de temps, reconnut Madeline.

Depuis qu'elle connaissait Eddie, c'est-à-dire pas loin de vingt ans, il avait toujours considéré Grace comme faisant partie du paysage. Celle-ci s'en était plainte par le passé, tout en disant qu'elle savait qu'Eddie était un homme très occupé. Leur train de vie nécessitait beaucoup d'argent et Grace gagnait trois cents dollars par semaine avec ses œufs, ce qui suffisait tout juste à faire le plein du Range Rover et payer les factures des portables des filles. La veste en cuir que portait Allegra ce soir avait sans doute coûté plus que ce que Madeline dépensait en courses chaque mois. Eddie subissait une forte pression, d'où ses aigreurs d'estomac constantes.

— Je me sens seule, avoua Grace. Depuis des années.

— Est-ce que tu vas coucher avec lui ? demanda Madeline en parlant tout bas.

Elle n'arrivait pas à croire qu'il se passe quelque chose entre Grace et Benton Coe.

— Je ne sais pas. Je n'ai pas pris de décision pour l'instant.

— À ta place, j'essaierais de rester simplement amie avec lui.

— C'est plus facile à dire qu'à faire. J'ai l'impression d'être dans une course de voitures sans possibilité de faire marche arrière.

— Comment est-ce que tu imagines que ça va se terminer ? Je préfère te prévenir, Grace, parce qu'en tant que meilleure amie c'est mon rôle, qu'il ne peut rien en ressortir de bon…

— Je sais. Tu te souviens de la séance de spiritisme ? Question rhétorique.

La fameuse séance avait eu lieu dans le sous-sol d'Eddie et Grace lors d'une soirée, au mois d'octobre précédent. La sœur d'Eddie, Barbie Pancik, était notoirement dotée de certains pouvoirs extra-lucides. Quand elle avait une vingtaine d'années, elle avait acheté une boule de cristal dans un marché aux puces à Brimfield et l'objet avait fait le tour des soirées de Nantucket, à l'époque où Barbie fréquentait les soirées de Nantucket. Grace et Eddie avaient réussi à la convaincre de l'apporter ce soir-là, puisque les jumelles et Brick étaient à une fête chez Hannah Dromanian. Barbie avait accepté et s'était même déguisée en gitane avec une longue robe noire et un foulard Hermès dans les cheveux.

Elle avait fixé la boule sans rien dire pendant tellement longtemps qu'Eddie, Grace, Madeline et Trevor avaient commencé à s'agiter comme des écoliers impatients puis, quand Barbie s'était apprêtée à parler, ils s'étaient tous figés.

Elle avait annoncé, d'un air tellement gêné que tout le monde avait cru qu'elle disait la vérité :

— Deux des femmes assises à cette table vont trahir la personne installée à leur gauche.

Eddie était à gauche de Grace, qui était elle-même à gauche de Madeline, qui était à gauche de Barbie.

— Barbie a prédit que j'allais trahir Eddie, lâcha Grace.

— Cette séance de spiritisme était idiote, lui répondit Madeline. Tu n'as quand même pas cru Barbie ?

— J'y pense souvent.

— Si tu la crois, alors ça veut dire qu'elle-même va trahir Trevor (ce qui paraît peu probable) ou que moi je vais te trahir, ce qui paraît encore moins probable puisque tu es ma meilleure amie.

— Tu as raison, merci.

— Cette séance n'avait aucune signification, Grace.

Grace posa son vin sur une petite table et se redressa.

— Ce que je n'arrive pas à croire, c'est à quel point ma vie a changé, subitement. Avant tout était normal et ennuyeux. Maintenant… maintenant, ma vie est un vrai roman.

Nantucket

Samedi soir, Damon, le barman du Pearl, entendit sa serveuse, Phoenix Hernandez, qui était allée chez le dentiste plus tôt dans la semaine, propager la rumeur.

À midi le lendemain, toute la ville était au courant. C'était en partie dû au fait que la colocataire de Damon, Blue Sky, était barmaid au Ventuno, que sa mère, Alice, était secrétaire de l'école primaire et que sa tante, Margaret, travaillait au service des immatriculations. Blue Sky, Alice et Margaret se retrouvaient pour prendre le petit déjeuner tous les dimanches matin au Fog Island Café où Blue Sky leur racontait à toutes les deux les ragots du week-end.

Cette rumeur fut en partie étayée quand Rachel McMann, utilisatrice enthousiaste des réseaux sociaux, posta une photo de l'immeuble victorien bleu dans un tweet en ajoutant : « Loué à un auteur de Nantucket ! #nantucket #bayberryproperties #islandia. » Jacinda Morgan, manager chez Bayberry Properties, retweeta le message aux dix mille followers de l'agence, comme elle le faisait avec tous les posts comportant le hashtag #bayberryproperties. Comme le fit la maison d'édition de Madeline, Final Word, qui retweetait tous les messages concernant l'un de ses mille trois cents titres à leur million de followers.

Est-ce que tu es au courant ?

Eddie

Samedi soir à 20 heures, Eddie se rendit à l'épicerie de Cumberland Farms pour y acheter des pastilles à la cerise afin de soulager ses aigreurs d'estomac. Cette boutique était décrépie et avait une clientèle douteuse (des ados en skateboard, des accros à l'héroïne, des petits voyous, la lie de Nantucket en somme) mais c'était le seul endroit où on pouvait acheter ces pastilles dont il avait besoin.

À 20 h 30, il était attendu à Low Beach Road pour retrouver Ronan. À 22 heures, les filles arriveraient.

Habituellement, Grace aimait prévoir une sortie le samedi soir mais cette semaine, heureusement, elle n'en avait pas parlé. Elle avait préparé un ragoût de homard et confectionné du pain frais. Juste après avoir débarrassé la table du dîner, alors qu'Eddie se demandait comment lui annoncer qu'il devait retourner au travail, elle s'était retirée dans son bureau pour avancer sur son plan de jardin.

Hope allait conduire Allegra en ville avant de revenir à la maison travailler sa flûte. Comme Allegra n'avait pas eu de bonnes notes, elle n'avait pas le droit de conduire la Jeep Sahara qu'Eddie leur avait offerte à elles deux pour leurs seize ans. Allegra avait dit qu'elle demanderait à quelqu'un de la ramener à la maison et quand Eddie avait voulu savoir qui exactement, elle avait lâché : « Je ne sais pas, papa, quelqu'un. » Elle avait une tonne d'amis et même si Eddie la soupçonnait de boire et probablement de fumer aussi, elle n'avait jamais causé de soucis. Bien entendu, ces deux dernières années, elle avait passé la plus grande partie de son temps libre avec Brick, mais récemment, elle était devenue plus vague. « Je vais en ville faire un tour sur le Strip, peut-être au ciné. »

Eddie lui avait dit :

— Appelle-moi si tu as besoin que je vienne te chercher, quelle que soit l'heure.

Allegra l'avait pris dans ses bras en murmurant :

— Merci, papa.

Hope, elle, lui avait jeté un regard noir. Il lui avait déclaré :

— Il faut que j'aille vérifier une location. Je serai rentré vers 22 h 30, 23 heures au plus tard.

Hope avait haussé les épaules.

Arrivé à Cumberland Farms, Eddie acheta deux boîtes de pastilles à la cerise et s'approcha de la caisse.

— Bonjour Eddie, lança quelqu'un derrière lui.

Il se retourna. Il lui fallut une seconde pour reconnaître l'homme sans son uniforme. C'était Ed Kapenash, commissaire de police, vêtu d'une chemise blanche, d'un jean et d'une veste.

— Bonjour, monsieur le commissaire, dit Eddie en lui serrant la main.

Eddie paya, prit sa monnaie et son sac puis se retourna pour sourire au commissaire.

— Vous pouvez m'attendre devant la porte ? demanda ce dernier.

— Bien sûr.

Il sentit sa poitrine se serrer. En l'attendant, il ouvrit sa boîte de pastilles et en avala quelques-unes. Pourquoi est-ce que le commissaire voulait lui parler ? Il s'imagina le pire.

Le policier avait acheté une bouteille de lait. Il la lui montra :

— Beaucoup moins cher ici.

— Si vous le dites.

— Les œufs sont moins chers aussi, mais j'imagine que vous, vous n'en achetez plus.

— Les poules de Grace m'ont habitué au meilleur. Je ne pourrais plus en manger d'autres.

Le commissaire ouvrit la porte et ils se dirigèrent ensemble vers le parking. Sa voiture était garée à côté du Cayenne d'Eddie. Heureusement qu'il n'avait pas oublié de le faire réviser !

Eddie hésita avant d'avancer vers sa voiture. Est-ce que le commissaire avait quelque chose à lui annoncer ?

— Alors, comment ça va, Eddie ?

— Oh, je ne peux pas me plaindre.

— Vous construisez des maisons sur Eagle Wing Lane, non ?

— J'essaie.

— Et est-ce que vous gérez toujours la location de cette énorme maison sur Low Beach Road ?

Eddie voulait le regarder dans les yeux, mais il n'y arrivait pas. Il fixa son regard sur la peinture écaillée de la boutique.

— Oui, répondit-il.

— Ces gens doivent avoir beaucoup d'argent. Cinquante mille la semaine, c'est ça ? demanda-t-il en poussant un petit sifflement.

Le cœur d'Eddie se mit à battre la chamade. Il hocha la tête.

Le commissaire lui donna une tape dans le dos.

— Eh bien, personne ne mérite plus que vous d'en retirer les bénéfices ! Vous êtes dans ce métier depuis longtemps. Vous vendez des maisons à tour de bras.

Il ne savait pas trop si c'était un compliment.

— Ce que vous avez fait quand on a vendu la maison des MacAvoy était incroyablement généreux. Je ne l'oublierai jamais, et Andrea non plus. Chloe et Finn non plus, d'ailleurs.

— C'était la moindre des choses, répliqua Eddie en levant sa boîte de pastilles en guise de salut.

— Bonne soirée, dit le commissaire.

— À vous aussi.

Eddie attendit dans sa voiture que le policier s'éloigne avant de sortir son téléphone.

Il avait envie d'appeler Ronan pour tout annuler. Tomber sur le commissaire de la police locale alors qu'il s'apprêtait à faire la pire chose de sa vie ? C'était mauvais signe. La police devait surveiller la maison. Peut-être que Ronan était un indic du FBI. Il était possible que tout ça soit un piège manigancé par Glenn Daley, le patron de Rachel McMann chez Bayberry Properties afin de faire tomber Eddie et Barbie.

Eddie se calma. Ronan travaillait à Las Vegas, chez DeepWell. C'était une entreprise sérieuse. Eddie avait effectué des recherches sur Google. La prostitution était légale dans certains comtés du Nevada, ce qui expliquait que Ronan y soit habitué. Pour lui, ce n'était pas grand-chose.

« OK, je posais juste la question. »

Annuler ? Une partie de lui, sa conscience et son sens commun, répondirent « oui ».

Mais c'était trop d'argent. Et il était sur le point de faire faillite. Le pire pouvait arriver.

D'un autre côté… l'argent ne lui servirait à rien si on l'envoyait en prison.

Il avala trois autres pastilles.

Il avait deux filles et une épouse adorables. Si Grace avait su ce qu'il était en train de faire, elle l'aurait tué puis serait morte de honte. Elle lui aurait dit que c'était une bonne chose si sa grand-mère Sabine n'avait pas eu la chance de le rencontrer, parce qu'il n'aurait pas été à la hauteur. Elle lui avait dit ça une fois, sous le coup de la colère, et ça l'avait profondément blessé. Pourquoi est-ce qu'il n'était pas à la hauteur ? Parce qu'il avait grandi dans un appartement au-dessus du pressing Ramos sur Purchase Street, à New Bedford, où ses parents travaillaient seize heures par jour ? Parce qu'il avait perdu sa chance d'avoir une bourse d'études en ratant son bac puis en ratant le rattrapage ? Parce qu'au lieu d'aller à l'université, il était venu à Nantucket travailler comme plongeur au Straight Wharf avant de devenir commis, puis serveur avant qu'un client, Winthrop Bing, aujourd'hui décédé, lui propose un job dans l'immobilier tellement il le trouvait bon vendeur ? « Vous vendez des maisons à tour de bras », avait dit le commissaire.

Le commissaire appréciait Eddie parce que six ans plus tôt, quand son meilleur ami, Greg MacAvoy, et sa femme Tess avaient été tués dans un accident de bateau, il avait dû s'occuper de la vente de la maison, en tant qu'exécuteur testamentaire. Eddie avait trouvé un acheteur au prix demandé en trois jours et il avait renoncé à sa commission. C'était la seule fois de sa carrière où il avait fait ça. Il l'avait fait parce que tous les gens du quartier proposaient un coup de main à Chloe et Finn, les jumeaux orphelins. Eddie avait participé à cet effort en renonçant à ses vingt et un mille dollars de bénéfices, malgré sa nature cupide.

Résultat : le commissaire n'avait pas oublié son geste. Il pensait qu'Eddie était un type bien. Il avait raison, c'était un type bien. Certes, il s'apprêtait à faire quelque chose d'illégal, mais il ne blessait personne.

C'était légal dans certains comtés du Nevada.

À Amsterdam aussi. Est-ce que les Néerlandais étaient des gens mauvais ?

Valait-il mieux annuler ?

La vérité, c'est qu'il avait besoin de cet argent. Par-dessus le marché, Madeline voulait récupérer ses cinquante mille dollars ! Cette conversation l'avait vraiment mis mal à l'aise.

Il décida d'appeler Barbie. Il n'était pas sûr qu'elle soit chez elle. Ils avaient beau être proches, elle ne lui parlait jamais de ses projets de week-end. Sur le calendrier de l'agence, elle inscrivait simplement un « P » comme « personnel » pour toute activité non liée à Island Fog Realty. Son bureau était encombré de stylos et de bloc-notes portant des logos d'hôtels (le Plaza, le Drake à Chicago, le Four Seasons à Santa Barbara) mais quand Eddie lui demandait si elle était déjà allée dans ce dernier hôtel, elle lui répondait que c'était un sujet personnel. Barbie ne s'embêtait pas à cultiver ses relations sociales, à partager ses expériences avec d'autres ou à s'intégrer dans une communauté – qu'elle soit réelle ou virtuelle. Elle n'existait que pour se faire plaisir à elle-même.

Elle répondit après la première sonnerie.

— Désolé de te déranger, lui dit Eddie.

Silence. Elle n'allait même pas lui dire s'il la dérangeait ou non.

— Qu'est-ce qu'il y a ?

— Je me demande s'il faut vraiment que j'envoie les filles. Je viens de voir le commissaire de police.

— Chez toi ?

— Non, à Cumberland Farms. Il achetait du lait.

— Tu crois qu'il te suivait ?

— Non, répondit Eddie à qui cette pensée n'était même pas venue. Il ne me suivait pas. Il était là avant moi.

— Je ne comprends pas. C'est quoi le problème, alors ?

— C'est que c'est illégal.

— Et tu viens juste de t'en rendre compte ?

— Dis-moi, tu n'as pas de mauvais pressentiment sur ce coup-là ?

L'instinct de Barbie était étonnant : elle pouvait voir certaines choses avant même qu'elles ne se produisent.

— J'ai le pressentiment que tout se passera bien. Et que tu vas gagner un sacré paquet d'argent. C'est moi qui t'ai encouragé à le faire, tu te rappelles ? Si ça peut t'empêcher de culpabiliser, dis-toi que c'était mon idée.

— C'est ton idée, mais c'est moi qui irai en prison.

— Mais non, ça n'arrivera pas, Ed.

— Tu en es sûre ?

— Oui.

— Et s'il y a un problème ? Est-ce que tu es seulement sur l'île ?

Silence. Puis elle finit par répondre :

— Oui, j'y suis, si tu tiens vraiment à le savoir.

— OK, super.

— Envoie-moi un texto quand tu auras récupéré l'argent.

— Ça marche, dit-il avant de raccrocher.

C'était donc sur le point de se réaliser. Barbie et lui allaient devenir les souteneurs d'un réseau de prostitution russe à Long Beach Road.

Un dernier coup de fil, pensa-t-il. Aux filles, pour être sûr qu'elles savaient bien où elles mettaient les pieds.

C'est Nadia qui répondit.

— Vous êtes prêtes, mesdemoiselles ? lui demanda-t-il.

— Oui, oui. On est allées toutes au salon de beauté pour faire la manucure et la pédicure avec nos sous, parce qu'on va en gagner plein ce soir.

— Super, je suis sûr que vous allez être très élégantes.

— Qu'est-ce que ça peut faire d'être élégantes ? On aura les mains toutes sèches dès demain à cause du ménage, de toute façon.

— Tu as raison, Cendrillon. À tout de suite.

Il avala deux pastilles supplémentaires. Elles ne lui faisaient aucun effet. Ses aigreurs d'estomac étaient si intenses qu'il lui fallait quelque chose de plus fort prescrit sur ordonnance, mais qui avait le temps d'aller chez le médecin ?

Eddie se gara devant la maison et attendit dans sa voiture que les filles arrivent. Mais tout à coup, il se dit qu'il ferait mieux d'entrer à l'intérieur et régler la question de l'argent avec Ronan pour que les filles n'assistent pas à la transaction. Ça lui paraissait plus logique comme ça, mais il aurait aimé des conseils. Il devait bien y avoir un détraqué sur Internet qui avait rédigé un manuel pour gérer un réseau de prostitution sans risquer de se faire prendre ?

La porte d'entrée était grande ouverte et en fond, Eddie entendait Eric Clapton chanter « Cocaine ».

— Toc, toc ! lança-t-il à la cantonade en pénétrant dans le hall. Il y a quelqu'un ?

Il ne se sentait pas gêné de débarquer comme ça. Techniquement, puisque le propriétaire était à LA, la maison était sous sa responsabilité.

Il manqua de bousculer Ronan, qui dévalait l'escalier avec à la main un miroir et des rails de coke alignés dessus. Ronan était pieds nus, portait un jean et une chemise blanche ouverte.

— Fast Eddie ! s'exclama-t-il.

Ses narines étaient roses et s'agitaient comme celles d'un lapin. Ses pupilles étaient rétractées. Eddie eut l'impression bizarre d'avoir affaire à un zombie. Ronan transpirait beaucoup.

— Est-ce que les filles sont arrivées ? Tu veux peut-être ton argent ? Tiens-moi ça.

Il tendit le miroir à Eddie et ce dernier baissa la tête vers son reflet, entrecoupé de lignes de coke. Il n'était pas à l'aise avec tout ça.

Ronan revint avec un sac en papier marron de chez Stop&Shop à la main.

— Tiens, voilà. Elles viendront tous les soirs cette semaine, on est d'accord ? Et je te paie la moitié maintenant et la moitié à la fin.

Eddie hocha la tête, craignant de donner une confirmation verbale au cas où la maison soit sur écoute. Il avait hâte de ficher le camp. Quand il était arrivé sur l'île, à la fin des années 1980, tous les gens qu'il connaissait prenaient de la drogue. Quand il travaillait au Straight Wharf, on offrait pratiquement la cocaïne au personnel. Mais Eddie n'y avait jamais touché. Il pratiquait la course à pied, à l'époque, et il faisait attention à son corps. Par ailleurs, il connaissait les conséquences de la drogue : au lycée, il avait vu la moitié de sa classe se laisser prendre au piège.

Il tendit le miroir à Ronan et prit le sac en papier avant de jeter un coup d'œil à l'intérieur. Du liquide. L'espace d'un instant, il se sentit tout léger.

Ronan lui indiqua le miroir.

— Tu veux un rail, mon pote ?

Eddie leva la main et répondit :

— Non, merci. C'est pas mon truc. Je suis père de famille.

Ronan le regarda sans répondre.

Eddie songea : Et je suis aussi souteneur.

— J'aime bien ton chapeau, tu sais, lui dit Ronan.

Il prit le panama d'Eddie et le posa sur sa propre tête.

Eddie avait envie de le récupérer. Il était prêt à faire des efforts pour que la transaction se passe au mieux, mais pas au point de renoncer à son panama. Il avait toujours trois chapeaux disponibles, « au cas où » et il en avait donc deux autres identiques à celui-ci à la maison ; mais ils coûtaient trois cent soixante-quinze dollars pièce et il fallait compter un délai de six semaines pour la confection.

— Je les fais faire sur mesure à Montecristi, en Équateur, précisa-t-il.

— Cool.

Les yeux de Ronan tournaient comme des toupies, rappelant les personnages de cartoons. Eddie n'osait pas le toucher ni lui demander de lui rendre son chapeau. Si Ronan trempait dans la prostitution et la drogue, il possédait probablement une arme. Eddie n'arrivait pas à croire la tournure que prenait toute cette histoire.

À ce moment-là, les filles arrivèrent et Eddie eut du mal à les reconnaître. Pendant la journée, pour faire le ménage, elles étaient en survêtement et s'attachaient les cheveux avec un bandana. Mais ce soir, elles portaient des robes moulantes à paillettes, des talons hauts et leurs cheveux étaient bien coiffés. Elles avaient apparemment acheté un nuancier d'ombre à paupières où chacune avait choisi une couleur différente : bleu pour Nadia, vert pour Julia, violet pour Tonya, jaune vif pour Gabrielle et marron pour Elise.

— Eddie ! Eddie ! s'exclamèrent-elles.

Elles lui firent toutes la bise même si ce n'était pas dans leurs habitudes.

Eddie prit Nadia à part pendant que les autres suivaient Ronan qui les mena à l'étage, panama toujours sur la tête et miroir à la main.

— Vous avez bien compris ce qui va se passer ce soir, Nadia ? Personne ne doit être au courant. Sinon vous serez toutes renvoyées en Russie.

— Au Kirghizistan, le corrigea-t-elle.

— C'est ça.

— Ne t'en fais pas, Eddie, le rassura Nadia en lui caressant la joue. On comprend. C'est juste du business.

Eddie retourna à sa voiture avec son sac en papier, embêté d'avoir perdu son chapeau. Il se répéta qu'il en avait deux autres identiques à la maison. Il se répéta de ne pas se focaliser sur un petit détail.

Après tout, Barbie avait raison. Tout s'était bien passé.

Hope

Allegra envoya un texto à Hope à 22 h 30 samedi soir : « S'il te plaît viens me chercher. »

Hope fut abasourdie de lire ce mot : « S'il te plaît. » Allegra n'utilisait absolument jamais des mots comme « s'il te plaît », « merci » ou « excuse-moi » quand elle communiquait avec sa sœur.

« T'es où ? » lui demanda Hope. Elle avait déposé Allegra devant le Dreamland Theatre, mais elle savait que celle-ci n'avait aucune intention d'aller voir un film. Elle se demandait s'il n'y avait pas un problème.

« Chez Calgary. S'il te plaît, viens me chercher. »

« Va te faire foutre. Trouve quelqu'un d'autre. »

« STP ! ! ! »

Elle avait utilisé trois fois cette formule de politesse. Quelque chose ne tournait pas rond, c'était certain. Hope attendit.

« STP HOPE ! ! ! »

Elle attendit encore.

« STP STP STP STP ! ! ! Je te revaudrai ça. »

« Tu m'as déjà dit ça ! À chaque fois que j'ai menti pour toi ! »

Hope enfila néanmoins ses sandales. Elle avait travaillé sa flûte pendant deux heures, jusqu'à ce qu'elle ait mal aux lèvres puis elle s'était penchée sur ses devoirs de chimie. Elle était quasiment sûre qu'Allegra était avec Ian Corburn, ce qui signifiait que Brick était sûrement chez lui et disponible pour échanger avec elle des textos au sujet des acides et des bases. Mais si elle lui envoyait un message en disant « On ne peut jamais savoir si un verre est chaud ou froid » alors qu'il était en train de faire la fête comme tous les ados un samedi soir, elle allait avoir l'impression d'être la fille la plus ringarde de la terre.

Quand elle avait reposé son livre de chimie, elle n'avait officiellement plus d'idée pour meubler sa soirée de samedi.

Elle n'avait pas envie d'aller chez Calgary, dans cette maison où ils avaient fricoté ensemble en décembre dernier.

Calgary avait invité Hope au bal de Noël la semaine avant Thanksgiving et elle avait accepté, tout en sachant qu'elle faisait office de bouche-trou : Calgary était le meilleur ami de Brick et Brick y allait avec Allegra. Dès qu'elle lui avait dit oui, Calgary s'était mis à se conduire avec elle comme un vrai petit ami. Il l'invitait à ses matchs de basket, où un siège lui était réservé dans la section qu'occupait sa famille. Hope y allait et faisait péniblement la conversation à Rachel McMann et au Dr Andy (qui avait été son dentiste jusqu'à ce que Rachel devienne agent immobilier et rejoigne une agence rivale, poussant Eddie et sa famille à consulter plutôt le Dr Torre).

Calgary se mit à accompagner Hope jusqu'à sa salle de classe ou l'arrêt de bus. Il l'invita une fois au cinéma, après quoi ils avaient échangé des baisers passionnés sur les marches de la boutique Jack Wills qui était fermée pour la saison. Ensuite, il y eut le premier week-end de décembre durant lequel ils s'étaient promenés main dans la main. Ils avaient attendu de voir le père Noël arriver dans son camion de pompier, ils avaient écouté des chorales chanter des chants de Noël et acheté des chocolats chauds dans une petite cabane. À un moment, Calgary entra dans la boutique de cadeaux Stephanie's, seul, parce qu'il voulait acheter un cadeau à Hope. Elle l'attendit sur un banc les yeux fermés jusqu'à ce qu'il ressorte avec un petit sac contenant une minuscule boîte. Un bijou. Quelque chose de spécial, quelque chose de fort. C'était un tournant dans leur relation.

Hope avait du mal à y croire. Calgary était mignon et populaire ; il était sportif et président du club de japonais, ce qui aurait pu être ridicule sauf qu'il était cool et rendait donc le club de japonais cool. Beaucoup d'élèves y participaient même s'ils ne connaissaient pas un mot de cette langue. Calgary lui, la parlait couramment. Quand il était petit, ses parents avaient engagé une jeune fille au pair japonaise et quand son visa avait expiré, ils avaient embauché l'un des chefs du resto de sushis pour la remplacer. Calgary avait l'intention d'intégrer l'université de Pennsylvanie pour étudier le japonais et la finance afin de devenir plus riche que tout le monde.

Ce premier week-end de décembre, le soir, Hope le laissa lui caresser et lui lécher les seins. Il dit qu'ils étaient délicieux et Hope lui passa la main dans les cheveux parce qu'elle avait vu des actrices le faire dans les films. Calgary avait de belles boucles brunes qui sentaient le pin. Sentir ses caresses rendit Hope un peu amoureuse, ce qui était mauvais signe, songea-t-elle.

Le week-end suivant, les parents de Calgary partirent à Fall River et Calgary invita Hope chez lui. C'était un grand pas pour eux qui s'apprêtaient à perdre leur virginité et elle y réfléchit pendant plusieurs heures avant d'accepter. Elle n'était pas sûre de vouloir perdre sa virginité avec Calgary McMann parce que même s'il était mignon, parlait japonais et marquait beaucoup de paniers au basket et même si elle avait ressenti quelque chose quand ils s'étaient caressés, elle n'était pas consumée par un sentiment d'amour absolu tel qu'elle s'y attendait. Cela dit, elle n'allait peut-être pas rencontrer le grand amour avant une vingtaine d'années, et est-ce qu'elle voulait toujours être vierge à trente-six ans ? Est-ce qu'il ne valait pas mieux se débarrasser de ce rite de passage ? Calgary n'était pas un mauvais choix.

Hope accepta d'aller chez lui.

Ils montèrent dans sa chambre. Il avait allumé des bougies et mis de la musique : John Mayer. Hope se demanda s'il avait demandé conseil à Brick. Allegra adorait John Mayer et avait sous-entendu que Brick et elle avaient tout le temps des rapports sexuels en écoutant « Your Body is a Wonderland ». Hope trouvait que les bougies et la musique étaient sympas. Elle appréciait aussi que Calgary ait fait son lit et disposé correctement les oreillers.

Ensuite tout s'était enchaîné : ils s'étaient embrassés, Hope avait enlevé sa chemise, Calgary la sienne, puis Hope son soutien-gorge, il avait embrassé ses seins et elle avait passé les mains dans ses cheveux. Puis Calgary avait commencé à déboutonner le jean de Hope. Elle l'avait aidé avec le bouton et le zip puis avait retenu sa respiration quand il avait glissé la main dans sa culotte (un string en dentelle emprunté à Allegra pour l'occasion).

C'est à partir de là que tout s'était détraqué. Hope n'avait même pas les mots pour décrire ce qui s'était passé. Calgary était brutal. Il la pinçait au lieu de la caresser, ses gestes étaient rapides et non langoureux. Hope poussa un cri, se tortilla de douleur et essaya de baisser un peu son jean pour voir ce qu'il faisait.

— Oh oui, ça te plaît, hein ? Ça te plaît.

Elle n'aimait pas le ton de sa voix, qu'elle ne reconnaissait pas.

Non, ça ne lui plaisait pas, pas du tout, mais elle n'osait pas l'avouer. Elle savait que la plupart des garçons de leur âge trouvaient l'anatomie féminine étrange, mais Calgary agissait comme si ses parties les plus intimes étaient un animal sauvage à dompter.

— Arrête, finit-elle par dire quand ses ongles la griffèrent à l'intérieur. Sois plus doux.

— Plus doux ? répéta-t-il comme si c'était le dernier mot qui pouvait s'appliquer aux rapports sexuels.

Il retira son doigt et le mit dans sa bouche pour le sucer.

— T'as un goût de... Je ne sais pas.

Hope était allongée sur son lit, son jean et son string en dentelle baissés à mi-cuisses.

— Tu ne sais pas quoi ? demanda-t-elle.

Il s'exprima en japonais ; on aurait pu croire qu'il commandait des sushis.

Hope fixait le plafond.

— Tu ne sais pas quoi, Calgary ?

— Je crois que tu devrais y aller, lâcha-t-il.

La gêne, l'humiliation, la honte, la colère et le sentiment d'être ridicule l'envahirent tout à coup. Hope ne ressentait plus rien de positif pour Calgary, mais au contraire que des choses négatives.

Il la reconduisit chez elle en silence. Elle voulut allumer la radio mais il l'éteignit. Quand elle sortit de la voiture devant chez elle, elle lui demanda :

— C'est fini, alors ?

— Oui. J'irai au bal de Noël avec quelqu'un d'autre.

— Ah ouais, d'accord.

— Tu peux penser que je suis un con, je m'en fous.

— C'est pas ce que je pense.

C'était exactement ce qu'elle pensait, mais ce qui occupait son esprit pour l'instant, c'était de savoir ce qui s'était précisément passé chez Calgary. Elle n'avait pas aimé sa façon de la toucher et peut-être qu'il n'aimait pas trop non plus ce qu'il touchait, ou ce goût. Elle avait tellement honte qu'elle avait envie de disparaître.

— Peu importe, ajouta-t-il. Salut.

Il l'avait larguée. OK, d'accord, ça arrivait chez les ados, tout le temps, tous les jours.

À présent, alors qu'elle allait chercher sa sœur, elle se remémorait cette affreuse soirée-là. Et pourquoi ? Allegra pouvait très bien trouver quelqu'un pour la ramener mais au lieu de ça elle avait demandé à Hope – elle l'avait suppliée ! Hope aimait bien cette impression qu'elle allait la sauver. Elle n'était pas une fille populaire. Toute sa vie sociale passait par sa sœur.

Elle se gara devant la maison des McMann et klaxonna. Il était hors de question d'entrer.

Elle attendit dans la voiture, dans le noir, en mettant Cage the Elephant à fond. Elle voulait donner l'impression qu'elle sortait d'une autre fête, une fête avec des étudiants de l'université, où la musique était meilleure et la conversation plus cultivée.

Personne ne sortit.

Elle envoya un texto à Allegra : « Je suis devant. Grouille. »

Toujours rien. Elle klaxonna de nouveau.

La porte finit par s'ouvrir et ce fut... Brick qui sortit. Hope déglutit. Il descendit les marches du perron, s'approcha puis ouvrit la portière passager et s'installa dans la voiture.

— Où est Allegra ? demanda-t-elle.

— Elle ne viendra pas.

— Ah bon ?

— Non, répondit-il en baissant la tête. C'est moi qui t'ai envoyé les textos. J'ai piqué son téléphone.

— D'accord…

— Ian Coburn est venu ici et Allegra était tellement contente de le voir qu'elle a oublié son téléphone sur la table basse. Et je t'ai envoyé les messages.

Ça expliquait l'usage du mot « s'il te plaît ». Hope se demanda si elle arriverait à faire marche arrière dans l'allée. Elle n'était pas très forte pour cette manœuvre.

Ian Coburn, pensa-t-elle. À ce moment-là, elle aperçut la Camaro rouge garée plus loin dans la rue.

Elle ne savait pas quoi dire. Elle regarda une dernière fois la maison de Calgary qui était presque aussi belle que la leur. Le Dr Andy gagnait bien sa vie en tant que dentiste.

— Alors Ian Coburn est venu. Et il y avait qui d'autre ?

— Calgary bien sûr. Bluto, aussi. Hannah, Hollis, Kylie Eckers…

— Berk. Comment est-ce qu'Allegra va rentrer ?

— Je crois qu'on connaît tous les deux la réponse à cette question, fit-il en haussant les épaules.

— Tu devrais peut-être rester ?

— Je déteste Ian Coburn. Si Allegra veut être amie avec lui, très bien. Elle le trouve peut-être cool parce qu'il est plus vieux ou parce qu'il va à la fac ou parce qu'il lui achète des bières. Peu importe, je ne vais pas l'en empêcher. Je peux pas. Mais j'ai pas envie de rester. Je peux pas supporter Bluto et Hollis. Hannah, ça va parce qu'elle joue au hockey et qu'elle s'intéresse à autre chose que les magazines people, les stars de cinéma et les fringues. Kylie Eckers par contre… je peux même pas dire ce que je pense d'elle.

— Non, moi non plus.

— T'as bien raison de pas traîner avec ce genre de personnes.

Ce n'était pas exactement une décision volontaire de la part de Hope. Elle n'était pas la bienvenue dans le cercle d'Allegra. Ils la toléraient par politesse et se montraient aimables avec elle quand Allegra l'était. Elle avait parfois l'impression que pour Allegra, c'était cool d'avoir une jumelle intello qui était l'opposé d'elle. Un jour elle lui avait dit qu'ensemble, elles formaient une personne complète et géniale, à quoi Hope avait répondu que seule elle était une personne à part entière. Hope avait ses propres amis, notamment les élèves les plus intelligents de son cours de maths avancé : Evan, Henry, Anya. Ils se voyaient rarement en dehors du lycée, mais c'était sympa de déjeuner avec eux.

— Je te ramène chez toi alors ? demanda-t-elle.

— Ça t'embête pas ? Je suis désolé, Hope. Mes parents m'ont promis de m'acheter une voiture, mais… ma mère a ce nouvel appart où elle écrit et du coup, ils n'ont plus assez d'argent.

— C'est nul. Je suis désolée.

Elle prit la direction de la maison des Llewellyn, située à l'autre bout de l'île.

— Quand tu as écrit dans ton texto que tu avais menti pour Allegra, ça voulait dire quoi ?

Hope ne savait pas quoi répondre. Elle était incapable de mentir.

— Menti à mes parents.

— À tes parents ? Est-ce que c'est lié à Ian Coburn ?

— Non.

— Est-ce que tu as déjà entendu Allegra parler de lui ?

Hope haussa les épaules.

— Parfois.

— Parfois ?

— Un peu. Ils sont amis, comme tu l'as dit. Elle a le droit d'avoir des amis, Brick.

Hope ne comprenait pas bien pourquoi elle défendait sa sœur. Allegra n'avait aucune morale. Elle l'avait laissée dans les bois lors de leur première sortie camping avec les Guides pour aller fumer des cigarettes avec Hollis Brancato derrière un tas de feuilles mortes. À onze ans, elle avait failli mettre le feu à toute la forêt.

— Dis-moi la vérité ! cria Brick. Est-ce qu'elle sort avec Ian Coburn ?

Hope se sentit tellement paniquée par cette question (même si elle l'avait anticipée depuis des semaines) qu'elle oublia momentanément qu'elle se trouvait au volant d'une voiture et elle fit une embardée. Il n'y avait personne venant dans la direction opposée, mais elle eut une peur bleue. Si elle avait un accident, ses parents allaient la tuer.

— Dis-le-moi, Hope ! Est-ce qu'elle baise avec lui ?

— J'en sais rien ! Demande-lui !

Brick produisit un étrange petit bruit et, croyant qu'il allait peut-être vomir, Hope s'arrêta sur le bas-côté. Brick s'avachit contre sa portière. Il était saoul. Il avait sans doute passé la soirée à boire pour oublier qu'Allegra ne l'aimait plus.

— Brick.

À ce moment-là, elle aperçut une lumière rouge et bleue dans son rétroviseur et entendit une sirène de police retentir une seule fois.

— Redresse-toi ! ordonna-t-elle à Brick. Et ne dis rien !

Elle éteignit le moteur et sortit son permis ainsi que les papiers de la Jeep. Elle baissa sa vitre quand l'agent braqua sa torche à l'intérieur de la voiture. Hope leva les yeux. C'était le meilleur ou le pire des scénarios possibles. L'officier de police s'appelait Curren Brancato, frère aîné de

Hollis. Hope savait qu'il venait tout juste d'entrer dans la police de Nantucket. Il n'avait que six ans de plus qu'eux.

— Tiens, tiens, qui voilà ? fit-il. Allegra !

— Non, Hope, sa sœur.

— Ah oui c'est vrai. La jumelle parfaite, dit-il en prenant ses papiers. Je te vois à l'église avec ta mère.

— Oui, répondit-elle en soupirant.

— Est-ce que tu as bu, Hope ?

— Moi ? Non, je ne bois pas.

— Est-ce que tu peux expliquer pourquoi tu as dépassé la ligne blanche et failli aller dans le décor ?

Hope se souvenait vaguement de Curren Brancato quand il était au lycée. C'était une star du foot (son surnom était Tonnerre bleu) mais lors du match qualificatif de dernière année, il avait été déclaré inéligible parce que ses notes en espagnol n'étaient pas assez bonnes. Hope était seulement en sixième à l'époque (et elle partageait encore tous ses amis avec Allegra, notamment Hollis), mais elle se souvenait du scandale que ça avait causé. Les Whalers avaient une chance de remporter le Massachusetts Super Bowl, mais pas sans Curren Brancato. Ils avaient insisté, mais Curren n'avait pas eu le droit de jouer. Hope en avait tiré une leçon : faire attention à ne pas gâcher son talent.

Curren avait toutefois réussi à rebondir. Il s'était inscrit à l'académie militaire du Vermont puis à l'académie de police de Boston. Ensuite, il était revenu sur Nantucket où on l'avait accueilli en héros.

— Je sais que j'ai traversé la ligne blanche, reconnut Hope. Je suis désolée.

— Mais pourquoi ? Et tu as failli rentrer dans un arbre.

— Heu…

Curren Brancato – l'agent Brancato – passa la tête par la fenêtre et regarda Brick.

— Est-ce qu'il est saoul ?

— Affirmatif, répondit Brick.

Hope poussa un soupir. Elle avait espéré que Brick ferait semblant de dormir.

— Tu as un permis de jeune conductrice, Hope, ce qui signifie qu'à l'heure qu'il est, tu brises le couvre-feu. Quant à ta façon de conduire… je pourrais tout à fait t'interdire de prendre le volant jusqu'à tes dix-huit ans.

Génial, songea-t-elle. C'était bien la peine d'être allée à l'église tous les dimanches.

— Ma sœur avait besoin que je vienne la chercher à une fête. Elle est avec Hollis.

Hope s'interrompit, se demandant si mentionner la sœur de Curren allait jouer en sa faveur.

— Mais finalement, Allegra a décidé de rester et Brick était prêt à partir, alors je le ramène. Je suis désolée d'avoir traversé la ligne. J'étais en train de changer la station de radio et je me suis laissé distraire.

— Ta radio n'est même pas allumée, fit remarquer Curren.

— Je sais. Je l'ai éteinte quand tu m'as signalé de m'arrêter.

Curren regarda attentivement Brick puis Hope.

— Hollis n'est pas très fréquentable, finit-il par dire.

Hope fixa le volant des yeux, n'osant ni approuver ni le contredire.

— Est-ce que ta sœur est aussi infréquentable qu'elle ? demanda-t-il.

Elle avait l'impression qu'il attendait qu'elle dise oui. S'il avait arrêté Allegra au volant, Hope était quasiment certaine de savoir ce qui se serait passé.

— Oui, répondit Brick.

Cette intervention fit rire Curren – l'agent Brancato.

— Je vais me contenter de te donner un avertissement verbal.

— Merci, répondit Hope, soulagée.

— De rien, reprit-il sur un ton mi-gentil mi-fier. Sois sage, réfléchis, ne t'attire pas d'ennuis et va à l'université.

Hope hocha lentement la tête comme s'il s'agissait de conseils qu'elle n'avait jamais entendus auparavant.

Curren lui rendit ses papiers.

— OK, Hope, à bientôt à l'église.

Hope rentra chez elle en roulant à cinquante kilomètres/heure, sentant le soulagement de celui qui a échappé de peu au pire. Brick s'endormit. Quand elle se gara devant la maison des Llewellyn, elle le secoua et il sortit de la voiture comme un robot avant de se diriger vers la porte d'entrée. Elle voulut lui dire de ne parler à personne (à ses parents et surtout pas à Allegra) de ce qui s'était passé, mais il ne s'en souviendrait sans doute pas de toute façon.

Allegra vint réveiller Hope en pleine nuit. Il lui fallut une minute pour comprendre ce qui se passait, puis elle vit la colère sur le visage de sa sœur. Allegra avait l'air furieux et ses cheveux chatouillaient le visage de Hope, ce qui était en soi une torture.

Elle la poussa.

— Lâche-moi. Qu'est-ce que tu fais ?

— Toi et Brick vous vous êtes fait arrêter en voiture. Curren a envoyé un texto à Hollis juste après. Il a dit qu'il se passait quelque chose entre vous deux.

— Quoi ?

— Tu conduisais n'importe comment. Ce qui veut dire que vous étiez en train de faire les imbéciles.

— Quoi ?!

— Ne joue pas les idiotes avec moi, Hope. Ça marche pas. Je sais que t'as failli coucher avec Calgary. Je sais très bien comment tu es avec les mecs. Tu as touché Brick hier soir ou alors tu l'as laissé te faire des trucs.

— Non ! Maintenant lâche-moi et sors de ma chambre.

— T'as dragué mon copain. Je sais que tu l'aimes bien, je sais que t'as envie de lui.

— Et de toute façon, qu'est-ce que ça peut te faire ? Tu trompes Brick avec Ian Coburn et tu l'as même fait ce soir juste sous son nez. Je suis sûre que t'es bien contente que j'aie ramené Brick chez lui, comme ça t'avais pas à lui parler.

— Il m'a volé mon téléphone pour t'envoyer des textos ! Il se passe un truc entre vous.

— Il se passe rien du tout. Arrête de m'emmerder.

Tout à coup, Allegra la gifla. Hope poussa un petit cri. Elle eut envie de pleurer mais ne voulait pas lui donner cette satisfaction. Elle enfouit sa tête sous la couette et répliqua :

— Je ne m'abaisserai pas à ton niveau, Allegra. Maintenant, sors de ma chambre.

— Je vais dire à tout le monde que t'es une salope. Que t'as volé le copain de ta sœur jumelle.

— Moi, une salope ? C'est la meilleure ! Je pourrais très bien appeler Hollis demain pour tout lui raconter sur toi et Ian Coburn. Ou bien le dire à Brick. Ou aux deux. Brick a plus ou moins capté de toute façon. Il m'a demandé ce que je savais et j'ai tellement flippé que j'ai traversé la ligne blanche. Parce que j'avais peur qu'il découvre tout. Je m'inquiétais pour toi, Allegra. Maintenant, bonne nuit.

Nantucket

Est-ce que tu es au courant ?

Hope Pancik avait couché avec Brick Llewellyn. L'agent Curren Brancato, que la plupart d'entre nous surnommaient encore Tonnerre bleu n°33, les avait découverts dans une allée près de Shimmo Pond Road, nus, les pieds de Hope appuyés contre la vitre couverte de buée, un tas de vêtements balancés sur le dos du siège de la Jeep des Pancik.

Certains détails corroboraient cette histoire. Allegra ne traînait plus avec Brick entre les cours. Elle restait avec Hollis Brancato et Bluto alors que Brick, lui, passait son temps avec Parker Marz. Parker était le joueur le plus petit et le plus menu de l'équipe de baseball des Whalers. C'était le maillon faible mais il avait du cran, de l'enthousiasme et il avait saisi l'occasion de se rapprocher de Brick.

Hope et Allegra ne s'adressèrent pas la parole au lycée, mais ça ne changeait pas grand-chose vu qu'elles se parlaient peu. Hope resta avec ses amis forts en math pendant le déjeuner puis s'éclipsa pour aller répéter sa flûte. Quand elle traversa la cafétéria, quelqu'un siffla mais elle ne répondit pas.

Allegra Pancik refusa de parler de cette trahison à ses amis, même à Hollis Brancato. Tout le monde au lycée en conclut qu'elle prenait cette situation très au sérieux, plus peut-être que n'importe quoi d'autre.

Mai

Grace

La semaine débuta par une journée magnifique, ensoleillée et chaude. On annonçait vingt-cinq degrés ! Grace enfila une jupe en jean qu'elle n'avait pas portée depuis la naissance des jumelles.

Quand Benton arriva, il siffla à travers le jardin et lança :

— Enfin je peux voir ces jambes nues !

Grace était debout près des chaises longues et buvait un café en admirant Polpis Harbour. Des bateaux avaient fait leur apparition. L'été s'annonçait.

Elle regarda Benton s'avancer vers elle. Il portait un tee-shirt et un jean, sa casquette des Buckeyes et ses lunettes de soleil enveloppantes Oakley dont les verres reflétaient le ciel. Elle ne pouvait pas contenir son désir pour cet homme. Quand il arriva à sa hauteur, elle passa ses bras autour de son cou et ils s'embrassèrent. Elle lui caressa le visage du bout des doigts et tira sur les boucles rousses qui dépassaient de la casquette. Il lui saisit les fesses, un geste nouveau et surprenant, puis la fit décoller du sol et elle enroula ses jambes autour de lui.

Il poussa un grognement. Ça y est. Nous y voilà, songea-t-elle. Il avait une érection qu'elle pouvait sentir à travers son jean. Elle tendit les jambes.

— S'il te plaît, susurra-t-elle.

— Je ne peux pas, répondit-il.

Il lui mordilla la lèvre inférieure et la regarda dans les yeux.

— Merde, je peux pas te résister, reprit-il. Je vais te faire l'amour ici, dans l'herbe, sous le soleil. Ça te va ?

Elle était en transe, tellement excitée qu'elle ne parvint même pas à répondre. Elle reposa ses pieds au sol et s'apprêtait à s'allonger quand elle entendit un couinement. Elle se retourna et vit Hope s'installer dans le hamac avec un livre.

— Oh non ! murmura Grace.

Qu'est-ce que faisait Hope à la maison ? Tout à coup, Grace se rappela que les filles avaient passé leurs examens ce matin et qu'elles étaient donc libres pour le reste de la journée.

Benton se retourna lui aussi et vit Hope. Il regarda Grace.

— Merde, dit-il à voix basse. Tu crois qu'elle nous a vus ?

— Je ne sais pas. Je ne crois pas.

Le hamac était à une centaine de mètres de là mais il était tourné vers les chaises longues et le port. Comment est-ce que Hope aurait pu ne pas voir sa mère pendue au cou de Benton Coe, échanger avec lui des baisers torrides ? Et pourtant, Hope ne s'était pas enfuie en hurlant et n'avait pas non plus interpellé sa mère pour lui demander une explication. Elle ne s'était même pas raclé la gorge pour signaler sa présence. Peut-être qu'elle n'avait rien vu…

— Aie l'air normal, souffla Grace à Benton.

— Normal ? répéta-t-il comme s'il ne savait pas ce que ce mot voulait dire.

Il paraissait décontenancé. Grace lui serra la main.

— Viens lui dire bonjour, conseilla-t-elle. Si tu t'en vas tout de suite, ça va paraître louche.

— Parlons jardinage, suggéra-t-il.

— Fais mine de me donner des conseils pour mes rosiers.

Ils avancèrent en direction du hamac et Benton se mit à déclarer d'une voix forte :

— Il faut les tailler si tu veux qu'ils fleurissent davantage. Je sais que ça paraît contreproductif. Tu devrais aussi essuyer les feuilles avec un mélange composé de deux tiers d'eau et un tiers de jus de citron.

Grace hocha la tête puis feignit d'apercevoir Hope dans le hamac.

— Ma chérie, tu es rentrée ! Comment se sont passés les examens ?

Hope leva la tête de son livre. Son expression était indéchiffrable.

— Bien.

— Bien, répéta Grace. Mais encore ?

— Les examens se sont bien passés, maman. Et Allegra voulait que je te dise qu'elle est allée à la plage.

— Comment ça s'est passé pour elle ?

— J'en sais rien, répondit-elle avant d'esquisser un sourire amical et sincère à l'attention de Benton. Salut, Benton.

— Salut Hope, c'est sympa de te voir. Qu'est-ce que tu lis ?

Hope leva son livre : *L'Amour au temps du choléra*, de Gracia Marquez.

— C'est pour mon cours de littérature, expliqua-t-elle.

— Garcia Marquez est un de mes écrivains préférés, dit-il. Ça te plaît ?

— Je suis pas encore vraiment rentrée dedans.

— Est-ce que tu as déjà lu Nabokov ? *Lolita* ? Il faut que tu le lises. Tout le monde devrait avoir lu *Lolita*.

Hope secoua la tête et Grace lui donna une petite tape sur le bras.

— Elle n'a que seize ans, lui rappela-t-elle. Je ne suis pas sûre qu'elle soit prête pour *Lolita*.

— On n'est jamais trop jeune pour la grande littérature. Je suis jardinier, mais la lecture est ma passion secrète. Est-ce que tu as entendu parler de *Goodbye, Columbus*, de Philip Roth ? C'est mon livre préféré de tous les temps. Tu adorerais.

Hope secoua la tête.

— Et Salinger ? demanda-t-il.

— *L'Attrape-cœurs,* dit Hope. Je l'ai lu pour l'école. Mais j'ai pas aimé.

— C'est difficile de comprendre le sens profond du livre, admit-il. Holden est bouleversé parce que son frère est mort. Tu devrais essayer *Franny et Zooey*.

— OK.

— Tu as lu les nouvelles de Cheever ?

— J'ai adoré ses nouvelles ! intervint Grace. Comment ça se fait que tu t'y connaisses autant en livres ?

— J'ai étudié la littérature à la fac.

— Moi aussi, s'enhardit Grace. La littérature française.

Benton se tourna de nouveau vers Hope.

— Est-ce que tu as lu Hemingway ? *Le soleil se lève aussi* ? Andre Dubus père ? Ce type était un génie. Updike ?

— Non, répondit Hope.

Benton se frotta les mains.

— Je parle des hommes et j'en oublie les femmes. Tu as lu Edith Wharton ? *Le Temps de l'innocence* ? *Chez les heureux du monde* ?

— Non.

— Comme je t'envie ! J'aimerais avoir encore seize ans et tous ces livres devant moi. Est-ce que tu as lu *Rendez-vous à Samarra,* de John O'Hara ? C'est aussi un de mes préférés.

Hope fit non de la tête. Grace n'en croyait pas ses oreilles : c'était fabuleux d'écouter Benton parler de livres. Eddie avait une intelligence pratique, mais ses lectures se limitaient aux pages immobilières du *Nantucket Standard,* tous les jeudis.

— Truman Capote ? *Petit déjeuner chez Tiffany* ? Richard Russo ? Peter Taylor, *La Vieille Forêt* ? Carson McCullers ? Et les Russes ? Tolstoï ? Tchekhov ? Isaac Babel ?

— Arrête ! Je suis l'une des meilleures élèves de ma classe de littérature et tu me donnes l'impression d'être nulle !

Benton rit.

— Je vais te faire une liste d'une centaine de livres. Tu pourras probablement en lire la moitié en une seule année.

— J'aimerais bien, vraiment.

— Ça marche.

Il se baissa et tapota le pied de Hope.

— Il faut que j'y aille. C'était sympa de te croiser, Hope.

— Toi aussi !

— Je te raccompagne, annonça Grace.

Arrivés à la camionnette de Benton, dans l'allée, ils s'arrêtèrent pour discuter un peu.

— On a évité le pire, commenta Grace. Elle ne nous a pas vus.

— Oui, mais quand même… c'était de justesse.

— Comme tu dis. Il faut qu'on fasse plus attention à l'avenir.

— Grace…

Elle n'aimait pas le ton de sa voix.

— Quoi ?

Il prit une profonde inspiration.

— Hope est vraiment une fille géniale, et je suis sûr qu'Allegra aussi. Tu as une famille, Grace. Je me sens mal vis-à-vis d'eux, et toi aussi sans doute.

— Les filles ont leur vie à elles. Quant à Eddie…

— Je crois qu'il vaudrait mieux que j'arrête de venir pendant un moment.

— Quoi ? !

— Le jardin est bien parti. Si tu as des questions, tu peux m'appeler. Je suis toujours disponible.

— Benton ?

Elle déglutit. Il avait raison. Qu'est-ce que Grace aurait fait si Hope les avait vus ? Ça aurait été tout simplement désastreux.

— D'accord, reprit-elle. Mais tu vas revenir, non ? Tu ne me quittes pas pour toujours ?

— Non, je ne te quitte pas pour toujours.

Il lui effleura la joue avant de monter dans sa camionnette et de s'éloigner.

Quand Grace rentra dans la cuisine, Hope était en train de rédiger une liste sur le calepin que sa mère utilisait pour faire les courses.

— Comment s'appelait ce livre dont Benton a dit que c'était son préféré ?

Grace leva les yeux vers elle.

— J'ai oublié, répondit-elle avant de se diriger vers son bureau.

Il fallait qu'elle parle à Madeline.

Benton ne vint pas le matin suivant, ni celui d'après. « Je crois qu'il vaudrait mieux que j'arrête de venir pendant un moment. » Pendant combien de temps exactement ? Une semaine ? Quinze jours ? Un mois ? S'il ne venait pas pendant un mois, elle ne le supporterait pas.

Une violente migraine l'assaillit mercredi après-midi, mais c'était une migraine qui touchait son cœur, pas sa tête. C'était la douleur émotionnelle la plus affreuse qu'elle ait jamais connue. Plus rien ne comptait. Elle se fichait que la journée soit douce, ensoleillée et pleine de possibilités.

Elle pouvait aller s'occuper des poules, ramasser les œufs, passer deux bonnes heures au jardin. Cuisiner lui faisait du bien, en général. Elle pouvait préparer un repas sophistiqué, un soufflé aux asperges, par exemple, et une tarte fraise-rhubarbe.

Au lieu de ça, elle prit un peu trop de Fioricet. Elle avala deux comprimés à 16 heures quand il devint évident que Benton ne viendrait pas ce jour-là, puis deux autres à 18 heures, alors qu'elle aurait dû préparer le dîner. Elle s'enferma dans son bureau. Eddie et les filles allaient devoir se débrouiller sans elle ; elle ne savait même pas s'ils étaient à la maison. Personne n'était venu voir si elle allait bien.

« Tu as une famille, Grace. »

Elle ne pouvait pas en vouloir à Benton. Il avait raison. Il avait pris ses distances pile au moment où ils s'apprêtaient à franchir la ligne. Grace aurait dû lui en être reconnaissante. Elle avait juré, devant l'autel de l'église de Salem, d'aimer Edward Pancik et de renoncer à tous les autres. Pourtant, quand Benton Coe lui avait offert la théière marocaine et partagé ce macaron à la pistache avec elle, Grace était tombée sous le charme. Au fond, elle avait succombé à son charme bien avant ça. Au printemps précédent, quand elle l'avait vu pour la première fois. Il avait grimpé sur un monticule de terre, sur son terrain qui ne ressemblait alors pas à un jardin. Elle avait tourné son alliance afin que l'énorme diamant se retrouve contre sa paume. Elle avait regretté de ne pas être célibataire.

Il la rendait tellement heureuse. Même avant qu'ils s'embrassent, à l'époque où ils étaient « juste amis », le voir donnait du sens à ses journées.

Elle prit deux comprimés de plus. Le sixième envoya Grace dans un état proche du délire, comme si elle avait été conviée à une fête d'*Alice au pays des merveilles*, au milieu d'un champ de coquelicots avec Toto et Timothy Leary.

Elle tira les rideaux du bureau et s'allongea sur le canapé en velours, s'étonnant de son confort. Elle se demanda pourquoi elle n'avait jamais envisagé d'y dormir.

Le lendemain matin, Grace se réveilla avec la sensation d'avoir été enterrée vivante. Elle avait soif, ses yeux la brûlaient et ses narines la démangeaient. Elle eut un moment de confusion profonde. Où était-elle ? Qui était-elle ?

Grace Harper Pancik, se rappela-t-elle. Elle se trouvait dans le bureau de sa maison, sur Wauwinet Road. Et quelqu'un frappait à la porte d'entrée.

Grace traversa la maison en titubant, essayant de revenir à la réalité. Elle avait l'impression d'avoir dormi pendant vingt ans ou de débarquer d'une machine à remonter le temps. On était jeudi. L'horloge affichait 10 h 10. Eddie devait être au travail et les filles à l'école.

Sur le comptoir de la cuisine, il y avait un carton ouvert contenant une part de pizza champignons et poivrons, provenant de chez Sophie T. Ça expliquait ce que sa famille avait mangé pour le dîner. Il y avait de la vaisselle sale dans l'évier et un verre à pied Baccarat contenant un fond de vin rouge. À côté, une bouteille vide de cabernet.

Manifestement, ça n'avait pas dérangé Eddie de boire ce vin si prisé sans elle. Il n'avait pas mis les assiettes dans le lave-vaisselle ni le carton à pizza dans la poubelle à recyclage. Il avait préféré attendre que Grace se réveille et s'en charge.

On continuait de frapper à la porte.

Qui est-ce que ça pouvait bien être ? UPS et FedEx se contentaient de déposer les colis devant la maison.

Grace se demanda si c'était Benton. Elle se dépêcha d'aller ouvrir. D'habitude, il entrait directement dans le jardin en contournant la maison, mais peut-être qu'il n'osait plus le faire vu les circonstances.

Quand Grace ouvrit sa massive porte d'entrée (elle était en chêne et suffisamment lourde pour résister à un coup de bélier) elle trouva Madeline.

— Dieu merci, tu es en vie ! s'exclama cette dernière. Eddie m'a appelée. Il a dit que tu t'étais enfermée dans ton bureau et que tu y avais passé la nuit.

Grace ouvrit la porte pour la laisser entrer. Elle sentait poindre un mal de tête presque aussi désagréable qu'une migraine, et qu'elle allait devoir combattre avec un cachet et du café bien fort.

— Je suis en vie, mais tout juste.

— La journée est magnifique. On devrait aller déjeuner dehors, en terrasse, avec une bouteille de vin.

Grace jeta un œil par la fenêtre. La luminosité lui fit mal aux yeux.

— Tu n'es pas censée écrire dans ton appartement aujourd'hui ?

Quand Grace avait parlé à Madeline le lundi précédent, celle-ci avait mentionné une date butoir pour son nouveau livre.

— Je prends ma journée, déclara Madeline. Je vais me consacrer à toi.

Grace lui en fut reconnaissante. Elle allait prendre une douche, enfiler une robe et sortir déjeuner avec Madeline.

Elle n'avait jamais entendu parler d'une femme sur cette terre qui ait une liaison amoureuse sans en parler à sa meilleure amie.

Pour déjeuner, elles se rendirent au Yacht Club de Great Harbor qui venait juste d'ouvrir pour la saison. Les vacanciers n'étaient pas encore arrivés si bien qu'elles auraient le lieu rien que pour elles, conditions idéales pour les confidences. C'était une journée magnifique, le genre de journée qui en annonçait d'autres semblables. La serveuse mena Grace et Madeline à travers la pelouse jusqu'à une table pour deux en terrasse très bien placée, avec une vue imprenable sur le port et les grosses villas de vacances de Monomoy. Elle leur tendit les menus et Grace annonça :

— Nous allons prendre une bouteille de sancerre bien frais, si vous en avez.

Madeline étudia le menu.

— Ça valait le coup de faire une croix sur le travail aujourd'hui, dit-elle. J'adore cet endroit. Vous avez vraiment de la chance.

Grace savait qu'elle avait de la chance. Eddie et elle avaient patienté sur la liste d'attente du Yacht Club de Nantucket pendant des années avant qu'elle se rende compte qu'ils ne seraient jamais acceptés. Eddie avait sans doute agacé trop de gens ou peut-être que les vieilles familles de l'île qui fréquentaient le club ne voulaient pas de quelqu'un baptisé « Fast Eddie » parmi eux. C'est alors qu'un deuxième Yacht Club, celui de Great Harbor, avait ouvert ses portes et Eddie n'avait pas perdu de temps : il avait été l'un des premiers à rédiger un chèque à six chiffres pour régler leur adhésion.

Grace regarda le menu : huîtres, salade César et vinaigrette au roquefort, sandwich au homard servi avec frites. Elle espérait que ça allait lui ouvrir l'appétit.

La serveuse revint avec le vin que Grace goûta et accepta. Après leur en avoir servi un verre à chacune, la serveuse plongea la bouteille dans un seau rempli de glace. Les deux amies trinquèrent et Grace déclara :

— Merci de m'avoir forcée à sortir.

— Merci de m'inviter à déjeuner, répondit Madeline.

Elles se mirent à rire mais quelques instants plus tard, la serveuse revi, l'air embarrassée. Elle se pencha vers Grace.

— Je suis vraiment désolée de vous déranger, mais notre manager vient de m'informer que nous n'avions pas reçu votre chèque d'adhésion pour cette année… Donc en théorie, je n'ai pas le droit de vous servir.

— Quoi ? fit Grace.

Elle prit son téléphone pour envoyer un texto à Eddie. C'était lui qui s'occupait des factures. Mais elle se rappela que les téléphones étaient interdits au Yacht Club.

— J'ai deux solutions possibles, proposa-t-elle à la serveuse en souriant. La première : je vous règle le déjeuner en liquide et on pourra rattraper notre retard d'adhésion après. Je suis sûre que mon mari a envoyé le chèque, ou qu'il avait l'intention de le faire. Il est très occupé en ce moment.

Grace se demanda si le règlement du Yacht Club avait pu être mélangé à d'autres factures concernant ses maisons d'investisseurs. Peut-être qu'il avait demandé à Eloise de payer et qu'elle avait oublié. Elle vieillissait et n'était plus aussi vigilante qu'auparavant. Grace avait poussé Eddie à la remplacer mais il lui avait fait remarquer qu'elle avait un lien de parenté avec la moitié de l'île. Il ne pouvait pas la virer comme ça.

— Je suis désolée, répondit la serveuse. Je ne peux pas accepter de liquide.

— D'accord. Et si je vous faisais le chèque d'adhésion dès maintenant ? Si celui de mon mari arrive entre-temps, vous n'aurez qu'à le déchirer.

— Je vais demander au manager.

Elle s'éloigna et Grace sortit son chéquier en levant les yeux au ciel.

— J'arrive pas à croire qu'Eddie ait oublié. Je suis morte de honte.

— Arrête, voyons, je suis ta meilleure amie. J'aimerais bien pouvoir t'aider.

La serveuse revint.

— C'est d'accord.

— Parfait, dit Grace. C'est combien ?

— Quinze mille dollars.

Grace établit le chèque, sentant le regard de Madeline peser sur elle. Quinze mille dollars. À l'époque où Grace et Eddie avaient rencontré Madeline et Trevor, ils avaient pris l'habitude de sortir dîner le samedi soir et de partager l'addition. Madeline avait plus tard confié à Grace que cette dépense lui pesait tellement qu'elle n'arrivait pas à apprécier entièrement son repas. Qu'est-ce qu'ils avaient commandé ? Combien coûtait le vin ? (C'était toujours Eddie qui choisissait.) Est-ce qu'ils avaient suffisamment de liquide ou est-ce qu'ils allaient devoir régler en carte, creusant un peu plus leur découvert ?

Grace était tombée des nues. Elle ne s'était pas doutée de ce que ça représentait pour Madeline. Si elle l'avait su, elle aurait proposé à Eddie de les inviter à chaque fois. Mais ça ne lui aurait pas plu. Eddie connaissait la valeur de l'argent, lui qui avait grandi dans leur petit appartement au-dessus du pressing, à New Bedford.

S'il payait tout le temps, aurait-il protesté, il allait blesser l'orgueil des Llewellyn.

À présent, Grace se demandait ce que devait penser Madeline. Heureusement, la serveuse disparut avec le chèque. L'affaire était close.

— Alors, qu'est-ce qui se passe avec Benton ? demanda Madeline.

Grace avait envie de lui faire part de son désir pour lui. Elle repensa à ses paroles : « Non, Grace, je ne te quitte pas pour toujours. » Est-ce qu'il en était sûr ? Et s'il se réconciliait avec McGuvvy, qu'il l'appelait à San Diego et la persuadait de revenir à Nantucket ? Grace s'était plantée devant sa fenêtre tous les matins dans l'espoir de voir apparaître la camionnette de Benton. Elle s'occupait de ses poules pour qu'elles ne meurent pas de faim mais négligeait complètement le reste du jardin parce qu'elle n'arrivait pas à tailler les rosiers ou à les traiter avec de l'eau citronnée. Elle ne pouvait pas désherber le massif de vivaces. Ni tondre la pelouse, ce qui était pourtant sa tâche préférée.

— Le matin où c'est arrivé, lui expliqua-t-elle, il a discuté avec Hope des livres qu'il avait aimés et qu'il lui conseillait de lire. Et ça m'a tuée. C'était comme s'il devenait quelqu'un d'autre. J'étais là, devant ma fille, et plus il parlait, plus je tombais amoureuse de lui.

— Grace, tu n'es pas amoureuse. Je sais que tu en es persuadée. Mais tu aimes Eddie et tes filles.

Grace but une gorgée de vin et plongea son regard dans l'étendue bleue du canal de Nantucket.

— Tu as raison, dit-elle.

Mais Madeline n'avait pas raison.

Après trois verres de vin, Grace se sentit mieux. Quand les deux amies se séparèrent dans le parking, Grace dit à Madeline :

— Merci de m'avoir écoutée.

— Je suis là pour ça.

Madeline quitta le parking et se dirigea vers sa maison, vers son mari parfait et leur fils bien-aimé. Grace décida d'appeler Eddie pour lui expliquer qu'elle avait payé l'adhésion au Yacht Club mais elle tomba directement sur sa messagerie. Elle appela donc son bureau (chose qu'elle détestait faire parce qu'elle n'aimait pas parler à Eloise ou Barbie or ces deux-là filtraient ses appels comme s'il était le P-DG de Microsoft) et tomba sur le répondeur.

Elle regarda son portable. Les effets du vin se faisaient ressentir. Ça lui donnait des idées farfelues. « Tu peux m'appeler. Je suis toujours disponible. »

Elle envoya un texto à Benton et ses oreilles commencèrent à la brûler.

« Est-ce que tu veux venir déjeuner demain ? Entre amis, promis. À midi ? »

Elle décida de rester sur le parking tant qu'il n'aurait pas répondu. Si elle devait rester là jusqu'à minuit, tant pis. Mais il répondit sur-le-champ.

« J'y serai. »

Elle était occupée à récurer l'évier du cabanon quand Benton contourna la maison.

— Hé ho ! Je suis ici ! lança-t-elle.

Il s'approcha de la porte du cabanon.

— Quel plaisir de te voir.

— Ça ne fait que quatre jours ! répliqua-t-elle en riant.

Il s'avança vers elle et posa ses mains sur ses hanches. Comme il faisait chaud, elle ne portait qu'un bikini et un short.

— Est-ce que les filles sont à l'école ? demanda-t-il.

— Oui, répondit-elle en souriant.

— Et Eddie ?

— Au travail.

Il l'embrassa sur la bouche et quand elle sentit sa langue, Grace eut l'impression qu'elle allait s'évanouir ou mourir. Le baiser fut d'abord doux puis torride. Il faisait chaud dans le cabanon et ils furent rapidement couverts de sueur, animés d'un désir immodéré. Il ferma puis verrouilla la porte avant de hisser Grace sur l'évier. D'un geste habile, il défit son bikini et retira son short avant de s'agenouiller devant elle.

Après quoi, ils déjeunèrent.

Grace servit du poulet froid, une laitue, un morceau de fromage artisanal et de gros radis ramassés dans le jardin. Elle coupa d'épaisses tranches d'un pain aux céréales à la croûte moelleuse puis sortit du réfrigérateur du beurre doux, un pot de mini concombres, une saucisse et de la moutarde à l'ancienne.

— Un vrai déjeuner de jardinier ! s'exclama Benton. Comme ceux que je mangeais dans le Surrey.

— Je suis contente que ça te plaise.

— Tout me plaît chez toi.

Tu n'es pas amoureuse, se répéta-t-elle.

Benton aida Grace à porter tout ça dehors sur la table en teck et ils s'attablèrent devant ce festin, avec vue sur le jardin.

Ils se servirent mutuellement : radis, beurre doux, moutarde. Une tranche de pain avec un épais morceau de fromage recouvert d'une tranche de saucisse.

Grace lui tendit une bouchée, les mains tremblantes. Il lui mordilla les doigts.

— Tu connais la chanson « Loving Cup », des Rolling Stones ? lui demanda-t-il avant de fredonner : « I'm the ploughman in the valley with a face full of mud. »

— Je crois que oui.

— Attends, je vais te la faire écouter.

Il brancha son téléphone aux enceintes extérieures et la musique résonna dans le jardin.

Benton lui prit la main et ils se levèrent. Ils se mirent à danser lentement au rythme de la chanson là, sur la terrasse, Grace dans les bras de Benton, sa tête posée sur sa poitrine. Elle ne savait pas qu'on pouvait être aussi heureux. « What a beautiful buzz, what a beautiful buzz. »

Quand Benton s'en alla, Grace se réfugia dans son bureau.

Il fallait qu'elle appelle Madeline.

Madeline

Cet appartement, qui lui avait d'abord procuré un si grand sentiment de liberté, lui rappelait maintenant une cellule de prison. Elle devait se forcer à y aller et quand elle pénétrait à l'intérieur, elle ressentait comme de la panique. Elle avait donné douze mille dollars pour le louer pendant six mois et à présent, il fallait qu'elle rentabilise cet investissement.

Pression.

Elle ne pouvait pas écrire un seul mot sous la pression.

Elle n'avait pas d'idées pour son prochain roman. Pas une seule.

Elle était accaparée par les angoisses : ils n'avaient plus d'argent, elle avait promis quelque chose qu'elle ne pouvait pas donner, ils n'auraient jamais dû investir les cinquante mille dollars avec Eddie. Trevor allait devoir lui demander de leur rendre cet argent vu que Madeline n'y était pas parvenue.

Elle avait dépassé le délai que Redd Dreyfus avait négocié pour elle. Il l'avait appelée deux fois sur son portable et lui avait laissé des messages exaspérés puis Angie et son assistant, Marlo, lui avaient envoyé un e-mail avant de l'appeler à leur tour. Ils avaient besoin de ce résumé. Sans quoi elle serait rayée de la liste et il y aurait « des répercussions financières ».

Madeline récapitula la situation : elle n'avait pas le choix. Elle allait écrire une suite à *Islandia*.

Mais quand elle s'installa avec son carnet pour commencer à jeter quelques idées sur le papier, ce qu'elle écrivit ne correspondait pas à son projet initial. Il s'agissait d'une histoire d'amour torride entre une mère au foyer et un ouvrier travaillant chez elle.

Je ne peux pas écrire là-dessus, songea-t-elle. Je ne peux pas. Pourtant, c'était bel et bien ce qu'elle faisait. Les mots coulaient naturellement sur la page.

Grace l'avait dit elle-même : « Tout était normal et ennuyeux. Et maintenant… maintenant, ma vie est un véritable roman. »

Madeline ne parvenait pas à nommer ses deux protagonistes. Elle les baptisa donc B. et G.

Le héros masculin, B., supervise les travaux de rénovation de l'héroïne, G., une mère au foyer de deux enfants, deux filles nées à onze mois d'écart. B. et G. se voient tous les jours pour discuter de leur projet. Est-ce que G. préfère un évier en porcelaine dans la cuisine ou une double vasque en acier ? Et pour le plan de travail, est-ce qu'elle aime mieux le granit, le calcaire, le Corian ? Un mur en faïence ou simplement du plâtre ? Et pour le parquet, de l'érable, du cerisier, du pin ancien ? Quel style de placards ? Quel genre de poignées ?

B. et G. finissent par s'embrasser pour la première fois dans les toilettes du premier étage, alors qu'ils discutent des fixations pour le lavabo. La pièce est exiguë... et sombre, parce que l'électricien n'est pas encore venu installer la lumière. G. se trouve dans les toilettes quand B. entre et ils se rentrent dedans par accident. Ils se mettent alors à échanger des baisers torrides.

B. se met à apporter à G. du thé à la menthe marocain chaque jour, ainsi qu'une boîte de quatre macarons à la pistache achetés à la boulangerie du coin, pour qu'ils les partagent ensemble.

Madeline ne prit même pas la peine de changer le nom des gâteaux. Elle aurait pu les remplacer par des cookies au chocolat blanc ou des biscuits fourrés au beurre de cacahuètes. Elle aurait pu remplacer le thé à la menthe par un latte vanille.

Je ne peux pas écrire ça, je ne peux pas. C'était impossible d'en faire un roman. Grace allait porter plainte. Ou la tuer. Ou peut-être les deux.

Pourtant c'était une bonne idée. Madeline le savait. C'était simple et efficace. La liaison de Grace avec Benton Coe contenait tous les éléments d'une bonne histoire : la solitude, le désir, le sexe, la trahison.

B. et G. tombent peu à peu amoureux tandis que les travaux de la maison progressent. Le mari de G., un avocat spécialisé dans l'immobilier et baptisé Ren (diminutif de Renfrew), paie toutes les factures dont celles – astronomiques – de B., sans broncher. Il dit aux gens qu'il est content que sa femme soit contente.

Madeline rédigea ensuite une scène, celle des deux amants déjeunant en tête-à-tête sur la terrasse ensoleillée.

Ils se donnent mutuellement des petites bouchées à manger ; B. mordille les doigts de G.

Ensuite, ils font un slow sur « Loving Cup » des Rolling Stones. Madeline ne parvint même pas à changer le titre de la chanson. Elle correspondait tellement bien.

Elle ne pouvait pas écrire ce roman. Mais comme elle n'avait rien d'autre, elle tapa le résumé, ajouta l'extrait de la scène sur la terrasse et les envoya à son agent par e-mail avec pour objet : « J'ai essayé. »

Eddie

Le week-end de Memorial Day était un moment qu'Eddie adorait et détestait à la fois. D'un côté, il avait hâte d'y être parce qu'il annonçait le début de l'été.

Eddie aimait l'été, comme tout le monde sur Nantucket. Il l'aimait non pas parce que les magasins et les restaurants ouvraient, ni parce que les sauveteurs en mer parcouraient les plages vêtus de leurs maillots de bain rouges ni parce que les lilas fleurissaient et qu'il faisait assez chaud pour faire des barbecues, jouer au ballon ou prendre des douches à l'extérieur. Non… S'il aimait l'été, c'était parce que le bateau à vapeur était rempli de passagers, que les amateurs de martini et d'huîtres se pressaient devant chez Cru, que les gens faisaient la queue devant Chicken Box pour écouter le groupe Maxxtone jouer, que le parking du supermarché était plein à craquer avec des clients garés jusque sur les places handicapés et que la circulation dans Orange Street poussait les résidents permanents à proférer des insanités au volant.

L'été à Nantucket, il y avait beaucoup de monde. Et ça signifiait des affaires potentielles puisque ces gens achetaient ou louaient des maisons.

Toutefois, Memorial Day était également associé à « la putain de course », une tradition de l'île qui devenait un peu plus importante et détestable chaque année. Il s'agissait d'une régate entre Hyannis et Nantucket, aller-retour. Le nom de cette course était ce que tout le monde préférait dans la manifestation. Une année, alors qu'il naviguait en plein brouillard, un vieux loup de mer s'était écrié : « Mais où est-ce qu'on est, putain ? » La course fut donc baptisée ainsi. Parce que franchement, qui n'aime pas proférer des insanités ?

Ces dernières années, cette régate s'était transformée en beuverie généralisée. Un vrai concours : qui ingurgitait la plus grande quantité d'alcool, qui buvait le plus vite, le plus longtemps, qui se levait le plus tôt et se mettait à boire, qui agissait le plus bêtement (c'était le terme le plus gentil qu'Eddie avait trouvé même s'il en avait des dizaines d'autres à sa disposition) tout en continuant à boire. Cette fête était populaire chez les étudiants fraîchement diplômés, ceux qui sortaient des universités de Hamilton, de Bowdoin, Middlebury ou, celle qu'Eddie aimait le moins, Boston. (Il aimait bien répéter sa blague : « Comment tu peux savoir qu'un type est allé à l'université de Boston ? Parce qu'il te le dit. ») Ces jeunes travaillaient à présent à Manhattan ou Boston comme assistants d'édition, traders à Wall Street, instituteurs, ou alors ils poursuivaient leurs études de droit à l'université de New York ou de médecine à Harvard. Ils vivaient dans des appartements de West Village ou de Back Bay financés par leurs parents, mais d'une façon générale, ils essayaient de devenir adultes. Ils se retrouvaient après le travail pour boire des verres dans Newbury Street ou à Soho, ils séchaient la messe du dimanche pour aller prendre un brunch et l'été, ils « partaient en week-end ».

Cette manifestation était faite pour eux. Les hommes portaient des shorts rouges délavés achetés chez Murray's avec un pull en maille posé sur les épaules. Ils gardaient leurs lunettes de soleil à l'intérieur parce qu'ils avaient une terrible gueule de bois. Les filles – ou plutôt les *femmes* – paradaient en robes légères sans sous-vêtements. Elles se prenaient toutes pour Diane von Furstenberg au bord de la piscine du Beverly Hills Hotel en 1973. Et elles avaient toutes des sacs à main qui semblaient contenir autant de déchets qu'un sac poubelle maxi format. Eddie avait envie de leur dire qu'elles auraient pu organiser une vente aux enchères avec tout ce bazar, mais elles n'auraient sans doute pas compris le sens de sa remarque. D'autres femmes, elles, portaient des tenues qui paraissaient sortir tout droit de la déchetterie : des shorts en jean coupés et des tee-shirts portant l'inscription « Désolée de faire la fête ».

Les femmes l'agaçaient davantage que les hommes, sans doute parce qu'il avait deux filles.

Si le temps était ensoleillé, les adeptes de la putain de course (ils formaient une véritable nation) parcouraient Hummock Pond Road au volant de leurs Jeeps de location avec des caisses de Bud Light à l'arrière. Des policiers parcouraient les plages en 4×4, essayant tant bien que mal de distribuer des PV pour consommation d'alcool dans l'espace public ou pour jet de détritus. Les sauveteurs passaient leur temps à tirer des gens de l'eau parce que le flot de retour était toujours fort au mois de mai et même si ces jeunes écervelés étaient éduqués (« écervelés » étant substitué à une dizaine d'autres mots qu'Eddie avait à sa disposition), ils ignoraient apparemment que le meilleur moyen d'échapper au flot était de nager parallèlement au rivage jusqu'à ce que le courant diminue.

Mais cette année-là, il pleuvait.

Et lors de ce week-end, la pluie était mille fois pire que le soleil, parce que la plage et la boisson étaient remplacées par la boisson et la boisson. L'épicentre de la beuverie était toujours le Straight Wharf et notamment le Tavern, le Gazebo, le restaurant éponyme du Wharf et Cru. Ces établissements étaient bondés de jeunes adultes hurlant, riant, jurant, hoquetant qui commençaient tout juste à apprécier un bon Bloody Mary et à avaler une huître sans en mettre partout sur leurs vêtements de marque.

Eddie ne savait pas exactement ce qui l'avait poussé à se diriger vers Cru à 14 heures ce dimanche-là. Il prit conscience que ça allait être une horreur (c'était le mot le plus poli qu'il avait choisi, parmi une dizaine à sa disposition). Barbie refusait de sortir de chez elle pendant ce week-end-là. Elle n'avait jamais dit à Eddie à quoi elle occupait son temps exactement, mais il pensait que s'il faisait beau, elle buvait des margaritas sur sa terrasse. S'il pleuvait, elle regardait de vieux épisodes de *Deux cents dollars plus les frais,* en bonne fan de James Garner.

S'il avait dû expliquer pourquoi il était venu jusque-là, il aurait dit qu'il avait envie d'être au centre de la manifestation. Un jour, ces jeunes gens grandiraient et deviendraient avocats, chirurgiens, présidents d'université, coaches sportifs et, bien entendu, dirigeants de hedge funds. D'ici cinq ans, une majorité d'entre eux seraient mariés avec un enfant en bas âge, un deuxième en route et ils chercheraient une location ; d'abord une semaine, puis deux, puis le mois de juillet complet et enfin, les deux mois d'été. Dans dix ans, ils seraient prêts à acheter.

Donc ce verre qu'il s'apprêtait à boire constituait un investissement pour ses années de pré-retraite.

Il passa devant le Gazebo sans s'arrêter, même si une rumeur courait selon laquelle les deux défenseurs de l'équipe de hockey sur glace des Boston Bruins étaient au bar, au beau milieu de cette foule.

Comment est-ce que les gens font pour respirer là-dedans ? se demanda-t-il. Comment est-ce qu'ils avaient la place de porter leurs verres à leur bouche sans donner des coups de coude à tous leurs voisins ?

Il dépassa le restaurant Straight Wharf, qu'il appréciait pourtant en temps normal. Ils servaient une excellente terrine de poisson et c'était l'un des meilleurs établissements de Nantucket. Mais pour rien au monde il n'y aurait mis les pieds ce week-end. En passant, il aperçut sur la terrasse deux jeunes tenant par les chevilles une fille vêtue d'une robe blanche sans bretelles, au-dessus de la rambarde.

— Lâchez-moi ! criait-elle. Leo, lâche-moi putain ! Je vais gerber ! Je vais... gerber !

Eddie ralentit pour voir si la jeune femme allait effectivement vomir ou mieux encore, si sa robe allait découvrir ses seins ou si les deux garçons allaient soudainement la lâcher dans les buissons.

— Je vois Londres, je vois la France, annonça l'un d'eux en regardant sous la jupe de la fille.

— Je vais gerber, Leo !

Et une seconde plus tard, c'est ce qu'elle fit. Eddie consulta sa montre : il n'était que 14 h 05 et ils vomissaient déjà.

Il se dirigea vers Cru. C'était un établissement un peu plus chic, si bien que la population y était un tout petit peu plus âgée et civilisée. Trois ans plus tôt, Eddie était tombé sur le propriétaire du 10 Low Beach

Road au bar et c'est là qu'il avait décroché ce contrat de location.

— Est-ce que tu penses que tu peux en tirer cinquante mille ? lui avait demandé le propriétaire.

— Je ne pense pas. J'en suis sûr, avait répondu Eddie.

— Tu es confiant et ça me plaît, avait commenté l'autre.

Au fond de lui, Eddie espérait avoir autant de chance aujourd'hui. Il lui fallait une grosse affaire. Une affaire légale. Financièrement, il se sentait assez proche de la fille qu'il venait de voir la tête en bas : il était désespéré et sur le point de perdre tout ce qu'il lui restait de dignité.

Le deal avec DeepWell s'était tellement bien passé que Barbie s'était proposé d'appeler d'autres entreprises afin de leur offrir de louer la maison avec les mêmes prestations : cinq belles jeunes femmes russes, dix mille dollars par nuit. Eddie n'arrivait pas à croire que sa sœur soit aussi gonflée. À sa place, il n'aurait jamais osé proposer ça, mais il se rendit compte que cette proposition passait mieux venant d'une femme. Il avait surpris la conversation de Barbie au téléphone. C'était un mélange entre Barbara Eden dans *Jinny de mes rêves* (réalisant les rêves les plus fous de ces messieurs) et un soldat des forces spéciales israéliennes avec lequel on ne plaisantait pas.

— S'ils disent non, c'est pas grave. Je ferai comme si cette conversation n'avait jamais eu lieu, avait-elle expliqué à son frère.

Jusque-là, personne ne lui avait dit non. Toutes les entreprises démarchées avaient accepté. Ce soir-là, un groupe d'exploitation minière de Virginie-Occidentale était attendu et ils avaient hâte de rencontrer les filles.

Quant aux filles… Eh bien, elles étaient aux anges.

Eddie était heureux de cette rentrée d'argent, mais l'opération avait aussi ses inconvénients. Il avait des aigreurs d'estomac chroniques et dormait mal. Il avait toujours peur qu'on le surveille.

Il avait cependant besoin de cet argent. Grace avait donné un chèque de quinze mille dollars au Yacht Club de Great Harbor, qui avait été rejeté.

— Rejeté ? fit Grace quand il lui annonça. Qu'est-ce qui se passe, Eddie ? J'ai pensé que c'était peut-être la faute d'Eloise, ou qu'il y avait eu un mic-mac administratif.

— Les maisons pour investisseurs ont pompé mes économies, Grace. On va peut-être devoir faire un break d'un an avec le Yacht Club, jusqu'à ce que je vende quelques maisons.

— Tu es en train de me dire qu'on n'a pas les quinze mille dollars pour l'adhésion ?

— Exactement.

— Mais quand tu dis que le chèque a été rejeté, ça donne l'impression qu'on n'a même pas quinze mille dollars sur notre compte.

Eddie se racla la gorge. Cette conversation lui était tout à fait détestable.

— À l'heure qu'il est, nous ne les avons pas.

— Comment est-ce que c'est possible ?

— Les maisons m'ont tout pompé.

— Est-ce que tu peux pas essayer d'en vendre une même si elle n'est pas terminée ?

— C'est une possibilité. Ou on peut être patient et attendre que j'en vende une.

— Est-ce que tu as d'autres opérations en cours ?

— Oui, répondit-il en souriant.

— Super, dit-elle en soupirant. Je peux survivre à un été sans Yacht Club.

Eddie se sentit soulagé. Parfois, sous le coup de la colère, il accusait Grace d'être pourrie gâtée parce qu'elle avait grandi avec de l'argent. Mais en vérité, c'était une femme raisonnable.

— Merci de te montrer aussi compréhensive.

— Il te reste de quoi payer Benton, quand même ? Et Hester Phan ?

— Bien sûr, répondit-il avec incertitude.

Hester était la publicitaire censée trouver un magazine pour publier un reportage sur leur jardin. Eddie avait accepté de sponsoriser cette initiative uniquement parce qu'il croyait que cet article potentiel aurait des répercussions positives sur son activité d'agent immobilier.

Les maisons pour investisseurs étaient en danger. Eddie avait empoché l'argent de DeepWell puis réglé le plombier et Gerry pour la moitié des fondations du numéro 13.

Quant à l'argent de Madeline et Trevor… Eh bien, il ne savait pas comment gérer cette situation.

Il fallait vraiment qu'il vende une maison.

La gérante du Cru, une jolie brune, était près du bar quand Eddie entra. Il la connaissait depuis qu'elle était arrivée sur l'île, après ses études à Richmond. Elle le serra dans ses bras.

— Tu ne vas pas y croire, Eddie, mais j'ai un tabouret de libre, dans la salle de derrière. Tu es seul ?

— Oui, répondit-il en se demandant s'il aurait dû se sentir gêné.

Personne ne passait le week-end de la putain de course tout seul. C'était contraire à la nature même de cette manifestation, qui consistait à boire en groupe et vivre des moments dont personne n'avait de souvenirs exacts mais qui donneraient lieu à des anecdotes pour les années à venir. Sortir seul à ce moment-là signifiait que vous étiez un nul. En tout cas, c'est ce que craignait Eddie.

La barmaid, une jeune femme qui avait souvent gardé les jumelles quand elles étaient petites, lui lança :

— Bonjour Eddie, qu'est-ce que je vous sers ?

Il ne se souvenait pas du prénom de son ancienne baby-sitter. C'était quelque chose comme Elisa, Alyssa ou Alicia, mais il ne savait plus lequel. Grace devait le savoir (elle devait probablement connaître les trois prénoms de cette fille), mais s'il lui envoyait un texto pour lui demander, il ne recevrait pas de réponse avant le mois suivant parce que Grace ne consultait jamais son portable. Il se décevait lui-même. Il était agent immobilier, c'était son job de se souvenir des noms.

— Je vais prendre un...

Il hésitait. Autour de lui, la majorité des gens buvaient des Bloody Mary. Mais cette boisson allait lui donner des brûlures d'estomac. Il en sentait poindre une rien qu'en regardant leurs verres.

— Je vais prendre un martini Triple Eight, sans glace, avec un zeste de citron, s'il te plaît.

— Vous savez qui a eu l'idée de mettre du zeste de citron dans le martini ? lui demanda l'homme assis à côté de lui. John D. Rockefeller. Il était germanophobe et le citron étant un désinfectant naturel, il demandait aux barmen de nettoyer le contour du verre avec.

— Je ne le savais pas, lui répondit Eddie.

Il aimait ce genre d'anecdotes. Il pourrait la ressortir la prochaine fois qu'il emmènerait un client boire un verre. Alors qu'il était en train de penser à ça, il s'aperçut que son voisin n'était pas n'importe qui, mais que c'était Ed Kapenash, le commissaire de police.

— Commissaire ! s'exclama-t-il.

— Comment ça va, Eddie ?

Ils échangèrent une poignée de mains et quand Elisa/Alyssa/Alicia apporta la boisson d'Eddie, ils trinquèrent joyeusement. Le commissaire ici, au Cru ! Eddie n'aurait pas été plus surpris de tomber sur lui dans un pays étranger, un bar de Hong Kong ou un café d'Amsterdam. Il se demanda si le commissaire le suivait. Mais une fois de plus, il était là avant lui. C'était une pure coïncidence.

— Qu'est-ce que vous faites là ? lui demanda Eddie.

Le commissaire était en civil. Il portait un polo bleu marine, un short kaki et la casquette rouge à l'effigie du week-end, remise à tous les participants de la régate.

— Est-ce que vous êtes là incognito ? ajouta-t-il en baissant la voix.

Le commissaire éclata de rire, et Eddie l'imita. Il finit son Bloody Mary et en commanda un autre à la barmaid qu'il appela Eliza.

Eliza !

— Je suis venu voir si tout se passait bien, même si je ne suis pas en service aujourd'hui. Tout le monde imagine que je déteste ce week-end mais c'est faux. J'aime la voile, moi aussi. Et j'aime toute cette énergie.

Eddie hocha la tête en buvant une gorgée de sa boisson, parfaitement préparée par Eliza.

Son humeur s'améliora d'un coup.

— Moi non plus, je ne déteste pas. Et votre anecdote sur Rockefeller m'a bien plu. J'ai toujours bien aimé l'Histoire.

— Ah oui ? Moi aussi. J'ai lu pas mal de choses sur Rockefeller, Vanderbilt, Mellon, tous ces grands industriels.

— Je me demande ce que les générations futures diront de nous. Je suis à peu près sûr qu'ils nous appelleront la génération « téléphone portable ».

À ce moment précis, le téléphone d'Eddie se mit à sonner. Sa sonnerie était « Smoke on the Water », de Deep Purple, ce qui fit glousser le commissaire.

— La seule chanson que j'aie jamais réussi à jouer à la guitare, commenta-t-il.

Eddie regarda son écran. C'était Nadia, sans doute pour savoir à quelle heure elle et les filles étaient attendues ce soir. Il eut une petite suée. Il mit fin à l'appel, rangea son téléphone dans sa poche et but une nouvelle gorgée de sa boisson.

— J'avais oublié que vous saviez naviguer.

Il appellerait Nadia depuis son bureau. De toute évidence, il ne pouvait pas lui parler alors qu'il était assis à côté du commissaire de police.

— Je ne suis pas monté sur un bateau depuis six ans, répondit le commissaire. Depuis que Greg et Tess McAvoy…

— Oh, je suis désolé, s'excusa Eddie, je n'ai pas réfléchi…

Ed Kapenash fit tourner la glace dans son Bloody Mary, ajouta un peu de tabasco, pressa sa rondelle de citron puis remua le tout avec son bâtonnet de céleri.

— C'est pas grave, dit-il. Greg et moi, on avait pour habitude de participer à la régate tous les ans. C'était une tradition pour nous. Si je viens ici, c'est pour honorer sa mémoire. On venait toujours boire un verre ici après, à l'époque où le bar s'appelait le Rope Walk. On buvait des Bloody Mary et on mangeait des palourdes.

Eddie termina son verre et en recommanda un autre. Il ne savait pas trop comment ils en étaient arrivés à un sujet de discussion aussi triste, mais il avait le sentiment que c'était de sa faute et il voulait se faire pardonner. Quand Eliza lui apporta son deuxième martini, il le leva.

— À Greg McAvoy.

Le commissaire hocha la tête et ils trinquèrent une nouvelle fois, mais Ed Kapenash semblait trop submergé par le chagrin pour répondre. Eddie comprit alors que c'était juste un être humain comme les autres. Il n'était pas là pour le coincer ; c'était simplement un type qui avait perdu son meilleur ami et le pleurait encore.

— Greg avait des défauts, finit-il par dire, mais je l'aimais comme un frère. Ça fait six ans et j'arrive toujours pas à croire qu'il soit parti. Parfois, quand je suis seul dans ma voiture, tard, j'entends encore son rire.

— Je vais vous avouer quelque chose de pathétique, intervint Eddie. Je n'ai jamais eu un ami comme ça.

— Vous êtes ami avec Trevor Llewellyn, non ? Vous faites beaucoup de choses ensemble.

— Ce n'est pas pareil.

C'était vrai. Eddie et Trevor s'entendaient très bien, ils s'amusaient ensemble et avaient ce qu'Eddie considérait comme de « vraies » conversations, mais la plupart du temps, elles tournaient autour de leur couple ou des enfants. Il n'y avait pas de lien solide qui les unissait. Eddie ne l'avait pas vu depuis ce dîner deux semaines auparavant et ça ne le gênait pas, tout comme ça ne gênait probablement pas Trevor. Trevor pilotait ses avions et vaquait à ses occupations, tout comme Eddie.

— Trevor et moi, on bavarde, on fume des cigares ensemble. Mais honnêtement, ce sont surtout nos femmes qui sont à l'origine de cette amitié. Je dirais que le lien qui vous unissait à Greg est assez rare.

— Je suis d'accord. Où est-ce que vous avez grandi, Eddie ?

— À New Bedford, dans le centre-ville.

— Un quartier chaud. C'est ce qu'on dit, en tout cas.

— Oui. Mes parents faisaient de leur mieux. Mon père est mort d'un emphysème quand j'avais quatorze ans et ma mère trois ans plus tard, d'un cancer du poumon. Ils fumaient tous les deux comme des pompiers et Barbie aussi. Moi, je n'ai jamais fumé parce que je courais.

— C'est vrai.

— La course à pied m'a permis d'éviter beaucoup d'ennuis. Je détiens toujours le record de vitesse de l'État au quatre cents mètres.

— Bravo !

Le commissaire commanda un autre verre. Eddie était content. C'était comme si les trois cents autres clients du bar n'existaient plus. Il était là, en compagnie du commissaire de police, et ils avaient une conversation intéressante. Cette situation lui paraissait extraordinaire. C'était peut-être parce qu'il avait grandi à New Bedford ou que ses affaires avaient semblé, depuis quelques années, tellement faciles que c'en était presque illégal, ou parce que sa conscience le travaillait ou qu'il avait simplement besoin de rapports authentiques avec autrui, comme n'importe quel être humain.

— Ça vous dirait qu'on commande une douzaine de palourdes ? proposa-t-il. Je ne suis pas Greg McAvoy, mais je serais heureux de les manger avec vous.

— Oui, répondit le commissaire, ça me ferait très plaisir.

Eddie fit signe à Eliza et commanda les palourdes.

— Merci. Vous êtes quelqu'un de bien, Eddie. Quelqu'un de vraiment bien.

À 17 heures, quand Eddie sortit du Cru, il se sentait un autre homme : un homme droit, honnête, valable, respectable. Le commissaire était parti quinze minutes plus tôt pour aller chercher sa femme et les jumeaux McAvoy, Chloe et Finn, qui vivaient dorénavant chez lui.

Il avait serré Eddie dans ses bras en lui donnant une tape dans le dos et ils avaient échangé leurs numéros de portable. Le commissaire lui avait laissé sa ligne directe où il était joignable à n'importe quelle heure du jour et de la nuit.

— Si vous avez besoin de quoi que ce soit, ou que vous voulez juste boire un verre, appelez-moi.

— Sans faute, répondit Eddie en riant.

Est-ce qu'il avait ri trop fort ? Trop promptement ? Ses quatre vodka-martinis avaient fait leur effet. Le commissaire avait autant bu que lui mais c'était un homme qui tenait très bien l'alcool.

— Je vous appelle un de ces jours pour qu'on aille pêcher, lui proposa-t-il. J'ai acheté un bateau l'année dernière, un Whaler de huit mètres. Vous aimez la pêche ?

— J'adore ça, s'enhardit Eddie même si c'était un mensonge.

Il détestait la pêche. Il n'aimait pas rester assis à attendre. Il préférait être dans son bureau à gagner de l'argent. Mais si le commissaire voulait aller pêcher, il l'accompagnerait. Trevor adorait ça, il était membre du club de pêche depuis ses dix-huit ans. Eddie songea que Trevor aurait peut-être été un meilleur candidat pour devenir ami avec le commissaire, puis il pensa qu'il commençait à parler comme Grace.

— Super, fit Ed Kapenash. Prenez soin de vous et profitez bien de la fin du week-end.

— Au revoir, commissaire, dit Eddie qui regrettait que son compagnon s'en aille. Ce serait super d'aller pêcher. Appelez-moi.

Le commissaire pointa le doigt vers Eddie, un geste qui pouvait avoir de multiples significations, avant de se frayer un chemin dans la foule alcoolisée qui s'écarta spontanément à son passage parce que même si personne ne savait qu'il était commissaire de police, tous sentaient son autorité.

Maintenant qu'il était lui aussi sorti du bar, Eddie voyait des jeunes gens trébucher et tituber, il voyait de potentielles bagarres se déclencher, des femmes qui avaient égaré leurs chaussures, les cheveux au vent, les bretelles de leurs soutiens-gorge leur glissant des épaules. En avançant à pied vers le restaurant Straight Wharf, Eddie aperçut la fille vêtue de la robe blanche sans bretelles, assise sur la terrasse à boire une Corona. Elle avait vomi et s'était remise en selle. Tant mieux.

Elle croisa son regard et lui adressa un signe de la main. Il s'éloigna rapidement. Il n'allait pas ternir le vernis de respectabilité qu'il venait d'acquérir en flirtant avec une fille deux fois plus jeune que lui.

Ce vernis de respectabilité, il allait tout de même le perdre. Sans aucun doute. Il pensa au sac en papier rempli de liquide. Au personnel du Yacht Club de Great Harbor qui était au courant de ses difficultés financières. Bientôt, des membres du club auraient vent de la rumeur et il aurait des ennuis. Glenn Daley, l'ennemi juré d'Eddie, appartenait à ce club.

Il fallait qu'il vende une maison.

Mais en attendant, il lui restait les filles.

Madeline

Angie l'appela, hystérique. Tout d'abord, Madeline crut qu'elle poussait des cris de colère avant de comprendre qu'il s'agissait au contraire de cris de joie, de bonheur, d'enthousiasme.

— J'adore ! s'exclama-t-elle. Putain, j'adore !

Madeline ne comprenait pas bien.

— Tu adores quoi ?

— Ton nouveau livre !

— Attends une minute… Comment est-ce que tu l'as eu ?

— Redd me l'a envoyé. J'ai lu l'extrait. Il y a quelque chose de très immédiat dans l'écriture, d'électrisant. Il y a une vraie alchimie entre tes personnages. On va le vendre comme un mélange entre *Playboy* et *Déco TV*. Après tout, quelle femme n'a pas eu envie de coucher avec son décorateur ?

Madeline en resta bouche bée. Elle avait envoyé le résumé et l'extrait à Redd parce qu'elle voulait lui faire savoir qu'il ne s'était pas sacrifié pour rien. Elle avait fait l'effort de trouver une idée nouvelle. Elle ne s'attendait pas à ce que Redd transfère son message à Angie et n'avait certainement pas anticipé une réaction aussi enthousiaste.

« Un mélange entre *Playboy* et *Déco TV* ? »

— Je veux que tu commences à écrire le plus vite possible. Je veux qu'on sorte ça cet hiver et je pense qu'on pourra vendre l'exclu à *Redbook*. Les émissions du matin vont adorer ! Gayle King va devenir dingue ! Elle et Norah vont se l'arracher !

Madeline déglutit. Elle essaya de s'imaginer sur le plateau de *CBS Morning* avec Gayle King, Norah O'Donnell et

Charlie Rose pour discuter du roman qu'elle avait écrit… au sujet de Grace et Benton Coe.

— Il y a juste une chose…, intervint Madeline. Je vais devoir modifier certains détails parce que ce dont je parle est assez personnel.

— Tu connais quelqu'un qui a vécu ça ? demanda Angie. Toi ?!

— Non, pas moi !

Mais si ça avait été elle, elle n'aurait certainement pas aimé que sa meilleure amie en fasse un livre.

— Pas de problème si c'est toi, reprit Angie. Je t'ai déjà parlé du type qui a fait le carrelage de ma salle de bains ? Il était tellement beau que j'avais envie de le manger.

Madeline ferma les yeux. Elle n'arrivait pas à croire qu'elle était à l'origine de ça. À travers toute l'Amérique, des femmes allaient admettre avoir eu des pensées impures pour leurs électriciens et leurs plâtriers.

— Il faut absolument que j'enlève le thé à la menthe, déclara-t-elle. Et les macarons pistache. Et le déjeuner sur la terrasse, et le slow sur « Loving Cup ».

— En temps normal, je te dirais sans problème, remplace tout ça par des équivalents, mais là, Madeline, tu tiens vraiment quelque chose. Tous ces détails sonnent juste. Tu ne peux pas remplacer le thé à la menthe ! Ni le déjeuner sur la terrasse, ni la façon dont il lui fait croquer un radis. C'est trop bien pour être supprimé. Ce serait comme Hemingway sans les courses de taureaux ou Cheever sans la banlieue.

— Oui, mais…

— Laisse comme ça. Si on doit absolument changer des éléments, on le fera plus tard.

— D'accord, consentit Madeline mal à l'aise.

— Est-ce que tu as pensé à une fin ?

— Une fin ?

— Je sais que tu as toujours du mal à terminer une histoire, mais ce que j'aimerais vraiment bien, c'est que B. et G. finissent ensemble.

Madeline entendit un stylo claquer contre le bureau d'Angie.

— J'en ai marre de ces romans où tout est bien qui finit bien, la femme reste avec son mari en clamant son attachement aux « valeurs familiales ». Même *Cinquante nuances de Grey* n'a pas osé casser ce code. Je veux une fin où la femme est heureuse plutôt que raisonnable.

— D'accord, consentit Madeline. Je peux partir dans cette direction.

Elle était un peu plus à l'aise maintenant qu'elles discutaient de la fin. La liaison de Grace et Benton était en cours, si bien que tout ce qu'écrirait Madeline ne serait que pure fiction.

— Super ! Ce livre va faire un carton. Je le sens.

— Merci…

— Il faut qu'on trouve un titre. Tu n'as pas d'idées, j'imagine.

— Je… Je n'y ai pas vraiment réfléchi. J'ai écrit ça spontanément, un peu comme un exercice.

— Un exercice ? Eh bien cet exercice va nous propulser en tête de la liste des best-sellers du *New York Times* ! Ne t'inquiète pas pour le titre. J'ai des gens ici qui vont réfléchir à ça. On va se creuser la tête.

— OK.

— Je te tiens au courant. On te soumettra des titres avant de décider.

— Très bien.

— Qu'est-ce que tu fais encore au téléphone à discuter avec moi ? Va écrire !

Madeline raccrocha.

Qu'est-ce qu'elle avait fait ?

C'était de la fiction, se répéta-t-elle. Inspiration, expiration.

C'était.

De la.

Fiction.

Brick voulait une voiture, il y avait des factures à payer. Elle avait loué ce fichu appartement pour douze mille dollars. Bientôt, il y aurait les frais d'université. Trevor était dans son avion. Techniquement, il n'était même pas sur la même planète qu'elle. De toute façon, elle ne pouvait pas parler de ça avec lui. Pas sans lui révéler le secret de Grace.

« Deux des femmes assises à cette table vont trahir la personne installée à leur gauche. »

Eddie était assis à gauche de Grace. Cette dernière était à gauche de Madeline. Et voilà qu'elle l'avait trahie.

Non, Madeline ne pouvait pas faire ça.

Mais si elle contrariait Angie, son éditrice allait se venger sur son prochain contrat. Madeline serait peut-être forcée de rembourser son avance, qu'elle avait déjà presque entièrement dépensée.

Elle avait deux options. Écrire ce roman sur Grace et Benton. Ou bien revenir sur son contrat, rembourser son avance et écrire une autre histoire, quand elle serait prête.

Les émissions matinales étaient tentantes mais… non.

Elle appela une nouvelle fois Eddie pour lui réclamer ses cinquante mille dollars.

Nantucket

Thornton Bayle, l'entrepreneur qui s'occupait de toutes les routes de Nantucket et qui était chargé de refaire le parking du Yacht Club, surprit la conversation d'Eddie Pancik au téléphone. Le Yacht Club était situé en face de l'agence d'Island Fog Realty et tout le monde en ville savait que quand Eddie voulait être tranquille pour passer ses appels, il le faisait depuis le parking en question.

Ce que Thornton Bayle entendit, le jour de Memorial Day, en fin d'après-midi, fut la chose suivante :

— Madeline, oui, je comprends ta position. Je comprends, Madeline ! Je t'ai dit juin, août au plus tard. Si je pouvais, je le ferais maintenant, mais c'est impossible pour le moment. Il faut que tu sois patiente. Il faut attendre un peu et me faire confiance. Tu savais dès le départ qu'il y avait un risque. Si, tu le savais. Madeline, s'il te plaît, j'ai besoin que tu me donnes un peu de lest. Je vais tout arranger mais pas aujourd'hui. Donne-moi du temps. S'il te plaît, donne-moi juste du temps.

« Eh bien, songea-t-il, voilà qui est intéressant. »

JUIN

Hope

Hope gardait la tête haute après la rumeur au sujet de Brick et elle, refusant de dire un mot de plus à ce sujet. Allegra passait de nouveau tout son temps avec lui et le mettait systématiquement en retard parce qu'ils s'arrêtaient devant chaque fontaine à eau pour s'embrasser.

Hope ne pouvait pas les regarder sans un haut-le-cœur.

Sa sœur continuait néanmoins de voir Ian Coburn. Elle disait à Brick qu'elle devait « rester à la maison et réviser pour les exams » et à ses parents qu'elle allait rejoindre Hollis pour travailler, au lieu de quoi elle retrouvait Ian dans sa Camaro rouge. Avec lui, elle étudiait l'art de faire une fellation devant un coucher de soleil sur une plage de Madequecham.

Hope aurait dû tout révéler à Brick quand elle en avait eu l'occasion. Oui, Allegra sortait avec Ian. Oui, elle couchait avec lui.

Hope était persuadée que si la rumeur la concernant s'était éteinte aussi rapidement, c'était à cause d'Allegra. Cette dernière savait très bien que sa sœur était capable de dire à tout le monde ce qui se passait entre elle et Ian Coburn.

L'autre interprétation moins réjouissante était que cette rumeur avait fait long feu parce que personne n'aurait pu imaginer Brick et Hope coucher ensemble.

Elle continuait de croire que tout ça allait se retourner contre Allegra. Elle ne pouvait pas courir deux lièvres à la fois pendant tout un été sur une île minuscule sans que ça se sache. Hope n'avait qu'à patienter.

Mais c'était ennuyeux. L'année scolaire touchait à sa fin et il faisait plus chaud. À la fin de la première semaine de juin, Hope avait passé tous ses examens. Elle n'avait plus rien à étudier et plus aucune raison de travailler sa flûte. Son job au presbytère de l'église Ste Mary commencerait à la fin des cours, une occupation tranquille et asociale. Elle allait aider Mme Aguiar avec ses papiers et ferait des recherches pour les homélies du père Declan. Elle répondrait au téléphone et répéterait inlassablement aux visiteurs que les messes se tenaient le samedi à 17 heures et le dimanche à 8 h 30, 10 heures et 11 h 30. En semaine, il y avait une messe à 7 h 30 le matin et une messe espagnole à 19 heures le dimanche.

En attendant, quand elle rentrait de l'école, elle s'allongeait dans le hamac accroché à deux ormes surplombant Polpis Harbor et elle lisait. Allegra allait à la plage avec ses amis tous les après-midi et buvait la bière que la sœur aînée de Bluto leur achetait avant de s'endormir sur le sable. Elle n'invitait jamais Hope à venir et les amis de celle-ci étaient chez eux, à lire dans leur hamac ou préparer leurs tests d'admission à l'université. Elle se réconfortait en se disant qu'au printemps prochain ce serait elle qui poserait sa candidature à l'université de Virginie et à Vanderbilt, peut-être même à Duke, alors qu'Allegra serait sur la liste d'attente d'une université de seconde zone.

N'empêche qu'elle se sentait seule.

Le seul point positif de sa vie en ce moment, c'était ses conversations avec Benton Coe. Elle avait commencé à lire *Goodbye, Columbus*, mais ce livre lui avait paru démodé et macho. Elle avait préféré *Rendez-vous à Samarra*. Benton semblait touché qu'elle suive ses conseils et chaque fois qu'il la voyait, il lui demandait où elle en était et si ça lui plaisait.

Leurs conversations ne duraient jamais aussi longtemps qu'elle l'aurait espéré parce que sa mère les interrompait systématiquement. Elle avait besoin de Benton au poulailler ou avec la tondeuse. Certains jours, Grace préparait pour lui des déjeuners élaborés : une salade César au thon ou une frisée aux lardons avec des œufs pochés. Il y avait toujours une panière remplie de pain frais et un plateau de fromages accompagnés de crackers, saucisses, moutarde, beurre et amandes.

Hope aurait bien aimé être conviée à ces déjeuners, et elle le dit à sa mère.

— C'est important qu'on discute, Benton et moi, répliqua Grace. Je suis désolée, ma chérie. Tu veux que je te prépare un sandwich au jambon ?

— Un sandwich au jambon ?

— Une baguette, avec du beurre et de la confiture de figues ? Tu peux le manger dans le hamac en bouquinant.

C'était tentant, mais pas autant que de s'installer à table avec sa mère et Benton.

— J'aimerais mieux manger la salade avec vous.

— Je suis désolée, ma chérie. Il faut qu'on discute de jardinage.

Discuter de jardinage ? Est-ce que sa mère était sérieuse ? Elle n'avait pas envie de convier Hope à leurs déjeuners alors même qu'elle reprochait à ses filles de ne jamais rien faire avec elle ?

— D'accord, finit par dire Hope. Un sandwich, ça ira.

Les résultats d'Allegra en cette fin d'année étaient déplorables : des C en chimie, trigonométrie et en histoire, un D en anglais, mais un assez bon résultat en chant (ce qui impressionnait Hope vu que sa sœur pouvait à peine chanter). Faisant preuve d'un courage rare, Eddie avait informé Allegra qu'elle n'aurait pas le droit de conduire la voiture pendant l'été. Ça ne gênait pas Allegra tant qu'elle était avec Ian Coburn, mais pour voir Brick, elle devait soit prendre le bus (qui passait sur Polpis Road trois fois par jour), soit demander à Hope de la conduire.

Hope avait accepté plus souvent que d'habitude uniquement pour voir Brick. Il paraissait triste. Il travaillait à mi-temps à la banque de Nantucket comme « assistant d'information », ce qui était, d'après lui, le job le plus ennuyeux. Il accueillait les gens et les dirigeait à gauche vers les guichets ou à droite vers les bureaux des conseillers ; il devait également montrer aux clients comment utiliser le monnayeur, qui comptait les pièces et éditait un ticket leur permettant d'aller ensuite récupérer la somme échangée en billets. Brick était pâle. Il avait perdu l'enthousiasme qui l'animait encore quelques semaines plus tôt.

Il y avait eu une semaine complète de fêtes de fin d'année auxquelles Brick et Allegra étaient invités. Hope n'était conviée à aucune, mais à chaque fois qu'elle les y avait conduits, Brick lui avait dit :

— Tu viens à la soirée, Hope ?

— Non, merci.

Plus d'une fois, elle avait aperçu la Camaro rouge de Ian Coburn garée devant le lieu de la fête. Elle s'était demandé à plusieurs reprises comment sa sœur réussissait à gérer ça au quotidien.

Un jour, alors que Benton travaillait sur le massif de roses, Hope s'installa ostensiblement dans le hamac avec un exemplaire de *Lolita* qu'elle avait acheté.

Elle ouvrit le livre en poussant un gros soupir dans l'espoir que Benton la remarque, mais il était occupé à tailler les rosiers.

— Aïe ! lâcha-t-il soudain en se piquant avec une épine.

— Ça va ? demanda Hope en bondissant du hamac. Tu veux que j'aille te chercher un pansement ?

— Hope ! Je ne t'avais pas vue. Tu es aussi discrète qu'une petite souris, dit-il avant de remarquer le livre. Tu lis *Lolita* !

— Oui, répondit-elle en rougissant.

Benton sortit du massif et s'essuya le front avec son bandana orange.

— Il faut que je te fasse cette liste de livres, je n'ai pas encore eu le temps.

— Tu as d'autres clients en dehors de maman ?

— Oui, en ce moment je travaille sur six projets différents.

— Tu as cinq autres clients ? J'ai l'impression que tu es toujours ici.

— Eh bien, c'est le projet que je préfère. J'ai un manager et dix étudiants qui travaillent pour moi.

— Je ne comprends pas pourquoi tu es jardinier alors que tu as étudié la littérature.

— C'est la vie, Hope ! rétorqua-t-il en riant. J'ai étudié à l'université de l'Ohio et je travaillais pour me payer mes études. On m'a mis dans l'équipe qui entretenait les espaces verts du campus. Ça m'a plu. Après mon diplôme, j'étais plus tenté par le travail en plein air, dans les parcs et les jardins. Je rêve quand même encore de devenir prof de lettres un jour, mais je crois que je préfère ce genre de travail.

— Est-ce que tu passais ton temps à lire quand tu étais ado ?

— Je lisais en secret. Tard le soir. La journée, je faisais la même chose que tous les autres ados : je jouais au rugby, je buvais de la bière dans les bois avec mes copains.

— Tu étais un mélange entre moi et Allegra.

— Peut-être. Je ne connais pas vraiment ta sœur.

Hope se réjouit d'entendre ça. La plupart des gens préféraient Allegra parce qu'elle était extravertie, comme Eddie. Elle pouvait bavarder, séduire, flirter, se faire des amis en un rien de temps. Si Benton rencontrait Allegra, il la préférerait à elle, craignait Hope.

Ou peut-être pas. Allegra ne pourrait pas supporter d'avoir une longue conversation au sujet des livres.

— Elle n'est pas comme moi. Elle est belle et superficielle.

— Toi aussi tu es belle, répliqua-t-il du tac au tac.

Hope haussa les épaules. Elle savait très bien quand les gens disaient ça juste par politesse.

— Elle est plus belle. Elle et sa meilleure copine, Hollis, elles sont les filles les plus populaires du lycée. Allegra sort avec Brick Llewellyn depuis la seconde mais maintenant elle en a marre de lui, sauf qu'au lieu de le quitter, elle traîne avec un étudiant de l'université de Boston, Ian.

— Bonne université, commenta Benton.

Manifestement, il n'avait jamais entendu la blague d'Eddie.

— Elle ne le trompe pas, se hâta-t-elle d'ajouter.

Même si elle avait hâte de voir cette affaire révélée au grand jour, elle ne voulait pas être celle par qui le scandale arrive.

— Elle n'est pas très gentille, conclut Hope.

— Et ça t'embête ?

— J'aimerais bien qu'elle se conduise comme un être humain.

Elle aurait aimé que toute cette tirade ait moins l'air tirée d'un épisode de *Degrassi* et donne plutôt l'impression qu'elle maîtrisait la complexité et les difficultés de la vraie vie.

— Est-ce que tu aurais un conseil ? lui demanda-t-elle.

— Je crois que oui.

À ce moment-là, Grace passa la tête par la porte-fenêtre coulissante de derrière. Elle sembla ravie de trouver Hope et Benton en pleine conversation.

— Benton, le déjeuner est prêt, lança-t-elle avant de demander à sa fille : ma chérie, tu veux un sandwich au jambon ?

Hope haussa les épaules. Comme d'habitude, sa mère avait tout gâché.

— Pourquoi pas, répondit-elle.

Grace

Alors qu'elle pensait que les choses ne pouvaient pas aller mieux, elle reçut un appel de Hester Phan.

— J'ai de bonnes nouvelles, annonça cette dernière.

Hester était une femme américaine d'origine vietnamienne à l'air sérieux, parlant sur un ton posé. On aurait dit qu'elle appelait Grace pour l'informer qu'il y avait des soldes sur les gants de jardin au supermarché du coin.

— Ah oui ?

— L'éditeur de la section « Maison & jardins » du *Boston Globe* a adoré les photos. Ils veulent faire un papier dans le supplément week-end.

Grace poussa un cri.

— Quand ça ? demanda-t-elle.

— Ils vont envoyer un journaliste et un photographe le 21 juillet et l'article sortira cinq jours plus tard, le 26.

Ils avaient moins d'un mois pour se préparer !

— Super ! Merci Hester, merci !

— C'est mon boulot. Je t'appellerai avant le rendez-vous pour te donner tous les détails. Et j'enverrai ma dernière facture à Eddie.

Grace raccrocha. Elle ne savait pas s'il fallait appeler d'abord Eddie ou Benton. La meilleure chose à faire était de téléphoner à son mari. C'était sa maison et c'était lui qui payait les factures de Hester. En plus, elle voulait l'annoncer à Benton en personne.

— Tu ne vas pas en croire tes oreilles ! Le *Boston Globe* a dit oui ! Pour le supplément week-end !

— Oui à quoi ? demanda Eddie.

— À l'article sur notre jardin !

— Ah oui, c'est vrai. Est-ce que ça veut dire que je peux arrêter de payer Hester ?

— Après la prochaine facture, oui. Et je crois qu'on s'était mis d'accord pour lui donner un bonus en cas de succès.

— Pourquoi est-ce qu'elle devrait toucher un bonus ? C'est son travail. C'est normal qu'elle réussisse, pas exceptionnel.

Sa voix résonnait comme s'il était au fin fond d'une caverne. Et Grace l'entendait marcher.

— Où est-ce que tu es ?

— Au numéro 39 d'Eagle Wing Lane.

— On dirait une maison vide. Tu n'es pas censé avoir des ouvriers qui y travaillent ?

— Si, je suis censé en avoir.

Elle ne parvenait pas à déchiffrer le ton de sa voix. Est-ce qu'il était sarcastique ?

Elle s'en fichait. Elle était tellement enthousiasmée par cette bonne nouvelle.

— Chéri, tu es content pour moi, non ?

— Ravi.

Grace raccrocha. Eddie n'avait pas l'air très ravi. Mais après tout, à quoi est-ce qu'elle s'attendait ?

Elle regretta que les filles ne soient pas à la maison. Hope avait commencé à travailler au presbytère et Allegra était à son cours de préparation au bac, sur le continent. Ces cours avaient lieu tous les jours, samedi inclus, pendant une semaine. Allegra en avait besoin car malgré les cours de rattrapage qu'elle avait suivis durant l'année, elle n'était toujours pas au point en commentaire de textes et en maths.

Eddie n'était pas très content de payer ce nouveau cours, plus les trajets aller-retour en avion chaque jour.

Grace disait que certaines personnes n'étaient simplement pas faites pour les examens.

Eddie rétorquait qu'elle ne faisait aucun effort. Est-ce que Grace l'avait déjà vue étudier ?

Non, en effet, elle ne la voyait jamais étudier. Par ailleurs, Allegra sortait tous les soirs.

Grace leur annoncerait la nouvelle ce soir au dîner.

Est-ce que ça les intéresserait ?

Elle eut envie d'appeler Madeline, mais celle-ci était très prise par l'écriture de son nouveau roman dans son appartement et elle ne voulait pas la déranger. Mais elle était tellement excitée qu'elle ne pouvait pas garder ça pour elle et il fallait encore patienter trente minutes avant l'arrivée de Benton.

Elle envoya un texto à son amie : « Le supplément week-end du *Boston Globe* va publier un article sur mon jardin ! »

Madeline répondit : « Super ! »

Grace essaya de ne pas se sentir déçue. C'était une réponse appropriée. Les autres ne pouvaient pas vraiment comprendre que c'était beaucoup plus que ça.

Grace déboucha une bouteille de Veuve Clicquot qu'elle avait trouvée dans la cave d'Eddie juste au moment où Benton contournait la maison.

— Champagne ? s'étonna-t-il. Où est passé le thé à la menthe ?

Grace remplit deux flûtes qu'elle laissa sur la table.

— Hester Phan m'a appelée.

— Et…

— Dimanche 26 juillet, un article paraîtra sur nous dans… le *Boston Globe* !

Benton la fit virevolter en l'air en poussant un cri de cow-boy.

Voilà la réaction qu'elle avait espérée. Benton prit son visage dans ses mains et l'embrassa. Elle songea à quel point c'était merveilleux d'avoir dans sa vie quelqu'un qui partageait sa passion pour ce jardin et qui était aussi ravi qu'elle de cette nouvelle. Un partenaire. Un ami.

Et bien plus encore.

Benton prit Grace par la main pour la mener vers le cabanon, laissant leur champagne au soleil.

Le lendemain, elle reçut une invitation à la soirée annuelle du club de jardinage de Nantucket. Cette année, la soirée se tenait dans la maison de Jean Burton, que Grace avait toujours surnommée intérieurement la « maison aux mille étangs de carpes ». En réalité, il n'y en avait que cinq mais pour elle, c'était déjà cinq de trop. Jean était présidente du club de jardinage. Elle avait succédé à Grace quand le mandat de cette dernière avait touché à sa fin. Native du Texas, Jean était charmante et accueillante. Elle continuait de demander à Grace des conseils et de l'aide pour la logistique et la tenait au courant de tout, même si Grace avait peu à peu été accaparée par son propre projet.

Grace avait été présidente pendant six ans et avait organisé la soirée annuelle dans son propre jardin quelques années plus tôt, à l'époque où ils habitaient encore sur Dover Street. Cette soirée était un événement fabuleux et depuis que Grace y participait, elle y était toujours allée accompagnée de Madeline.

Mais cette année, elle voulait y aller avec Benton.

Elle appela Madeline pour savoir ce qu'elle en pensait.

— Si j'emmenais Benton à la soirée du club de jardinage, est-ce que tu m'en voudrais ?

Madeline ne dit rien, mais en fond, Grace entendait le bruit du stylo courant sur le papier ainsi que le ronronnement de l'ordinateur.

— Non, je ne t'en voudrais pas. J'aime bien cet événement, les jardins sont jolis, on mange bien, mais c'est plus ton truc que le mien.

— Je ne veux pas que tu penses que je te remplace par Benton.

— Ce n'est pas le problème. Le problème, c'est que tu vas t'afficher en public avec lui.

Grace y avait bien pensé. Pourtant, elle avait vraiment envie de sortir davantage avec Benton. L'île faisait six kilomètres sur vingt ; elle ne pouvait pas aller dîner avec lui ou se promener main dans la main sur la jetée. Cette soirée était organisée par le club de jardinage. Benton était son paysagiste et ils avaient quelque chose à annoncer à leurs collègues jardiniers. Grace avait tellement hâte d'apprendre la nouvelle à Jean Burton, Susan Pendergast et Monica Delray ! C'était l'occasion idéale pour elle et Benton de faire quelque chose ensemble.

— Je demanderai la permission d'Eddie, précisa-t-elle. Je suis sûre qu'il dira oui.

— Moi aussi j'en suis sûre, fit Madeline en soupirant. Mais tu sais comment sont ces femmes, Grace. Tu te souviens du scandale qu'a fait Sharon quand Monica est arrivée avec des chaussures Chanel dépareillées ? Elle l'a accusée d'avoir été ivre au moment de s'habiller et trois jours plus tard, tout le monde la voyait déjà en cure de désintox. Ce sont des vipères. Elles sont sans pitié. Si tu y vas avec Benton, elles vont s'en donner à cœur joie.

— Sharon peut aller se faire voir, répliqua Grace.

— Fais comme tu veux. Mais en tant que meilleure amie, je me dois de te dire que je serais beaucoup plus à l'aise si Benton et toi vous n'entreteniez pas une…

— Je sais.

Elle le savait. Mais elle s'en fichait. Elle voulait aller à cette soirée avec Benton. Elle avait envie de s'amuser.

Ce soir-là, elle en parla à Eddie.

— Dis-moi, ça ne t'embête pas si je vais à la soirée annuelle avec Benton ?

— Quelle soirée ?

— Celle du club de jardinage.

Il secoua la main.

— Si tu veux. Tant que je ne suis pas obligé d'y aller aussi.

Il beurra un cracker. Ses aigreurs d'estomac étaient tellement douloureuses en ce moment qu'il ne pouvait rien avaler d'autre.

Le lendemain matin, Grace demanda à Benton :

— Est-ce que tu m'accompagnerais à la soirée du club de jardinage ?

Son visage s'éclaira.

— Avec plaisir, répondit-il.

— Ça se passe chez Jean Burton.

— La maison aux étangs de carpes.

Grace l'embrassa et sourit. Elle n'arrivait pas à croire qu'ils puissent être à ce point sur la même longueur d'ondes.

— Je suis déjà allé à cette soirée, tu sais, il y a quatre ou cinq ans, l'année où Jody Rouisse l'avait organisée. Marla Amster m'y a amené parce que je travaillais sur son jardin.

— Tu y es allé avec Marla Amster ? Je suis jalouse.

Elle essaya de se souvenir de cette année-là. Jody Rouisse vivait à Shimmo. Oui, Grace se rappelait y être allée avec Madeline. Elle se souvenait du jardin. Grace l'avait trouvé triste : il y avait beaucoup de pelouse, un seul massif et des vivaces rangées par couleur. On aurait dit un catalogue de peinture. Mais elle n'avait pas le souvenir d'y avoir croisé Benton. Elle avait du mal à croire qu'elle ait pu le manquer. À présent, elle n'avait d'yeux que pour lui.

— Tu n'as pas à être jalouse. Je n'étais pas amoureux de Marla Amster.

Amoureux ! Amoureux ! Amoureux !

Dès que Benton partit, Grace monta à l'étage appeler Madeline.

Il n'y eut qu'un seul nuage dans la semaine de Grace. Un soir, alors qu'elle allait faire des courses un peu tard pour acheter de la laitue, du fromage et d'autres provisions, elle aperçut une voiture de sport rouge dans le parking, avec à l'intérieur une fille qui ressemblait beaucoup à Allegra. Elle était en train d'embrasser le garçon blond assis à la place du conducteur.

Grace faillit taper à la vitre. Allegra ? Mais elle se retint au dernier moment. Si elle se trompait, ce serait très embarrassant. Et si elle avait raison, ce serait encore pire. Grace se hâta de pénétrer dans le magasin.

Eddie

La dernière semaine de juin, Eddie avait loué la maison de Low Beach Road à un groupe de Kasper Snacks. Kenny Kasper avait eu les coordonnées d'Eddie par Ronan, et il avait demandé que les filles passent un soir de cette semaine. Eddie avait répondu :

— Laissez-moi voir ce que je peux faire.

Les filles travaillaient non stop et elles commençaient à dépenser leur argent. Nadia avait acheté en liquide une Jeep couleur vert citron trouvée dans les petites annonces et en excellent état. Eddie l'avait mise en garde :

— Ne montre pas trop que tu as de l'argent, Nadia, sinon les gens vont commencer à se poser des questions.

Il ne pouvait pas laisser la situation dégénérer. Il avait trop besoin de cet argent. À ce moment-là, c'était sa seule source de revenus stable. Il avait un bien assez décevant sur High Street, en ville, qu'il avait fait visiter quatre fois au même couple qui avait fini par se décider pour une autre maison, sur Main Street, vendue par Glenn Daley. Il avait montré une maison à sept millions de dollars à Eel Point à un couple gay qui avait fait une offre à cinq millions cinq ; le vendeur avait refusé et le couple n'avait pas voulu revoir son prix à la hausse, disant que Nantucket était affreusement surévaluée et qu'ils allaient plutôt regarder du côté de Martha's Vineyard et Block Island. Et deux sœurs qui possédaient un terrain estimé à quatre millions de dollars sur Hulbert Avenue (pour lequel Eddie avait deux acheteurs potentiels) venaient de le retirer du marché.

Eddie n'arrivait pas à croire toute cette poisse. Il essayait de régler les factures du numéro 13, mais il devait aussi rembourser ses six emprunts, payer les courses, les cours de rattrapage d'Allegra, Benton Coe et cette fichue publicitaire avec son « bonus ». Sans oublier Madeline qui n'arrêtait pas de réclamer ses cinquante mille dollars. Elle avait même arrêté de réclamer pour se mettre à quémander. Lors de son dernier coup de fil, elle l'avait vaguement menacé, sous-entendant que s'il ne payait pas, il lui arriverait quelque chose.

Il comprenait que Madeline soit frustrée, voire un peu inquiète. Eddie leur avait présenté ça comme « une opportunité d'investissement » et ça l'aurait été s'il avait eu les moyens de terminer la construction des maisons ou si le marché se mettait à coopérer et à lui envoyer des acheteurs. Ce dont il avait besoin, c'était d'acheteurs comme en 2005 : à l'époque, l'économie était en plein boum et les maisons se vendaient trente pour cent au-dessus de leur valeur douze heures à peine après leur mise en vente.

Il n'avait pas vendu une seule maison depuis octobre et ça le déprimait. Il était dans une impasse. Il avait tangué, chaviré et à présent il coulait. Il avait approché les Llewellyn au début de son naufrage après avoir frappé aux portes des banques sans succès. Personne ne l'appréciait suffisamment ou n'avait assez confiance en lui pour lui prêter l'argent dont il avait besoin. Il savait que Madeline venait de toucher une grosse avance et qu'elle saurait convaincre Trevor. Il n'avait pas prévu qu'elle se montrerait aussi inconséquente avec son argent. Elle avait loué un appartement dont elle n'avait pas l'utilité et avait ainsi dépensé quelque douze mille dollars.

Eddie savait qu'il aurait dû se sentir coupable de ce qu'il faisait avec Barbie… mais il n'avait pas le choix. Il envoya à sa sœur un texto au sujet de Kasper Snacks alors même qu'elle était à son poste de travail, à l'autre bout du bureau. Barbie avait eu des succès modestes cette année, mais elle était la reine des propriétés pas chères : l'appartement à 359 000 dollars près de l'aéroport, la maison de 595 000 avec trois chambres, deux salles de bains et un sous-sol pas terminé. Eddie, lui, ne s'occupait que des ventes à sept – voire huit – chiffres.

Sa cupidité le perdrait sûrement, mais il était néanmoins fier de sa réussite. Lui, un garçon de Purchase Street, à New Bedford.

Il envoya à Barbie le message suivant : « Les filles à LBR demain soir. Kasper Snacks. »

« Je n'ai pas appelé Kasper Snacks. Comment ils ont su ? »

« Par Ronan. »

« Fiable ? »

« Apparemment. »

« Tu as vérifié l'entreprise sur Internet ? »

« C'est Kasper Snacks, créateur du Donut Chips ! »

« ????? »

« Tout le monde en mange sauf toi. »

Elle leva la tête vers lui.

« Je le sens pas, cette fois. C'est sans moi. »

« T'es sûre ? Barb, c'est comme les autres fois. Même procédé. »

« C'est sans moi. Prends ma part. »

« Tu es sérieuse ? »

« Très. »

Il aurait pu parlementer, mais il était attiré par l'idée d'empocher dix-sept mille cinq cents dollars de plus pour la semaine.

« Si tu insistes… Efface tes messages. »

« C'est fait. »

Son assistante, Eloise, agissait bizarrement depuis deux ou trois jours. Elle faisait très attention à Eddie, alors que d'habitude, elle lui témoignait la plus grande indifférence. Il la soupçonnait de vouloir demander une augmentation. Il ne pouvait pas se permettre de la lui accorder, mais il ne pouvait pas la perdre non plus. Elle lui avait rapporté une plante en pot de chez Bartlett's Farm en disant qu'il devait égayer son bureau. Quand il lui demanda s'il allait devoir l'arroser ou enlever les fleurs fanées, elle répondit qu'elle s'occuperait de l'entretien de la plante.

— Je serai votre jardinier personnel.

— Eh bien, puisque ma femme en a un, pourquoi pas ?

Eloise l'avait fixé du regard si bien qu'Eddie avait dû expliquer :

— Benton Coe. Vous avez entendu parler de lui ?

— Oh oui. Il a créé les massifs de rose derrière la Maison 1800 et les jardins de Greater Light, qui sont magnifiques, il faut le dire.

— Je lui verse un salaire digne du Bill Gates du jardinage, commenta Eddie en regardant les boutons fuchsia de la plante. En tout cas, merci pour ce cadeau, c'est très gentil de votre part, Eloise.

— Au fait, j'allais oublier !

— Quoi ? demanda-t-il.

Il mit son panama. Il fallait qu'il rentre pour voir ses filles. Il croisait Hope de temps à autre mais n'avait pas aperçu Allegra depuis plus de trois jours. Grace avait dit l'avoir vue, elle ou quelqu'un qui lui ressemblait beaucoup, en compagnie d'un jeune homme dans une Camaro rouge et Eddie se demandait ce qui se passait. Il n'avait pas envie qu'Allegra et Brick se séparent, mais peut-être que ce garçon en voiture de sport avait de l'argent et pourrait assumer le train de vie de sa fille. Cette histoire de top modèle n'avait pas marché, pourtant elle continuait de s'habiller comme si sa carrière était sur le point de décoller.

— Vous avez reçu un appel pendant que vous étiez sorti et j'ai oublié de vous transférer le message, s'excusa Eloise.

Elle prit un petit papier rose et Eddie sentit son cœur se serrer. Il avait besoin d'une pastille contre les aigreurs d'estomac, mais il les avait laissées dans le vide-poches de sa voiture. Il craignait que le message soit de Nadia même s'il lui avait bien dit de ne jamais l'appeler à l'agence. Ou bien c'était Kenny Kasper. Il se pouvait que Barbie ait raison : Kenny Kasper n'était peut-être pas celui qu'il prétendait être. C'était peut-être un agent du FBI.

Eloise lui lut le message avant qu'Eddie ne puisse le lui arracher des mains.

— Le commissaire de police a appelé, annonça-t-elle. Il veut que vous alliez pêcher avec lui demain matin.

Eddie se sentait aussi excité qu'une fille à la veille de son premier rendez-vous. Le commissaire avait parlé d'aller pêcher, mais Eddie avait cru que c'était simplement une proposition en l'air. En réalité, il avait pris la peine de l'appeler.

Eddie le rappela. Ils décidèrent de se retrouver sur le North Wharf à 5 h 30 le lendemain matin et de pêcher jusqu'à 13 ou 14 heures. Le commissaire proposa d'apporter des sandwichs, des bières et des cannes à pêche. Eddie avait juste à être à l'heure.

Eddie se dépêcha de rentrer chez lui pour annoncer cette nouvelle à Grace et aux filles.

— Je vais pêcher avec le commissaire de police demain matin.

— Cool, fit Allegra.

Hope haussa les épaules et grignota un morceau de son asperge qu'elle mangeait avec les doigts ; Eddie trouvait cette habitude étrange, mais Grace l'approuvait parce qu'apparemment, c'est aussi ce que faisait sa grand-mère Sabine.

— N'oublie pas que je sors jeudi soir, rappela Grace.

— Ah bon ?

— La soirée annuelle, tu te souviens ? Le club de jardinage ?

— Ah oui, c'est vrai.

Il ne se rappelait pas vraiment qu'elle lui en ait parlé, mais il était heureusement dispensé de toutes les activités touchant au club de jardinage.

— Je trouve ça très gentil de la part du commissaire de m'inviter à la pêche, reprit-il.

— Tu détestes pêcher, fit remarquer Hope.

— Non, non ce n'est pas vrai.

— Ce sera peut-être comme dans cette scène des *Sopranos*, intervint Allegra, où ils invitent un type à la pêche pour le tuer et le jeter par-dessus bord.

Eddie repoussa son assiette. Il avait apprécié son steak, sa purée et ses asperges jusqu'à ce qu'Allegra dise ça. Cette invitation était tellement inattendue qu'il se demandait lui aussi si ça ne cachait pas quelque chose. Il décida qu'il ne boirait qu'une seule bière. Il accepterait la première et la ferait durer toute la journée. Comme ça, il serait sûr de ne pas dire d'ânerie.

Il se réveilla à 4 heures, avant son réveil. Il était à la fois nerveux et excité. Il enfila un short kaki, des tennis blanches, un tee-shirt à manches longues ainsi que son panama sans lequel il ne se sentait pas tout à fait lui-même. Il acheta un café au Hub à l'ouverture puis passa par l'agence pour utiliser les toilettes et vérifier ses messages. Il avait été tellement perturbé par cette invitation qu'il en avait oublié d'appeler Nadia pour lui parler de la soirée avec Kasper Snacks aujourd'hui.

Il avait le temps. Il lui restait trente minutes avant son rendez-vous sur le wharf. Il ne pouvait néanmoins pas commencer sa journée en appelant Nadia juste avant d'aller pêcher avec le commissaire de police. Il l'appellerait plus tard. Il le fallait. Cette invitation, quoique enthousiasmante, n'avait pas fait disparaître ses difficultés financières.

Le commissaire était accompagné par son fils, Eric, qui étudiait la médecine à Cornell's. Les trois hommes échangèrent une poignée de main puis avancèrent sur le ponton grinçant tandis que le soleil se levait dans leur dos, faisant scintiller l'eau d'éclats or et argent. D'autres pêcheurs montaient dans leurs bateaux et commençaient à se préparer (cordes, moteurs, glacières, cannes, lignes, moulinets), mais le port parut à Eddie serein et pittoresque. C'était un autre monde, celui de la vie sur l'eau, loin du bruit, de l'agitation, des magasins, de la circulation, des courses, des restaurants, du shopping et des conversations téléphoniques qui caractérisaient la vie à terre.

Le bateau du commissaire s'appelait *Les naufragés*. C'était une référence à Greg et Tess McAvoy, à Addison Wheeler et d'autres amis encore, mais Eddie ne voulait pas aborder ce sujet. Il devait se concentrer sur la pêche, dont il ne connaissait rien. Quelques années plus tôt, il était sorti pêcher avec des clients, mais ils avaient plus bu que pêché. Ils étaient douze, plus trois matelots sur le bateau, et Eddie n'avait lancé sa ligne que deux fois, passant un total de six ou sept minutes avec sa canne à pêche.

La veille au soir, il avait recherché dans Google « comment lancer sa ligne » et avait visionné une vidéo sur YouTube : il fallait d'abord repousser l'arceau, tenir la ligne avec l'index, reculer doucement la canne derrière l'épaule droite puis la lancer et quand la canne était déployée, lâcher la ligne. Ensuite, replacer l'arceau et enrouler.

C'était à la portée de tous.

— Qu'est-ce que je peux faire ? demanda Eddie.

Le commissaire lui tendit la glacière.

— Allez mettre ça dans la cambuse, s'il vous plaît. Eric, je m'occupe des lignes. On va pêcher tout en sortant du port pour voir si on peut attraper quelques bars tout au fond.

Eddie porta la glacière dans la cambuse. Au moins il savait qu'il s'agissait de la cuisine du bateau. Il était tellement stressé par son manque d'expérience qu'il ouvrit la glacière et en sortit une Stella. Sa marque préférée. Il la décapsula puis se demanda si c'était impoli. Est-ce que grand-mère Sabine trouverait ça mal élevé ? Oui, sans aucun doute. Eddie savait bien qu'il aurait dû attendre qu'on lui propose une bière, mais il ne pouvait pas. Il avait besoin de quelque chose pour se détendre.

— J'espère que ça ne vous embête pas, mais j'ai ouvert une bière, dit-il au commissaire.

— Faites comme chez vous !

Le commissaire et son fils se déplaçaient dans le bateau avec des mouvements précis, sachant parfaitement quoi faire. Le père s'occupait principalement du moteur, de l'écran d'ordinateur, des cordes et des écoutilles, tandis que le fils était préposé aux cannes. Il y en avait de grosses posées sur des supports et de plus petites qu'Eric manipulait d'un geste expert.

Le commissaire finit par allumer le moteur. Eric dénoua les cordes du quai et resta debout à la proue tandis que son père faisait marche arrière. Eddie s'assit sur la banquette devant la console en songeant que c'était tout de même malheureux d'avoir vécu aussi longtemps sur cette île sans rien apprendre au sujet de la mer.

Quarante minutes plus tard, ils pêchaient au large de Great Point. Le phare était rose dans la lumière tamisée du matin. Great Point était le point le plus au nord de Nantucket ; c'était un lieu d'une grande beauté et pourtant, Eddie n'était pas venu sur cette plage depuis des années, quand les filles étaient encore petites. L'eau était d'un bleu très pur. C'était incroyable, et il n'y avait aucun autre bateau ce matin-là. Au loin, il distinguait les contours de Monomoy Point, sur Cape Cod. Les mouettes tournoyaient en criant au-dessus d'eux.

Après avoir vérifié leur détecteur de poissons, Eric et son père décidèrent de s'arrêter et de lancer quelques lignes. Ils avaient essayé d'attraper des poissons de fond depuis le départ du port, sans succès. Le commissaire jeta l'ancre et Eddie se rendit dans la cambuse pour prendre une deuxième bière, malgré ses bonnes résolutions.

— Eddie, vous êtes prêt à lancer une ligne ? demanda Eric.

Eddie prit une profonde inspiration. Est-ce qu'il était prêt ? Il sortit sur le pont, posa sa bouteille de bière dans un support et prit la canne que lui tendait Eric, dotée d'un appât orange fluo.

— Je suis prêt, annonça Eddie.

Il positionna la canne à quelques centimètres au-dessus de l'eau si bien que l'appât s'agitait. La mer était calme ; des vagues léchaient doucement la coque du bateau.

— Est-ce que vous voulez que je la lance pour vous ? proposa Eric.

Eddie s'apprêtait à répondre : « Oui, s'il te plaît ! » avec un soupir de soulagement quand le commissaire lança :

— Il peut le faire tout seul, pas vrai Eddie ?

— Oui, bien sûr, répondit ce dernier.

Il regarda le moulinet en essayant de se rappeler la vidéo qu'il avait vue. Il fallait pousser un petit machin tout en maintenant la ligne. Ce petit machin s'appelait l'arceau, se rappela-t-il, et il le poussa du doigt. Il devait balancer lentement la canne par-dessus son épaule puis la lancer devant. Enfin, il fallait lâcher la ligne. Elle produirait un petit « bzzz », et Eddie pourrait passer pour un pêcheur aguerri qui avait fait ça des milliers de fois et non pour un type qui avait consulté une vidéo sur la question à peine douze heures plus tôt. S'il n'était pas bon pêcheur, il savait faire comme si (c'était la clé de sa réussite) et il lança donc sa ligne après l'avoir passée doucement par-dessus son épaule. Elle se déploya magnifiquement, en arc de cercle, avec une fluidité dont il avait rêvé.

— Super ! commenta le commissaire.

Eddie était ravi. Il n'était pas très sentimental, mais il aurait aimé que son père puisse voir ça. Edward Pancik, de Purchase Street, à New Bedford, pouvait lancer sa ligne comme les meilleurs.

— Maintenant, enroulez ! dit Eric.

Oui, oui, Eddie avait oublié cette étape. Il ne pourrait jamais rien attraper, sans ça.

La journée avait bien débuté et tout alla encore mieux quand Eddie attrapa son premier poisson. Quand il enroula sa ligne, il sentit une résistance lui indiquant qu'il y avait bel et bien un poisson au bout. Il pêchait au lancer léger, ce qui tombait bien pour lui car il était gaucher, et ses avant-bras s'avérèrent plus forts qu'il ne l'aurait cru. Il dut quand même batailler pour y arriver. Il se pencha en avant tout en moulinant, relâchant la pression quand il sentait que le poisson s'agitait puis moulinant de nouveau quand sa proie fatiguait. Il aurait bien aimé prétendre qu'il avait un don naturel pour la pêche, mais en réalité, Eric se tenait à ses côtés, lui disant quand mouliner et quand attendre. Lorsque le poisson fut suffisamment près du bateau et qu'Eddie aperçut les écailles scintiller sous la surface de l'eau, Eric lui dit de le sortir lentement pendant que lui s'approchait avec la gaffe, attrapait le poisson et le rapportait à bord.

C'était un beau bar rayé, brillant et fort.

Le commissaire était ravi.

— Il va être bon à manger, commenta-t-il. Grace sera contente que vous rameniez le dîner ce soir !

C'est vrai, elle allait être contente. Elle adorait le poisson frais. Elle ne croirait peut-être pas qu'il l'avait attrapé lui-même.

— Est-ce que vous voudriez bien me photographier avec ma prise ? demanda Eddie.

Il tendit son téléphone au commissaire et attrapa la queue du poisson, qui gigotait encore. Mais à ce moment-là, le téléphone se mit à sonner.

— Un appel pour vous, dit le commissaire. Est-ce que vous voulez que je…

Il scrutait l'écran d'un air indéchiffrable.

— J'arrive pas à croire que vous ayez du réseau ici, commenta Eric. C'est ce que je préfère dans la pêche. Pas de téléphone.

Eddie fit tout son possible pour ne pas arracher le téléphone des mains du commissaire. C'était peut-être Nadia, ou une autre des filles. Il aurait dû l'éteindre avant de monter à bord.

Il le prit et vit que c'était Madeline.

— Bon sang, murmura-t-il.

Il ferma les yeux et essaya de rester calme. S'il commençait à penser au travail, à l'argent et à sa dette envers Madeline et Trevor, sa journée serait gâchée.

J'ai attrapé un bar de presque un mètre, se répéta-t-il, j'ai attrapé un poisson !

Il sourit faiblement à l'attention du commissaire.

— J'aurais dû laisser mon téléphone à terre.

— Peut-être bien, répondit l'autre.

Ce coup de téléphone de Madeline ne porta pas malchance à Eddie qui attrapa immédiatement deux tassergals. Puis le commissaire pêcha un bar un peu plus petit que celui d'Eddie et Eric une thonine, ce qui fut amusant parce qu'elle était particulièrement insaisissable. Ils relevèrent l'ancre et se dirigèrent vers une balise où ils restèrent pendant près d'une heure sans rien attraper.

— C'est chiant ! lâcha alors Eric.

Eddie fut surpris. Les pêcheurs n'étaient-ils pas tous dotés d'une patience sans borne ? Eddie craignait qu'Eric n'en ait assez et veuille rentrer. C'était la dernière chose dont il avait envie, lui. Il aurait pu rester sur ce bateau pour toujours.

Il but une troisième bière, puis une quatrième. Puis il se leva et pissa par-dessus bord. Il avait la tête qui tournait ; il avait sans doute besoin de manger quelque chose.

Comme s'il lisait dans ses pensées, le commissaire annonça :

— Dirigeons-nous vers Sankaty Head. On pourra manger un morceau et tenter notre chance là-bas.

— Bonne idée, dit Eddie.

Il décapsula une cinquième bière et s'installa sur la banquette, au soleil. Il avait pêché le dîner. Il adorait cette idée.

Il avait dû s'assoupir, parce qu'il se réveilla un peu plus tard au moment où le commissaire et Eric ramenaient chacun un poisson. Deux bars rayés ; celui du commissaire était bien plus gros que celui d'Eddie. Ce dernier se leva pour leur donner un coup de main, mais comme il eut peur de les déranger, il se rassit. Puis il se rendit compte qu'il devait de nouveau faire pipi, alors il se dirigea vers la poupe et quand il revint, les deux poissons étaient sur le pont et Eric les détachait de la ligne.

— Voilà, on a fini, annonça le commissaire. On va manger et ensuite on rentrera.

Eddie hocha la tête, mais il avait le cœur lourd. Les falaises de Sankaty se dressaient devant lui. Il avait vécu sur cette île pendant la moitié de sa vie, mais durant les six dernières heures, il avait eu l'impression d'être transporté sur une autre planète.

Le commissaire avait fait des sandwichs italiens avec du salami, du jambon, de la coppa, de la *soppressata* chaude, du provolone, des olives et des mini poivrons. Eddie avait tellement faim qu'il dévora son sandwich sans réfléchir. Les poivrons et la *soppressata* lui piquèrent la bouche mais il apaisa tout ça avec de la bière.

— Alors, ça vous plaît ? demanda le commissaire.

— Beaucoup. C'est un jour parfait.

Le commissaire emballa les déchets et finit par ouvrir une bière à son tour. Eric dormait sur la banquette et son père releva l'ancre en disant à Eddie :

— Vous voulez vous asseoir à côté de moi pendant le trajet de retour ? Il y a quelque chose dont je voudrais vous parler.

Eddie eut l'impression que coulait tout à coup dans ses veines un mélange de sauce épicée et de venin de serpent. Il comprenait à présent pourquoi le commissaire l'avait invité à la pêche. Il ne cherchait pas à devenir ami avec lui parce qu'il trouvait que c'était un type bien ; et ce n'était pas non plus ce qui l'avait poussé à partager des palourdes avec lui l'autre soir chez Cru. Eddie attrapa une bouteille d'eau dans la glacière. Il avait besoin de retrouver ses esprits, et vite. Comme il s'y attendait, la coppa et la *soppressata* firent leur effet et il ressentit de douloureuses aigreurs d'estomac.

Il était sorti en mer sans ses pastilles pour le ventre.

— Bien sûr, dit-il d'une voix plus aiguë que d'habitude.

Le commissaire était au volant et Eddie s'installa à côté de lui.

— Que se passe-t-il ? demanda-t-il.

Le commissaire demeura silencieux, son regard caché derrière ses lunettes de soleil. Ils croisèrent un bateau (le commissaire devait connaître le conducteur parce qu'il lui fit un signe) et Eddie l'imita, même s'il ne savait pas qui c'était. Il s'en voulut immédiatement. Le commissaire se leva et jeta un œil par-dessus la console. Eddie comprit qu'il vérifiait si Eric dormait toujours.

Il se réinstalla derrière le volant.

— Si je vous parle de ça, c'est parce que je vous aime bien, Eddie. Je pense que vous êtes un type super.

S'il me parle de quoi ? se demanda Eddie.

— Vous pensez sûrement qu'en tant que commissaire de police, je me sens moralement supérieur aux autres, mais c'est faux. Je ne juge pas. Chaque jour, j'ai affaire à des gens qui font des erreurs, parfois de très grosses erreurs, mais je trouve que la plupart des gens sont honnêtes. Ils peuvent avoir peur, se sentir seuls, s'ennuyer, c'est vrai, mais ils sont honnêtes.

Eddie avala la moitié de la bouteille d'eau. Il se serait volontiers coupé un orteil contre une poignée de pastilles.

— Qu'est-ce que vous voulez me dire ?

— Sur l'île, les gens parlent. Je ne comprends pas pourquoi. Les ragots, les rumeurs… c'est ridicule et la plupart du temps, je ne les écoute pas. Ça ne me regarde pas, je m'en fiche, et quatre-vingt-quinze pour cent du temps, c'est n'importe quoi.

Le commissaire accéléra. Le bateau bondit sur les vagues et frappa l'eau avec une force qui fit vibrer les dents, les mâchoires et le crâne d'Eddie. On aurait dit que le commissaire essayait de le punir physiquement.

— Mais quand j'ai vu cet appel que vous avez reçu ce matin, je me suis dit qu'il fallait que je vous parle.

— Cet appel ?

Il ne se rappelait même pas qui l'avait appelé. Ce n'était pas Nadia et c'était tout ce qu'il avait retenu. C'était...

Avant que le commissaire ne puisse reprendre la parole, un coup de vent fit s'envoler le panama d'Eddie. Quand celui-ci s'en aperçut, son chapeau avait été emporté au loin. Il dansait sur les vagues derrière eux, à cent puis deux cents mètres derrière. Et il disparut.

Il se retourna vers son compagnon en se demandant s'il pouvait décemment lui demander de faire demi-tour pour repêcher son chapeau (sans quoi il devrait dépenser de nouveau trois cent soixante-quinze dollars et patienter six semaines) mais les yeux du commissaire étaient rivés sur l'eau devant eux, cette étendue qui les séparait du port de Nantucket.

Il haussa la voix pour se faire entendre par-dessus le bruit du moteur :

— Il y a une rumeur qui circule. Je l'ai entendue à trois reprises.

— Une rumeur? fit Eddie qui pensait toujours à ce second chapeau perdu.

— Une rumeur selon laquelle vous avez une liaison. Avec Madeline King.

Eddie serra la main du commissaire et de son fils avant de quitter le wharf en tenant un gros sac hermétique contenant plusieurs filets de bar rayé.

Le commissaire avait dit qu'il le croyait, mais Eddie n'en était pas certain.

D'abord, il avait éclaté de rire. Il trouvait cette idée profondément drôle.

— Moi et Madeline ? Non ! Non, non, non ! Désolé de rire comme ça, mais c'est complètement faux.

— Eddie, je vous l'ai dit, je ne porte aucun jugement.

— Eh bien tant mieux parce qu'il n'y a rien à juger ! Ce n'est pas vrai. Je ne trompe pas ma femme. Je n'ai jamais été infidèle. Pas une seule fois.

Le commissaire resta impassible. Eddie en disait probablement trop. C'était le problème dans ce genre de situations : si vous n'en disiez pas assez, les gens imaginaient que vous étiez coupable et si vous en disiez trop, vous donniez l'impression d'avoir besoin de vous justifier parce que vous étiez coupable. Il avait envie de demander au commissaire où il avait bien pu entendre cette rumeur. Qui étaient ces trois sources ? Peut-être qu'il pouvait essayer de les contacter pour faire taire ce ragot ? Mais ces gens-là n'étaient probablement pas à l'origine de cette rumeur. C'était comme un virus qui se propageait à toute vitesse. Si le commissaire l'avait entendue trois fois, c'est qu'elle était partout.

Eddie faillit dire : « Si Madeline m'a appelé, c'est parce qu'elle m'a prêté de l'argent et qu'elle veut le récupérer. »

Cela expliquerait tout, mais la dernière chose dont Eddie Pancik avait envie, c'était que tout Nantucket sache qu'il avait emprunté de l'argent à ses meilleurs amis, qui étaient loin d'être riches. Pour un agent immobilier, les difficultés financières, c'était la fin assurée. Si les gens le prenaient pour un raté, il en deviendrait un. Personne ne ferait appel à un agent immobilier dont l'affaire s'effondrait.

— Ce n'est pas vrai, répéta Eddie d'une voix aussi sincère et plaintive que possible.

— D'accord, d'accord.

La conversation s'était arrêtée là, mais tandis qu'Eric découpait les filets de bar avec la précision du chirurgien qu'il deviendrait un jour, Eddie avait senti que cet échange avait gâché l'ambiance. Pour arranger le tout, il avait des aigreurs d'estomac et une sorte de gueule de bois. Il avait des pastilles dans sa voiture et dans son bureau, à l'agence. Tout à coup, il avait hâte de rentrer.

Ils s'étaient serré la main et le commissaire avait dit :

— Merci d'être venu. Ça m'a fait plaisir. Refaisons ça une autre fois.

— Tout le plaisir était pour moi, répliqua Eddie. Merci de m'avoir invité. Je referai ça avec plaisir.

Mais en s'éloignant, il songea qu'il n'y aurait sûrement pas de prochaine fois. Mais peut-être qu'il se trompait. Après tout, le commissaire avait dit qu'il ne jugeait pas.

Eddie sortit son téléphone. Il n'avait qu'un seul appel manqué, celui de Madeline. Pas de textos, pas de nouvelle maison à vendre. Est-ce qu'il devait rappeler Madeline et l'informer de cette rumeur ? Peut-être que s'ils unissaient leurs efforts, ils pourraient la combattre ? Ou bien est-ce que ça aurait au contraire l'effet inverse ?

Il décida de ne pas l'appeler. Il n'allait pas consacrer son énergie à une idée aussi absurde. Il ne voulait surtout pas que Grace entende parler de ça.

Il appela Nadia.

— Vous devez être à la maison à 22 heures ce soir, lui annonça-t-il.

— OK, Eddie. Aujourd'hui, on va chez le coiffeur et chez le dentiste.

Le dentiste ? Il se sentit vertueux l'espace de dix secondes. Grâce à lui, les filles prenaient soin d'elles. Elles n'avaient sans doute jamais consulté de dentiste de leur vie. Il espéra qu'elles allaient chez le Dr Torre et pas chez cet abruti de McMann.

Le soleil cognait sur son crâne chauve. Il n'arrivait pas à croire qu'il ait perdu un autre chapeau !

Des pastilles, songea-t-il. Il lui fallait des pastilles.

Eddie entra dans l'agence par la porte de derrière et mit le sac de poisson dans le réfrigérateur de la cuisine qui contenait également trois bouteilles de Dom Pérignon (gardées au frais pour célébrer de gros dossiers) et deux lots de yaourts à la grecque qu'Eloise aimait bien manger au déjeuner.

Il jeta un coup d'œil dans le bureau. Barbie était au téléphone, Eloise devant son ordinateur.

— Bonjour tout le monde, lança-t-il.

— Bonjour Eddie, dit Eloise. Comment s'est passée la pêche ?

— Pas mal. Il n'y a rien de mieux que passer du temps sur l'eau.

— Je ne savais même pas que vous aimiez ça.

— Non, moi non plus.

— J'ai apporté des doughnuts de la boulangerie, au cas où vous n'attraperiez pas de poissons.

Elle lui tendit la boîte. Il en restait huit, ce qui voulait dire qu'Eloise en avait mangé quatre, parce que Barbie n'en mangeait pas.

— J'ai attrapé un poisson, fanfaronna Eddie, mais je ne peux pas résister aux doughnuts.

Il en prit un.

— Je le sais bien, répondit-elle. Je connais vos goûts.

Le téléphone sonna et elle s'empressa de répondre. Je vous en prie, songea Eddie, faites que ce soit une propriété à vingt millions de dollars.

Il prit la boîte de doughnuts et alla s'asseoir à côté du bureau de Barbie, sur le siège destiné aux clients. Elle était en train de téléphoner.

— Écoute, je te rappelle plus tard, salut.

Elle raccrocha.

— C'était qui ?

— « P », répondit-elle.

« P » signifiait « personnel ». Eddie avait conscience que Barbie voyait des hommes, qu'elle avait des rendez-vous et des amants, mais il ignorait qui ils étaient ou à qui demander des renseignements. Elle connaissait tout le monde sur cette île sans pour autant avoir d'amis proches. Elle passait les fêtes avec Eddie, Grace et les jumelles ou alors elle partait, sans doute avec des hommes de sa connaissance. Est-ce que certains d'entre eux étaient riches ? se demandait-il. Elle portait des chaussures coûteuses et conduisait une Alfa Romeo de 1974 qui nécessitait un entretien constant. Mais elle avait acheté sa maison de Fishers Landing en 1999 et n'avait pas d'enfants. Sa vie était merveilleusement simple.

Eddie aurait bien aimé être un peu plus comme elle. Personne ne faisait courir des ragots sur le compte de Barbie.

— Pourquoi est-ce qu'Eloise est si gentille avec moi ? lui demanda-t-il.

Parfois, Eloise brossait Eddie dans le sens du poil quand elle se disputait avec Barbie.

— J'en sais rien.

— Tu ne t'es pas mise en colère ?

— Non. Comment s'est passé ton tête-à-tête avec le commissaire ?

— C'était marrant. Mais c'était pas un « tête-à-tête ». C'était juste deux types qui pêchaient ensemble. J'ai attrapé un bar rayé. Je peux t'en donner si tu en veux.

— Non, merci.

— Tu as toujours ton mauvais pressentiment au sujet de cet autre truc ?

Elle hocha la tête.

— Je peux me tromper. Je vais sans doute regretter de m'être retirée du jeu. J'ai besoin de cet argent.

Alors peut-être que les hommes qu'elle rencontre ne sont pas riches, pensa-t-il. Peut-être qu'elle sortait avec Chris, le mécanicien qui s'occupait de sa voiture.

— Et moi donc.

— Le marché ferait mieux de repartir, commenta-t-elle en regardant son écran d'ordinateur d'un air las.

— Est-ce que tu as entendu des rumeurs à mon sujet ?

— Des rumeurs ?

— Oui.

— Non, rien.

Eddie hocha la tête et se leva, emportant avec lui la boîte de doughnuts. Il ne pouvait pas y résister. Il les dévora en trois bouchées.

Madeline

Le match de baseball annuel entre Nantucket et Martha's Vineyard était habituellement l'un des jours préférés de Madeline en été. Mais cette année, elle était concentrée sur son écriture.

Angie lui avait demandé d'écrire le plus vite possible.

Madeline avait eu Eddie au téléphone trois fois et lui avait laissé autant de messages, et il était clair à présent que Trevor et elle n'étaient pas près de revoir leur argent. Madeline était même allée jusqu'aux maisons qu'il construisait sur East Wing Lane pour voir où elles en étaient, mais elles étaient toutes les trois fermées et silencieuses. Aucun ouvrier n'y travaillait.

Elle avait appelé Trevor :

— Il n'y a pas de camion garé devant, pas d'ouvrier, pas de bruit, rien !

— Peut-être qu'Eddie fait une pause pour l'été. Peut-être qu'il a d'autres projets en cours.

— Il avait dit juin ! On est quasiment en juillet maintenant. Août au plus tard. Mais ces maisons ne seront jamais terminées pour le mois d'août. Peut-être même pas en août de l'année prochaine !

— Pourquoi est-ce que tu tiens à ce point à récupérer cet argent ?

— On a des factures à payer. On a promis une voiture à Brick ! Je sais que c'était mon idée d'investir cet argent auprès d'Eddie, mais…

— Ton idée à cent pour cent, confirma Trevor.

— Je bats ma coulpe, là !

— Madeline, respire.

C'était ce qu'il lui disait toujours quand il la trouvait un peu hystérique et voulait qu'elle se calme, mais ce jour-là, ça ne servit qu'à l'énerver un peu plus.

— Mais je respire, bon sang ! hurla-t-elle avant de raccrocher.

« Peut-être qu'il a d'autres projets en cours. » Il se passait beaucoup de choses autour de lui dont il n'était même pas au courant ! Grace était amoureuse de Benton Coe. Elle était tout excitée de pouvoir enfin s'afficher en public avec lui, à la soirée annuelle du club de jardinage.

Madeline était devenue accro au récit de Grace. Elle avait toujours hâte d'entendre la suite. Elle savait qu'elle aurait dû lui conseiller de faire marche arrière. Mais au lieu de ça, elle l'écoutait religieusement et utilisait même chaque détail dans son roman. Ses personnages, B. et G., se portaient à merveille. Elle ne pouvait pas arrêter d'écrire ; c'était la première fois qu'une histoire lui venait aussi facilement. C'était de la magie noire, comme la séance de spiritisme avec Barbie.

« Deux des femmes assises à cette table vont trahir la personne installée à leur gauche. »

D'une certaine façon, écrire ce roman lui semblait naturel et nécessaire ; c'était comme un accouchement. Comme le deuxième enfant qu'elle n'avait jamais pu avoir.

Il fallait qu'elle avance. La mission ne pouvait être interrompue ou annulée. Elle allait écrire cette histoire puis, ensuite, changer tous les éléments afin qu'elle seule puisse reconnaître la vérité.

Pendant des années, elle s'était occupée du barbecue lors des matchs du programme double contre Martha's Vineyard. La semaine précédente, elle avait envoyé l'e-mail d'invitation et les mêmes gens que d'habitude y avaient répondu, proposant d'apporter leurs spécialités culinaires habituelles. Cathleen Rook apporterait son pain aux poivrons, que tous les joueurs et entraîneurs s'arrachaient et Rachel s'était comme toujours proposé d'apporter beaucoup de choses : une salade de pommes de terre aux œufs, des pâtes au pesto, et sept sauces mexicaines différentes. Madeline devait se charger des condiments, des assiettes en papier, du Gatorade, de l'eau minérale et de la glace, mais elle avait oublié cette dernière si bien qu'elle dut s'arrêter à la station-service de l'aéroport où elle acheta cinq paquets de glace pour vingt-cinq dollars.

Elle sortit les hamburgers, les hot dogs, les sandwichs, les assiettes et serviettes en papier, le ketchup, la moutarde, les condiments. Les bouteilles de gaz étaient pleines. Quand le match démarra, Madeline trouva une place à l'ombre dans les gradins, sortit son carnet et se mit à écrire.

Diana Marz, la mère de Parker, fut la première à lui poser une question :

— Est-ce que c'est ton nouveau roman ?

Madeline esquissa un sourire qu'elle espérait mystérieux. Elle avait toujours voulu que les gens la voient comme une romancière, mais à présent, moins elle en disait sur son travail, mieux c'était. Elle se rendit compte qu'elle aurait mieux fait de laisser son carnet chez elle, toutefois elle ne pouvait pas résister à l'urgence de terminer cette scène en particulier : B. et G. franchissaient une étape en s'affichant ensemble en public à la piscine où ils ne parvenaient pas à retenir leurs caresses, d'abord sous la table du restaurant puis dans la piscine. Elle était en train de rédiger une scène sur des caresses clandestines sous l'eau. Angie allait adorer.

De temps en temps, Madeline levait la tête pour regarder le match de baseball pendant quelques secondes. Brick jouait en première base, frappant dans son gant, essayant d'inciter Calgary McMann, qui lançait, à intercepter le joueur de Vineyard qui s'était élancé en courant. Rachel était à quelques mètres à la droite de Madeline, vêtue d'une robe à rayures blanches et marine avec un grand « N » bleu marine sur le devant, qui semblait avoir été thermocollé. Elle avait apporté son pompon. Elle poussait des cris d'encouragement et s'interrompait régulièrement pour s'appliquer de la crème solaire indice 50 sur le visage, quand bien même elle portait un chapeau en paille à large bord.

Malgré son intérêt pour le match, Rachel remarqua elle aussi que Madeline écrivait.

— Je suis contente que tu écrives sans t'arrêter ! commenta-t-elle. Je vois qu' « Une chambre à soi », ça a fonctionné ! Tu es une vraie machine à écrire. J'espère bien que tu vas me mentionner dans les remerciements !

Madeline hocha la tête tout en terminant sa phrase. On était dans la septième manche. Il fallait qu'elle retourne dans le coin pique-nique. Mais à ce moment-là, son téléphone sonna. Pensant que ça devait être Eddie, elle répondit tout en descendant les gradins.

C'était Redd Dreyfus.

— Tu as reçu un e-mail de la part d'Angie, non ? lui demanda-t-il.

— Quand ça ?

— Ce matin.

— Non. Je suis occupée aujourd'hui et je n'ai pas mon ordinateur avec moi.

Habituellement, Redd aimait bien entendre des anecdotes de la vie quotidienne sur une île et Madeline se serait lancée dans une description du match de baseball opposant Nantucket à Martha's Vineyard si Redd n'avait pas paru aussi sérieux.

— Bon, il semble que l'équipe éditoriale de Final Word ait pris une décision au sujet du titre de ton nouveau roman.

— Oh non ! Mais attends, elle m'avait dit que...

— Ils ont complètement perdu la tête. Ou alors ils sont devenus postmodernes.

— Qu'est-ce qu'ils ont trouvé comme titre ?

Elle entendit des cris enthousiastes en provenance des gradins, indiquant la fin du match. Elle se boucha l'oreille.

— Ils vont appeler ça *B/G*. Comment est-ce qu'on va le prononcer ? « B slash G » ? Ça me rappelle ce que Prince a fait avec ce symbole ridicule.

— *B/G* ? Non, c'est impossible.

— C'est ce qu'ils ont décidé, malheureusement…

— Angie m'a assuré qu'ils me demanderaient mon avis avant ! Elle m'a dit que ce serait à moi de donner le feu vert.

— Bienvenue dans le monde merveilleux de l'édition. Angie et ses collègues s'occupent de vendre des livres. Ils ont l'air de penser que ce titre absurde va bousculer les codes ou au moins attirer l'attention du public.

— Ils ne peuvent pas utiliser ces initiales ! Il faut qu'on en choisisse un autre. Peu importe lequel.

— Mais c'est le nom de tes personnages.

— Pour l'instant ! Ce livre a encore besoin d'être retravaillé, dit-elle en voyant la foule quitter les gradins pour se diriger en masse vers le coin pique-nique. Demande-leur de changer les initiales, Redd, s'il te plaît !

— Je crois que ça leur fait penser à « Boy meets girl ». Je ne pense pas qu'ils seront partants pour en changer. Ce n'est pas pour rien que leur maison s'appelle « Final Word », c'est eux qui ont le dernier mot, Madeline.

— Écoute Redd, il faut que j'y aille. S'il te plaît, fais ton maximum !

Elle raccrocha. *B/G* ? Et pourquoi pas carrément *Benton et Grace* ?

Madeline courut vers le stand des boissons pour mettre le Gatorade et l'eau dans la glace. Peu après, Cathleen

Rook arriva et se mit à sortir des plats de la grande glacière.

— Où est Rachel ? demanda Madeline. Est-ce qu'elle a apporté des cuillères pour la salade de pommes de terre ou les pâtes ?

— Elle est encore dans les gradins. Elle a commencé à lire ton livre et a dit qu'elle ne pouvait pas le reposer.

— Quoi ? !

Madeline lâcha un sac de glace par terre et se fraya un chemin à travers la foule affamée jusqu'aux gradins.

Elle aperçut Rachel McMann penchée au-dessus de son carnet, plongée dans la lecture.

Madeline fut à deux doigts de lui arracher le carnet des mains.

— Qu'est-ce que tu fais ? C'est mon travail !

Rachel sourit.

— Je n'arrive pas à croire que ce soit aussi bon ! C'est sexy, Madeline, mais d'une façon intelligente, classe. Regarde-moi, je suis toute rouge !

— Rachel ! Ce n'est pas destiné au public !

— Je ne suis pas le public, voyons ! Je suis ton amie.

Madeline était tellement fâchée et gênée qu'elle ne pouvait même pas regarder Rachel dans les yeux. Elle regarda fixement le « N » sur le devant de sa robe. « N » rimait avec « sans-gêne » !

— Ça va se vendre comme des petits pains !

Madeline serra son carnet contre sa poitrine.

— Rachel, on est amies et c'est pour cette raison que je te demande de n'en parler à personne… et de ne pas dire que tu l'as lu. J'en suis encore au début. Ce que tu as lu va très probablement changer en cours de route.

— Si j'étais toi, je ne changerais pas un mot. Mais ne t'inquiète pas, je vais garder le secret. Je n'en parlerai à personne.

Madeline avait retenu la leçon : elle n'écrirait nulle part sinon dans son appartement. Elle ne rapporterait même pas son carnet chez elle le soir. Il resterait dans son appartement, caché sous les coussins du canapé ou dans le four à micro-ondes.

Madeline était quasiment sûre que Rachel possédait un double des clés de l'appartement, et elle était capable de s'en servir.

Le lendemain, elle envoya un e-mail à Angie pour lui demander de changer le titre. Elle suggéra comme alternative : *Un secret bien gardé*.

Angie lui répondit qu'ils préféraient garder leur titre.

Madeline l'appela donc – trois fois – et tomba systématiquement sur son répondeur. Elle ne put même pas joindre Marlo, l'assistant d'Angie.

À 17 heures, quelqu'un frappa à la porte.

Elle pensa que c'était Eddie qui lui apportait son chèque.

Elle se hâta d'aller ouvrir.

Trevor était là, son petit chapeau de pilote à la main, l'air triste.

— Salut mon chéri, je ne m'attendais pas à ce que ce soit toi ! Je pensais que c'était peut-être Eddie.

Elle l'embrassa sur la bouche mais il ne réagit pas. Il eut même un petit mouvement de recul.

— Qu'est-ce qui ne va pas ? demanda-t-elle.

— J'ai entendu une rumeur aujourd'hui, par Pamela, du comptoir d'Island Air.

— Merde ! lâcha-t-elle.

Il avait entendu parler de Grace et Benton Coe. C'était affreux. Madeline se sentit très mal. Pamela d'Island Air était la pire commère de tout Nantucket, avec Sharon la blonde, Janice l'assistante du dentiste et Rachel McMann.

Madeline fit entrer Trevor dans son appartement avant de fermer la porte et de la verrouiller.

Il s'affala sur le canapé.

— Qu'est-ce qu'il y a ? demanda-t-elle.

— Tu as cru que c'était Eddie à la porte ? Pourquoi ? Est-ce qu'il te rend souvent visite ici ?

— Non ! il n'est pas venu une seule fois depuis le jour où je l'ai loué.

— OK. Parce que la rumeur que j'ai entendue… ce que m'a dit Pamela et qu'elle a entendu d'au moins six personnes… c'est que tu as une liaison avec Eddie Pancik.

— Pardon ? !

Trevor resta silencieux.

— C'est faux, dit-elle. Bien évidemment. Où est-ce que les gens vont chercher ce genre de conneries ?

— Oh, c'est pas très difficile. Tu as ton propre appartement, Eddie est passé te voir le premier jour et quelqu'un l'a vu. Ensuite, quelqu'un d'autre l'a entendu te parler au téléphone.

— Je t'ai expliqué que je l'avais appelé parce que je voulais récupérer notre argent. La vie est chère et en ce moment, cinquante mille dollars peuvent vraiment faire une différence.

— Pourquoi est-ce que c'est tout à coup si urgent ? Est-ce que tu as des dettes de jeu dont je ne suis pas au courant ?

Madeline s'assit sur le canapé à côté de lui.

— J'ai du mal avec mon nouveau roman. Vraiment du mal. Et j'ai bien peur de devoir rembourser mon avance.

— Tu as du mal avec ton nouveau roman ? Ce n'est pas ce qu'on raconte. Il paraît que tu parles d'un couple super sexy qui a une liaison extraconjugale.

— Qui t'a dit ça ? Pamela ?

— Peu importe qui me l'a dit. La rumeur est là, Madeline. Les gens racontent qu'Eddie et toi vous avez une liaison et que ça alimente ton nouveau roman super sexy.

— Tu ne peux pas croire ça. Tu sais que je ne te tromperai jamais.

Trevor saisit son carnet.

— C'est ça, le nouveau roman ?

Madeline voulut le lui arracher des mains, mais elle eut peur de le déchirer. Elle se laissa retomber contre les coussins du canapé et essaya de respirer calmement.

— Oui, c'est mon nouveau roman, mais je ne suis pas encore prête à te le faire lire.

— Et ça parle d'un couple qui a une liaison extraconjugale ?

— Plus ou moins.

Il balança le carnet sur la table basse.

— Super, lâcha-t-il.

— C'est de la fiction ! J'écris de la fiction. Le problème, c'est que plus personne ne veut de fiction ! Ils veulent du témoignage ! Ils veulent que ce soit « inspiré d'une histoire vraie » ! Tout le monde devrait lire Mary Karr et Erik Larson ! Mais ça, insista-t-elle en indiquant son carnet, c'est de l'invention. C'est de la fiction pure ! J'invente des histoires pour divertir mes lecteurs !

— *The Easy Coast* n'était pas de la pure fiction, fit remarquer Trevor. C'était inspiré de ta propre vie. Ça parlait de Geoffrey. Et *Hotel Springford* faisait référence à ta relation avec ta mère. Donc la seule fiction pure que tu aies écrite, c'est *Islandia*, et c'était plutôt de la science-fiction. Je t'ai encouragée à écrire une suite. Mais non, apparemment tu as préféré écrire ces cochonneries.

— C'est pas des cochonneries.

— Tu as raison. Je suis en colère et je suis gêné, mais je te respecte trop pour dire que ton travail est une cochonnerie.

— Tu as peut-être raison… je ne sais pas. Je suis loin d'avoir terminé.

Elle admira le beau profil de son mari. Sa rencontre avec Trevor avait d'une certaine façon compensé toutes les difficultés que Madeline avait eues dans la vie avant ça : l'absence de sa mère, sa relation dangereuse avec Geoffrey. Avec l'amour de Trevor, elle était devenue Gretchen Green, l'héroïne de son enfance. Elle était devenue la femme qu'elle voulait être. Ou presque. Elle tendit le bras pour le serrer contre elle.

Il ne la repoussa pas mais n'esquissa aucun geste affectueux non plus. Il se redressa puis se leva.

— J'ai besoin que tu m'aides ! supplia Madeline. Que tu me soutiennes ! Tu es mon mari.

— Et toi ma femme, affirma-t-il en se radoucissant légèrement au grand soulagement de Madeline. Je crois que tu as besoin d'un peu de temps. Ou alors c'est moi qui en ai besoin.

— De temps ? Comment ça, du temps ?

— Je crois que tu devrais rester ici quelques jours. Pendant que j'essaie de digérer tout ça.

— J'ai pas envie de rester ici ! C'est horrible !

— Si tu me fais lire ce que tu as écrit, je changerai d'avis. Mais je te connais, Madeline, et je sens que tu me caches quelque chose.

— Je ne te cache rien ! dit-elle sur un ton qui ne la convainquait pas elle-même et ne pourrait jamais leurrer Trevor. Je suis juste un écrivain qui essaie de protéger son travail.

— Madeline…

Elle faillit cracher le morceau : « Grace a une liaison avec Benton Coe et je l'utilise secrètement pour alimenter mon nouveau livre. Mais ce n'est pas ma faute ! J'étais acculée. Je me suis mise dans une situation impossible. »

— Je ne veux pas que tu le lises, pas maintenant en tout cas.

— D'accord.

Il se dirigea vers la porte.

— Tu es sérieux ? Tu pars vraiment ?

— Oui.

— Qu'est-ce que ça veut dire « quelques jours » exactement ?

Elle avait peur qu'il veuille dire en réalité « pour toujours ».

— Je ne sais pas. Quelques jours. Si tu veux un chiffre, disons une semaine.

— Une semaine ?!

— J'ai besoin de faire le point.

Cette nuit-là, Madeline dormit dans le lit inconfortable de son appartement. Elle essaya de se dire que c'était amusant, que c'était une aventure, mais le matelas était dur et les draps qu'elle avait trouvés dans le placard de la salle de bains avaient une drôle d'odeur. La fenêtre de la chambre donnait sur une ruelle qu'empruntaient les clients du Boarding House et du Ventuno pour rentrer chez eux. Elle les entendait marcher et parler fort d'une voix alcoolisée. Elle aurait pu elle aussi boire un verre de vin avant d'aller se coucher, mais elle ne voulait pas qu'on la voie acheter une bouteille chez Murray's puis rentrer dans son appartement ensuite.

Elle n'avait ni l'envie ni les moyens d'aller dîner dehors. Et puis, qu'est-ce que penseraient les gens ? Madeline King, dînant dehors seule, attendant peut-être son amant.

Elle mangea un sandwich au beurre de cacahuètes et une banane.

Pensant qu'elle dormirait mieux sur le canapé, elle emmena au salon sa couverture et son oreiller, mais les fenêtres n'avaient ni rideaux ni volets et la lumière de Centre Street pénétrait dans la pièce. Elle s'assit et contempla la boîte d'œufs d'oiseaux en se demandant ce que devenait la locataire précédente qui vivait désormais sur une falaise à St John.

Comment est-ce qu'elle pouvait arranger tout ça ? Est-ce qu'elle devait demander à Eddie d'appeler Trevor pour apaiser ses inquiétudes ? C'était peut-être une bonne idée. Ou alors ça pouvait tout empirer.

Et si Trevor demandait le divorce ? Cette idée était ridicule. Du moins, elle lui aurait paru absurde jusqu'à aujourd'hui. Leur vie commune avait été presque toujours radieuse. Ils étaient les Dick Van Dyke et Mary Tyler de Nantucket !

C'était peut-être pour ça que cette rumeur idiote s'était propagée : parce que les gens étaient jaloux et voulaient démasquer ce « couple parfait ».

Quand Madeline avait fini par s'endormir, elle avait fait un cauchemar avec Geoffrey. Dans la vraie vie, Geoffrey avait le crâne rasé et un tatouage sophistiqué dans le dos, représentant Prométhée. Mais dans son rêve, il était le mari de Rachel McMann, Dr Andy, et avait les dents toutes noires. Quand il ligotait Madeline, il lui montrait ses dents et elle se mettait à crier. Ce cri l'avait réveillée.

Elle était allongée à plat ventre sur le canapé, le visage enfoncé dans le coussin et elle se mit à penser.

Qu'est-ce que j'ai fait ?

« Je sens que tu me caches quelque chose. » Trevor n'aurait jamais eu cette pensée s'il n'avait pas entendu la rumeur propagée par Pamela.

Elle se leva et fit les cent pas dans l'appartement, s'arrêtant devant la fenêtre sombre pour crier à la rue :

— Occupez-vous de vos oignons ! Arrêtez de raconter n'importe quoi !

Elle imagina des femmes déjeunant chez Galley et parlant d'elle ; elle imagina Janice, l'assistante du Dr Andy, répétant la rumeur aux patients. « Est-ce que vous êtes au courant ? » Elle imagina Pamela, chez Island Air, la répéter à Barry, le barman du restaurant de l'aéroport, qui la répéterait à son tour à Candace, sa femme, qui était réceptionniste au salon de beauté de RJ Miller. Une fois que la rumeur atteignait les cabinets dentaires et les salons de beauté, on ne pouvait plus l'arrêter. Sharon la blonde en parlerait à ses amis du Yacht Club pendant qu'ils naviguaient, jouaient au tennis ou mangeaient des salades Cobb. Ensuite, bien entendu, le secteur de l'immobilier en entendrait parler. On propagerait la rumeur durant la visite d'une propriété à onze millions de dollars à Monomoy. De là, elle irait jusqu'à Sconset, où se trouvaient le bureau de poste et la piscine. Les gens de Wauwinet en parleraient et colporteraient la rumeur jusqu'à Great Point. Madeline savait que ce n'était pas elle la principale cible. C'était Eddie. Beaucoup de gens le détestaient. Les bibliothécaires de l'Atheneum en parleraient, ainsi que les employés qui chargeaient les véhicules sur le bateau à vapeur tout comme les plaisanciers qui allaient faire réviser leurs bateaux chez Madaket Marine et la troupe de théâtre qui jouait *Pygmalion* au Theatre Workshop.

« Est-ce que tu es au courant ? Pour Madeline King et Eddie Pancik ? »

« Et elle en fait un roman ! »

Madeline était tellement écœurée, humiliée, embarrassée, horrifiée et honteuse (parce qu'elle savait qu'elle l'avait cherché) qu'elle prit la boîte d'œufs et donna un coup de genoux dedans, si bien que le verre se brisa ainsi que les coquilles, qui se répandirent par terre.

« Voilà ! » songea-t-elle. Elle venait de casser la seule chose intéressante et authentique de cet appartement.

Le lendemain matin, elle fut réveillée par un texto de Rachel McMann : « Salut ! Brick a dit à Calgary quc tu avais quitté la maison pour quelque temps. J'imagine que tu as besoin d'une amie. Qu'est-ce que tu dirais d'un verre mercredi soir ? »

Elle regarda l'écran sans ciller. Brick l'avait dit à Calgary ! Et maintenant Rachel McMann savait que Madeline allait rester dans son appartement pour quelques jours (ce qui était bien différent de « quitter la maison », avait-elle envie de souligner) or c'était précisément Rachel qui avait raconté à tout le monde le sujet de son nouveau roman. Elle était la seule – en dehors de Redd, Angie, et les employés de Final Word qui vivaient tous à Manhattan, c'est-à-dire dans une autre galaxie – à l'avoir lu.

Elle eut envie de lui répondre : « Va te faire foutre, Rachel. »

Au lieu de ça, elle effaça son message et se mit au travail.

JUILLET

Grace

Dès qu'ils franchirent la tonnelle en treillis de Jean Burton, Grace sentit le regard jaloux des cinquante femmes présentes.

Elle était au bras de Benton.

Jean, en hôtesse toujours gracieuse, s'approcha d'eux quand ils pénétrèrent dans le jardin.

— Grace ! Je suis tellement contente de te voir. Et Benton…

Elle lui fit une bise sonore sur la joue. Ce serait comme ça toute la soirée, Grace le savait. Les dames si distinguées du club de jardinage allaient tout faire pour attirer l'attention de Benton. Certaines d'entre elles iraient peut-être même jusqu'à lui faire des avances.

Mais il était à elle.

Les années précédentes, Grace avait revêtu pour cette occasion une tenue qu'Eddie qualifiait de « petite fille modèle » : chemisier blanc et jupe longue, ainsi qu'un chapeau de paille. Mais ce soir, elle portait une robe dos nu noire flambant neuve, un collier ras-de-cou en perles et une paire de tongs noires qu'elle avait prise dans la penderie d'Allegra. Elle avait décidé de se lâcher les cheveux parce que c'est ce que Benton préférait.

Même Eddie n'en crut pas ses yeux en la voyant.

— Waouh, tu es magnifique. Où tu vas ce soir, déjà ?

— À la soirée annuelle du club, répondit Grace en essayant de contenir son agacement face à cet homme qui ne retenait jamais ce qu'elle lui disait. Le club de jardinage de Nantucket.

— Ah oui, c'est vrai.

Elle faillit lui rappeler qu'elle y allait avec Benton et qu'il avait approuvé, mais se demanda à quoi bon. Elle embrassa Eddie et Hope avant de partir. Allegra était sortie.

Grace était passée prendre Benton là où il travaillait et vivait, sur Old South Road, près de l'aéroport. Il louait deux vastes hangars qui hébergeaient sa batterie de tracteurs, remorques, tondeuses et pelleteuses. Il vivait dans un appartement à l'étage d'un des bâtiments avec son manager, Donovan et la petite amie de celui-ci, Leslie, laquelle dirigeait l'une des équipes de paysagistes. Quand Benton sortait, c'était toujours avec Donovan et Leslie. Ils allaient à des barbecues sur la plage et à des vernissages, ou encore à des concerts au Lobster Trap. C'était tout ce que Grace savait de la vie de Benton sur l'île.

Elle avait découvert son espace. C'était poussiéreux et industriel. Il n'y avait pas une touffe d'herbe en vue. L'allée était gravillonnée et le « jardin » couvert d'asphalte.

Ce sont les cordonniers les plus mal chaussés, avait-elle songé. Mais elle aimait bien voir cette rangée de camionnettes avec le trèfle emblématique peint sur la portière. Elle était au QG de Benton Coe. C'était sa base, son domaine.

Elle avait klaxonné, ce qu'aurait désapprouvé sa grand-mère Sabine. Avoir une liaison extraconjugale, c'était une chose (c'était sans doute monnaie courante dans les années 1940 et 1950, quand Sabine avait l'âge de Grace), mais klaxonner au lieu d'aller sonner à la porte, c'était presque impardonnable. Grace ne voulait pas donner l'impression qu'elle venait pour un rendez-vous galant. Elle n'avait pas envie de croiser Donovan ou Leslie, ni qu'un des employés de Benton (dont certains vivaient dans un appartement à l'étage de l'autre bâtiment) voient une femme vêtue d'une robe noire aller sonner chez leur patron.

Quand Benton était sorti de chez lui vêtu d'un pantalon blanc, d'une chemise turquoise, d'une veste marine et de chaussures décontractées, Grace n'en avait pas cru ses yeux. Elle avait dû tirer le frein à main et prendre plusieurs respirations profondes. Cet homme était tellement beau. Elle l'avait toujours vu habillé en jean, tee-shirt et sweat à capuche.

Il était monté dans la voiture et s'était exclamé :

— Wouah, Grace, tu es époustouflante ce soir.

Souris et dis merci, avait-elle songé. Mais ses mots l'avaient laissée sans voix. Elle avait senti ses oreilles brûler.

Comme elle n'était pas du genre à venir à une fête les mains vides, Grace donna à Jean une boîte d'œufs.

— Ils viennent d'Hillary et des autres Araucanas, précisa-t-elle. Mes meilleures pondeuses.

— Moi je préfère les œufs tachetés de Ladybird, commenta Benton.

Jean prit les œufs et dit :

— Je vais en prendre le plus grand soin.

Ensuite, elle fit un geste théâtral pour présenter son jardin – parfaitement entretenu – ainsi que les joueurs de mandoline, les employés du traiteur servant les hors-d'œuvres et même, supposa Grace, le soleil qui dardait sur la fête ses rayons dorés et chauds. Grace remarqua « la grande table » dont la moitié faisait office de bar tandis que sur l'autre moitié étaient disposés des plateaux de fromage, du raisin, des fraises, des abricots, des noix, du salami, des légumes marinés, des crackers, des tranches de baguette, de la pâte de coing, des olives et des sauces. Grace avait inventé l'idée de « la grande table » trois ans plus tôt (c'était simplement un repas sur le pouce mais à grande échelle) et Jean avait maintenu cette tradition.

— C'est magnifique ! s'extasia Benton. Jean, tu t'es surpassée !

— J'ai tout appris de cette merveilleuse personne ici présente, répondit Jean en serrant le bras de Grace. Quand tu es arrivée, Grace, je t'ai prise pour une de tes filles. Tu es tout simplement rayonnante. Tu n'es pas enceinte, dis-moi ?

Grace s'exclama comme si on l'avait pincée :

— Non !

Les autres femmes présentes étaient vêtues de robes fleuries ou en lin ; il y avait une abondance de sandales Jack Rogers et d'imprimés Lilly Pulitzer. Elles ressemblaient à des figurantes dans un film de Merchant Ivory, mais peu importait. De tous les cocktails qui se déroulaient l'été à Nantucket, celui-ci était le plus élégant et le plus distingué.

— Allons prendre un verre, proposa Grace.

— Je vais t'en chercher un, dit Benton. Qu'est-ce que tu veux ?

— Je vais prendre un sauvignon blanc. Du sancerre s'il y en a.

Benton s'éloigna vers le bar et plusieurs femmes fondirent sur Grace comme un groupe de rapaces : Jody Rouisse, Susan Pendergast, Monica Delray.

— Veinarde, tu es venue avec Benton ! fit Monica.

— Il est adorable, dit Jody.

— Et il présente tellement bien, ajouta Susan.

— Et Madeline, alors ? demanda Monica. Est-ce que vous vous êtes disputées ?

— Disputées ?

Elle ne se rappelait même pas la dernière fois où elle s'était fâchée contre Madeline.

— Non, elle est simplement occupée par son écriture, expliqua-t-elle.

— Ah oui, on en a entendu parler, dit Jody.

— Alors j'ai décidé de venir avec Benton. Il m'aide avec mon jardin depuis l'été dernier.

— On sait, on a hâte de voir ça !

— On a même pensé que ce serait toi qui organiserais la soirée annuelle, ajouta Susan.

— Oh non, ça ne vaut quand même pas le coup d'y organiser la soirée, répliqua Grace.

Bien sûr que si, ça aurait valu le coup. Jean avait demandé à Grace, en novembre, si elle voulait la programmer chez elle. Mais Grace envisageait déjà de faire publier un article et elle n'avait pas envie que des dizaines de personnes piétinent sa pelouse et fassent peur à ses poules.

— Arrête, la taquina Jody. Tu préfères garder ton jardin pour toi. C'est le petit jardin secret de Grace.

Benton apparut et lui tendit une flûte de champagne.

— Il n'y avait que du chardonnay. Je me suis dit que tu aimerais mieux ça.

Grace prit la flûte et lui sourit.

— C'est vrai, merci.

— Mesdames, je vous remercie d'accepter un malotru comme moi parmi vous. Je vois que la gent masculine est largement sous-représentée mais ça me plaît comme ça.

Le groupe de femmes gloussa.

— Grace était en train de nous dire que vous travailliez avec elle, dit Jody.

— Tous les jours, confirma-t-il. C'est mon projet préféré.

— Ce jardin, c'est la création de Benton, renchérit Grace. Je n'y suis pour rien. Je ne fais qu'exécuter !

— Tu leur as annoncé la nouvelle ? demanda Benton.

— Quelle nouvelle ? fit Monica.

— Vous n'allez pas filer tous les deux à l'anglaise, hein ? les taquina Susan avant de poser la main sur le bras de Benton. Ne partez pas avec elle, emmenez-moi !

Benton se mit à rire et répondit :

— C'est à Grace d'annoncer la nouvelle.

Cette dernière cligna des yeux. La conversation lui échappait. Quand Benton avait dit que c'était son « projet préféré », qu'est-ce qu'elles avaient pensé ? Est-ce qu'elles s'étaient imaginé que… ? Et pourquoi sous-entendre qu'ils voulaient filer à l'anglaise ensemble ?

Madeline avait raison. Ces femmes étaient de vraies langues de vipères.

— Alors, cette nouvelle, Grace ? insista Jody.

Elle rechignait presque à la leur annoncer. Elle avait envie qu'elles aient la surprise, en ouvrant le journal le 26 juillet. Mais elle ne pouvait pas se retenir.

— Mon jardin va figurer dans un article du *Boston Globe*. Dans la section « Maison & jardins » du supplément week-end.

Il y eut des « oh » et des hochements de tête admiratifs et Jody Rouisse lui lança un regard envieux, ce qui n'étonna pas Grace. Elle avait qualifié Benton d'adorable et était en plein divorce. Elle mourait sûrement d'envie de mordiller son épaule musclée.

— C'est fantastique ! s'exclama Susan Pendergast. Tu dois être ravie.

— J'ai entendu dire qu'Eddie avait engagé une publicitaire, intervint Jody. C'est elle qui a décroché l'article, non ?

— Oui, admit Grace. Hester Phan. Elle a envoyé des photos et une description du jardin dans un dossier de presse et le *Boston Globe* a été le premier à se montrer intéressé.

En le disant comme ça, elle laissait entendre que plusieurs publications auraient été intéressées par son jardin.

— J'espérais taper dans l'œil de *Classic Garden,* admit Benton. J'ai fait un projet il y a quelques années, à Savannah, qu'ils avaient publié. Ils font un super boulot.

— C'est vrai, j'adore *Classic Garden,* renchérit Susan.

Grace se demanda si elle aurait mieux fait d'attendre la réponse de ce magazine avant de dire oui au *Boston Globe* ; comme ça, Benton aurait eu ce qu'il voulait.

Elle sirota son champagne. Les autres femmes la regardaient avec envie mais également avec un certain dédain, en tout cas c'était l'impression qu'elle avait. Son mari avait engagé une publicitaire et à présent, le jardin de Grace allait figurer dans un grand journal.

Qu'est-ce que c'était, sinon une preuve indéniable de vanité ?

Avant qu'elle ne puisse évaluer à quel point cela devait paraître futile aux yeux des autres, elle fut tirée de ses pensées.

— Grace, bonjour ! lança une femme d'une voix forte. Bonjour, bonjour, bonjour ! Je n'arrive pas à croire que vous soyez là tous les deux !

Grace se retourna et vit Sharon Rhodes, plus connue sous le nom de Sharon la blonde. Elle mesurait un mètre quatre-vingts et avait des cheveux blond platine. Elle avait une grande bouche ainsi qu'un rire sonore, sincère et contagieux qui était son meilleur atout. Elle parlait toujours plus fort que tout le monde et avait donc tendance à être le centre de l'attention. Ce soir-là elle ne passait pas inaperçue, comme d'habitude, avec son haut sans bretelle rouge vif, son pantalon moulant blanc et des talons aiguilles qui allaient massacrer la pelouse de Jean Burton.

C'était précisément pour cette raison qu'on portait toujours des chaussures plates lors de la soirée annuelle du club.

— Bonjour Sharon, dit Grace en lui faisant une bise de loin. Quel plaisir de te voir.

Sharon regarda Benton d'un air ouvertement intéressé.

— Je ne crois pas qu'on ait déjà été officiellement présentés, déclara-t-elle en tendant la main. Je suis Sharon Rhodes.

— Enchanté.

— J'ai entendu parler de votre travail, bien sûr. Vous viviez avec Katharine McGovern, non ?

— McGuvvy, la corrigea Benton. Oui, une fille super. On s'est séparés, mais il paraît qu'elle est très heureuse…

— À San Diego ! termina Sharon. Elle a enseigné la voile à mes enfants l'été dernier au Yacht Club. J'espérais bien que vous alliez vous marier, ajouta-t-elle en lui faisant un clin d'œil.

— Ça ne s'est pas passé comme ça, malheureusement. C'est la vie.

Elle hocha la tête puis regarda tour à tour Grace et Benton comme si elle essayait de deviner ce qui se passait entre eux.

— Benton travaille dans mon jardin en ce moment, expliqua Grace. Il a la main verte. Si tu voyais mes rosiers !

— J'aimerais bien les voir, mais tu ne m'invites jamais, répliqua Sharon.

Grace sourit. Elle avait l'impression d'être la seule à respecter les bonnes manières. Dieu merci, sa grand-mère Sabine avait veillé à les lui inculquer.

— Tu es la bienvenue quand tu veux.

Sharon éclata de rire comme si c'était la chose la plus drôle qu'elle ait jamais entendue. C'était assez amusant. Si Sharon arrivait chez Grace à l'improviste pour admirer ses rosiers, celle-ci prétexterait une migraine. Heureusement que sa grosse porte en chêne la protégeait de ce genre d'intrusions. Sa maison était une forteresse et Sharon la blonde n'y était pas invitée. Non que ce soit une mauvaise personne, mais elle était trop extravertie pour Grace. Ses tenues étaient trop voyantes, ses talons trop hauts et son rire trop tonitruant. Madeline partageait son avis. Si elle avait été présente, elles se seraient mises à parler de Sharon dès que celle-ci aurait eu le dos tourné.

Comme si elle lisait dans ses pensées, Sharon ajouta :

— Et sinon, Grace, est-ce que tu as entendu parler du nouveau livre de Madeline ? Je crois que Rachel McMann en a lu quelques pages l'autre jour.

— Je sais qu'elle travaille beaucoup ces temps-ci, confirma Grace avant de se tourner vers Benton. Et si on allait voir le jardin ?

— Oui, allons voir le jardin.

— Tu devrais demander à Madeline de t'en parler ! lança Sharon.

— Oui, je le ferai ! répondit-elle en s'éloignant au bras de son jardinier. Ça fait du bien de se retrouver seul avec toi.

Ils flânèrent entre les massifs bordés d'impatiens.

— Ah, des impatiens, murmura-t-il.

Grace lui pinça le bras. Ils partageaient la même opinion de cette fleur. Vue et revue.

Ils s'approchèrent du premier étang et regardèrent les poissons orange qui y nageaient lentement. Pour elle, les carpes dans un étang étaient comme les lions en cage au zoo.

— Alors comme ça, McGuvvy voulait t'épouser ? s'enquit-elle.

— Oh, j'en sais rien, répondit-il les yeux rivés sur l'eau.

— Tu peux me le dire, ça va pas me rendre jalouse.

C'était un mensonge. Grace se sentait déjà jalouse. Quand Sharon avait prononcé le nom de Katharine McGovern, ses poils s'étaient hérissés et son cœur s'était serré. Elle savait que Benton et McGuvvy avaient vécu ensemble l'été précédent. Grace l'avait même croisée une fois, alors qu'elle dînait avec Eddie, Madeline et Trevor au Languedoc. Les Pancik et les Llewellyn étaient en train de dévorer leurs cheeseburgers et leurs frites à l'ail au bistrot du rez-de-chaussée quand Benton était entré avec une jeune femme. Grace se souvenait qu'elle avait été soudain très attentive. Elle voulait voir à quoi ressemblait cette femme au nom bizarre.

« Ma copine, McGuvvy », voilà comment Benton parlait d'elle à l'époque.

Un nom d'elfe ou de lutin.

Benton s'était approché de leur table et l'avait présentée :

— Bonsoir tout le monde, voici McGuvvy.

C'était une fille à l'air sympathique. Elle avait les cheveux auburn, des taches de rousseur et des lunettes à monture noire. Elle portait un chemisier blanc à broderies noires, un pantalon blanc et des sandales Jack Rogers noires. Les ongles de ses orteils étaient peints en turquoise. Est-ce qu'elle était jolie ? Grace n'aurait su le dire.

Elle était mignonne et elle était jeune. Elle semblait pleine d'énergie, ouverte à tout. C'était sans doute une fille amusante. Elle ne savait que deux choses à son sujet : qu'elle enseignait la voile au Yacht Club de Nantucket et qu'elle n'avait aucun intérêt pour le jardinage. Quand Grace lui avait demandé à l'époque comment ça se passait entre eux, Benton avait répondu :

— Bien, bien. On s'intéresse à des choses différentes mais c'est pas grave.

Maintenant que Grace et Benton étaient amants, évidemment, le sujet était plus délicat.

— Elle avait envie de se marier et d'avoir des enfants, expliqua-t-il en haussant les épaules. Je peux pas lui en vouloir. C'est ce que veulent les femmes de son âge.

— Et toi tu n'avais pas envie... de quoi ? De te marier ? Ou d'avoir des enfants ?

Elle n'avait jamais envisagé que Benton puisse vouloir des enfants. La question de Jean Burton lui revint en mémoire. Grace avait quarante-deux ans. Ses filles étaient adolescentes. Elle n'avait pas pensé à la grossesse depuis des années. Elle avait trouvé Madeline folle de continuer à essayer passés trente-cinq ans, alors que Brick était au collège.

Mais maintenant elle se posait la question... si les choses progressaient entre eux et qu'elle quittait Eddie pour épouser Benton, est-ce qu'elle envisagerait un autre enfant ?

— Je ne sais pas. Je crois que je ne voulais rien de tout ça avec elle.

Grace but une gorgée. Ils marchèrent lentement autour des étangs de carpes puis suivirent un petit sentier pavé menant à un autre étang, caché, entouré d'hortensias blancs.

— Six étangs ! fit Benton d'un air moqueur.

Il y avait un banc en pierre à côté de cet étang et comme il ne semblait pas avoir été découvert par les autres invités, Grace s'y assit. Elle voulait terminer cette conversation.

— Est-ce que tu veux te marier? demanda-t-elle. Avoir des enfants?

Il la regarda et soupira.

— C'est difficile pour moi de répondre à cette question pour le moment.

Grace comprenait ce qu'il voulait dire. C'était un sujet compliqué. Ils avaient une liaison amoureuse qui était excitante et immédiate. Et, songea-t-elle, évanescente. « Comment est-ce que ça va se terminer? » avait demandé Madeline. À ce moment-là, Grace pensait que tout cela allait éclater comme une bulle de savon. Elle avait cru qu'elle se réveillerait un matin et que tout serait redevenu comme avant, qu'elle serait de nouveau amoureuse de son mari, heureuse avec ses filles et ses poules. Mais maintenant, alors qu'un peu de temps avait passé et qu'elle était tombée amoureuse, elle ne pouvait pas penser à une fin éventuelle. Elle envisageait donc un avenir. Et s'il y avait un avenir pour eux, il était important qu'elle ait la réponse à ces questions.

— Oublions le mariage un instant. Est-ce que tu voudrais des enfants?

— Oui, j'en ai toujours voulu.

Elle but une nouvelle gorgée. Ses yeux s'emplirent de larmes sans raison. Malgré les complications qu'il y avait eu à la naissance de Hope, elle pouvait encore avoir des enfants. Mais elle était vieille. Benton méritait quelqu'un de plus jeune, quelqu'un comme McGuvvy.

Il essuya la larme qui coulait sur sa joue.

— Grace, s'il te plaît. Ce n'est pas une bonne idée de parler de ça ici.

— Oui, enfin, ce n'est pas moi qui me suis mise à parler de McGuvvy.

— Ce n'est pas moi non plus. C'est ton amie qui l'a fait.

— Je t'en prie, cette femme n'est pas mon amie.

Elle se leva et termina son champagne. Elle se sentait tout à coup en colère sans savoir pourquoi. Leur conversation avait pris un tour désagréable et leurs sensibilités n'étaient plus accordées. Elle n'aurait jamais dû exposer aux yeux de tous leur idylle naissante.

Benton sortit un mouchoir de sa poche et le tendit à Grace pour qu'elle essuie ses larmes.

— Ma grand-mère t'aurait adoré, dit-elle.

— Tu crois ?

Il lui prit la main et la regarda de cet air si particulier. Elle se dit qu'il allait…

Mais à ce moment-là, Sharon la blonde déboula avec Jody Rouisse derrière elle.

— Ah, vous voilà ! s'exclama Sharon. On se demandait où vous étiez passés.

— Est-ce que tout va bien, Grace ? demanda Jody. Tu as pleuré ?

— Tout va bien, répondit-elle en reniflant et en esquissant un sourire.

— Allons manger, proposa Benton. Je meurs de faim.

— J'adore ce fromage fort ! déclara Sharon.

Alors que Grace et Benton se dirigeaient vers les autres convives, Grace lui avoua :

— Je n'ai pas envie de rester.

— Et moi donc. Cette femme est aussi puante que ces fromages forts !

— Elles sont toutes comme ça.

Tout à coup, elle comprit ce que sa poule Eleanor avait dû ressentir quand elle l'avait amenée au poulailler pour la première fois. Hillary et Dolly avaient failli l'étriper.

Grace trouva Jean Burton et lui annonça qu'ils y allaient.

— Oh, quel dommage que vous partiez si tôt ! Je n'ai pas encore prononcé mon discours.

— Je t'enverrai un chèque, dit Grace en serrant Jean contre elle.

Elle savait que ce n'était pas bien de partir comme ça, mais elle ne pouvait pas rester une seconde de plus.

Dès qu'ils se retrouvèrent dans la rue, Benton demanda :

— On va où ?

Le soleil s'était couché et la nuit tombait.

— On pourrait aller boire un verre ? proposa Grace.

— Oui. Ou bien aller à la plage ?

— Ça me paraît un peu risqué.

Ils montèrent dans le Range Rover de Grace et elle démarra. Elle ne voulait pas que la soirée se termine – elle voulait qu'elle dure toujours – mais elle ne voulait pas non plus être surprise dans une situation compromettante. Elle bifurqua sur Fair Street, en direction de Lucretia Mott Lane. La chose la plus raisonnable était de ramener Benton chez lui.

— Arrête la voiture, lui dit-il.

— Quoi ?

— Arrête-toi.

Grace obéit. Ses phares éclairaient la petite rue devant eux. Il n'y avait personne. Benton ouvrit la portière et sortit.

— Où est-ce que tu vas ?

— Suis-moi. Éteins les phares.

— Je ne peux pas bloquer la rue.

— Personne ne passe par là.

Grace éteignit les phares et sortit de la voiture. Il faisait nuit à présent, et Lucretia Mott Lane était bordée de vieux arbres qui étaient déjà là du temps des Indiens Wampanoag, des Quakers et de la chasse à la baleine.

Benton la prit dans ses bras et l'embrassa en plein milieu de la rue. C'était excitant et terrifiant à la fois.

— Quelqu'un va nous voir, protesta-t-elle.

— Je m'en fiche. Qu'ils nous voient. Je t'aime Grace, je t'aime.

Elle le regarda droit dans les yeux, à travers ses larmes.

— Oui, moi aussi je t'aime. Je n'ai jamais aimé personne comme toi.

Grace ramena Benton chez lui et quand il lui annonça que Donovan et Leslie étaient partis à Cape Cod pour un concert, elle le suivit jusqu'à son appartement.

« Comment est-ce que ça va se terminer, à ton avis ? »

Ça ne se terminerait pas.

L'amour qu'elle expérimentait avec Benton était torride, urgent et renversant. C'était de l'AMOUR en lettres capitales, avec surlignage et en gras. Par contraste, ce qu'elle ressentait pour Eddie paraissait être une tout autre émotion. Elle l'appréciait et elle avait été charmée par Eddie. Il la faisait rire et lui avait offert ce qu'elle voulait : un moyen d'échapper à sa famille, à ses parents rigides et ses frères omniprésents. Eddie lui avait donné la possibilité de fonder une famille et d'élever ses enfants comme elle l'entendait. Il l'avait laissée gérer la maisonnée. Il comblait tous ses désirs matériels. Elle lui en était reconnaissante mais elle ne l'aimait pas comme elle aimait Benton.

Quand Grace rentra chez elle, la maison était silencieuse et sombre. Tout le monde était soit sorti soit couché et elle en fut heureuse.

Elle se dirigea droit vers son bureau pour appeler Madeline.

Eddie

Grace se rendit à sa soirée de jardinage et Allegra était sortie comme d'habitude, ce qui fait qu'Eddie était seul à la maison avec Hope. Grace n'avait pas préparé le dîner, ce qui n'était pas dans ses habitudes ; elle avait été trop accaparée par sa robe, sa coiffure et son maquillage. Elle était tellement belle qu'Eddie avait presque regretté de ne pas l'accompagner. Mais le club de jardinage… non. Il aurait préféré plonger la main dans un essaim de guêpes.

Qu'est-ce qu'il allait manger ? Il se ferait des œufs brouillés. Il y en avait cinq boîtes dans la cuisine.

Mais il y avait une autre option, songea-t-il alors que Grace s'éloignait au volant de la Range Rover. Il frappa à la porte de la chambre de Hope.

— Quoi ? dit-elle en ouvrant.

— Est-ce que tu as faim ?

Elle haussa les épaules. Elle et sa sœur faisaient toujours ce geste, exactement identique et ça l'agaçait.

— Habille-toi. Je t'emmène dîner dehors.

Trente minutes plus tard, ils arpentaient une petite rue pavée menant vers la grande entrée du Summer House. Des effluves parfumés s'échappaient du restaurant et on entendait le son d'un piano, des bruits de vaisselle, des voix et des rires. Eddie se sentit mieux. Il prit le bras de sa fille. Elle était jolie avec sa robe d'été blanche et sa tresse brésilienne. Elle avait l'air d'une jeune fille tandis qu'Allegra ressemblait déjà terriblement à une femme.

On les installa à une table devant la baie vitrée. Avec son parquet inégal, le restaurant avait quelque chose d'une vieille villa des années 1940. Le pianiste aimait Cole Porter. Eddie commanda un martini avec zeste de citron et Hope un Coca.

Quand les boissons arrivèrent, Eddie leva son verre en lançant :

— À la tienne !

— C'est chouette. Merci, papa.

Eddie faillit fondre en larmes. Il se démenait dans son travail sans que ça impressionne les trois femmes avec qui il vivait. Il ne demandait pas qu'on le félicite, mais un merci de temps en temps, ça faisait du bien, ça lui donnait l'impression d'être autre chose qu'un simple distributeur automatique de billets.

— Mais de rien, répondit-il.

Hope commanda une soupe de palourdes et une salade César ; quant à Eddie, il opta pour le foie gras et l'agneau. Il commanda également une bouteille de pinot noir de Willamette Valley puis il se carra dans sa chaise et demanda :

— Alors, qu'est-ce que fabrique ta sœur ?

— J'en ai aucune idée.

— Ah bon ?

— S'il te plaît, dis-moi que tu ne m'as pas invitée au resto juste pour m'interroger sur Allegra. Si tu veux savoir ce qu'elle fais, demande-lui.

— Je suis désolé, tu as raison. Tu es là, et ce que tu fais m'intéresse. Alors, qu'est-ce qui se passe pour toi en ce moment ?

Elle haussa les épaules.

— Ton job au presbytère, ça te plaît ?

— Ça va.

— Le père Declan n'a pas des gestes déplacés envers toi, j'espère ?

— Papa ! Non ! Arrête !

— Un père doit poser ce genre de questions.

— J'aime bien le père Declan. Il est intelligent. Je suis en train de lire *Un rendez-vous à Samarra*, de John O'Hara, et il m'a dit que ça avait été un de ses livres préférés à la fac.

Cette conversation n'allait pas tarder à le dépasser. Il aimait bien dire aux gens qu'il n'avait pas lu un seul livre depuis *Dune* au lycée, mais en réalité, il ne l'avait même pas terminé. Le dernier livre qu'il ait fini, c'était *Stuart Little*.

— C'est un roman catholique ? demanda-t-il.

— Non. Le père Declan est prêtre, mais c'est aussi un être humain. Tout ce qu'il fait n'est pas forcément « catholique », papa.

— Je sais bien.

Il entama son foie gras. Il adorait ça, pourtant Grace ne l'autorisait jamais à en manger. Elle n'approuvait pas la façon dont on gavait les oies. En tant qu'éleveuse de poules, elle était scandalisée qu'on puisse brutaliser une volaille. Après tout Grace n'était pas là ce soir ; elle était à sa soirée de jardinage.

— Je me demande si maman s'amuse bien à la soirée du club, dit-il.

— Tu trouves pas ça bizarre qu'elle y soit allée avec Benton ?

— Avec qui ?

— Benton Coe, le jardinier.

— Ah oui, c'est vrai. Elle me l'a dit mais j'avais oublié.

— Tu trouves pas ça bizarre ?

Est-ce qu'il trouvait ça bizarre ? Eh bien oui, ça lui faisait un drôle d'effet qu'elle se soit mise sur son trente et un pour une soirée avec le jardinier. Mais même si Benton était grand et fort, Eddie ne voyait pas en lui de menace potentielle. C'était un homme qui s'occupait des roses et des tulipes. Il n'était probablement pas gay, il avait assurément un penchant pour tout ce qui était féminin, et c'était exactement ce dont Grace avait besoin. Il lui fallait quelqu'un avec qui parler de son jardin. Elle aimait son jardin comme Barbie chérissait sa vie privée ou Poutine la suprématie russe. Eddie, lui, n'avait jamais eu beaucoup de passions à part gagner de l'argent et courir. Mais la course à pied était plutôt une disposition naturelle, donc ce n'était pas exactement pareil.

— Non, je ne trouve pas ça bizarre, répondit-il. Benton est jardinier et ils sont allés à une soirée de jardinage ensemble. Je suis peut-être fou, mais ça me paraît tout à fait logique. Il va enseigner à ta mère le nom de chaque fleur.

— Maman les connaît déjà tous.

— C'est vrai.

Il termina son délicieux foie gras puis fit un signe au serveur pour qu'il lui serve du vin. Une pensée affreuse lui traversa l'esprit : peut-être que Grace avait entendu la rumeur qui circulait sur lui et Madeline et qu'elle avait organisé cette soirée avec Benton Coe pour se venger de lui ? Non. Si elle avait entendu cette rumeur, elle lui aurait immédiatement planté un couteau dans les testicules. Il n'avait pas envie de penser à Benton Coe ni à cette rumeur ridicule. Il voulait simplement profiter de cette soirée avec sa fille, lui qui n'était pas sorti depuis longtemps.

Hope terminait son gâteau au chocolat tandis qu'Eddie payait la note. L'agneau coûtait quarante-six dollars ! Comment est-ce que ça avait pu lui échapper quand il avait commandé ? À ce moment-là, le commissaire de police s'approcha de leur table.

— Eddie !

— Commissaire, comment allez-vous ? fit Eddie en bondissant de sa chaise.

Ils se serrèrent la main et Eddie présenta Hope.

— Ma fille, Hope. Hope, tu connais le commissaire Kapenash ?

Hope esquissa un sourire timide là où Allegra se serait levée et lui aurait serré la main, faisant tout pour impressionner son nouvel interlocuteur. Mais Eddie se refusait à les comparer.

— Vous dînez en tête-à-tête ? demanda le commissaire.

— Eh oui !

Quelle chance que le commissaire puisse être le témoin de ce moment de complicité père-fille. Eddie n'était pas seul et surtout pas avec Madeline. Il était avec sa fille et c'était la meilleure image de lui-même qu'il pouvait donner.

— Sa mère et sa sœur sont sorties, alors on en profite.

— C'est bien. Je viens d'arriver, je vais dîner avec ma femme. Ça m'a fait plaisir de vous croiser, Eddie.

— Tout le plaisir est pour moi, commissaire !

Eddie resta debout tandis que l'autre s'éloignait. Le pianiste se mit à jouer « Some enchanted evening ». Eddie sourit à Hope.

— J'ai fini, on peut y aller ? proposa-t-elle.

— On y va.

Il la laissa passer devant lui et ils sortirent du restaurant, Eddie saluant tous ceux qu'ils croisaient.

Hope

Un coup de fil résonna dans la maison en pleine nuit. Hope se tourna dans son lit. Elle avait mal au cœur. Le dîner au Summer House avait été copieux et quand Eddie était allé aux toilettes, elle avait bu une gorgée de son martini juste pour savoir quel goût ça avait.

C'était comme de l'essence aromatisée au citron. Elle avait failli le recracher mais ne voulait pas attirer l'attention et avait avalé.

L'alcool la dégoûtait.

Le téléphone s'arrêta de sonner. Son estomac gargouilla. Elle espérait qu'elle n'allait pas vomir ; elle essaya de ne pas penser au martini. Il était tellement transparent et inoffensif que Hope s'était dit que ça devait être comme de l'eau.

Tout à coup, elle entendit ses parents parler dehors. Sa mère avait cette voix aiguë que Hope qualifiait d'hystérique.

Elle les entendit ouvrir la porte de la chambre d'Allegra et l'hystérie de sa mère redoubla. Allegra n'était donc pas rentrée. Hope vérifia son téléphone. Il était 3 h 10. Waouh, pensa-t-elle. Le couvre-feu était à 23 h 30. Allegra venait de pulvériser son propre record.

Grace se mit à pleurer et Eddie la consola mais il avait l'air lui aussi préoccupé. Tout à coup, Hope se demanda s'il n'était pas arrivé quelque chose à Allegra.

Quelque chose de grave…

Elle attrapa sa poubelle juste à temps. Ce satané martini. Plus jamais, et plus jamais de soupe de palourdes ni de salade César, ce qui était dommage parce qu'elle adorait ça, mais maintenant qu'elle l'avait vomie, ce n'était plus possible. Elle s'effondra ensuite dans son lit en tremblant avant de ressentir un certain soulagement. Elle parvint alors à se lever et ouvrir sa porte.

— Papa ? Maman ? Qu'est-ce qui se passe ?

— Ça va barder pour ta sœur, répondit Eddie. Je file au commissariat. Retourne te coucher s'il te plaît.

— Qu'est-ce qu'elle a fait ?

Le commissariat, ce n'était pas une bonne nouvelle mais c'était toujours mieux que l'hôpital.

— Est-ce qu'elle est blessée ?

— Pas encore, tant que je ne lui ai pas mis la main dessus.

Oh là là.

— Tu es sage, ma chérie, mais ta sœur…, dit Grace.

Hope n'avait pas envie d'entendre ça. Elle retourna dans sa chambre et ferma la porte avant que Grace ne puisse terminer sa phrase.

Hope était sage mais Allegra était… tout sauf sage. Elle et Ian Coburn avaient été surpris devant chez Ram's

Pasture, assis sur le capot de la Camaro rouge en sous-vêtements, en train de boire du Wild Turkey et fumer de l'herbe. La police avait fouillé la voiture et trouvé de la cocaïne et Ian, dix-neuf ans, avait été arrêté.

L'officier de police qui les avait trouvés était Curren Brancato, mais c'était le commissaire qui avait appelé les Pancik, par amitié pour Eddie.

Le plus intéressant, c'était la façon dont Hope avait appris ce qui était arrivé à Allegra. À 5 h 30 du matin, elle avait été réveillée (la bouche pâteuse et une odeur de vomi emplissant la chambre) par un texto de Brick Llewellyn.

« J'ai vu la photo. Ta sœur me trompait, tu le savais et t'as rien dit. »

Hope se demanda de quelle photo il parlait. Elle répondit :

« ?????? »

« Hollis m'a envoyé une photo d'Allegra et Ian en sous-vêtements assis sur sa Camaro. Ils ont été arrêtés en train de fumer de l'herbe et de boire par notre ami l'agent Brancato. Ian = dealer de coke = en prison. »

Tandis qu'elle enregistrait ces informations, elle entendit quelqu'un frapper à sa porte.

— Entrez.

Allegra se faufila sur la pointe des pieds et referma la porte. Elle se glissa dans le lit à côté de sa sœur.

— Hé ! protesta cette dernière.

Ce genre de proximité physique était complètement inattendue. Avant, Allegra et Hope avaient l'habitude de se lover l'une contre l'autre dans le lit ou de faire des acrobaties ensemble pendant les entraînements de pom-pom girl, mais ça faisait bien longtemps qu'Allegra n'avait pas eu de contact physique volontaire avec elle. Au lieu de se réjouir de cette intimité retrouvée, elle ressentit presque du dégoût.

Elle reçut un deuxième texto et, alors que sa sœur se mettait à pleurer dans l'oreiller, elle y jeta un œil. C'était la photo d'Allegra et Ian. Il portait simplement un boxer bleu marine et une bouteille de Wild Turkey était posée entre ses jambes. Allegra, en culotte et soutien-gorge roses (l'espace d'une seconde, Hope crut qu'elle était nue), fumait un joint. Elle inhalait, les yeux fermés. Cette preuve était si accablante que Hope supprima immédiatement la photo même si elle savait bien que ça ne la ferait pas disparaître. Elle se demanda qui l'avait prise. Sûrement l'agent Brancato. Avec son propre téléphone. Et il l'avait ensuite envoyée à Hollis. Il avait en quelque sorte brisé le code de l'éthique de sa profession, non ? Ça n'avait pas d'importance, parce que, comme le disait l'adage, une image valait un millier de mots et ce que cette image disait, c'est qu'Allegra prenait de la drogue, buvait et trompait son petit ami.

Pour la première fois depuis plusieurs années, Hope se sentit mal pour sa sœur. Elle lui caressa les cheveux et lui massa le dos.

— Désolée, je sens pas très bon, s'excusa-t-elle. J'ai vomi.

— Je m'en fous, répondit Allegra. Je dois pas sentir la rose non plus.

C'est pas faux, songea Hope. Marijuana, alcool, cigarettes. Les odeurs de l'enfer et de la damnation, comme le disait Mme Aguiar, la secrétaire du presbytère.

— Qu'est-ce qui te rend le plus triste dans tout ça ? demanda Hope.

Elle eut un sanglot pour toute réponse. Hope continua de masser le dos osseux de sa sœur. Allegra ne mangeait quasiment rien ; elle espérait peut-être toujours décrocher ce contrat de mannequinat. Ou alors, elle était maigre parce qu'elle passait son temps à sniffer de la cocaïne avec Ian sur le capot de sa Camaro. À ce stade, rien n'était impossible.

— Le fait que Ian aille en prison ? proposa Allegra. Que Brick me déteste ? Que Hollis dise à tout le monde que je suis une salope ? Curren Brancato nous a chopés. C'est lui qui a pris la photo. Je pensais qu'il serait cool avec nous. Qu'il nous laisserait partir. Mais il a voulu prouver ce dont il est capable. « Moi, l'agent de police de Nantucket. » Dès qu'il est remonté dans sa voiture, il a envoyé la photo à Hollis. Et ma meilleure amie l'a fait suivre au monde entier.

Hope essaya de trouver des mots de réconfort. Hollis avait envoyé cette photo. Elle, et tous les amis d'Allegra, étaient des opportunistes.

— Papa et maman sont furieux, reprit-elle. Papa m'a privée de sortie.

— Ah ouais ?

Il n'avait jamais fait ça, mais apparemment, recevoir un coup de fil du commissaire de police en pleine nuit l'avait secoué.

— Et il a confisqué mon téléphone.

— C'est pas vrai…

— Je peux utiliser le tien, s'il te plaît ? Faut que j'envoie un message à Brick.

— Appelle-le depuis le fixe.

— Passe-moi ton téléphone.

— Non, je veux pas être mêlée à ça.

— *Mêlée à ça* ?

— Désolée.

Allegra afficha cette expression que Hope qualifiait de « garce finie » mais, voyant peut-être que ça ne la mènerait nulle part, elle fondit en larmes.

— Qu'est-ce que je devrais faire, Hope ?

— Tu devrais peut-être essayer de dormir, répondit sa sœur prise d'une tendresse soudaine pour elle.

Plus tard, alors qu'Allegra dormait à poings fermés, Hope envoya un message à Brick :

« Tu devrais lui pardonner. »

« Sûrement pas. Jamais », répondit-il.

Eddie

Eddie était à moitié endormi quand il arriva au commissariat pour récupérer Allegra. C'était le commissaire en personne qui l'avait appelé et quand il avait entendu sa voix, il s'était décomposé.

« Barbie avait raison, avait-il songé. Les filles se sont fait prendre avec Kasper Snacks au 10, Low Beach Road. » Il n'allait pas mentir. Quand le commissaire lui avait annoncé qu'Allegra avait été surprise en train de boire à Ram's Pasture, il avait ressenti un immense soulagement. Et puis il s'était ressaisi et avait dit :

— Bon Dieu, Ed, vous voulez rire ?

— Hélas non. Je suis désolé, Eddie. Elle est au poste. Il va falloir venir la chercher.

— C'est plutôt elle que j'aurais dû emmener dîner, pas sa sœur.

— Ce sont des ados, Eddie. Qu'est-ce qu'on peut faire ?

Les parents de Ian Coburn étaient déjà au commissariat. Le père était énervé et criait sur l'agent de service ; la mère, elle, se tenait bien droite, silencieuse. Eddie ne les connaissait pas suffisamment pour leur dire bonjour. Il aurait bien aimé leur faire savoir que leur débauché de fils avait une mauvaise influence sur sa fille, mais il se concentra sur Allegra.

Une fois dans la voiture, Eddie la priva de sortie pour le restant de ses jours. Ensuite, il confisqua son téléphone.

— Est-ce que tu sais ce que ça fait de recevoir un coup de fil du commissaire de police en pleine nuit ? Ta mère et moi on a cru que tu étais morte ! Mais non, tu étais simplement en train de picoler et de prendre de la drogue dehors, en sous-vêtements, avec un type qui n'est même pas ton petit ami ! Il y a un mot pour ce genre d'attitude, Allegra, et c'est pas très flatteur !

Elle se mit à pleurer. Puis elle poussa des gémissements et hoqueta comme si elle allait faire une crise d'épilepsie. Eddie faillit lui rendre son téléphone en lui disant qu'il n'y avait pas de problème et qu'il était content qu'elle aille bien. Après tout, personne n'était parfait, à commencer par lui. Mais il savait que si Allegra avait agi de la sorte, c'était parce que Grace et lui laissaient tout passer. Il fallait que ça cesse !

Quand il se réveilla le lendemain matin, il ressentit une forte douleur dans le ventre. Il ne pouvait pas bouger, encore moins se lever, s'habiller, se brosser les dents, descendre boire un café ni s'asseoir derrière le volant de son Cayenne. Rien que le nom de cette voiture lui donna un haut-le-cœur. Pourquoi est-ce qu'il l'avait achetée, d'abord ? Parce que c'était une Porsche, parce qu'il voulait impressionner ses clients, parce qu'il voulait avoir l'air sexy.

Il ne pouvait pas sortir du lit. Même pas pour aller aux toilettes.

— Grace, marmonna-t-il.

Pas de réponse. Il ferma les yeux en espérant se rendormir. Pour la première fois, Eddie ne se rendit pas à son travail ce matin-là.

Quand il se réveilla à midi, la maison était silencieuse. Où était Grace ? Est-ce qu'elle s'était inquiétée de son sort ? Il n'y avait pas de petit mot, pas de bouteille d'eau ni de boîte de pastilles pour le ventre gentiment déposée sur sa table de chevet. Ça ne lui paraissait pas bizarre qu'Eddie dorme jusqu'à midi ? Ça ne l'inquiétait pas ?

Miraculeusement, il parvint à se mettre debout même si ses jambes flageolaient un peu. Il enfila son plus vieux short et son tee-shirt à l'effigie d'une enseigne de déménageurs avant de sortir dans le couloir. Cela faisait si longtemps qu'il ne s'était pas retrouvé chez lui en pleine journée, en semaine, qu'il avait l'impression d'être un intrus. Les chambres des jumelles étaient fermées. Est-ce qu'elles dormaient encore ? Hope était sûrement à son travail, au presbytère, mais Allegra ? Est-ce qu'elle s'était levée pour assister à ses cours de préparation aux examens ou bien est-ce qu'ils étaient terminés ? Eddie ne s'en souvenait pas. C'était un père négligent. Il payait les cours d'Allegra, mais quand il demandait comment ça se passait, il n'écoutait même pas la réponse. Une fois les cours terminés, à quoi Allegra occupait ses journées ? Eddie savait vaguement qu'elle allait à la plage avec ses copains. Où, soupçonnait-il à présent, elle fumait et buvait du whisky. Mais ça, c'était terminé. Il aurait dû l'embaucher à l'agence pour lui faire faire de la paperasse, mais il redoutait qu'elle développe un goût pour cette activité et il n'en avait pas envie. L'immobilier, ça vous grignotait l'âme.

Il se dit qu'elle devait être au lit. Il ferait mieux de la réveiller pour qu'elle aille donner un coup de main à Grace avec les poulets. Il fixa du regard la porte fermée mais décida finalement qu'il n'était pas en état de l'affronter.

Il descendit l'escalier jusqu'à la cuisine. Grace avait déjà fait un tour au poulailler, peut-être même deux. Sept douzaines de boîtes d'œufs étaient posées sur le plan de travail. Et elle avait aussi sorti des ingrédients pour le déjeuner. Apparemment, elle avait l'intention de faire des sandwichs à la dinde. Eddie était mort de faim mais il n'osait pas manger.

Il se versa un verre de lait. Par la fenêtre ouverte, il entendit Grace pleurer. Naturellement, elle était bouleversée par cette histoire avec Allegra. Elle devait s'en vouloir. Il l'entendit dire :

— Elle me fait peur. C'est la pire chose que tu aies jamais entendue, non ? Ma propre fille me fait peur.

Ce n'était pas la pire chose qu'Eddie ait jamais entendue. Allegra lui faisait un peu peur à lui aussi. Elle avait tellement confiance en elle, elle avait une telle assurance que parfois, il en oubliait qu'elle n'avait que seize ans. Bien entendu, il avait légèrement plus d'influence que Grace sur leur fille parce qu'il tenait les cordons de la bourse, mais il la trouvait intimidante.

La personne à qui Grace parlait murmura une réponse qu'Eddie n'entendit pas. Qui était avec elle ? Au moment où il se posait cette question, il se rendit compte qu'elle se confiait au jardinier. Benton Coe.

« Tu trouves pas ça bizarre qu'elle aille à cette soirée avec lui ? »

Eddie sortit sur la terrasse. Grace et Benton étaient en train de déjeuner tranquillement, même si Grace pleurait. Cela agaça Eddie. Pendant qu'il se donnait du mal au travail en se stressant pour leurs économies, Grace piqueniquait dans le jardin avec le type qui était censé travailler pour eux.

Si Eddie avait la chance d'avoir une vie après la mort, il voulait se réincarner en jardinier de Grace.

— Bonjour, lança-t-il.

Benton était assis négligemment, les mains derrière la tête. Il paraissait un peu plus à l'aise avec Grace que ne l'aurait souhaité Eddie, mais il ne semblait pas y avoir quoi que ce soit d'inapproprié entre eux. Grace n'était pas non plus en train de pleurer sur son épaule. Elle avait les coudes posés sur la table et se tamponnait les yeux avec sa serviette en papier. Benton et elle étaient assis côte à côte mais pas trop près. Et quand Eddie apparut, ils ne parurent ni surpris ni alarmés. Ils n'avaient pas l'air de cacher quoi que ce soit.

Benton se leva.

— Bonjour, Eddie, dit-il en lui serrant la main. Grace était en train de me raconter ce qu'il s'est passé cette nuit.

Grace leva vers son mari ses yeux larmoyants.

— Comment vont tes aigreurs d'estomac ?

— Pires que jamais.

— Est-ce que tu veux que j'aille te chercher des crackers et du beurre ?

Eddie n'était pas sûr de pouvoir même avaler ça et puis c'était embarrassant de se voir offrir des aliments régressifs tout ça parce qu'il ne pouvait pas ingurgiter des choses comme du bacon ou des tomates. Ou des bâtonnets de concombre trempés dans la sauce blanche aux herbes de Grace.

— Non, ça va, répondit-il sur un ton d'enfant boudeur.

Grace recula sa chaise et se leva.

— Je vais prendre des crackers.

Benton se leva lui aussi.

— Il faut que j'y aille. J'ai la charmante Mme Allemand qui m'attend.

— Edith Allemand ? demanda Eddie.

— Elle-même !

Edith Allemand vivait au 808 Main Street dans une maison qui faisait saliver Eddie à chaque fois qu'il passait devant. C'était l'un des plus beaux exemples de propriétés datant de l'époque où Nantucket faisait fortune dans la pêche à la baleine, avec Hadwen House et de Three Bricks. Edith Allemand avait au moins cinq cents ans mais avait encore toutes ses capacités. C'était le genre de femme qui ressemblait à la description que faisait Grace de sa grand-mère Sabine : extrêmement raffinée et élégante. Sans cela, Eddie serait allé sonner chez elle pour la supplier de le laisser vendre sa maison.

— Est-ce que vous pensez qu'elle va vendre un jour ? demanda-t-il à Benton.

— Jamais. Elle va léguer sa maison à l'association historique de Nantucket.

Tous les espoirs d'Eddie s'évanouirent même s'il s'était attendu à ce qu'elle fasse quelque chose comme ça.

— Quel dommage de passer à côté d'une commission à six chiffres..., commenta-t-il.

Benton éclata de rire et Eddie se félicita d'être capable de faire une blague malgré son état. Il aimait bien Benton Coe. C'était un type sympa et sûrement un excellent professionnel, puisque Edith Allemand faisait appel à lui.

— Je suis content de vous avoir croisé, Eddie. Désolé pour cette histoire avec Allegra, mais... ça va passer.

— Oh oui, je sais. Merci.

— Au revoir, Grace ! lança-t-il. À plus tard !

Ils entendirent à peine la réponse de Grace à l'intérieur :

— Merci ! Au revoir !

Madeline

Le matin, elle fut réveillée par un coup de téléphone de Trevor.

— Il faut que tu viennes à la maison, annonça-t-il. On a un problème.

Madeline ne savait pas pourquoi ça la surprenait autant, mais quand Trevor lui montra la photo sur le portable de Brick, elle poussa un petit cri. Allegra était assise sur le pare-chocs de la Camaro de Ian Coburn en sous-vêtements et elle fumait un joint. Ses longs cheveux châtains étaient emmêlés et son regard distant. Ian Coburn était en caleçon, une bouteille de whisky entre les jambes. C'était répugnant, pas tellement à cause de ce qu'on voyait, mais à cause de ce que cela sous-entendait.

— Je crois qu'ils se voient depuis des mois, dit Trevor.

— Oh non. Comment est-ce que tu as mis la main sur le téléphone de Brick ?

— Il l'a balancé contre le mur. Il y a un trou dans le plâtre à l'étage, mais le téléphone a survécu, expliqua-t-il en fermant la photo. La coque doit être super solide.

Si seulement les humains avaient eux aussi des protections aussi solides, pensa Madeline. Même de la cuisine, elle entendait Brick pleurer; d'horribles sanglots entrecoupés de jurons.

Madeline monta l'escalier et se posta devant la porte fermée. Tout à coup, elle eut une image de Brick bébé; elle n'avait jamais pu supporter ses larmes. Mais entendre les sanglots de son fils de seize ans était encore bien pire. Il souffrait, il avait le cœur brisé, il avait aimé une fille, avait cru en elle et elle l'avait trompé. Elle avait préféré un autre garçon, elle était sortie avec lui dans son dos. Elle l'avait humilié.

Trevor monta les escaliers sans bruit. On avait l'impression que Brick donnait des coups de poings dans son matelas.

— Qu'est-ce qu'on doit faire ? lui demanda Madeline.

— Qu'est-ce qu'on *peut* faire ? répliqua Trevor. C'est un chagrin d'amour. Il faut qu'il traverse ça seul, comme nous tous.

Madeline regarda son mari dans les yeux.

— Je n'ai pas de liaison avec Eddie Pancik, lui assura-t-elle.

— Je suis content que tu sois là, dit-il en la prenant dans les bras.

Madeline était tellement soulagée. Elle serra son mari aussi fort que possible.

— Pourquoi ? hurla Brick de l'autre côté de la porte.

Pourquoi ? se demanda Madeline.

On ne s'en mêle pas, se rappela-t-elle. Brick et Allegra étaient des gamins. C'était la première fois qu'ils traversaient toutes ces émotions contradictoires. Allegra ne s'était pas conduite correctement, mais ce n'était pas la première.

On ne s'en mêle pas.

C'était des enfants.

Le téléphone fixe sonna. C'était les Pancik.

— C'est peut-être Allegra, dit Trevor. Elle a appelé toute la matinée.

— Ah bon ?

— Il refuse de lui parler. J'ai juste laissé sonner.

Oui, songea-t-elle. Laissons sonner. Ne nous en mêlons pas.

Mais la colère était plus forte qu'elle. Aucune mère ne pouvait supporter d'entendre son enfant pleurer comme ça.

Quelle fille odieuse ! songea-t-elle.

Elle décrocha.

— Allô ?

— Madeline ?

C'était Grace.

— Salut.

— Tu es au courant ?

— Oui.

— La police a appelé à 3 h 10 cette nuit. Eddie a dû aller la chercher au commissariat.

Madeline resta silencieuse. On ne s'en mêle pas. Si elles s'étaient fait cette promesse, il y avait une raison. Laquelle, déjà ?

— L'espace d'une seconde, j'ai cru qu'elle était morte, reprit Grace. Eddie est… il est hors de lui.

Ah bon ? songea Madeline.

— Il n'est pas allé travailler.

Bon, elle devait bien admettre que c'était inhabituel. Eddie allait travailler tous les jours sauf à Noël et à Thanksgiving. Il travaillait le jour de Pâques, le jour de la fête des mères, et même le jour de l'An. Juste au cas où quelqu'un prenne la bonne résolution d'acheter une maison à Nantucket. Mais vu ce que Madeline savait d'Eddie, le marché devait être plus calme en ce moment que ne le soupçonnait son amie.

— Il est sorti dans le jardin pendant que j'étais avec Benton. Je savais qu'Eddie était à la maison, donc évidemment on faisait attention, mais ça m'a quand même mise très mal à l'aise de me retrouver avec eux deux.

Le fait qu'elle mentionne Benton fit craquer Madeline.

— L'attitude de ta fille est inacceptable, Grace.

— Madeline, je suis désolée…

— On s'en doutait tous ! Ce soir-là, quand on est venus dîner, Ian Coburn n'arrêtait pas de lui envoyer des textos. Toi et Eddie, vous avez toléré ça.

— Non, Eddie lui a dit d'éteindre son téléphone.

— Elle faisait ça sous les yeux de Brick ! Devant nous tous ! Comme si elle nous narguait !

— Je l'ai vue avec lui, murmura Grace.

— Quoi ?

— Ils s'embrassaient dans sa voiture, sur le parking du supermarché. Je les ai vus, mais je me suis convaincue que je m'étais trompée. Je pensais qu'elle n'était pas capable de faire ça.

— Et ça s'est passé quand ?

— Il y a dix ou quinze jours…

— Alors tu le savais et tu ne m'as rien dit ? Et tu n'as rien dit à Allegra non plus ?

— Je ne voulais pas…

— Tu ne voulais pas quoi ? releva-t-elle en emmenant le téléphone dans sa chambre. Tu ne voulais pas regarder en face ce que faisait ta fille parce que tu fais exactement la même chose avec Benton ?

— Madeline…

— Dans ce cas, les chiens ne font pas des chats. Allegra a trompé Brick et toi, tu trompes Eddie.

Il n'y eut pas de réaction à l'autre bout du fil. Grace était sans doute sonnée par les mots de Madeline. Celle-ci n'arrivait pas à croire qu'elle ait pu les prononcer à voix haute, mais elle s'était laissé submerger par la colère. Pas seulement à cause d'Allegra et Ian Coburn, mais parce que Grace le savait, et aussi à cause d'Eddie et de ses cinquante mille dollars. Madeline voulait qu'il la rembourse ! Et d'ailleurs, il y avait d'autres choses qui l'agaçaient et qu'elle n'avait jamais osé mentionner. Comme les migraines de Grace, par exemple. Le monde entier devait s'arrêter de tourner et compatir à sa douleur une fois par mois, mais quand Madeline avait fait sa troisième fausse couche, Grace était allée à la messe de 17 heures au lieu de venir la voir à l'hôpital. Elle avait expliqué ensuite qu'elle aidait à servir la messe et n'avait pu trouver personne pour la remplacer à la dernière minute, et qu'elle avait prié pour Madeline et l'âme du bébé... mais tout de même, Madeline avait été blessée. Grace était sa meilleure amie et elle aurait dû tout mettre entre parenthèses pour elle, surtout qu'elle savait à quel point Madeline voulait un bébé.

Ensuite, Madeline la soupçonnait de ne pas avoir terminé son dernier livre, *Islandia*. Elle l'avait trimballé dans son sac de plage pendant tout l'été l'année précédente et avait annoncé qu'elle était arrivée jusqu'à la page 150. Quelques mois plus tard, Madeline avait aperçu le livre sur une table chez Grace ; le marque-page était toujours à la page 150. Est-ce que Grace avait interrompu sa lecture ? Madeline n'avait pas osé poser la question, mais elle était persuadée que sa meilleure amie ne l'avait pas fini. C'était peut-être parce que Grace se sentait supérieure, parce qu'elle avait étudié la littérature française à Mount Holyoke et ne lisait que ce qu'elle considérait comme « important » et « valable ».

Madeline ne se rappelait pas avoir jamais ressenti une telle colère.

— Tu as raison, dit Grace doucement.

— Je sais bien que j'ai raison ! s'écria-t-elle. Et je veux récupérer mon argent !

Sur ce, elle raccrocha et pendant un instant se sentit dans son bon droit. Elle repensa à son roman, *B/G*. Peut-être qu'elle ne changerait rien du tout ! Comme ça, Grace aurait une bonne leçon !

Trevor frappa à la porte.

— Chérie, ça va ? C'était qui au téléphone ?

— Grace.

Et elle fondit en larmes.

Nantucket

L'agent Brancato envoya à sa sœur, Hollis, la photo d'Allegra Pancik et Ian Coburn assis sur le capot de sa voiture, en sous-vêtements. Sous la photo, il écrivit : « Ta meilleure copine va avoir des ennuis. »

Hollis Brancato n'était pas une sainte. Elle avait secrètement des vues sur Ian Coburn. Apprendre qu'Allegra le voyait tout en sortant avec Brick la mit très en colère. Elle transféra la photo à Kenzie et Bluto. « Allegra le trompe, et voilà la preuve. » Elle n'écrivit pas exactement ça, mais utilisa des mots trop vulgaires pour être répétés.

Kenzie et Bluto le dirent à leur tour à Hannah, laquelle se sentit obligée d'en informer la personne la plus concernée, Brick Llewellyn, puis Calgary, Taylor Rook, Parker Marz et le reste de l'équipe de baseball de Brick, afin qu'ils puissent lui apporter leur soutien.

Le vendredi à midi, tous les élèves du lycée de Nantucket High School avaient entendu une version de ce qui s'était passé entre Allegra et Ian Coburn et la plupart d'entre eux avaient vu la photo. Certains affirmaient que Ian avait été menotté et envoyé en prison ; d'autres racontaient qu'il était parti pour Walpole. En vérité, on lui avait donné un avertissement (la quantité de cocaïne retrouvée dans sa voiture était trop faible pour qu'on l'accuse de dealer), mais ses parents étaient tellement préoccupés qu'ils avaient quand même fait le tour de tous les établissements de désintox de la région.

La rumeur enfla quand Sharon la blonde emmena ses deux enfants, Sterling et Colby, chez le Dr Andy McMann pour leur visite bisannuelle. Tandis que les autres patients en profitaient pour lire *People* dans la salle d'attente, Sharon bavarda avec Janice, l'assistante du dentiste.

— Alors, est-ce que tu es sortie récemment, Sharon ?

— Oui, il y a quelques jours, je suis allée à la soirée annuelle du club de jardinage de Nantucket.

Janice ne prêtait qu'une oreille à ce que lui racontait Sharon car elle était en train de détartrer les dents de Colby avec une vigueur qui fit trembler l'enfant. Janice n'avait jamais vu un enfant de sept ans avec autant de plaque dentaire et elle s'apprêtait à le faire remarquer à Sharon quand celle-ci ajouta :

— Grace Pancik y était, avec Benton Coe, son jardinier.

— Ah bon ? Est-ce qu'ils sont… *ensemble* ?

— Difficile à dire. Je ne crois pas, pas officiellement en tout cas. Mais Jody Rouisse et moi, on les a surpris ensemble, sur un petit banc isolé et Grace pleurait.

Janice se demanda si Grace avait entendu la rumeur qui courait au sujet de son mari et Madeline King. Peut-être qu'elle pleurait à cause de ça ? Janice était sur le point de demander à Sharon son avis là-dessus, mais elle n'était pas certaine que son interlocutrice soit au courant de cette rumeur. Elle lui jeta un petit coup d'œil. Sharon savait beaucoup de choses (elle semblait toujours être au bon endroit au bon moment) mais peut-être pas tout.

— Et j'ai entendu dire que Jean Burton pense que Grace est enceinte ! ajouta alors Sharon.

Cette nouvelle surprit tellement Janice qu'elle dérapa involontairement avec son instrument sur la gencive de Colby, qui se mit à pleurer. Elle dit à Sharon :

— Le Dr Andy me tuerait s'il m'entendait raconter des ragots au sujet des Pancik. Eddie est notre propriétaire.

— Eh bien dans ce cas, je n'ai rien dit ! conclut Sharon.

La seule personne à qui Janice sentait qu'elle pouvait confier ces nouvelles informations, c'était le Dr Andy lui-même. Grace et Benton Coe, ensemble à la soirée du club de jardinage, Grace en larmes parce qu'elle avait découvert qu'elle était enceinte.

— Quoi ? fit le Dr Andy.

Rares étaient les choses qui perturbaient la sérénité d'Andrew McMann, mais cette nouvelle y parvint. Surtout que Rachel lui avait raconté que Madeline écrivait un roman sexy potentiellement inspiré de sa propre expérience avec Eddie Pancik.

Pendant sa pause déjeuner, il appela sa femme chez Bayberry Properties.

— Janice m'a dit que Grace trompait son mari avec son jardinier.

— Oh oui, je suis au courant.

— Ah bon, répondit Andy un peu déçu. Tu ne crois pas que le livre de Madeline raconte peut-être cette liaison et pas celle qu'elle entretiendrait avec Eddie ? Tu m'as bien dit que le bouquin parle d'une femme et son jardinier, non ?

— Son décorateur, le corrigea Rachel avant d'ajouter en baissant la voix : tu as envie de croire qu'Eddie n'a rien fait simplement parce que c'est ton propriétaire.

Le Dr Andy admit en son for intérieur qu'il y avait du vrai là-dedans. Il osait espérer que s'il était dans les petits papiers d'Eddie, ce dernier arrêterait d'augmenter le loyer ; il y avait eu deux augmentations ces dix-huit derniers mois. Le dentiste avait envisagé de déménager, mais c'était un cauchemar logistique de déplacer un cabinet dentaire.

— La famille Pancik traverse une crise, nota Rachel. Tu te rappelles ce que m'a dit Calgary au sujet d'Allegra ?

Son mari se contenta d'émettre un petit grognement. Quand Rachel se mettait à aborder les drames des adolescents, il décrochait. Il se souvenait d'Allegra Pancik comme d'une jeune fille mignonne au sourire impeccable et à l'hygiène dentaire irréprochable. Et il préférait s'en tenir à ça.

Juillet

Eddie

Il était en train de couler.

Il reçut une lettre de la banque ainsi qu'un coup de téléphone de Philip Meier, son conseiller financier. Les numéros 9 et 11 d'Eagle Wing Lane allaient être saisis si Eddie ne remboursait pas les trois mois qu'il devait sur ces deux maisons.

Il allait les perdre. L'heure était venue de prendre une décision.

Il passa en revue ses contacts dans son téléphone une fois, deux fois, trois fois. Est-ce qu'il y avait quelqu'un dans son cercle de connaissances à qui il pouvait demander ? Lex, un de ses copains de lycée, était à présent un propriétaire peu scrupuleux de New Bedford. C'était la seule personne qui avait les moyens de l'aider, même si ces deux propriétés de Nantucket étaient un peu huppées pour lui. Mais quand Eddie l'appela, il tomba sur un message automatique lui indiquant que le numéro n'était plus attribué.

Il ne restait donc plus que Glenn Daley. Eddie ne prit même pas la peine d'appeler. Glenn ne le prendrait jamais au sérieux à moins qu'Eddie se déplace en personne jusqu'à l'agence de Bayberry Properties.

Ce qu'il fit.

Heureusement, Rachel McMann n'était pas à son bureau. Elle devait être dehors en train d'inciter les touristes à visiter des maisons.

Glenn essaya de dissimuler sa surprise.

— Edward ! s'exclama-t-il en se levant. Qu'est-ce qui me vaut cet honneur ?

Les deux hommes échangèrent une poignée de main. Eddie indiqua la chaise près du bureau de Glenn qui était séparé des autres par trois cloisons.

— Je t'en prie, installe-toi.

C'était difficile d'expliquer pourquoi Eddie détestait à ce point Glenn Daley. Rondouillard et affable, il perdait ses cheveux et portait des mocassins. Il parlait d'une voix forte et joyeuse, savait toujours quelle équipe avait gagné le match de la veille, à combien la Bourse avait clôturé et avait toujours vu le dernier film dont tout le monde parlait ou lu le livre que tout le monde lisait. Mais il avait toujours été le concurrent d'Eddie, son rival, celui qu'il fallait combattre. C'était sans doute accentué par le fait qu'ils aient démarré dans l'immobilier à Nantucket à la même période, qu'ils aient ouvert leurs agences en même temps et que Glenn était très doué pour les affaires.

Glenn avait abusé de cocaïne dans les années 1990 (on racontait qu'il avait un jour obtenu une commission pour une propriété d'India Street sous forme de poudre), puis son divorce avait fait grand bruit et lui avait coûté trois cent mille dollars. Son ex-femme avait pété les plombs. Ashland Daley avait un jour poursuivi Glenn dans le supermarché avec une arme chargée et à l'époque, Eddie s'était fait la réflexion que ça n'aurait pas pu arriver à un type plus charmant.

Mais Glenn avait prouvé qu'il était fort. Il avait arrêté la drogue, Ashland avait déménagé en Californie, et Glenn s'était mis à vendre des maisons à droite et à gauche, aidé par sa personnalité joyeuse et son désir de devenir quelqu'un.

Eddie s'assit sur la chaise. Puis, à voix basse, il lui expliqua son problème : les maisons d'Eagle Lane qu'il n'arrivait pas à terminer; il lui proposa d'acheter les numéros 9 et 11. Un million de dollars pour les deux. Une affaire en or.

Glenn siffla.

— Un million de dollars, s'exclama-t-il en prenant un calepin et un crayon. Combien est-ce que tu as payé le terrain ?

Eddie faillit mentir mais Glenn pouvait facilement vérifier cette information auprès de la municipalité.

— Cent cinquante mille chacune.

— Donc ça fait trois cents, dit-il en notant ce chiffre. Et combien tu y as investi en travaux ? Pas trois cent cinquante chacune, c'est impossible, elles sont à peine construites, Ed, je suis passé devant.

— Environ deux cents chacune.

Glenn jeta son crayon.

— Pourquoi est-ce que tu viens me proposer un marché si c'est pour me mentir ? Je sais que Schuyler Pine a fait les plans des trois pour le prix d'une parce que tu l'avais nominé pour le titre de commodore du Yacht Club…

— Attends, comment est-ce que tu es au courant de ça ?

Glenn ne répondit pas. Il arracha la page de son calepin et la froissa.

— N'inclus par le numéro 13, Eddie, si tu as l'intention de le garder pour toi. Divise tout en trois, pas en deux. Allez, mettons deux cents pour le terrain. Et peut-être cent cinquante par maison… et encore, je suis généreux. Ça nous fait cinq cents. J'arrive pas à croire que tu sois venu me demander un million de dollars.

Eddie se souvenait à présent pourquoi il détestait Glenn Daley : ce type était un con ! Si Eddie lui avait demandé un million, c'était pour pouvoir terminer le numéro 13 et le vendre !

— Quand elles seront terminées, tu pourras les vendre un million deux cent mille chacune, lui dit Eddie. Tu feras un bénéfice de presque un million et demi.

Eddie regarda les chiffres inscrits sur le calepin de Glenn. Un demi-million, c'était suffisant pour rembourser les emprunts et récupérer un quart de son investissement initial.

Et puis il remarqua le calepin lui-même. Il portait le logo de l'hôtel Four Seasons de Santa Barbara.

Une pensée commença à se former dans son esprit mais il ne parvenait pas vraiment à la formuler. Quand il finit par comprendre, il se dit que c'était impossible.

— Est-ce que tu es déjà allé au Four Seasons de Santa Barbara ? lui demanda-t-il. Il paraît que c'est super.

— C'est pas tes oignons, Eddie, répondit l'autre en retournant le calepin.

Pas ses oignons. « P. comme Personnel. » Barbie couchait avec Glenn Daley ! Elle couchait avec l'ennemi ! Elle partait en week-end avec lui à Santa Barbara et elle lui parlait des petits secrets d'Eddie, comme par exemple son contrat avec Schuyler Pine.

Eddie se gratta la tête. Est-ce qu'elle avait parlé à Glenn de leurs petits arrangements dans la propriété de Low Beach Road ?

Non, elle n'aurait pas fait ça.

Quoique…

Elle lui avait peut-être fait des confidences sur l'oreiller : « Devine quoi ? Eddie et moi, on gère une maison close. »

Eddie essaya de penser comme l'aurait fait sa sœur. Ils avaient été proches pendant leur jeunesse et pourtant, une partie de Barbie demeurait dans l'ombre. « P. comme Personnel. » Il y avait des choses qu'elle ne voulait pas lui révéler. Comme par exemple… le fait qu'elle couche avec un ex junkie gros, gras et stupide.

Est-ce qu'elle lui avait parlé des filles ?

Non, Eddie pensait que non, parce que l'expression de Glenn changea et Eddie songea : « Il sait que je sais. »

— Neuf cents, proposa Eddie.

— Six cents.

— Sept cents et je signe.

Même si cette somme n'était pas suffisante pour lui, ce serait tout de même ça de pris.

Eddie mit son panama, le dernier qu'il possédait. Il voulait remplacer les deux autres mais ne pouvait pas se permettre cette extravagance.

Sept cent mille dollars : rembourser les emprunts des maisons, payer les factures restantes du n°13, rembourser le prêt de sa propre maison (un mois et demi d'arriérés), les factures d'électricité, d'eau, de gaz et les courses, comme tout le monde. Peut-être qu'il lui resterait de quoi poser les sols du n°13 ; il parlerait au plâtrier et aux peintres pour pouvoir vendre et dire à Madeline qu'elle récupérerait bientôt son argent.

— Je vais demander à Ben de préparer le contrat, conclut Glenn.

Il n'avait pas pensé aux frais de notaire. Sept cent mille, c'était loin d'être suffisant. « P. comme Personnel. »

— Merci, Glenn.

Glenn Daley haussa un sourcil et Eddie sortit de son agence.

Grace

Le changement était infime, mais Grace le remarqua immédiatement. Benton interrompit leur baiser une seconde plus tôt que d'habitude. Et il lui dit qu'il ne pourrait pas rester déjeuner.

Après la soirée du club de jardinage, il lui avait déclaré sa flamme en plein milieu de la rue. Il lui avait fait l'amour chez lui, dans son lit (ce qui changeait du cabanon de jardin). Mais à présent, il agissait bizarrement. Grace se dit qu'il avait peut-être eu un peu peur vendredi matin, quand elle l'avait attendu dans l'allée pour lui annoncer qu'Eddie n'était pas allé au travail, qu'il était encore au lit à cause de ce qu'il s'était passé avec Allegra.

Ou alors, Benton était peut-être comme beaucoup d'hommes : il avait peur de ce qu'il ressentait pour elle.

Ce qu'elle savait en tout cas, c'est que ça n'aurait pas pu plus mal tomber. Grace avait besoin de lui en ce moment. Elle n'avait pas parlé à Madeline depuis trois jours.

« Est-ce que toi et Madeline vous vous êtes disputées ? »

C'était presque comme si Sharon la blonde l'avait prédit. La seule personne sur laquelle Grace pouvait compter venait de se retourner contre elle. Madeline était très en colère. Grace ne savait même pas que son amie pouvait se mettre dans un tel état. Elle était tellement joyeuse et gentille, une vraie Californienne. Elle prenait les choses comme elles venaient. Elle souriait, écoutait et était très douée pour essayer de comprendre les « trois versions d'une même histoire », comme elle disait.

Elle lui manquait terriblement. Grace ne cessait de penser, au cours de la journée : Il faut que je raconte ça à Madeline. Mais quand elle s'approchait du téléphone, elle repensait à ses paroles : « Allegra a trompé Brick et toi, tu trompes Eddie. » Grace en avait des frissons. Madeline n'avait pas envie d'entendre parler d'elle. Elle pensait que Grace était une débauchée.

C'était atrocement douloureux de se fâcher avec sa meilleure amie. Madeline était sans doute en train d'écrire dans son appartement, ne faisant une pause que pour aller déjeuner avec Rachel McMann.

Il fallait qu'Eddie la rembourse. Peut-être que ça calmerait la colère de Madeline et que Grace pourrait lui téléphoner.

Et voilà que par-dessus le marché, Benton agissait étrangement.

— Tout va bien ? lui demanda-t-elle. Tu es bizarre.

— Non, je ne suis pas bizarre, répliqua Benton. C'est juste que je ne peux pas rester déjeuner aujourd'hui.

— Je suis seule à la maison, si c'est ce qui t'inquiète.

Eddie était retourné à l'agence, Hope était au presbytère et Allegra était partie en ville chercher un travail bénévole. Elle devait se présenter à l'agence de son père toutes les heures pour faire acte de présence. Sans ça, Eddie et Grace la croyaient capable d'aller passer la journée à la plage.

— Non, ça ne m'inquiète pas, répondit Benton avant de consulter son téléphone. Il faut que j'y aille.

— Eh bien vas-y. Tu as l'air tellement pressé.

— Grace…, dit-il en soupirant.

— Il ne nous reste plus que deux semaines avant qu'ils viennent pour leur article ! Est-ce que ce jardin est prêt, à ton avis ?

— Il nous reste quinze jours et oui, il est prêt.

Grace ne comprenait pas ce qu'il était en train de se passer. Il lui avait bien déclaré qu'il l'aimait, non ? En ajoutant que si quelqu'un l'entendait, il s'en fichait.

Elle s'imaginait le pire.

— Est-ce que McGuvvy revient de Californie ? demanda-t-elle.

— Non, Grace. Je n'ai pas gardé contact avec elle et tu le sais.

— C'est vrai. Désolée. C'est juste que tu as l'air distant, aujourd'hui.

Benton glissa son téléphone dans sa poche et la regarda droit dans les yeux.

— Tu devrais sans doute accorder un peu d'attention à tes filles.

— Pardon ? Est-ce que tu me donnes des conseils d'éducation ?

— J'ai discuté avec Hope. On bavardait juste comme ça et elle m'a dit qu'Allegra allait s'attirer des ennuis. J'ai l'impression de te détourner de tes responsabilités.

— Non, pas du tout. Les filles sont grandes, elles ont seize ans. Si je leur donnais davantage d'attention, elles me reprocheraient d'être trop collante.

— Tu as raison. Je n'ai pas à te donner de conseil en la matière.

— Est-ce qu'il y a autre chose qui te tracasse ? Quelque chose dont tu n'oses pas me parler ?

Benton hocha lentement la tête.

— Je crois que les gens racontent des choses sur nous.

— C'est vrai ?

— Il y a une femme, Donna, qui travaille pour Mme Allemand et qui a entendu dire que Madeline King écrivait un roman torride au sujet d'une femme et son décorateur. Les gens prétendent que c'est notre histoire.

— Madeline ?

Madeline écrivait effectivement un nouveau roman, mais Grace n'en connaissait pas le thème.

— Tu ne lui as pas parlé de nous ? demanda Benton.

— Non, mentit Grace craignant que ses oreilles deviennent cramoisies et la trahissent.

— Je sais que c'est ta meilleure amie.

— C'était ma meilleure amie. Elle ne m'adresse plus la parole à cause de cette histoire avec Allegra.

— Alors elle n'écrit pas ça pour se venger ?

— Non.

Grace repensa à la soirée qu'elle avait passée dans le bureau avec Madeline, et à tous ces coups de téléphone. Madeline connaissait tous les détails. Si elle écrivait bel et bien un roman sur… mais non, elle ne ferait jamais ça, même pour se venger.

« Deux des femmes assises à cette table vont trahir la personne installée à leur gauche. »

Grace secoua la tête pour chasser cette pensée.

— Qui est Donna ? demanda-t-elle. Et où est-ce qu'elle a entendu cette rumeur ?

— Je crois qu'elle est amie avec une certaine Greta, la baby-sitter de Sharon, qu'on a vue à la soirée.

— Oh zut. Sharon est horrible. Elle raconte n'importe quoi et essaie toujours de faire croire que c'est vrai.

— Eh bien en tout cas, il paraît qu'elle dit ça.

— Je croyais que tu t'en fichais, si les gens étaient au courant ? C'est ce que tu as dit l'autre soir.

— J'avais bu.

— Alors tu ne t'en fiches pas ?

— J'aime pas trop qu'on raconte des ragots à mon sujet. J'ai une entreprise à faire tourner. Sans vouloir généraliser, ce sont majoritairement les femmes qui m'emploient (même si c'est souvent les hommes qui règlent les factures). Mais surtout, je ne veux pas qu'on donne une mauvaise image de toi.

Grace prit une profonde inspiration.

— Je suis prête à quitter Eddie.

Benton haussa les sourcils, plein d'espoir.

— Vraiment ?

— Oui.

Et puis elle pensa aux jumelles. Hope si fragile et Allegra, qui faisait n'importe quoi.

Benton lut peut-être le doute sur son visage parce qu'il ajouta :

— N'allons pas trop vite. Contentons-nous pour l'instant de travailler sur le jardin, en vue de l'article.

— OK.

— Je resterai déjeuner demain, je te le promets.

Il se pencha pour l'embrasser d'une façon qui lui faisait tourner la tête.

— Je t'aime, ajouta-t-il.

— Moi aussi, je t'aime.

Benton s'éloigna et quelques instants plus tard, Grace entendit le bruit de son moteur. Elle monta dans son bureau pour appeler Madeline.

Elle laissa sonner avant de tomber sur la messagerie.

— Il y a une rumeur qui court au sujet de ton nouveau roman, qui parlerait d'une femme ayant une liaison avec son décorateur. Apparemment, tout le monde pense que ça parle de Benton et moi. J'espère que ce n'est pas vrai, Madeline. Je l'espère vraiment.

Madeline

Elle proposa à Brick de passer un peu de temps avec lui tout en sachant qu'il n'en avait probablement pas envie, mais il accepta. Durant la semaine qui suivit sa rupture avec Allegra, ils firent donc des choses ensemble. Le premier jour, ils achetèrent des sandwichs et se rendirent jusqu'à Sesachacha Pond ; Madeline s'assit au bord de l'eau et Brick écouta de la musique avec ses écouteurs. Le deuxième jour, comme il pleuvait, ils allèrent au cinéma, chacun avec ses popcorns et ses chocolats. Le troisième jour, ils firent du vélo à Madaket et une sieste sur la plage jusqu'au coucher du soleil, puis Trevor les rejoignit et ils mangèrent des tacos au poisson chez Millie's.

Le quatrième jour, Brick avait envie de rester à la maison, et Madeline alla donc écrire dans son appartement.

Le cinquième jour, il proposa à sa mère de venir à Cisco Beach avec lui et Parker Marz.

— Avec plaisir, répondit-elle.

Parker était plus petit en taille que la plupart des amis de son fils, mais il était intelligent, drôle et aimait bien discuter avec les adultes, si bien que Madeline appréciait sa compagnie.

Quand elle se gara sur le parking de la plage, elle demanda à Brick :

— Vous êtes sûrs que ça ne vous embête pas si je suis avec vous ? Je peux simplement vous déposer et venir vous chercher plus tard.

— Non, venez avec nous, madame Llewellyn, répondit Parker. Ce sera excellent pour notre image d'être aperçus en compagnie d'une si belle femme.

— Hé, du calme, mec, fit Brick en souriant pour la première fois depuis longtemps. C'est à ma mère que tu parles.

— Je vous dépose ? demanda Madeline.

— Non, maman, viens avec nous, y a pas de souci, répondit Brick.

Elle les suivit jusqu'à la plage et installa trois chaises. Cisco Beach était le lieu de réunion des surfeurs sur

Nantucket ; on y voyait des jeunes hommes en combinaison serrant contre eux leur planche adorée, accompagnés par des filles trop minces qui les admiraient. Madeline reconnut les surfeurs les plus âgés : des hommes comme Sultan Nash, peintre en bâtiment, ou Thornton Bayle, ouvrier en ponts et chaussées, qui avaient mis le travail de côté pour se consacrer au surf. Et puis il y avait les plus novices, de l'âge de Brick ou plus jeunes.

Brick alla plonger dans l'eau avec sa planche tandis que Parker s'asseyait à côté de Madeline.

— Je crois qu'il va de mieux en mieux, commenta Parker.

— Vraiment ? fit Madeline incrédule.

— C'est mon pote, et il s'est fait tromper par cette... excusez mon langage, madame Llewellyn, mais cette pétasse de Pancik. C'est le risque quand on sort avec une jolie fille. Allegra est la fille la plus populaire du lycée. Avec Hollis. Moi j'ai aucune chance de pouvoir sortir avec une fille pareille, mais l'avantage, c'est que j'aurai pas le cœur brisé comme lui, dit-il en indiquant Brick seul dans l'eau.

— Vous êtes très jeunes tous les deux, affirma Madeline. Peut-être que Brick et Allegra n'étaient pas mûrs pour avoir une relation comme ça.

— On dirait que vous essayez d'excuser Allegra, madame Llewellyn, et ça m'ennuie qu'on soit indulgent avec elle. Elle le trompait depuis un moment. Je l'ai vue au centre commercial de Cape Cod avec Ian en avril. Ils étaient dans la boutique Chanel. Ce que faisait Allegra, ça crevait les yeux. Elle a choisi un type plus vieux qui a de l'argent. Brick n'avait pas une seule chance ! J'espère qu'il va rebondir, soupira-t-il.

Madeline lui pinça le bras.

— Il a de la chance d'avoir un ami comme toi.

— C'est mon meilleur copain. Je veille sur lui.

Madeline sourit et sortit son carnet de son sac.

— C'est votre nouveau roman ? Ma mère m'a dit que c'était canon.

Madeline avait reçu le message de Grace – « j'espère que ce n'est pas vrai, Madeline ! » – mais ça ne l'avait pas empêchée d'avancer. Madeline allait continuer d'écrire *B/G* jusqu'à ce qu'Eddie l'ait remboursée !

Quand elle rentra de la plage, son téléphone se mit à vibrer. Rachel McMann. Elle fut tentée de ne pas répondre, mais pour être honnête, elle avait terriblement besoin de soutien. Grace lui manquait chaque seconde de chaque jour.

— Tu ne vas jamais me croire, annonça Rachel.

Madeline n'aimait pas ça.

— Quoi ?

— J'ai entendu… que Grace Pancik…

— Oh non, fit Madeline.

— A emmené Benton Coe, son jardinier, à la soirée annuelle du club de jardinage et Jean Burton pense qu'elle est enceinte.

— Enceinte ? Grace ?

Elle se sentit abattue. Elle qui avait tellement essayé d'avoir un autre enfant. Si Grace était tombée accidentellement enceinte avec Benton Coe…

Mais non, c'était impossible. C'était un ragot.

— Rachel, il ne se passe rien entre Grace et Benton Coe. Grace est très heureuse avec Eddie. Alors s'il te plaît…

— Oui ?

— Occupe-toi de tes affaires.

Eddie

Il entra dans le bureau avec une seule chose en tête. Il avait essayé d'appeler Barbie chez elle et lui avait laissé deux messages. Elle ne l'avait pas recontacté.

Eloise était là, au téléphone. Eddie s'assit sur la chaise en face du bureau de Barbie. Elle portait une robe Diane von Furstenberg, des chaussures Manolo Blahnik à talons et son pendentif en perle.

Eddie se demanda si Glenn Daley avait déjà embrassé cette perle.

— Je vends les numéros 9 et 11 d'Eagle Wing Lane à Glenn Daley, lui annonça-t-il.

— Je sais.

— Tu le sais ?

— Son agence nous a envoyé les papiers.

Sur son bureau, il y avait deux cafés provenant du Handlebar Café, son nouvel endroit préféré. Elle en tendit un à Eddie, avec du lait.

— Merci.

Barbie ne lui offrait jamais de café. C'était donc une façon de lui demander de ne pas lui en vouloir si elle couchait avec Glenn Daley. Eddie avait envie de lui poser la question, mais il avait peur de les mettre tous les deux dans l'embarras. Mais il voulait quand même en avoir le cœur net.

— Dorénavant, c'est moi qui m'occuperai du planning des filles, annonça-t-il.

Barbie jeta un coup d'œil à Eloise et hocha la tête. Elle paraissait tellement désinvolte qu'il avait envie d'attraper son agrafeuse pour la balancer sur le mur d'en face, juste pour provoquer une réaction.

— OK ? demanda-t-il.
— OK.

Le prochain groupe à louer la maison était l'entreprise Nightbill, dans un peu plus de deux semaines. C'était une boîte de comptabilité de la région de Kansas City. La personne qui s'était occupée de la réservation était un homme baptisé Bugsy Greer.

Bugsy ? Eddie avait vérifié sa photo sur Internet. Franchement, il avait l'air de sortir tout droit d'un film d'horreur. Il était complètement chauve et avait des dents un peu pourries. Eddie s'était demandé laquelle des filles allait coucher avec lui, mais avait rapidement essayé de penser à autre chose.

Il se prépara à passer son coup de fil, très nerveux. Il quitta le bureau avec son téléphone portable et se dirigea vers le parking du Yacht Club. Comme on était en été, Eddie devait prendre davantage de précautions s'il ne voulait pas que le concierge lui dise de déguerpir.

Il se posta derrière une Range Rover flambant neuve. Il regretta de ne pas avoir écouté la façon dont Barbie proposait leurs services aux locataires.

— Allô ? fit Bugsy.

Eddie parla tellement vite qu'il mangea la moitié des mots :

— Bonjour Bugsy, ici Eddie Pancik, agent immobilier sur Nantucket. Vous avez hâte de venir découvrir notre île ? Est-ce que vous avez besoin qu'on vous fasse des réservations ? Chez Pearl ? Cru ? Ventuno ? Écoutez, j'ai un petit extra pour vous. Nous avons une équipe de nettoyage, cinq filles russes, qui ne font pas que du ménage…

— Ah bon ? fit Bugsy soudain intéressé.

— Oui. Elles peuvent revenir le soir, si ça vous tente.

— Ça nous tente.

— Parfait. Vous comprenez de quoi je parle, alors.

— Je crois que oui. Combien ?

— Douze mille par nuit.

Il se sentait un peu coupable d'augmenter le tarif. Il comptait se garder les deux mille dollars supplémentaires pour lui.

Après tout, elle couchait avec Glenn Daley !

— C'est d'accord, acquiesça Bugsy.

— Est-ce que vous payerez à la nuit ou tout d'un coup ?

— Qu'est-ce qui vous arrange ?

— Je préférerais la totalité d'un coup. Si c'est possible pour vous, Bugsy.

« Bugsy » était manifestement un surnom et Eddie se sentait ridicule de l'utiliser.

— Sans problème. Tout est possible pour moi.

— Eh bien, ça me fait plaisir de l'entendre ! répondit Eddie.

Quelques jours plus tard, quand il consulta son répondeur, il découvrit un message de Madeline. Il pensa qu'elle appelait peut-être pour lui faire part de sa colère vis-à-vis d'Allegra et Eddie était prêt à dresser la liste des punitions infligées à sa fille : il avait confisqué son téléphone et l'avait privée de sortie jusqu'à nouvel ordre. Pas de plages avec les amis, pas de fêtes, et elle avait interdiction de revoir Ian Coburn.

Mais il s'avéra que Madeline n'appelait pas pour ça.

« J'ai appelé Layton Gray, Eddie », lui annonçait-elle dans ce message.

Layton Gray était l'avocat de la famille Llewellyn. C'était Eddie qui le leur avait recommandé.

« Il va entamer une action en justice contre toi si tu ne nous rembourses pas d'ici la fin de la semaine prochaine. Je fais preuve de gentillesse, Eddie. Je te laisse dix jours. »

Sur ce, elle avait raccroché.

— Sans même me dire au revoir ? fit-il à voix haute.

Il allait vendre les numéros 9 et 11 à Glenn Daley et il utiliserait une partie de cet argent pour rembourser Madeline et Trevor. Il honorerait sa dette et se remettrait dans le droit chemin dès que possible.

Il appela chez lui pour prendre des nouvelles de Grace et des filles. Depuis combien de temps ne leur avait-il pas téléphoné juste pour savoir comment ça allait ? Il allait le faire plus souvent, décida-t-il. Tous les jours.

— Salut ! lui dit Grace. Est-ce que ça va ?

Elle semblait perplexe.

— J'appelle juste pour prendre des nouvelles. Tout va bien ? Les filles sont à la maison ?

— Oui, elles sont toutes les deux là. Elles ne travaillent pas aujourd'hui, alors on va aller déjeuner au Galley.

Eddie se demanda si le fait qu'Allegra soit privée de sortie ne lui interdisait pas de sortir déjeuner. Mais il savait à quel point Grace avait envie de passer du temps avec elles et ça n'arriverait jamais si Allegra ne pouvait pas sortir. Eddie adorait ce restaurant pour le déjeuner ou les apéritifs face au coucher de soleil mais il n'y était pas encore allé cet été. C'était cher. Il aurait préféré que Grace propose à Allegra de tondre la pelouse.

— Allegra a l'air d'avoir… changé, dit Grace.

— En bien ou en mal ?

— En bien. Comme si elle regrettait réellement ce qu'elle a fait.

— Elle a intérêt.

Il fallait qu'il raccroche avant que sa bonne humeur ne disparaisse complètement.

— Je suis content de savoir que les choses avancent dans la bonne direction, conclut-il. Amusez-vous bien pendant le déjeuner !

— Compte sur nous !

Hope

En l'espace de quatre jours à peine, le monde d'Allegra avait explosé, telle une étoile mourante.

Le matin suivant, Hope avait cédé et accepté de lui prêter son téléphone pour envoyer des messages à Brick, Hollis et ses autres amis, et le résultat n'avait pas été très joli. Brick lui demanda de ne plus jamais la contacter. Il lui dit qu'elle l'avait humilié. Il l'avait aimée de tout son cœur, mais mani festement ce n'était pas suffisant pour elle ; il acceptait sa décision mais ne voulait pas perdre une seconde de plus avec elle. « Au revoir et bonne chance », concluait-il.

Cette réaction calme et ferme mit Allegra dans tous ses états. Hope n'avait jamais vu sa sœur comme ça. Elle poussait des hurlements, ses cheveux étaient emmêlés et elle faisait les cent pas dans la chambre de Hope comme si elle était prisonnière du *Titanic* et cherchait à s'enfuir. Elle fixa du regard le téléphone.

— Qu'est-ce que je vais lui dire ? Qu'est-ce que je peux dire pour qu'il me pardonne ?

Hope soupira. Elle regrettait de ne pas avoir, comme Cyrano de Bergerac, des mots magiques à offrir à sa sœur.

Son expérience des relations amoureuses avait beau être limitée, elle savait que Brick ne pardonnerait pas Allegra. Pas avant dix, vingt ou trente ans, quand il aurait quarante-six ans et serait à son tour père d'une ado incontrôlable de seize ans.

— Je ne sais pas, répondit-elle.

Allegra lui tendit le portable.

— Tiens, envoie-lui un message, toi. Il t'aime bien. Il te respecte. Dis-lui que je me sens très mal et qu'il faut qu'il réponde à mes coups de fil.

— D'accord.

Elle envoya à Brick un texto : « On ne peut jamais savoir si un verre est chaud ou froid. »

Elle attendit. Il allait sûrement réagir à leur code secret. Rien.

Elle écrivit : « Ma sœur ne se sent pas bien. Elle est sans doute trop égocentrique pour se suicider, mais anxieuse et au bord de la dépression. Est-ce que tu pourrais juste lui parler ? Merci. Ton amie, Hope. »

Brick répondit : « Merci de ne plus jamais me contacter. »

Hope renvoya un message : « C'est moi, Hope. Vraiment. On ne peut jamais savoir si un verre est chaud ou froid. »

« Oui, je sais, Hope. Merci de ne plus jamais me contacter. »

Hope se sentit abasourdie. Ce n'était pas comme ça que ça devait se passer. Hope et Brick étaient censés devenir complices jusqu'à ce qu'il tombe amoureux d'elle. Il était censé découvrir qu'elle était exactement comme Allegra, mais qu'en plus elle était gentille, sensible et honnête.

Elle balança son téléphone sur son lit.

— Apparemment, il me déteste aussi.

Allegra se mit à pleurer. Elle prit le portable pour l'appeler une énième fois mais à ce moment-là, une quantité de messages arrivèrent, de la part de Hollis, Hannah, Kenzie et Bluto. Aucun de ces messages n'était très aimable. Hope les lut par-dessus l'épaule de sa sœur, qui se faisait traiter de tous les noms : alcoolo, junkie, connasse anorexique.

— J'ai l'air anorexique ? demanda-t-elle en montrant la photo à Hope.

— Ben, t'as pas l'air grosse, répondit-elle en essayant d'être positive.

En réalité, malgré les circonstances un peu glauques, la photo d'Allegra était belle. Si on avait enlevé l'alcool et la drogue, Ian et elle auraient pu poser pour une pub de parfum.

— Peut-être que la photo va faire le buzz et qu'une agence de casting va tomber dessus ?

Allegra regarda sa sœur avec des yeux emplis de larmes.

— Tu crois ? Oui, peut-être bien.

Un texto arriva de la part de Bluto : « T'es qu'une menteuse et une salope. »

— Oui, peut-être, répéta Hope.

Allegra ne se laissa pas faire. Elle envoya à Hollis et Kenzie des réponses bien senties et insulta carrément Bluto en le traitant de gros lard. Quand elle eut épuisé toutes ses forces, elle se laissa tomber sur le lit à côté de Hope.

— Je ne sais pas quoi faire, gémit-elle.

— Ils finiront par te pardonner.

— Ce sera trop tard. Le mal est fait. On peut pas traiter quelqu'un de menteuse et de salope sans conséquences. C'est le genre de trucs qui tue une amitié. C'est la faute de Hollis. Ça fait des années qu'elle attend ça.

Hope devait bien reconnaître qu'il y avait du vrai là-dedans. Allegra et Hollis étaient toutes les deux de jolies filles, mais Allegra avait eu un peu plus de chance.

Maintenant qu'elle avait dégringolé de son piédestal, Hollis allait pouvoir régner seule sur son petit royaume.

— Ça aussi, ça passera, commenta Hope.

— Mais qu'est-ce que je fais en attendant ?

Hope ne comprit pas la question et le lui dit.

— Qu'est-ce que je fais en attendant que ça passe ? répéta Allegra. J'ai pas de job d'été comme toi. Et maintenant je peux plus aller à la plage. Je suis privée de sortie et de toute façon, je ne pourrais pas aller à la plage toute seule.

— Eh bien, il te reste la lecture.

— La lecture ?

Son ton était incrédule, comme si elle sous-entendait : « Quoi ? Mais pourquoi est-ce que je ferais ça ? »

Hope lui lança son exemplaire de *Lolita*. Elle venait de le terminer et l'avait trouvé excellent, provocateur, original et bizarre.

— Lis ça, c'est super bien. Et ça t'aidera pour les exams de littérature.

Allegra examina la couverture d'un air sceptique.

— *Lolita*. Vladimir Nabokov. C'est écrit en anglais ?

— Oui. Ça parle d'un type qui s'appelle Humbert Humbert, qui enlève une fille de treize ans et traverse les États-Unis avec elle.

— Berk, fit Allegra.

Mais elle vit que sa curiosité était piquée.

Allegra était restée enfermée dans la chambre de Hope pendant toute cette première journée, à lire et à dormir, avec sa sœur à ses côtés. Celle-ci s'était plongée dans la lecture de *Chez les heureux du monde* puis avait pratiqué sa flûte. Elle essaya de se convaincre qu'elle restait dans sa chambre pour veiller sur sa sœur et s'assurer qu'elle ne fasse pas de bêtise, mais en réalité elle appréciait cette complicité avec elle. Quand elle eut terminé de jouer des extraits du concerto en sol de Mozart, Allegra, qui était allongée, les yeux fixés au plafond, le livre de *Lolita* posé sur sa poitrine, dit :

— T'es vraiment douée. J'aimerais bien être aussi douée pour quelque chose.

— Tu es douée pour plein de choses.

— Ah ouais ? Comme quoi ?

Hope rangea sa flûte. Les choses pour lesquelles Allegra était douée (être jolie, être populaire) étaient plutôt remises en question en ce moment.

— Comme quoi, Hope ?

— Plein de choses. Je ne vais pas rester là à énumérer tes nombreux talents.

— Parce que tu peux pas. J'ai aucun talent. Je suis menteuse, méchante et dépravée.

— Oh, arrête. Tu as fait une erreur, c'est tout. On est jeunes. On est censés faire des erreurs, en tirer des leçons et avancer dans la vie.

— Dis-moi une chose que je sais faire, demanda Allegra. S'il te plaît, une bonne chose.

— Tu as un super sens du style.

Allegra resta silencieuse et ferma les yeux.

— Tu as raison. C'est vrai.

Hope était persuadée que la nouvelle humilité d'Allegra n'allait pas durer et qu'après cette première journée de honte, elle en aurait assez d'être avec sa sœur. Mais dans le courant de la deuxième semaine, elle réussit à décrocher un emploi bénévole à mi-temps dans une bibliothèque pour enfants où elle aidait à ranger les livres. Leur mère était tellement contente qu'elle suggéra d'aller déjeuner au Galley toutes les trois. Allegra accepta et ça parut même lui faire plaisir. Qu'on la voie en public avec Grace et Hope ? En tout cas, ça lui permettrait de sortir de la maison et ce restaurant était tellement chic que c'était l'occasion de se mettre sur son trente et un. Hope enfila sa robe sans bretelle Lilly Pulitzer avec des motifs de papillon turquoise et blanc. Allegra, elle, portait une longue robe couleur jade de T-bags Los Angeles et une paire de spartiates Dolce Vita. Hope s'était fait une tresse africaine et Allegra une sorte de chignon décoiffé bas sur la nuque tout droit sorti de *Vogue*.

— C'est vraiment pas juste que tu sois aussi jolie, commenta Hope.

Allegra sembla presque gênée.

— Tu es exactement comme moi, on est jumelles je te rappelle.

— Sauf que toi tu joues Alice et que moi je suis la souris.

— Mais tu sais…, proposa Allegra en chatouillant le nez de sa sœur avec le bout de sa tresse. On peut toutes les deux être Alice.

Le déjeuner au Galley fut sympa et inattendu, en dépit du fait que Grace ne cessait de répéter à quel point c'était sympa et inattendu. Elle les prit en photo à l'entrée du magnifique restaurant en bord de plage puis, une fois installées, elle demanda au serveur de les prendre toutes les trois.

— Ce sont mes jumelles, annonça-t-elle assez fort pour que la moitié du restaurant entende. Je n'arrive pas à croire la chance que j'ai ! C'est tellement sympa !

Hope se tourna vers Allegra pour lever les yeux au ciel mais sa sœur était en train de regarder leur mère en souriant.

Qu'est-ce qui se passait ? Allegra semblait conquise par ce déjeuner mère-filles. C'était bizarre. Un mois plus tôt, si Grace avait suggéré cette sortie, Allegra aurait immédiatement refusé. Ou, si leur mère l'avait forcée, elle aurait boudé pendant tout le repas en envoyant des textos.

Bien sûr à présent, elle n'avait plus de téléphone et plus personne à qui envoyer des textos.

Grace commanda un verre de vin blanc, Allegra un Coca Light et Hope un thé glacé. Elles trinquèrent.

— C'est tellement sympa ! s'exclama Grace. Et si inattendu. Merci d'avoir bien voulu venir, les filles.

— Tu n'as pas à nous remercier de venir déjeuner avec toi, lui dit Allegra. Tu es notre mère.

Peut-être qu'elle est gentille juste parce qu'elle espère être de nouveau autorisée à sortir, songea Hope. Elle le faisait tellement bien que ça pouvait tout à fait marcher.

Grace commanda un gaspacho ainsi qu'une omelette au gruyère et aux oignons nouveaux, Allegra une salade de homard et Hope une salade verte avec myrtilles et fromage de chèvre ainsi que des frites. Elles avaient vue sur la plage blanche, la cabane des sauveteurs, les parasols bleu, vert et jaune du côté de Cliffside et les eaux azur de la baie de Nantucket. Des bateaux à voiles étaient visibles à l'horizon et le bateau à vapeur traversait vers Hyannis. Une petite brise souleva le haut de l'auvent.

— Comme vous le savez certainement, annonça Grace, le *Boston Globe* va venir faire une séance photo et un article sur notre jardin la semaine prochaine. Donc Benton va être là pour m'aider à tout préparer.

— Benton qui ? demanda Allegra.
— Le jardinier de maman. C'est lui qui m'a donné *Lolita*.
— J'aime bien ce livre, commenta Allegra. C'est dérangeant, mais c'est intéressant. Qu'est-ce que tu lis en ce moment, Hope ?
— *Chez les heureux du monde*, d'Edith Wharton.
— Je l'ai lu il y a une éternité, intervint Grace, pendant ma première année d'études à Mount Holyoke.
— Je le lirai peut-être après, indiqua Allegra.
Où est passée ma sœur ? se demanda Hope.

Elles commandèrent un brownie avec une boule de glace et trois cuillers, puis Grace prit un cappuccino avant de demander l'addition. Pendant qu'elle réglait, Allegra donna un petit coup à Hope sous la table. Mme Kraft, leur professeur de littérature, se dirigeait droit vers elles.
— Les Pancik mère et filles qui déjeunent ensemble, quelle bonne surprise ! s'exclama-t-elle.
Grace se leva et l'embrassa de loin.
— Bonjour, Ruth.
Hope se demanda si Allegra et elle étaient censées la saluer de cette façon. Faire la bise à leur prof de littérature ? Elle ne parvint qu'à esquisser un petit signe de la main. Ruth Kraft – que tous les élèves appelaient Ruthie quand elle avait le dos tourné – avait un nuage de cheveux frisés sur la tête. Elle avait une formation de chanteuse d'opéra et aimait bien clamer certaines phrases pendant ses cours. Allegra adorait l'imiter.
« Te comparerais-je à un jour d'étéééééééé ? »
Mme Kraft avait donné une mauvaise note à Allegra, mais cette dernière lui fit malgré tout un grand sourire.

— Bonjour, madame Kraft !

— Comment se passe votre été ? demanda la prof.

Le ton de sa question laissait penser qu'elle essayait de pêcher des informations. Est-ce qu'elle avait entendu parler de la mésaventure d'Allegra ? Si oui, alors c'était officiel : tout le monde était au courant. Est-ce qu'elle avait vu la photo ? Hope se sentait mal pour sa sœur. Ce genre de scoop ferait rapidement le tour de la salle des profs à la rentrée prochaine et Allegra n'aurait plus personne à qui demander des lettres de recommandation. La semaine précédente, Hope s'en serait réjouie. Mais à présent, Allegra et elle étaient inséparables : si quelqu'un faisait mal à sa sœur, elle souffrait.

— Les filles étaient justement en train de discuter de leurs lectures, dit Grace.

— À ce propos, est-ce que vous avez entendu parler du nouveau roman de Madeline King ? Apparemment, c'est assez osé !

— Je n'ai rien entendu à ce sujet, rétorqua Grace.

Sur ce, avec un geste de la main semblable à celui que faisait le père Declan à la messe, elle fit signe aux filles de se lever.

— J'ai été assez occupée par mon jardin et mes poules, ajouta-t-elle.

— Je me disais juste que vous deviez en avoir parlé avec Madeline, vu que vous êtes très amies.

— En fait, on ne se parle plus en ce moment.

Mme Kraft se rendit compte qu'elle avait commis un impair.

— Oh je suis désolée d'avoir parlé à tort et à travers. Je n'aurais pas dû.

Grace sourit en tripotant la fermeture de son sac à main.

— Non, en effet.

Hope regarda sa mère. Elle ne parlait plus à Madeline ? C'était une nouvelle tellement invraisemblable qu'elle crut à un mensonge. Mais elle se rendit compte que depuis une semaine, sa mère ne s'était pas enfermée dans son bureau pour discuter pendant des heures au téléphone avec Madeline, comme à son habitude. Est-ce que c'était à cause de ce qui s'était passé entre Allegra et Brick ? Ou parce que Grace était tellement accaparée par Benton et son jardin ? De temps à autre, Hope réalisait que sa mère était un être humain avec des émotions complexes. Elle se demanda si Grace et Madeline s'étaient disputées, comme Allegra et Hollis. Mais elles étaient trop vieilles pour ça, non ?

Hope se dandina d'un pied sur l'autre. Elle avait envie d'envoyer balader Mme Kraft, de lui dire d'aller chanter ses arias ou réciter ses sonnets ailleurs et de laisser sa mère tranquille. Comme si elle partageait la même pensée, Allegra lança :

— C'était un plaisir de vous voir, madame Kraft, bon appétit.

— Oh, fit-elle.

Elle sembla tellement désarçonnée d'être aussi poliment congédiée par sa plus mauvaise élève qu'elle tangua sur ses espadrilles à talons compensés.

— Merci.

Hope secoua de nouveau la main à son intention pour dire au revoir cette fois et elles sortirent du restaurant.

Grace

Il y eut une semaine de chaleur, et par chaleur, Grace entendait des températures dépassant les trente degrés. Il faisait tellement chaud que quand les filles rentraient de leur job d'été, elles plongeaient directement dans la piscine. Grace, elle, restait à l'intérieur avec la clim à fond et ne sortait que pour s'occuper des poules ou voir Benton.

Il passa en coup de vent, il était pressé. Il ne pouvait pas rester déjeuner. Il dit que ses autres jardins étaient en pleine crise.

À cause de la chaleur.

Puis la chaleur retomba et il y eut deux jours et demi de pluie incessante.

Le premier jour, Benton envoya un texto : « Je ne viens pas aujourd'hui. Je reste au bureau m'occuper de la paperasse. »

Grace se mit au lit parce qu'elle avait la migraine. Est-ce qu'elle envisageait vraiment de quitter Eddie pour lui ?

Le deuxième jour, nouveau texto : « Je ne viens pas aujourd'hui. Je fais mes factures. D'ailleurs, j'en ai une importante pour Eddie, tu le préviens ? »

Elle avait toujours la migraine. Il ne pouvait pas venir voir la femme qu'il aimait ou s'occuper de son jardin préféré. Eddie allait hurler en découvrant la facture. Il râlait encore au sujet des honoraires d'Hester Phan et quand Grace avait mentionné les cinquante mille dollars de Madeline et Trevor, il l'avait fusillée du regard en disant : « Franchement, Grace, qu'est-ce que tu crois que je fais toute la journée ? »

Madeline n'avait pas réagi au message de Grace et celle-ci s'inquiétait d'avoir encore un peu plus détérioré leur relation. Elle oscillait entre croire que son amie écrivait bel et bien un roman sur elle et Benton (« Deux des femmes assises à cette table vont trahir la personne installée à leur gauche ») et penser que c'était juste une vilaine rumeur propagée par Sharon la blonde.

Mais Ruth Kraft avait mentionné ce livre et Grace se demanda comment elle pouvait être au courant.

C'était donc peut-être vrai…

Non, impossible. Madeline ne ferait jamais ça, jamais de la vie, même si elle lui en voulait.

N'est-ce pas ?

Si c'était vrai, Grace serait tellement en colère qu'elle ne savait même pas ce qu'elle ferait. Elle s'était confiée à Madeline ! Elles étaient amies depuis presque vingt ans !

Non, Madeline en était incapable. C'était juste une rumeur.

Sauf si elle cherchait à se venger.

« Allegra a trompé Brick et toi tu trompes Eddie. »

Ce que Madeline ne comprenait pas, c'est que Grace était amoureuse. Elle n'y pouvait rien !

Sa migraine s'intensifia, pressant contre son crâne comme un casque de plomb. Elle était amoureuse ; elle aurait bien aimé partager ça avec Madeline, mais celui qui lui manquait vraiment, c'était Benton.

En se rendant aux toilettes (la seule raison qui la poussait à sortir du lit), elle jeta un coup d'œil à sa pelouse détrempée.

Un jardin n'était jamais beau sous la pluie.

Le bonheur revint. Le soleil pointa son nez. Benton arriva avec un grand sourire et un appétit féroce pour elle. Il l'aimait toujours. Le grand jour était presque là.

Les roses étaient en fleurs, la pelouse fut tondue, les massifs désherbés, les vivaces paillées, les hémérocalles taillées, la piscine nettoyée, les chaises correctement disposées et les coussins bien rebondis, le barbecue récuré, la terrasse balayée, le parasol nettoyé, les chaises longues essuyées et le hamac resserré. Benton et Grace arpentèrent tous les recoins de la propriété pour cueillir des fleurs en vue de faire un bouquet, lisser les gravillons de l'allée et remplir les mangeoires à oiseaux.

— C'est prêt, déclara-t-il en embrassant Grace appuyée à sa camionnette. À demain.

Clara Teasdale, la rédactrice en chef de la section « Maison & jardins » du *Boston Globe* et Big George, photographe au journal, arrivèrent dans une voiture conduite par Bernie Wu. Bernie et Grace étaient amis parce que la fille de ce dernier, Chloe, jouait de la flûte dans l'orchestre du lycée, avec Hope. Apparemment, Bernie s'estimait même très ami avec Grace parce qu'il arriva avec trois quarts d'heure d'avance et entra sans sonner, menant Clara et Big George jusqu'au jardin. Il s'arrêta devant le poulailler et leur présenta les poules :

— Martha, Dolly, Eleanor, Ladybird, Hillary.

Sa femme était fan des œufs de Grace et lui en achetait au moins cinq douzaines par mois.

Clara rit en entendant ces noms :

— Que des premières dames ! commenta-t-elle.

Grace et Benton étaient en train de faire l'amour rapidement et sauvagement dans le cabanon. Cramponnée à lui, Grace avait envie qu'il la pénètre davantage, qu'ils ne fassent plus qu'un. Il l'excitait, il la stimulait, il était le soleil de sa vie.

Grace crut entendre des voix. Puis elle entendit une femme dire d'une voix forte : « Que des premières dames ! » Elle repoussa Benton.

— Ils sont là !

— Déjà ? fit-il en consultant sa montre. Ils ont quarante-cinq minutes d'avance !

Ils se rhabillèrent sans faire de bruit. Grace tenta de lisser sa robe en lin rose pâle toute froissée.

— Tu es prêt ?

Benton hocha la tête et Grace sortit pour accueillir ses visiteurs. Grace remarqua l'incompréhension sur le visage de Bernie quand Benton surgit du cabanon derrière elle. Heureusement, il avait pris un outil pour donner le change.

Bernie se mit à parler à toute vitesse. Grace voyait qu'il était nerveux, mais elle ne savait pas si c'était parce qu'il sentait qu'il avait dépassé les bornes en entrant sans prévenir ou qu'il avait interrompu quelque chose. Il était peut-être simplement intimidé par Clara et Big George ou par le fait que le jardin de Grace et Eddie figure dans le *Boston Globe*. Grace espérait bien que ce soit pour cette raison et elle continua de lisser sa robe. Elle essaya de ne pas penser aux mains de Benton lui arrachant ses vêtements.

— Eh bien, je vous laisse, dit Bernie. Je reviens vous prendre à 12 h 30.

Il gratifia Grace d'un sourire encourageant et elle lui fit un signe de la main. Big George s'était déjà éloigné pour prendre une série de photos du côté des chaises longues surplombant Polpis Harbour, vue encadrée par les hortensias bleus de Grace.

Clara Teasdale était sous le charme du jardin et probablement de Benton également, qui s'enorgueillissait de lui montrer ses réalisations préférées : les rochers du ruisseau, les vivaces et les roses qui étaient magnifiques. Le jardin était sous son plus beau jour. Benton s'attarda près du banc qui soutenait les fougères en pot et il expliqua comment il avait déniché le seul antiquaire parisien à avoir eu la bonne idée de récupérer les vieux bancs du Jardin des Tuileries.

Grace prit le relais quand ils arrivèrent au poulailler. Elle laissa Clara ramasser une douzaine d'œufs bleu pâle, malgré les caquètements de réprobation des poules qui n'aimaient pas voir un intrus dans leur domaine. Grace ouvrit la porte du cabanon et Clara s'extasia devant sa collection d'arrosoirs, son évier en cuivre et le plan de travail rustique mais élégant.

Big George prenait des photos sans s'arrêter.

Grace leur montra la tondeuse dans son alcôve. Big George lui demanda si elle voulait bien la sortir et grimper dessus pour poser.

Au cours de la visite, il proposa d'autres poses amusantes : Benton au milieu des roses brandissant un énorme sécateur, Grace pieds nus dans la piscine, eux deux suspendus à une branche basse de l'orme.

L'heure du déjeuner arriva. Ils ne s'étaient pas mis d'accord pour manger ensemble mais Grace avait tout de même tout prévu. Elle avait préparé six types de sandwichs : œufs, évidemment, concombre et fromage frais aux herbes, radis et beurre doux, poulet au curry, rôti de bœuf et mayonnaise au raifort, jambon et emmental. Elle avait également acheté trois barquettes de fraises et avait fait des meringues ainsi que de la crème au citron.

Big George prit le repas en photos. Grace était ravie.

Elle sortit une bouteille de vin rosé pétillant de la cave d'Eddie et, à l'aide d'un grand couteau de chef, Benton fit sauter le bouchon qui atterrit dans le massif d'hémérocalles. Tout le monde poussa des cris enthousiastes.

Grace, Benton et Clara s'installèrent à table et posèrent pour Big George. Grace donna une fraise à Benton pour qu'il croque dedans. Clara remplit sa flûte trop vite et aspergea son sandwich au jambon-emmental. Grace composa une assiette pour Big George avec une grande pile de sandwichs et quand il s'interrompit pour les goûter, elle lui vola son appareil et prit des photos de lui en train de se goinfrer.

— Est-ce que vous aimez les Stones, George ? lui demanda Benton.

— Comme tout le monde, non ?

Benton brancha son téléphone sur les enceintes extérieures et lança « Loving Cup ». Il versa la fin de la bouteille dans les verres de Grace et Clara.

— C'est un peu la chanson de notre été, précisa-t-il.

— Honnêtement, je ne me suis jamais autant amusée pendant un shooting, dit Clara.

Grace était d'accord. Ils s'amusaient bien. Elle imaginait la vie avec Benton aussi divertissante, sensuelle et insouciante.

Tandis que Clara finissait son vin, Grace lut à voix haute les notes qu'avait prises la journaliste : « Benton a travaillé dans les espaces verts pendant ses études à l'université de l'Ohio ; dans le Surrey, en Angleterre ; passion pour les roses ; Savannah, Oxford, l'association de défense du patrimoine de Nantucket. »

Clara leva la tête et lui demanda :

— Comment est-ce que vous avez trouvé Grace ?

Benton regarda Grace avec un regard empli d'amour et répondit, tandis que George continuait de photographier :

— C'est elle qui m'a trouvé.

Nantucket

La plupart d'entre nous savaient que le jardin des Pancik allait apparaître dans le *Boston Globe* du dimanche, mais certains furent surpris de le découvrir en ouvrant le journal, alors qu'ils s'installaient pour déguster leur café du matin. Toutefois, même ceux qui étaient au courant ne s'attendaient pas à ça. Pour commencer, l'article était intitulé « L'Eden secret de Nantucket ». Et la première photo, qu'on ne pouvait pas manquer, montrait Grace Pancik tendre une grosse fraise à Benton Coe, qui mordait dedans.

La légende précisait : « Grace Pancik, la propriétaire, déjeune sur la terrasse avec son paysagiste, Benton Coe, patron de Coe Designs. »

L'article commençait ainsi : « Certaines rencontres sont bénies des dieux, comme celle de Grace Pancik, habitante de Nantucket, et Benton Coe, qu'elle a embauché pour créer et agencer sa propriété de plus d'un hectare à Wauwinet. »

Suivait un paragraphe retraçant le parcours de Benton. C'était intéressant, mais ça ne nous apprenait rien de nouveau.

Puis quelques lignes sur le parcours de Grace : « Mme Pancik est une ancienne étudiante en littérature française à l'université de Mount Holyoke, ce qui explique son attrait pour le banc rescapé du Jardin des Tuileries qui daterait de l'époque de Louis XIV, de Colbert et du jardinier André Le Nôtre. Ce banc se trouvait sur une longue terrasse surplombant la Seine, baptisée Terrasse du Bord de l'eau, et a probablement accueilli des artistes comme Auguste Renoir et Claude Monet après une longue visite au Louvre, tout proche. Ce genre de détails historiques alimentent l'imagination romantique de Mme Pancik.

Elle est aussi passionnée par son massif d'hémérocalles, créé à la mémoire de sa grand-mère adorée, Sabine Roddin-Baste, aujourd'hui disparue, qui avait une propriété à Wayland avec un verger de pommiers et un terrain de croquet.

"Ma grand-mère Sabine adorait ces fleurs, explique-t-elle. C'est elle qui a fait naître en moi ce goût pour les jardins." »

On voyait ensuite un collage de photos : Grace sur une tondeuse rappelant une reine sur son trône, Grace et Benton suspendus à une branche d'arbre comme deux enfants sur une aire de jeux, Grace buvant une flûte de champagne sous le regard attendri de Benton, Grace marchant pieds nus dans sa piscine, Benton dans le massif de roses avec un énorme sécateur à la main, l'une des poules (Martha ou Dolly) dans le poulailler, et l'intérieur du cabanon de jardin avec son évier en cuivre rutilant. Au-dessus de l'évier, un panneau disait : « Un jardin, ce n'est pas une question de vie ou de mort. C'est bien plus que ça. »

L'article expliquait ensuite comment Grace et Benton collaboraient sur chaque aspect du jardin pour créer différents « moments ». La piscine et le jacuzzi, avec leurs carreaux vert bouteille, entourés de pavés provenant de l'île de Nantucket, donnaient l'impression d'arriver dans un bassin au milieu des bois. La belle pelouse donnait envie de marcher jusqu'aux chaises longues où l'on pouvait à la fois entendre le ruisseau qui coulait le long de la propriété et admirer les voiliers de Polpis Harbor. Entre deux ormes bicentenaires, un hamac était étendu où Mme Pancik s'allongeait régulièrement pour lire Victor Hugo et Alexandre Dumas, avec une vue sur son massif de roses comptant vingt-deux variétés.

« Mais l'essence de notre ouvrage, explique Coe, est caché dans le cabanon.

Mme Pancik hoche la tête. C'est notre bébé, confie-t-elle. »

Jody Rouisse téléphona à Susan Pendergast.

— Pour ma part, je trouve ça répugnant. Ces deux-là sont amants, ça crève les yeux, non ? Elle lui donne à manger !

— Comme Adam et Ève dans le jardin, enchaîna Susan. Tu crois que la journaliste le savait ?

— Personne n'a mentionné Eddie. Ils parlent d'elle en disant « Mme Pancik », comme si Eddie et les jumelles n'existaient pas.

— Je dois dire que le regard que lui jette Benton sur une de ces photos est assez torride. J'aimerais bien qu'on me regarde de cette façon.

— J'ai trouvé que cette histoire du banc des Tuileries était prétentieuse. Et Grace lisant Victor Hugo dans le hamac ? Tu parles ! Ce serait plutôt *Cosmo*.

— Elle a quand même étudié la littérature française. Il paraît que sa bibliothèque est remplie d'éditions originales.

— Et pourquoi surnommer le cabanon « leur bébé » ? Tu sais, Jean Burton pense qu'elle est enceinte. Il y a de grandes chances pour que ce cabanon ne soit pas le seul bébé.

— Ses roses sont incroyables, consentit Susan. Il faut le reconnaître.

— C'est vrai, je veux bien l'admettre.

Le Dr Andy McMann fut le premier à voir l'article. Habituellement il savourait la solitude de ses dimanches matin. Calgary faisait la grasse matinée et Rachel aussi. Cela permettait au Dr Andy de s'asseoir sur la terrasse pour profiter du soleil et de la douce brise, boire son café, manger sa tartine légèrement beurrée accompagnée d'un demi-avocat, écouter Schubert et lire le *Globe*. Il sautait généralement la section « Maison & jardins », mais le mot « Nantucket » attira son attention si bien qu'il lut pour savoir de quoi il retournait.

Le jardin de Grace Pancik. Un jardinier sexy. Il lut l'article et regarda les photos, un sentiment de gêne grandissant peu à peu en lui. Son propriétaire, Eddie Pancik, était fait cocu par ce type, c'était évident ! Il hésitait généralement à réveiller Rachel, mais là, ça ne pouvait pas attendre. Il alla dans la chambre, journal à la main.

Alicia Buckler, spécialiste de l'immobilier à Nantucket, lisait le *Globe* tout en faisant la queue pour une table chez Black-Eyed Susan, comme la moitié des habitants de l'île. Elle se tourna vers sa femme, Janice, en lui montrant la photo de Grace et Benton suspendus à la branche d'un arbre.

— On travaille trop, commenta Alicia. On devrait prendre des vacances et s'amuser comme eux.

— Mais c'est Grace Pancik ! s'exclama Janice. Et Benton Coe !

Alicia jeta le journal, agacée. Elle en avait marre que Janice connaisse tout le monde sur cette île simplement parce qu'elle leur détartrait les dents. Et elle en avait assez de cette routine dominicale chez Black-Eyed Susan. Chaque semaine, elles perdaient une heure à faire la queue. Alicia regrettait le bon vieux temps où elles prenaient le petit déjeuner au Jared Coffin House, mais si elle le disait à Janice, celle-ci la traiterait de vieille nostalgique et elles allaient se disputer. Alicia n'avait que huit mois de plus que Janice, mais c'était un sujet sensible.

— Bon appétit, lâcha Alicia. Je rentre à la maison.

Janice n'entendit rien, tant elle était absorbée par la lecture de l'article.

Glenn Daley se tourna et faillit écraser Barbie. Ils étaient au lit en train de boire des cocktails et de lire le journal. Glenn avait connu de nombreuses femmes mais n'avait jamais apprécié des choses comme le bon champagne, les draps de luxe et les fleurs fraîches comme il le faisait avec elle. En plus, elle sentait toujours bon, même au réveil. Il ne voulait pas croire qu'il était en train de tomber amoureux (sa femme avait pris soin de l'en dissuader à vie), mais pour rien au monde il n'aurait échangé sa place.

— Regarde, fit-il en lui montrant le journal. Ta belle-sœur.

— Alors ça !

Eddie

Comme le dit l'adage : « Un malheur n'arrive jamais seul. »

Vendredi après-midi, Eddie reçut non pas un mais deux coups de téléphone inquiétants. Le premier de la part de Layton Grey, avocat de Madeline et Trevor, le second de Philip Meier, de la banque.

Layton appelait au sujet de l'investissement de cinquante mille dollars. Il l'informa que ses clients étaient très en colère et qu'ils voulaient leur argent. Eddie et Layton avaient très souvent collaboré sur des contrats immobiliers. Eddie ne le considérait pas seulement comme un type honnête, mais presque comme un ami, si bien qu'il fut ennuyé de l'entendre lui parler sur ce ton. Il était ferme et légèrement distant, comme si les deux hommes ne se connaissaient pas et n'avaient jamais bu des verres ensemble au bar du Yacht Club de Great Harbor.

— Merci de me rappeler rapidement, conclut Layton, avant que j'entame une procédure judiciaire.

Une procédure judiciaire ? Selon Eddie, rien ne justifiait d'en arriver là. Cet investissement était basé sur la confiance. Madeline et Trevor lui avaient donné un chèque et Eddie leur avait promis de doubler la mise dès la vente des maisons. Il avait fait une photocopie du chèque et écrit en travers : « Investissement des Llewellyn pour Eagle Wing Lane. » Ils avaient tous les trois signé ce papier, dont Eddie avait fait une nouvelle copie pour lui avant de donner l'original à Madeline et Trevor.

Rien de légal, rien d'officiel. Un investissement de confiance, entre amis.

Toutefois, le mot « confiance » le taraudait. Il ne pouvait pas s'y soustraire. Il était obligé de remplir sa part du contrat. Il ne voulait pas que Layton pense qu'il avait pris l'argent de ses amis pour faire un mauvais investissement. Layton travaillait avec tout le monde sur l'île. Si cette affaire s'ébruitait… non, Eddie ne pouvait pas se le permettre. Il était mortifié que Madeline l'ait contacté.

Quelque part, il avait du mal à y croire. Les avocats coûtaient cher. Si elle l'avait appelé, c'est qu'elle ne plaisantait pas.

Il essaya de calculer comment récupérer au moins une partie de leur investissement. Une fois qu'il aurait conclu son affaire avec Glenn Daley (rien que de penser à lui, ça lui donnait des aigreurs d'estomac), il serait en mesure de rendre dix mille dollars aux Llewellyn.

Peut-être.

Oui, certainement.

Ensuite, Philip Meier avait appelé pour lui annoncer qu'il avait quatre-vingt-dix jours de retard dans le paiement de son emprunt pour sa maison.

— Attendez, protesta Eddie, ce n'est pas normal…

— Quatre-vingt-douze jours pour être exact. Vous avez un arriéré de vingt-sept mille huit cent dix dollars.

Eddie eut une violente remontée acide.

— C'est impossible !

— C'est pourtant la réalité. Nous vous avons envoyé plusieurs courriers à votre bureau.

Eddie jeta un coup d'œil à la pile d'enveloppes non ouvertes sur son bureau, certaines récentes, d'autres plus anciennes, datant sûrement d'au moins trois mois.

— Est-ce que je vais perdre ma maison ?

Il imagina Grace et les filles devant la maison en pyjama, tandis que les huissiers condamnaient la porte d'entrée.

— J'ai besoin d'un paiement d'ici lundi, trancha le banquier.

Lundi ?! Où est-ce qu'il allait trouver plus de vingt-sept mille dollars en si peu de temps ? Il se rappela alors que Nightbill arriverait lundi et que Bugsy Greer avait accepté de payer la totalité en liquide. Quatre-vingt-quatre mille dollars. Trente-cinq pour les filles, quarante-neuf partagés entre Barbie et lui. Sauf qu'elle ne savait pas qu'il avait augmenté le tarif, si bien qu'il lui donnerait dix-sept mille cinq cents dollars et en empocherait trente et un mille cinq cents !

Génial.

— Je peux vous apporter ça mardi matin à la première heure. En liquide, annonça-t-il.

— En liquide ? Vous avez prévu de braquer une banque ?

Ils éclatèrent de rire.

— Mardi matin, ça ira. Merci, Eddie.

Il se sentit revigoré par cette conversation mais savait que ce serait passager. Il lui fallait une grosse affaire. Quelque chose de solide. Où étaient les acheteurs ? Nadia avait emmené à l'agence le type de chez Kasper Snacks avec qui elle avait couché parce qu'il voulait acheter une maison. Eddie avait failli s'évanouir de soulagement. Il n'avait pas pensé que ses petites magouilles pourraient lui rapporter des clients. Mais finalement, le type n'avait aucune idée des prix pratiqués sur l'île. Dès qu'il avait jeté un œil aux annonces, il avait changé d'avis et proposé à Nadia de lui acheter plutôt une glace.

Eddie passa le samedi au bureau. Comme il n'avait aucune vente en cours, il termina les papiers pour conclure son marché avec Glenn Daley. Il s'arrêta boire un verre chez Lola sur le chemin de la maison et les deux martinis lui coûtèrent vingt dollars. Il avait sans doute besoin de sortir davantage pour pouvoir rencontrer des gens et distribuer sa carte mais sortir coûtait cher. En rentrant, il passa devant les maisons d'Eagle West Lane. Il pouvait quasiment se voir, écrasé sous les fondations du numéro 9. Dire qu'il avait été tellement enthousiaste quand il avait acheté les trois lots...

Le dimanche matin, Grace était debout à 6 heures du matin pour aller chercher le *Boston Globe*. Elle avait tellement hâte de lire l'article qu'elle ne tenait pas en place. Il essaya de partager son excitation mais il était trop inquiet par la perspective de perdre cette propriété qu'elle aimait tant.

Il dormit jusqu'à 9 h 30, signe qu'il était déprimé. Quand il se leva, les jumelles étaient en train de lire au bord de la piscine.

— Où est maman ? demanda-t-il.

— En haut, dans son bureau, répondit Hope. Au téléphone.

Eddie se prépara des œufs brouillés avec du fromage frais, le seul petit déjeuner qui semblait calmer ses aigreurs. Il utilisa neuf œufs, ce qui était sans doute exagéré mais après tout, ils étaient gratuits.

Grace descendit de son bureau tout sourire.

— Est-ce que tu veux voir l'article ? Il est incroyable.

— Bien sûr. Vu que c'est moi qui l'ai payé.

— J'ai voulu le faire lire aux filles mais ça ne les intéresse pas.

— Bizarrement...

— Les photographies étaient toutes mises en scène, donc ne sois pas jaloux.

— Jaloux ?

— De Benton, imbécile !

Elle ouvrit le journal et le posa sur le plan de travail le plus sexy du monde pour montrer la photo où elle faisait croquer une fraise à Benton. « L'Eden secret de Nantucket », annonçait le titre.

— Joli, commenta-t-il.

Le cliché suggérait un peu que... Eddie ne savait pas exactement ce qu'il suggérait. Il regarda les autres photos, Grace sur la tondeuse, Grace dans la piscine, Grace et Benton suspendus à l'orme comme un couple de singes.

— Lis-le ! insista-t-elle.

— Je le lirai plus tard. Promis.

L'article était long et il n'avait pas très envie de faire un effort de concentration pour le moment. Il avait mal à la tête. Il avait faim. Il était content que Grace soit heureuse. Elle avait eu ce qu'elle voulait. Cet article avait représenté une espèce de quête et elle y était parvenue. Il aurait bien aimé que sa vie soit comme ça. Au lieu de quoi, il avait l'impression d'être dans l'eau glacée jusqu'à la taille à chercher de l'or qu'il allait dépenser ou perdre, nécessitant d'en chercher encore plus. C'était une quête sans fin.

Il regarda de nouveau la photo où Grace donnait une fraise à Benton mais au lieu de se sentir jaloux, il fut intrigué. Benton Coe était un entrepreneur qui avait réussi. Est-ce que ça l'intéresserait d'investir dans le numéro 13 ?

Il transféra ses œufs dans une assiette et sortit sur la terrasse. En enfournant la première bouchée, il ferma les yeux et imagina Benton Coe en prince qui allait tous les sauver.

Madeline

Quand Madeline vit l'article dans le *Boston Globe*, elle se dit que Grace et Benton avaient l'air heureux.

Elle ne savait pas si c'était cet article qui l'avait inspirée, mais pour la première fois dans sa carrière d'écrivain, elle savait exactement comment terminer son livre. Elle avait l'impression d'être Gretchen Green réglant tous les problèmes telle une super héroïne. Il y avait d'abord des moments dramatiques et conflictuels : le mari de G., Renfrew, découvrait l'infidélité de sa femme en consultant son téléphone portable. (D'après ce qu'elle savait, c'était comme ça que la plupart des adultères étaient découverts même si ça n'aurait jamais pu arriver à Grace vu qu'elle utilisait très peu son portable.) Une fois la liaison révélée, G. quittait son mari pour s'enfuir avec B. Ils déménageaient à St John, sur les îles Vierges, où B. avait été engagé pour construire un énorme complexe de villas surplombant la plage. G. se passionnait pour l'observation des oiseaux, ce qui traduisait sa liberté retrouvée. Elle avait l'impression d'avoir des ailes.

Madeline posa son stylo et prit une profonde inspiration. Le livre était fini. Non seulement elle savait qu'Angie allait adorer, mais elle était certaine que c'était un bon livre.

Eddie

Quand il arriva à l'agence lundi matin, Barbie était déjà à son bureau, deux cafés posés devant elle et le journal ouvert.

— Assieds-toi, lui ordonna-t-elle.

Il n'aimait pas qu'elle lui donne des ordres, mais quelque chose dans son ton le força à obéir.

Elle allait peut-être avouer qu'elle avait une liaison avec Glenn Daley.

Elle lui tendit son café au lait.

— Tu as vu ça ? lui demanda-t-elle en indiquant le journal.

C'était l'article sur le jardin, ouvert à la page où l'on voyait Grace donner une fraise à Benton.

— Oui, répondit-il en haussant les épaules. Grace m'a dit que les photos avaient été mises en scène.

— C'est ce qu'elle raconte. Mais tout le monde sur l'île pense que tu paies ce type et qu'il couche avec ta femme.

— À propos, comment se porte Glenn ?

— Ne change pas de sujet. Il faut que tu mettes les points sur les « i ». Je ne plaisante pas, Ed. Il faut que tu t'occupes de cette affaire.

Eddie regarda sa sœur et vit la même fille qu'avant, avec sa permanente ratée et trop d'eyeliner, celle qui se battait avec Teresa Maniscalco devant la bibliothèque du lycée parce qu'elle avait dit que les vestiaires puaient comme le vagin de Barbie. Eddie se souvenait qu'il avait été mort de honte en entendant cette phrase. Il voulait défendre l'honneur de sa sœur mais n'avait jamais été bon pour affronter les problèmes frontalement. Il n'était pas assez costaud. Il était plus doué pour fuir.

Barbie, qui n'avait peur de personne, s'était bagarrée avec Teresa Maniscalco, lui avait ouvert la lèvre d'un coup de poing, ce qui lui avait valu une suspension de trois jours. En passant devant le bureau du directeur, Eddie avait aperçu Barbie à travers la vitre en Plexiglas, avachie sur une chaise, bras croisés, furieuse et déterminée. Il avait pensé : « Ma sœur est la personne la plus forte du monde. » Bien plus forte que lui.

Après ça, plus personne n'avait embêté Barbie. Elle avait travaillé d'arrache-pied et avait été acceptée à l'université de Boston où elle s'était mise à porter d'amples tuniques et à tirer les cartes. Après avoir obtenu son diplôme, elle avait suivi Eddie à Nantucket. Elle avait d'abord travaillé pour une femme très riche qui possédait une maison de vacances à Abrams Point et Barbie avait beaucoup appris : quel vin il fallait boire, quelle fourchette utiliser, quelles fleurs choisir. Elle avait tout appris au sujet des objets en cristal, des marchands d'art, des quartiers de Manhattan et de Paris. Eddie avait eu du mal à croire à cette transformation. Lui ne connaissait rien à rien, mais Barbie, elle, passait pour une femme élégante et raffinée. Et bien sûr, elle avait toujours ce sixième sens.

C'était son truc.

— D'accord, je vais m'en occuper.

Il essaya de se raisonner pendant tout le trajet de retour chez lui. Grace n'avait pas de liaison avec Benton Coe. Elle avait peut-être un petit faible pour lui (elle aimait bien avoir quelqu'un à qui parler de ses poules et de ses fleurs) mais selon lui, elle était incapable de le tromper. Elle était programmée pour être quelqu'un de bien ; ça lui avait été inculqué dès l'enfance par sa grand-mère, ses parents, ses grands frères. Pour elle, se rebeller avait signifié boire de la tequila et fumer des cigarettes – lors de la même soirée, un mardi ! – pendant sa première année à Mount Holyoke. Une liaison extraconjugale. C'était impensable.

N'est-ce pas ?

Ses aigreurs d'estomac s'intensifièrent soudainement. Et quand il arriva devant chez lui et vit la grosse camionnette noire de Benton, la douleur augmenta d'un cran.

Il pénétra dans la maison.

— Grace !

Il monta les marches quatre à quatre (c'était toujours Fast Eddie) et déboula dans la chambre. Personne. Puis il ouvrit la porte du bureau de Grace sans frapper, ce qui était interdit parce que c'était son havre de paix. Personne là non plus.

Il se calma un peu. Il avait laissé Barbie l'influencer. Grace et Benton étaient sûrement dehors, au jardin, en train de désherber, de rempoter et de dessiner les plans pour installer une douche extérieure à partir de vieux volets récupérés dans une ancienne ferme française. Avec un rosier grimpant. Grace avait toujours rêvé d'avoir des roses dans sa douche extérieure.

La preuve que, de temps en temps, il écoutait ce qu'elle disait !

Il traversa la cuisine et sortit sur la terrasse.

— Grace !

Personne dehors excepté des papillons, des abeilles et des oiseaux dans les mangeoires. Le jardin était magnifique comme dans un rêve. Il le traversa pour aller s'installer dans une des chaises longues. La vue sur Polpis Harbor à cette période de l'année était splendide. Il était un homme chanceux. Tout comme Barbie, il avait parcouru beaucoup de chemin depuis l'époque de Purchase Street, à New Bedford.

Il se leva. Mais où était Grace ?

Il rebroussa chemin, passa devant le hamac, le massif de roses, la piscine et les vivaces. Il s'arrêta devant la statue de l'ange et lui demanda :

— Où est passée Grace ?

La statue ne lui répondit pas. Elle se contenta d'afficher le même air placide que d'habitude. Eddie avait fait un chèque à cinq chiffres pour payer cette statue. Elle pourrait au moins répondre quand on lui parlait. Il rit. Barbie était un sacré numéro. Elle lui mettait de drôles d'idées dans la tête et voilà qu'à présent il perdait la boule et parlait aux pierres.

À ce moment-là, il aperçut le cabanon.

Il entendit la voix de Barbie dans sa tête : « Il faut que tu mettes les points sur les i. »

Il tourna la poignée. Verrouillée. Pourquoi est-ce que la porte du cabanon serait verrouillée ? Il posa l'oreille contre le pan de bois. Il entendait des bruits, comme des bruits de respiration, et du mouvement.

Il frappa à la porte.

— Benton, votre contrat ici s'arrête immédiatement, annonça-t-il. C'est fini et je ne vous paierai pas votre dernière facture. Vous m'avez pris bien plus que ce que je vous dois. Maintenant, je vais m'en aller et vous allez faire pareil. Je vous interdis de revenir.

Sur ce, Eddie tourna les talons et contourna la maison pour gagner l'allée. Il longea la camionnette noire et monta dans son Cayenne. Il se sentait très calme et fier de s'être contenu de la sorte. Il avait géré cette situation de façon admirable. Même grand-mère Sabine aurait approuvé. Il n'y avait pas eu de drame, pas de bagarre ; pas de cris, d'accusations ni de mensonges.

Quelques centaines de mètres plus loin, il se gara sur le parking de Polpis Harbor et attendit. Il compta jusqu'à dix et vit la camionnette de Benton passer. Donc Eddie avait vu juste : ils étaient bel et bien dans le cabanon ensemble. Ils avaient… À ce moment-là, il craqua. Il ne se mit pas exactement à pleurer – il ne pleurait jamais – mais sa respiration se modifia. Grace, sa Grace, qu'il avait vue pour la première fois alors qu'elle servait des pancakes à la myrtille au Morning Glory Café. Ce n'était pas tant sa beauté qui l'avait frappé que son air innocent. Elle avait de grands yeux noisette et un sourire parfait. Quand elle était gênée, ses oreilles rosissaient. C'était le genre de fille qu'il avait toujours rêvé d'épouser, le genre de fille qui se sacrifiait pour sa famille et son foyer.

Et c'était bien ce qu'elle avait fait. Jusqu'à cet été. Ou peut-être l'été précédent. Depuis combien de temps ça durait entre elle et Benton ? Eddie ne pouvait pas supporter d'y penser. Il n'était pas parfait, il se rendait compte que son obsession à gagner de l'argent l'avait poussé à laisser Grace s'occuper de tout le reste. Elle faisait le ménage, préparait de somptueux repas, faisait les courses et s'occupait des filles. Un jour elle s'était mise en colère et lui avait demandé s'il savait en quelle classe étaient les jumelles. Il avait répondu sur un ton indigné que oui, bien sûr, elles étaient en CE2. Mais elles étaient en CM1 et Grace lui avait lancé : « Je ne vais pas leur répéter parce que ça va leur faire de la peine. Mais franchement, Eddie, tu pourrais faire un effort ! »

Il avait été plus attentif après ça. Il était présent aux pièces de théâtre d'Allegra à Thanksgiving et aux concerts de flûte de Hope, même si cela le forçait à reprogrammer une visite de maison. Il avait conduit Allegra à New York pour son audition à l'agence de mannequin, mais ça avait mis Grace en colère. D'après elle, il faisait des efforts pour ses filles seulement s'il pouvait en retirer un peu de prestige.

Il savait qu'en tant qu'épouse, Grace n'était peut-être pas aussi épanouie qu'elle aurait pu l'être. Pendant longtemps elle avait comparé son couple à celui de Madeline et Trevor sans jamais parvenir à les égaler. Trevor et Madeline se tenaient toujours la main. Trevor achetait des fleurs pour Madeline et en parlant d'elle, disait toujours « ma chérie » et non « ma femme ». Il regardait des comédies romantiques avec elle et ils avaient pris des cours de danse de salon ensemble. Eddie s'en était moqué, ce qui avait fait pleurer Grace, sans doute parce qu'il la décevait dans bien des domaines et probablement plus qu'il ne se l'imaginait.

Mais à quoi bon se complaire dans son malheur ? Eddie se ressaisit et retourna au travail.

Quand il entra dans le bureau, Barbie le regarda d'un air interrogateur.

— C'est fait, déclara-t-il.

Grace appela une heure plus tard.

— Votre femme sur la ligne une, annonça Eloise.

— Mettez-la sur répondeur.

À 15 heures, Eloise s'approcha de son bureau. Son amabilité et son attitude serviable avaient disparu quelques semaines plus tôt.

— Edward, dit-elle, j'aimerais toucher ma paie.

— Quelle paie ?

Il payait Eloise un vendredi sur deux. Elle gagnait vingt dollars de l'heure.

— Pour la semaine dernière et cette semaine.

— Nous ne sommes que lundi. Je vous paierai vendredi.

— J'aimerais toucher ma paie aujourd'hui, répéta-t-elle.

Son visage affichait cette expression déterminée qui faisait un peu peur à Eddie. Eloise et son mari avaient quatre enfants, treize petits-enfants et ils étaient parents avec tout le monde sur l'île. Eddie ne pouvait pas vraiment se permettre de se fâcher avec elle, mais il n'avait pas pour le moment les mille six cents dollars qu'elle réclamait.

— Nous ne sommes que lundi. Est-ce que ça vous ennuie de m'expliquer pourquoi…

— Je me suis mise dans une situation délicate. Et j'aimerais être payée aujourd'hui.

— Je pourrai vous la donner demain, répliqua Eddie en songeant à Nightbill. En liquide.

— C'est impossible. Il me la faut aujourd'hui.

Les femmes qui l'entouraient s'adressaient toutes à lui d'un de ces tons, aujourd'hui. Apparemment, c'était sa fête et personne n'avait pensé à le prévenir. Il sortit le chéquier de l'entreprise et rédigea un chèque.

— Merci, répondit Eloise.

Eddie hocha la tête. Si elle essayait de l'encaisser aujourd'hui, il serait probablement rejeté.

Quand Eloise et Barbie sortirent déjeuner, il écouta le message de Grace.

« Salut, les filles sont à la maison ce soir, donc je vais faire mariner des côtelettes et rôtir du fretin parce que tu aimes bien ça, et écosser du maïs. Ce serait sympa de dîner tous ensemble en famille… »

Après quoi, elle fondit en larmes et ajouta « Je suis désolée… » avant de raccrocher.

Eddie travailla jusqu'à 19 heures. Eloise et Barbie quittèrent l'agence pour retrouver leur petite vie. Eloise avait empoché son chèque et allait sans doute régler sa « situation délicate ».

À 19 h 10, le téléphone portable d'Eddie sonna. Il pensa que c'était Grace qui voulait savoir à quelle heure il rentrerait. L'idée de manger de la viande grillée, du maïs et de boire du bon vin en compagnie de sa femme et de ses filles avait beau être très séduisante, il ne pouvait pas s'y résoudre. Il ne se laisserait pas attendrir par du fretin grillé alors qu'il avait surpris sa femme avec le jardinier ! Il ne pouvait pas faire comme si rien ne s'était passé, comme si rien n'avait changé.

Il avait besoin de parler à quelqu'un. Il avait besoin d'un ami. Il composa le numéro super secret du commissaire.

— Bonjour Eddie, comment ça va ?

— Très bien ! répondit-il avec un peu trop d'enthousiasme.

Le commissaire lui avait dit qu'il pouvait compter sur lui à tout moment. Et il avait besoin de lui ce soir. Il n'avait pas forcément envie de raconter ce qu'il venait de vivre, mais simplement de bavarder avec quelqu'un.

— Est-ce que vous êtes libre ce soir ? demanda Eddie. Je serais ravi de boire un verre avec vous. Qu'en dites-vous ? On se retrouve au Brant Point Grill dans vingt minutes ?

— J'ai déjà quelque chose de prévu ce soir, désolé.

— Ne soyez pas désolé. Je vous appelle à la dernière minute. J'ai eu une rude journée. Est-ce qu'on peut se voir plus tard ? Mettons, vers 22 heures ?

Si le commissaire était disponible à cette heure-là, Eddie irait prendre un burger chez Lola et, vers 21 h 15, ferait un saut au 10, Low Beach Road pour récupérer son argent avant de se rendre au Brant Point Grill.

— 22 heures ? C'est un peu tard pour moi, Eddie.

— Vous êtes sûr ? Il n'y a rien que je puisse dire pour vous convaincre ?

C'était gênant de le supplier de cette façon, mais Eddie avait terriblement besoin de parler à quelqu'un qui n'avait rien à voir avec sa famille, son travail ou ses petites affaires secrètes.

— Une autre fois, peut-être, dit le commissaire sur un ton presque agacé.

Eddie, qui ne voulait pas l'embêter, répondit :

— OK, pas de problème.

Et il raccrocha.

Eddie resta au bureau jusqu'à ce que le soleil se couche et que la pièce soit plongée dans l'obscurité. Dehors, il voyait les gens sortir pour profiter de cette belle soirée d'été. Des groupes d'adolescents faisaient la queue devant le Juice Bar pour acheter des glaces, des parents poussaient des poussettes jusqu'à l'aire de jeux de Children's Beach. Des couples se tenaient par la main pour aller dîner à Oran Mor ou au Club Bar. Eddie aurait bien aimé aller chercher Grace et l'emmener dîner là-bas. Ils auraient commandé le caviar, qui était servi avec des shots de vodka glacée. Après, ils auraient pu chanter au piano bar. Il aurait même mis vingt dollars pour entendre Ryan chanter « Tiny dancer ». Il l'aurait fait pour Grace. Elle adorait Elton John.

Il se sentait… seul. Mais ce n'était pas une fatalité. Il pouvait rentrer dîner chez lui. Il pouvait aller à côté, chez Lola, boire un martini, manger un burger et peut-être distribuer quelques cartes de visite. Le bureau était déprimant dans le noir. C'était son empire en ruines.

Il finit par allumer. Il se força à passer en revue la pile de factures non payées. La première du tas était de vingt-quatre mille dollars, pour Hester Phan. Son bonus de réussite.

Ce fut la goutte d'eau qui fit déborder le vase. Eddie se sentit soudain submergé par la colère et l'indignation. Bonus de réussite, tu parles ! Il décrocha le téléphone et passa le coup de fil qui l'avait démangé toute la journée.

Après que Benton eut quitté l'agence, Eddie prit la direction de Low Beach Road. Il tremblait encore. *Grace Grace Grace*. Il avait bien failli la perdre. Il essaya de ne pas regretter ce qu'il venait de faire, mais une partie de lui ne pouvait s'empêcher de se demander pourquoi il ne s'était pas contenté de rentrer chez lui. Il imagina Grace enduire les côtelettes de sa merveilleuse marinade. Il la vit parsemer le fretin d'huile d'olive, de sel et de poivre grossièrement moulu puis éplucher du maïs. Allegra et Hope seraient encore en maillots de bain, allongées sur des transats près de la piscine, à lire. Quand Grace les appellerait à table, elles se lèveraient docilement pour l'aider. Elles iraient poser leurs serviettes dans le panier à linge extérieur parce que c'était leur place. Puis Hope irait chercher les couverts tandis qu'Allegra disposerait quatre assiettes. Ensemble, elles iraient sur la terrasse.

Eddie sortirait une bonne bouteille de pinot noir ponzi de sa cave. Grace serait tellement contente de ce choix qu'elle lèverait la tête vers lui pour l'embrasser.

C'était décidé : quand il rentrerait à la maison ce soir, Grace et lui auraient une discussion. Ils repartiraient de zéro. Adieu Benton Coe. Pour sa part, Eddie renoncerait à la maison du 10, Low Beach Road. Il ne pouvait pas exiger que Grace mette un terme à sa liaison s'il ne balayait pas devant sa porte. Cette semaine, c'était la dernière fois. C'était fini. Il convoquerait son comptable, Frank, et déciderait avec lui laquelle de ses deux propriétés commerciales il devait mettre en vente. Même avec les emprunts, il pourrait sans doute en tirer quelque chose.

L'argent ne faisait pas le bonheur. Mais en l'occurrence, il pouvait grandement y contribuer.

Il allait trouver une solution. Il fallait simplement qu'il règle cette dernière affaire.

À 21 h 50, Eddie attendait dans son Cayenne devant le 10 Low Beach Road. Il avait allumé la clim mais pas la radio. Il y avait une bouteille d'eau et un flacon de pastilles pour le ventre posés sur le tableau de bord. Ses mains tremblaient.

Une voiture se gara derrière lui (la Jeep de Nadia) et les filles en sortirent. Elles avaient les cheveux relevés, de longues boucles encadrant leur visage. Leur maquillage était appliqué en couche épaisse et luisante qui rappela à Eddie le nappage des gâteaux. Elles portaient des jupes courtes et des talons aiguilles. Elles gloussaient et se taquinaient mutuellement en russe. Elles paraissaient contentes, presque joyeuses et il essaya de laisser leurs voix enjouées apaiser sa mauvaise conscience. Ces jeunes femmes étaient là pour se prostituer, mais au moins ça semblait leur faire plaisir. Ou peut-être qu'elles se réjouissaient simplement de pouvoir se faire de « l'argent facile ». Après tout, c'était mieux que de nettoyer les toilettes, non ? C'était moins dégradant. Il ne savait pas ce qu'elles en pensaient. Au fond de lui, il savait que tout ça était répugnant. Ses parents auraient tellement honte de lui qu'il ne pouvait même pas y penser. Il aurait bien aimé que Barbie lui propose de l'accompagner ce soir-là, mais elle ne le faisait jamais. Elle se contentait de rester assise à son bureau avec ses stylos et ses bloc-notes faisant la publicité des hôtels de luxe qu'elle fréquentait avec Glenn Daley et elle attendait qu'Eddie lui donne sa part de l'argent.

— Je laisse mon portable allumé, avait-elle dit en quittant l'agence. Au cas où tu aies besoin de m'appeler.

— Je ne vois pas pourquoi j'aurais besoin de t'appeler, avait-il répliqué.

Il se demanda si elle avait eu une prémonition pour ce soir ou si elle avait vu quelque chose dans les tarots, les feuilles de thé ou même dans une fichue boule de cristal. Mais quand il lui avait posé la question, elle avait simplement répondu :

— Non, je disais juste ça au cas où.

Il ne savait pas ce que ça signifiait.

Quand les filles aperçurent Eddie, elles s'écrièrent :

— Eddie ! Eddie ! Eddie ! Bonjour !

Nadia l'embrassa sur la joue, laissant sans aucun doute une marque de rouge à lèvres. Elise et Gabrielle le prirent par le bras et même s'il avait envie de se dégager, il ne voulait pas les vexer ni ternir leur bonne humeur. Il essaya de se persuader qu'elles allaient simplement égayer la soirée de ses locataires. Nadia pourrait jongler, Julia chanter « Send in the clowns », Elise et Gabrielle compléteraient les équipes de bridge.

Ils approchèrent tous les six de la porte d'entrée. Les filles se turent quand Eddie frappa à la porte. D'abord deux coups, puis un autre.

Un homme grand et mince aux dents tordues ouvrit la porte. C'était Bugsy. Il portait un tee-shirt bleu, un jean et une casquette de baseball des Minnesota Twins. Il paraissait un tout petit peu moins effrayant que sur sa photo.

— Bonsoir ! lança-t-il.

Il ouvrit la porte en grand et les fit entrer.

Eddie laissa passer les filles devant lui. La première porte menait directement dans la vaste cuisine super équipée, éclairée uniquement par des chandeliers ivoire. Sur les plans de travail en marbre de Carrare étaient étalés des plateaux de sushis et des seaux à glaçons contenant du champagne Cristal. Les filles avaient du mal à contenir leur excitation. C'était comme ça qu'elles méritaient d'être reçues, même si jusqu'à maintenant on leur avait essentiellement offert des pizzas et des bières. Et une fois, un gâteau au chocolat à moitié mangé infesté de fourmis. Nadia lui avait confié que, parfois, la maison était un tel taudis que ça les déconcentrait parce qu'elles savaient qu'elles allaient devoir revenir tout nettoyer le lendemain.

« Ça nous met de mauvaise humeur, tu comprends, Eddie ? Le soir on est leurs copines et le lendemain, on est les femmes de ménage. »

Les filles adoraient les sushis et le champagne.

— Vous restez boire un verre ? proposa Bugsy à Eddie.

— Non, merci.

Il n'était pas à l'aise dans la maison. Il voulait simplement prendre l'argent et déguerpir.

— Vous portez ce chapeau tout le temps ? lui demanda Bugsy. Même la nuit ?

Eddie hocha la tête.

— Vous l'avez trouvé à Cuba ?

— Non, il vient d'Équateur.

Il avait l'habitude d'expliquer qu'en dépit de son nom, ce chapeau était fabriqué à Montecristi, en Équateur.

— Vous avez du mal à assumer votre calvitie ?

Bugsy était chauve lui aussi. Il effleura le bord de sa casquette.

Eddie n'avait pas envie de parler avec lui des choses qui le complexaient mais il ne voulait pas le froisser.

— Oui, un peu sans doute.

Il s'était mis à porter des panamas un peu avant trente ans, quand il avait commencé à perdre ses cheveux.

Bugsy lui tapa dans la main. Puis il mit deux doigts dans sa bouche et siffla. Plusieurs hommes surgirent aussitôt dans la cuisine et choisirent tous une fille. Nadia, elle, semblait appartenir à Bugsy.

Eddie ne pouvait pas supporter d'assister à cet étrange rituel de séduction. Eloise était déjà en train d'embrasser un type aux cheveux noirs coiffés en arrière comme un vampire. Eddie se tourna vers Bugsy sans parvenir à aborder la question du paiement. C'est Nadia qui vint à sa rescousse.

— Vous pouvez payer Eddie et ensuite on pourra commencer à s'amuser, suggéra-t-elle.

Bugsy lui pinça le bout du nez comme si elle était sa petite nièce avant d'indiquer à Eddie de le suivre dehors. Ce dernier était heureux de pouvoir partir. Il fit un signe aux filles en leur disant :

— À demain, mesdames.

Il ne reçut aucune réponse. Elles travaillaient. Il n'existait plus pour elles.

Dès qu'ils furent à l'extérieur, Bugsy sortit une enveloppe épaisse comme un oreiller en plumes. C'était beaucoup d'argent. Eddie dut se contenir pour ne pas la lui arracher des mains.

— Elles viendront tous les soirs cette semaine ? demanda Bugsy.

— Oui.

— Dans ce cas, reprit-il en lui tendant l'enveloppe des deux mains d'un geste officiel. Voilà pour vous.

— Merci.

— C'est moi qui vous remercie.

Tout à coup, Eddie sentit qu'on lui agrippait fermement l'épaule et il fut aveuglé par une lumière.

— Hé ! lança-t-il.

Son panama tomba par terre et il entendit quelqu'un le piétiner, ce qui lui fit mal au cœur. Son troisième chapeau de l'été. Son dernier chapeau.

Dans la maison, une des filles poussa un cri et un instant plus tard, les autres l'imitèrent. Quelqu'un maintint les mains d'Eddie dans son dos. On le menotta. Un homme avec un accent de Boston lui lut ses droits. Il était en état d'arrestation.

Les filles hurlaient. Est-ce qu'on les maltraitait ? se demanda-t-il. Tout à coup, Nadia apparut à la porte et dit :

— Eddie, on a besoin d'aide à l'intérieur.

Sa voix était calme et posée comme si elle lui annonçait que le compteur électrique avait disjoncté ou qu'elles avaient besoin d'un coup de main pour ouvrir un bocal de cornichons.

— Mademoiselle ? fit le type de Boston. Restez où vous êtes, s'il vous plaît. FBI.

Le FBI ? Eddie eut envie de s'enfuir. Il était Fast Eddie, le meilleur coureur du lycée de New Bedford, inégalé depuis trente-cinq ans. Il était encore capable de courir un sprint de 400 mètres en moins d'une minute. Il pouvait s'enfuir et atteindre le phare de Sankaty Head avant que les autres sachent dans quelle direction il était parti. Mais qu'est-ce qui se passerait ensuite ? Ils étaient sur une île, après tout.

Il ferma les yeux et pensa à Grace, endormie dans leur grand lit avec matelas en plumes. *Grace*. Il l'imaginait en train de faire la vaisselle après le dîner. Il se voyait lui soulever les cheveux et lui embrasser la nuque, un geste d'affection qu'il faisait souvent au début de leur relation et qu'il avait abandonné il y avait bien longtemps.

Il aurait dû rentrer chez lui, manger la viande et le fretin qu'elle avait cuisinés spécialement pour lui. Il aurait dû faire l'amour à sa femme. Essayé de la faire rire de nouveau. Essayé de la rendre heureuse.

Puis il se rappela que la seule façon dont il pouvait la rendre heureuse, c'était en exauçant tous ses souhaits.

— C'est pour ça que j'ai besoin de cet argent, expliqua-t-il à l'homme qui se tenait derrière lui et qu'il ne voyait pas. C'était pour ma femme.

— Vous direz ça au juge, répliqua le type de Boston.

— Si vous me laissez partir, j'essaierai de trouver autre chose pour faire plaisir à Grace. Quelque chose de mieux.

— Vous réfléchirez à ça en prison. Vous aurez le temps.

Les filles sortirent de la maison à la queue-leu-leu comme si elles étaient sous les ordres de Staline. Elles pleuraient toutes.

— Eddie ! s'écria Nadia.

Instinctivement, il essaya de dégager ses mains.

— Du calme, lui dit le type de Boston.

On conduisit Eddie à l'arrière d'un Suburban noir. Il repensa à ce que lui avait dit le commissaire : « J'ai quelque chose de prévu ce soir. » Est-ce qu'il était au courant de cette embuscade ? Sûrement. Et lui qui pensait qu'ils étaient amis.

« Vous êtes un type bien, Eddie. Vraiment. »

Il se rendit compte que c'était un mensonge et ça lui brisa le cœur.

Juillet

Grace

Cet article du *Boston Globe* changea les choses pour Grace. Voir les photos d'elle et de Benton et lire la description du monde merveilleux qu'ils avaient créé ensemble fut comme une révélation. C'est vrai que c'était son propre petit paradis. Elle savait que ça paraissait fou, mais elle avait l'impression d'être la seule femme sur Terre et Benton le seul homme. Quand il arriva lundi, Grace brûlait d'un désir incontrôlable. Pour la première fois, c'est elle qui l'attira dans le cabanon. Elle l'embrassa puis lui confia :

— J'aimerais vraiment bien t'épouser.

— Le seul problème, c'est que tu es déjà mariée.

— Je m'en fiche.

— Tu ne peux pas faire tes valises et partir comme ça, lui dit-il en lui caressant le visage. Et tes filles ? Elles ont besoin de toi.

— L'été prochain, elles seront en route pour l'université.

— Oui, mais c'est seulement dans un an, et un an c'est long. Tu n'envisages pas sérieusement de quitter Eddie maintenant, quand même ?

Elle ne le savait pas. Si elle avait pu en discuter avec Madeline, celle-ci l'aurait raisonnée : « Tu as des enfants, Grace, et une maison magnifique. Est-ce que tu es prête à renoncer à tout ça ? Benton Coe est doué, mais il n'a aucune attache ici. Il vit dans un appartement au-dessus de son bureau et voyage aux quatre coins du monde tous les hivers. Il n'a sans doute même pas d'assurance maladie. »

« Je suis sûre qu'il en a une », aurait répliqué Grace.

À présent, elle pouvait s'imaginer vivre en couple avec lui. Contrairement à ce que pensait tout le monde, elle n'avait pas besoin de beaucoup de confort dans la vie. Elle pouvait vivre et voyager avec son sac à dos. Elle pourrait tout à fait passer l'hiver au Maroc ou à Palm Beach, un endroit chaud et exotique, loin de ses responsabilités d'épouse et de mère.

— Je suis décidée, affirma-t-elle. Je vais le quitter à la fin de l'été.

— Tu dis n'importe quoi, Grace. Mais ça me plaît.

Il grogna et l'embrassa au creux du cou.

Ils étaient en train de faire l'amour dans le cabanon, comme ils l'avaient fait si souvent, quand elle entendit la voix d'Eddie.

— Grace !

Elle se retint de pousser un cri. Elle enfila sa robe à la hâte puis se recoiffa tandis que Benton sautait dans son short en jurant.

Elle mit un doigt sur ses lèvres. Ils ne devaient pas faire de bruit. Eddie devait être sur la terrasse. Ils allaient attendre qu'il s'éloigne pour se glisser hors du cabanon. Mais Eddie n'était pas idiot. Il avait vu la camionnette de Benton garée dans l'allée et avait dû chercher Grace dans la maison. Le pire, c'était que le cabanon avait quatre fenêtres, même si elles étaient tellement hautes qu'Eddie aurait besoin d'une échelle s'il voulait jeter un coup d'œil à l'intérieur. Et s'il le faisait, il allait les voir. Plus Grace et Benton attendraient avant d'ouvrir la porte, pire ce serait. Chaque seconde les rapprochait d'une potentielle catastrophe. Il n'y avait rien à faire dans le cabanon. Qu'est-ce qu'ils allaient bien pouvoir trouver comme excuse ?

Il y eut un long silence durant lequel Grace débattit avec elle-même : ouvrir la porte ou non ? Peut-être qu'Eddie allait retourner au travail. Qu'est-ce qu'il fichait à la maison, d'ailleurs ? Benton était en sueur. Il était pâle et Grace eut peur qu'il vomisse dans le lavabo en cuivre. Elle avait besoin qu'il soit calme, qu'il prenne la situation en mains et lui dise quoi faire.

À ce moment-là, Eddie frappa à la porte du cabanon et ils sursautèrent. Grace récita une prière silencieuse. Elle était une femme adultère sur le point de se faire prendre. Elle n'était pas très bien placée pour prier, mais c'est ce qu'elle fit quand même. Elle récita un « Je vous salue Marie ».

— Benton, votre contrat ici s'arrête immédiatement, annonça-t-il. C'est fini et je ne vous paierai pas votre dernière facture. Vous m'avez pris bien plus que ce que je vous dois. Maintenant je vais m'en aller et vous allez faire pareil. Je vous interdis de revenir.

Benton hocha la tête. Il tremblait. Pourquoi est-ce qu'il n'avait pas ouvert la porte pour parler à Eddie ? Pourquoi est-ce qu'il ne pouvait pas lui rétorquer : « Vous ne pouvez pas me virer comme ça, je n'ai rien fait de mal » ? Ou plutôt – ce qui paraissait plus probable – ne lui disait-il pas tout simplement la vérité : « J'aime votre femme ! Je vais l'épouser ! »

Au lieu de ça, il fit une grimace et Grace crut qu'il allait fondre en larmes. Ils entendirent Eddie s'éloigner puis sa voiture démarrer. Il partait, comme il l'avait dit.

— J'y vais, annonça Benton.

— Mais… Je croyais que…

— Quand ça va se savoir, les conséquences vont être terribles, Grace. Pour toi, mais surtout pour moi. Je pourrais perdre mon boulot. Je vais le perdre, très certainement. Je ne peux pas rester, dit-il en tirant sur une de ses mèches rousses. J'arrive pas à croire que j'aie pu être aussi bête !

Grace n'aimait pas sa façon de parler.

— Il y a dix minutes tu étais content de m'entendre dire que j'allais tout plaquer pour toi.

— Il y a dix minutes, on ne savait pas qu'on allait se faire attraper ! Et quand j'ai dit que tu racontais n'importe quoi, j'étais sérieux. C'est une illusion, tout ça, Grace. Je ne dis pas que ça n'a pas été merveilleux. C'était amusant, sympa, excitant. Exactement comme doit l'être une amourette d'été.

— C'est plus qu'une amourette d'été. J'ai décidé de le quitter.

— Non, ne fais pas ça. S'il te plaît.

Il ouvrit la porte du cabanon et l'air pur entra à l'intérieur, mais Grace avait du mal à respirer.

— Il faut que je m'en aille, dit Benton en s'éloignant.

Il disparut au coin de la maison sans se retourner vers Grace. Quelques secondes plus tard, elle entendit sa camionnette démarrer. Il me quitte, pensa-t-elle.

Durant les minutes qui suivirent, Grace appela sept fois Benton et lui laissa cinq messages. Elle lui envoya quatre textos de tailles variées. Elle n'obtint aucune réponse.

Elle appela le bureau d'Eddie. Elle voulait lui dire que, même s'il était très en colère, il ne pouvait parler à personne de ce qui s'était passé. Sans quoi leurs vies seraient détruites, la leur, celle de Benton et celles des jumelles. Mais ce fut Eloise qui répondit et lui passa le répondeur d'Eddie. Grace craignait qu'Eloise ou Barbie n'écoutent le message, si bien qu'elle parla de ce qu'elle allait préparer pour dîner. De la viande. Des pommes de terre et du maïs. Puis elle craqua et raccrocha.

Eddie ne voulait pas lui parler. Est-ce qu'elle pouvait lui en vouloir ?

Juste après, elle reçut un texto de Benton. Elle ressentit un immense soulagement, jusqu'à ce qu'elle le lise.

« Je quitte l'île demain. J'ai eu une proposition de boulot à Detroit à laquelle je réfléchis depuis un moment. Je vais accepter et laisser Donovan gérer l'entreprise ici. On a été inconséquents et impétueux, Grace, et j'assume ma part de responsabilité. Porte-toi bien. Tu seras toujours ma première dame. Bisous, B. »

Elle n'arrivait pas à croire combien ces mots la blessaient. Il souhaitait qu'elle se porte bien ? Il partait vivre à Detroit ? Ils avaient été inconséquents et impétueux ? Il lui faisait des « bisous » ? ?

Ils s'étaient aimés. Qui se préoccupait de la carrière de Benton ou de la réputation de Grace ? Ces choses-là n'avaient pas d'importance.

Il assumait sa part de responsabilité. C'était un peu fort de café !

Detroit ? Il y réfléchissait depuis un moment ? Pourtant, elle ne l'avait jamais entendu en parler auparavant. Est-ce que McGuvvy allait le rejoindre là-bas ? Elle était originaire de l'Ohio, non ? Or l'Ohio était à côté du Michigan, donc on pouvait imaginer qu'elle emménage à Detroit et donne des cours de voile sur le lac. Benton avait sûrement prévu de retourner vivre chez elle pendant un moment !

Qu'est-ce que ça pouvait bien lui faire d'être pour toujours sa première dame s'ils se séparaient ?

Inconséquents ? Il donnait l'impression qu'ils avaient oublié de rembobiner le jet d'eau ou de vérifier les filtres de la piscine.

Impétueux ? Grace savait ce que le mot signifiait, mais elle vérifia tout de même dans le dictionnaire. « Animé d'un mouvement violent et rapide. » Il n'aurait pas pu la blesser davantage. Il ne l'avait jamais aimée ; cette déclaration d'amour dans la rue n'avait été qu'un mensonge proféré sous l'emprise de l'alcool et tout ce qu'il avait dit ensuite était des mensonges également. Il ne s'était pas opposé à Eddie. Il avait eu peur de lui alors qu'il aurait très bien pu l'écraser.

Il espérait qu'elle se porterait bien…

Grace fut purement et simplement dévastée. Elle ne pouvait pas supporter de regarder le cabanon. Elle aurait volontiers engagé quelqu'un pour le démolir. Elle avait envie de verser du gasoil sur les roses et d'y mettre le feu. Elle voulait brûler tout le jardin.

Elle monta dans sa Range Rover et se rendit à toute vitesse jusqu'au bureau de Benton. Il n'était pas encore midi et aucune camionnette n'était là, pas même la sienne.

Où est-ce qu'il était passé ? Elle avait besoin de le voir, elle avait besoin d'en parler calmement avec lui. Eddie ne dirait rien à personne ; il n'aimait pas parler de ce qui pouvait donner une mauvaise image de lui. Personne ne saurait jamais ce qu'il s'était passé. Benton n'était pas obligé de quitter l'île. Ou alors… Grace pouvait venir avec lui à Detroit.

Non, se raisonna-t-elle. Elle ne pouvait pas laisser les jumelles. C'était impossible.

Elle gara sa voiture en plein milieu de la cour et monta les marches quatre à quatre jusqu'à l'appartement de Benton. La porte s'ouvrit et un jeune homme portant une barbe, des lunettes et un chapeau en feutre, apparut.

— Bonjour, dit-il. Je peux vous aider ?

— Je cherche Benton. Est-ce qu'il est là ?

— Il est dehors sur un chantier, je crois. Je suis Donovan, son manager. Vous avez une question, ou un problème ?

— Les deux, lâcha-t-elle avant d'ajouter : Je suis Grace Pancik.

— Ah oui ! Vous me disiez quelque chose ! J'ai vu l'article dans le *Globe*. Super publicité. On a déjà eu trois nouveaux clients grâce à ça.

— Génial, répondit-elle en essayant de sourire mais sans y parvenir. Il faut vraiment que je réussisse à joindre Benton.

— Vous avez essayé de l'appeler sur son portable ?

— Oui.

Elle avait envie de lui demander si elle pouvait l'attendre là, mais c'était aussi l'appartement de Donovan et Leslie, et Grace se rendait compte que son attitude commençait à devenir légèrement hystérique.

— Est-ce que vous savez sur quel chantier il travaille ? Il faut vraiment que je lui parle en personne.

Donovan fit un geste d'impuissance.

— Benton ne me dit jamais où il part travailler.

— OK.

— Mais vous pouvez faire un tour chez Edith Allemand. Il y va généralement le lundi et le vendredi.

Edith Allemand habitait sur Main Street.

— Merci.

Elle redescendit l'escalier en vitesse avant de se retourner.

— Donovan ? Est-ce qu'il vous a parlé de partir à Detroit ?

— Je sais qu'il y réfléchit, mais d'après ce que je sais, il n'a pas encore pris sa décision.

Grace remonta dans son Range Rover et prit la direction de Main Street. Elle aperçut la camionnette de Benton garée devant le numéro 808. Il était là, dans le jardin, avec la légendaire Mme Allemand.

Il lui tenait les deux mains et elle était en train de parler. Si elle n'avait pas eu quatre-vingt-cinq ans, Grace aurait été jalouse.

Elle se gara devant la maison. Elle entendait dans sa tête la voix de sa grand-mère Sabine l'implorant de ne pas faire de scandale, mais elle ne voyait pas comment agir autrement. Il fallait qu'elle lui parle.

Il aperçut la voiture et eut tout à coup l'air inquiet. Il dit quelque chose à Mme Allemand puis avança vers Grace. Elle adorait sa démarche. Elle aimait tout chez lui. Elle était complètement folle de lui.

Il passa la tête par la fenêtre passager qui était ouverte.

— Grace, murmura-t-il, qu'est-ce que tu fais ici ?

— Il faut que je te parle.

— Est-ce que tu te rends compte que c'est complètement déplacé de venir me trouver ici ? Tu imagines l'image que ça donne ?

— Je m'en fiche. Et avant, tu t'en fichais aussi. Par exemple, quand tu m'as embrassée dans Lucretia Mott Lane !

— Je suis chef d'entreprise. Et toi, tu es mère de famille. Va retrouver ta famille. Occupe-toi de tes filles. Règle tes problèmes avec Eddie. S'il te plaît, ne complique pas les choses. Et arrête de me harceler, d'accord ? Ça me rend nerveux.

Le harceler ? Elle ne le harcelait pas ! s'insurgea-t-elle.

Pourtant, elle était garée devant la maison de Mme Allemand, et Donovan allait sans doute rapporter à Benton qu'elle était passée au bureau.

— Tu n'as pas donné ta liste de cent livres à Hope, lui dit-elle. Tu peux me briser le cœur, d'accord, mais ne déçois pas une fille de seize ans.

Depuis le jardin, Mme Allemand demanda :

— Tout va bien, Benton ?

Il lui fit un signe puis regarda Grace une dernière fois.

— S'il te plaît, Grace. Il faut qu'on arrête de se voir, d'accord ? Tout ira bien pour toi. Au revoir.

Au revoir…

Grace démarra.

Elle voulait voir Madeline. C'était la seule personne qui la comprendrait.

La première chose qu'elle fit en rentrant chez elle fut de démissionner du club de jardinage. Dans un e-mail adressé à Jean Burton, elle évoqua des « raisons personnelles ». Elle se fichait de ce que penseraient les autres membres du club. Elle se fichait de tout.

Elle ouvrit le placard à médicaments. Elle prit un Fioricet et essaya de se concentrer. Benton était parti, mais qu'en était-il d'Eddie ? Est-ce qu'elle pouvait encore sauver leur couple ? Est-ce qu'elle en avait envie ?

Elle allait sortir acheter de la viande, décida-t-elle. Elle allumerait des bougies, cueillerait un bouquet de fleurs fraîches et essaierait d'arranger les choses. Entre-temps, peut-être que Benton changerait d'avis.

« Il faut qu'on arrête de se voir, d'accord ? » Qu'est-ce que ça voulait dire ? Est-ce qu'elle devait faire comme si les cartes postales du Maroc, le thé à la menthe, les macarons pistache, les déjeuners au soleil, les slows sur la terrasse, la séance photo pour le *Boston Globe* et l'amour torride dans le cabanon n'avaient pas eu lieu ?

Detroit ?

Mais Eddie ne rentra pas dîner. Il fallait qu'il s'occupe de sa location sur Low Beach Road, lui annonça-t-il par texto. Grace dîna en silence avec les filles qui parlèrent entre elles de leurs lectures. Les plats étaient délicieux, mais Grace ne parvenait à rien avaler. Elle avait tout gâché. Son amant était parti, il était lâche (il envisageait depuis un moment de partir à Detroit ?) et elle avait ruiné son couple. Comme l'avait prédit Madeline. « Comment ça va se terminer, à ton avis ? »

Grace but quatre verres de vin à table, puis un cinquième après que les filles furent sorties en ville pour aller au cinéma. Elle erra à l'étage dans un état de stupeur. Elle trouva son téléphone portable et relut le texto de Benton. Elle avait besoin de Madeline. Est-ce qu'elle pouvait l'appeler ?

« Allegra a trompé Brick et toi, tu trompes Eddie. »

Non, elle ne pouvait pas l'appeler.

Quand elle s'endormit, elle essaya de penser à des choses positives. Ses filles étaient en bonne santé et s'entendaient bien. Elle possédait toujours la plus belle propriété de tout Nantucket. Sans parler de ses poules Araucana et de son commerce d'œufs florissant.

Des poules exotiques qui donnaient des œufs bleu pâle, c'était bien, mais ça ne remplaçait pas l'amour.

Quand Grace se réveilla à minuit, Eddie n'était toujours pas rentré. Est-ce qu'il était toujours à la maison de Low Beach Road ? Ou plus probablement en train de boire un verre dans un bar en ville ? Elle ne se sentait pas capable de lui envoyer un texto. Elle traversa le couloir jusqu'à son bureau pour se plonger une nouvelle fois dans l'article du *Boston Globe*. On voyait ses hortensias, ses roses, ses chaises longues. Tout avait l'air impeccable. Il y avait le petit pont enjambant le ruisseau et surplombant Polpis Harbor. Il y avait le cabanon avec son évier en cuivre qu'elle avait à présent envie de casser pour l'emmener à la décharge. Et il y avait Grace et Benton, assis à la table en teck à leur place habituelle, trinquant avec leurs flûtes de champagne et souriant devant toute cette beauté qu'ils avaient créée.

Elle envoya un texto à Benton : « Tu me manques. »

Silence.

Onze minutes plus tard (elle voulait attendre un quart d'heure mais n'y parvint pas), elle lui écrivit : « Je sais que je te manque. »

Silence.

Il n'y avait rien au monde de plus blessant que le silence.

Depuis cette fameuse séance de spiritisme, Grace avait eu des sentiments mitigés envers Barbie, sa belle-sœur. « Deux des femmes assises à cette table vont trahir la personne installée à leur gauche. » Eddie était assis à la gauche de Grace qui était elle-même à la gauche de Madeline et Trevor était à gauche de Barbie. Cette dernière n'aurait jamais pu trahir Trevor et il était clair qu'elle ne parlait pas d'elle en disant cette phrase, de toute façon.

Grace allait trahir Eddie.

Madeline allait trahir Grace.

Barbie avait raison : Grace avait entamé une liaison avec Benton Coe six mois plus tard. Est-ce que Barbie avait des pouvoirs extralucides ? Ou est-ce que ses mots avaient influencé l'attitude de Grace ? Elle ne cessait de ressasser cette question, mais elle n'avait jamais vu Barbie du même œil depuis. Et après cette séance, Barbie avait arrêté de passer les vacances avec Grace, Eddie et les jumelles. Elle prétendait qu'elle préférait partir en voyage avec un de ses mystérieux amants, mais Grace était persuadée que sa belle-sœur l'avait percée à jour et prenait ses distances.

Par ailleurs, Barbie Pancik était, par nature, quelqu'un de très réservé avec qui il était difficile de créer des liens. Elle soutenait Eddie, travaillait à l'agence et le reste du temps, elle faisait ce qu'elle voulait.

On peut donc imaginer la surprise de Grace quand elle fut réveillée en pleine nuit par Barbie qui la secouait dans son lit.

Elle poussa un cri. C'était un cauchemar, Barbie était penchée au-dessus d'elle, son pendentif en perle noir oscillant tel un pendule, son parfum embaumant la pièce.

— Grace, réveille-toi.

Un cauchemar ? Non, ce n'était pas un rêve. Pour une raison incompréhensible, Barbie était dans sa chambre. Ça n'annonçait rien de bon malgré tout. Grace regarda à sa droite, Eddie n'était pas là. Il était mort. C'était la seule raison qui pouvait expliquer la présence de sa belle-sœur ici. Eddie avait tout découvert et s'était suicidé.

Elle posa la main sur la bouche et secoua la tête.

Barbie s'assit sur le matelas et lui dit :

— Il faut que tu m'écoutes.

— Non, murmura Grace. Nooooon…

— Eddie est dans le pétrin. Il y a eu un malentendu au sujet de la location de Low Beach Road et le FBI l'a arrêté.

Grace crut de nouveau à un cauchemar, parce que même si Barbie avait l'air bien réelle, ce qu'elle racontait n'avait aucun sens. Quel genre de malentendu pouvait attirer le FBI ?

Barbie tendit à Grace un verre d'eau posé sur la table de nuit.

— Je veux que tu boives ça et ensuite je vais te dire quelque chose que tu ne devras jamais répéter à personne. Tu comprends ?

Elle prit le verre d'eau et hocha la tête. Barbie aurait été une bonne mère, se dit-elle.

— Le FBI a arrêté Eddie parce qu'ils le soupçonnent d'être à la tête d'un réseau de prostitution à Low Beach Road.

Grace cligna des yeux puis reposa prudemment le verre.

— Il a peut-être reconnu sa culpabilité, je n'en sais rien. Il ne m'a pas tout expliqué.

— Reconnu sa culpabilité... ? répéta Grace.

— Ben Winford est avec lui en ce moment même, mais j'ai bien peur qu'Eddie ait parlé avant l'arrivée de Ben. Apparemment, il n'a pas regardé *New York Police judiciaire* autant que moi.

— *New York Police judiciaire ?*

— Habille-toi. Il faut que tu ailles au poste pour le faire sortir sous caution.

— Moi ? Et tu m'accompagnes ?

— Non, je ne veux pas être mêlée à tout ça. Pour protéger l'agence.

— Est-ce que c'est vrai ?

— Peu importe tant qu'ils ne peuvent pas le prouver.

Pour une raison qu'elle ne s'expliquait pas, Nadia, l'une des femmes de ménage d'Eddie, était au commissariat. Grace pensa de nouveau à un cauchemar, le genre de rêves où des gens de son entourage apparaissaient tout à coup dans des lieux incongrus. Qu'est-ce que Nadia faisait là ? C'était une erreur. Mais quand on conduisit Grace au guichet pour déposer sa caution, elle aperçut bel et bien Nadia – ou quelqu'un qui lui ressemblait comme deux gouttes d'eau – assise dans une salle d'interrogatoire. Elle fut tellement surprise qu'elle s'arrêta et approcha de la vitre pour mieux voir. C'était bien elle. Grace l'entendit dire :

— Je fais le ménage, c'est tout...

À ce moment-là, quelqu'un ferma la porte de la salle.

Ensuite, Grace vit les quatre autres femmes de ménage d'Eddie assises sur des chaises pliantes devant l'agent de service. Elle les avait rencontrées une fois, toutes ensemble, mais elle ne se souvenait pas de leur nom, sauf de celui de Nadia. Elles portaient des minijupes et avaient toutes enlevé leurs talons aiguilles. L'une d'entre elles se massait les pieds, une autre pleurait doucement. Elles dégageaient une odeur désagréable de laque et de parfum bon marché. Elles avaient l'air... Grace soupira. Elles avaient l'air de prostituées. Eddie avait prostitué ses femmes de ménage. Son estomac se serra.

Elle s'adressa à l'agent de police, une femme noire aussi belle qu'un mannequin, dont le badge portait le nom de « Peters ».

— Je suis ici pour la caution d'Edward Pancik.

Les filles murmurèrent entre elles.

— Vous êtes la femme d'Eddie ? demanda l'une d'elles.

— Interdiction de parler ! répliqua Peters.

— Oui, lui répondit Grace.

À ce moment-là, la porte menant vers le couloir s'ouvrit et Nadia apparut, accompagnée par un type costaud avec des cheveux blancs coupés court et une veste du FBI.

— Bonjour, madame Pancik, dit Nadia.

— Qu'est-ce qui se passe, Nadia ? lui demanda Grace.

Il y avait peut-être une erreur, non ? Il y avait sûrement une erreur. Grace ne pouvait pas imaginer qu'Eddie puisse avoir prostitué ces filles qui avaient toutes moins de vingt-cinq ans.

Mais Nadia ne lui répondit rien. Elle se retourna vers ses amies et se mit à parler en russe.

— Ça suffit ! beugla le type du FBI. Kat, est-ce que tu as un endroit où je peux faire patienter Mlle Nadia pendant que je parle avec la suivante ? Il faut l'isoler. Il vaudrait mieux toutes les séparer, même.

— On peut pas pousser les murs, répliqua l'agent Peters avant d'esquisser un sourire d'excuse à l'intention de

Grace. On n'a pas assez de personnel pour ce genre d'affaires.

Grace hocha la tête comme si elle comprenait bien le problème. L'agent Peters s'adressait à elle avec une certaine complicité. Décidant d'en profiter, elle demanda :

— J'aimerais voir mon mari. Est-ce que c'est possible ?

— Qui est votre mari ? demanda l'agent du FBI.

— Edward Pancik.

— Ah ! Vous feriez mieux de prendre un siège. Ça va durer un bon bout de temps.

— Je vais voir si je peux trouver un endroit où faire attendre Mlle Nadia, lança Peters.

Nadia dit de nouveau quelque chose en russe aux autres filles.

Si seulement Grace pouvait comprendre !

— Est-ce que tu as... des ennuis, Nadia ? lui demanda-t-elle.

— Madame, s'il vous plaît ! intervint le type du FBI. Isolez-la, bon sang !

Peters disparut dans le couloir. L'agent du FBI dévisagea les cinq filles. Il lut leurs noms à voix haute : Elise Anoshkin, Julia Vlacic, Gabrielle Bylinkin, Nadia Roskilov, Tonya Yedemesky. Elles levèrent la main l'une après l'autre.

Le seul avantage à cette situation, c'est que ça empêchait Grace de penser à Benton.

Il y avait des priorités.

Et ce qui se passait en ce moment était infiniment plus grave.

À 7 heures du matin le lendemain, Ben Winford, l'avocat d'Eddie d'ordinaire toujours impeccable, vint réveiller Grace, l'air épuisé.

— Eddie s'est vraiment attiré des ennuis cette fois, déclara-t-il.

Il leva les yeux vers le plafond et Grace l'imita.

— Pourquoi est-ce que mes clients ne me passent pas un coup de fil avant d'enfreindre la loi ? Je leur dirais que ce n'est jamais une bonne idée. Qu'est-ce que Richard Nixon nous a enseigné ? Ou ceux qui ont posé des bombes à Boston ? Ils nous ont appris que les criminels se font toujours attraper.

— Est-ce qu'il va aller en prison ?

Elle avait la voix cassée à cause du Fioricet, du vin et de l'absence de sommeil. Elle repensa à sa dernière fois dans le cabanon avec Benton. C'était seulement la veille, moins de vingt-quatre heures plus tôt, pourtant ça paraissait remonter à plusieurs semaines.

— Oui, sans doute, répondit Ben d'un ton las.

Grace se rendit compte qu'il portait son haut de pyjama et un jean.

— Ce n'est pas ma spécialité, mais j'ai un collègue de Boston qui s'occupe de ce genre de dossiers, le banditisme, la prostitution, la mafia. Mais moi, tu sais, je gère surtout des affaires conjugales…

— La mafia ?

Elle eut l'impression qu'elle allait s'évanouir. Ben lui tapota le genou.

— La bonne nouvelle, c'est que tu vas pouvoir le faire sortir aujourd'hui.

Eddie fut relâché trois heures plus tard, à 10 heures. Sa caution s'élevait à quinze mille dollars. Grace essaya de payer avec son American Express platinum, mais elle fut rejetée, donc elle rédigea un chèque. Quand elle le dit à son mari en gagnant la voiture, il éclata de rire.

— Le chèque va être refusé, Grace. On est fauchés.

— C'est-à-dire ?

Il haussa les épaules.

— Quand ils se rendront compte qu'il est sans provision, ils viendront me chercher, j'imagine.

— Non je veux dire : comment est-ce qu'on peut être fauchés ?

Elle écouta en silence pendant qu'il lui expliquait qu'ils n'avaient plus d'argent. Il était tenu à la gorge par ses investissements immobiliers. Il avait vendu deux de ses maisons à Glenn Daley, mais ça lui avait seulement permis de rembourser ses dettes. Il manquait encore cent cinquante à deux cent mille dollars pour terminer le numéro 13 et il était à court de solutions. Il n'avait pas vendu une seule maison en neuf mois. Le marché stagnait. Il avait réussi à louer la maison de Low Beach Road, mais ça l'avait conduit à créer toute cette pagaille.

— À ce propos, intervint Grace. Parlons-en, de cette « pagaille ». Qu'est-ce qui se passe, Eddie ? Qu'est-ce que tu as fait ?

— Je ne peux pas t'en parler. Si je te le dis, ils sont capables de t'arrêter pour complicité.

— C'est impossible, puisque je n'étais pas au courant. Mais j'attends des explications.

— Je ne peux rien te dire.

— Je veux des explications !

Eddie se cacha le visage dans les mains. Elle crut qu'il allait pleurer, ce qui lui fit un peu peur vu qu'il ne pleurait jamais. Il n'avait pas versé une larme à la mort de ses parents ni quand Hope était sortie du ventre de Grace toute bleue. Il n'avait pas pleuré en découvrant Grace et

Benton dans le cabanon le jour précédent. Est-ce qu'il allait craquer maintenant et pleurer sur son sort ?

Non. Il releva la tête et dit :

— J'avais besoin d'argent et l'année dernière, j'ai eu un client qui m'avait demandé si les filles pouvaient venir passer la soirée avec eux. À ce moment-là, j'ai refusé catégoriquement.

— Mais ensuite... ?

— Cette année, j'ai eu tellement de galères, Grace, tu ne peux pas savoir à quel point la situation a été critique, financièrement. J'avais besoin d'argent et les types qui louent cette maison, ils sont pleins aux as. Tellement pleins aux as qu'ils ont accepté de payer dix mille dollars par nuit.

Elle poussa une petite exclamation de surprise.

— C'est énorme, non ? J'en avais besoin, mais je n'aurais jamais forcé les filles. Je leur ai demandé si elles accepteraient. Et elles ont été enthousiastes. Ça représente beaucoup d'argent pour elles.

— Ce sont des immigrées exploitées. Tu t'attendais à quoi ? Je crois que je vais vomir.

— Elles ne se sont jamais plaintes. J'ai l'impression qu'elles jouaient à être Julia Roberts dans *Pretty Woman*. Elles voulaient cet argent. Les sommes étaient tellement élevées. Pour Barbie et moi.

— Alors Barbie est impliquée aussi ?

— Non.

— Eddie...

— Oui, elle est impliquée. Mais le FBI ne le sait pas, et il n'a pas à être au courant. J'ai besoin que Barbie s'occupe de l'agence pendant que je...

— Pendant que tu purges ta peine.

Ces mots lui semblaient irréels, mais elle était bien obligée de regarder la réalité en face. Eddie irait peut-être en prison. Ben Winford avait dit « oui, sans doute ». Grace déglutit. Autre chose la taraudait.

— Est-ce que tu as... Eddie, est-ce que tu as... couché avec une des filles ?

— Quoi ? Non ! Bien sûr que non ! Je ne t'ai jamais trompée.

Elle hocha la tête. Elle le croyait.

— C'est toi qui m'as trompé, je te signale. Tu as eu une liaison avec Benton Coe sous mon nez, dans ma maison !

— Eh bien c'est terminé maintenant.

— On dirait que ça te rend triste. Est-ce que ça te fait de la peine ? Est-ce que tu l'aimes ?

Elle avait envie de crier : « Oui ! Je l'aime ! Je l'aime plus que tout ! » Au lieu de quoi, elle répondit :

— Je ne peux pas penser à ça pour le moment, Eddie ! On a des problèmes plus importants à régler ! Tu es accusé d'un crime !

— Qu'est-ce qu'on va dire aux filles ?

— Rien pour l'instant. Ce sont des enfants. Elles n'ont pas besoin d'être au courant des histoires sordides de leurs parents.

— Elles l'apprendront tôt ou tard. Tout se sait sur cette île.

— On va les protéger aussi longtemps que possible, d'accord ?

— D'accord.

Quand ils arrivèrent chez eux, ils trouvèrent leurs filles en train de lire côte à côte dans des transats au bord de la piscine. Elles étaient jolies et gracieuses dans leurs maillots de bain deux pièces ; rouge pour Allegra, noir pour Hope. Ou l'inverse. Grace secoua la tête. C'était la première fois depuis qu'elles étaient bébés qu'elle les confondait. Elles avaient toutes les deux les cheveux détachés. Hope avait adopté la même coiffure qu'Allegra et ça lui allait bien. Grace avait sous les yeux un tableau de la vie de famille dont elle avait toujours rêvé sans jamais réussir à la créer, à cause des humeurs d'Allegra, à cause de ses propres doutes, à cause d'Eddie qui était toujours débordé de travail.

— Vous avez faim, les filles ? lança-t-elle.

— Carrément, répondit Allegra. Où est-ce que vous étiez ?

— Sortis, répondit sa mère.

— Sortis où ?

— Juste sortis, c'est tout.

— Waouh, on dirait moi, fit-elle remarquer.

Grace confectionna des sandwichs au poulet et prit dans le frigo quelques grappes de raisin. Elle coupa des tomates, les parsema de pesto frais et de billes de mozzarella. Elles s'installèrent à table dehors mais Eddie s'éclipsa en disant qu'il avait besoin de se reposer. Il monta dans la chambre.

— Est-ce que papa va bien ? demanda Hope.

— Pas vraiment, répondit Grace.

Elle servit les filles puis se leva pour ne pas avoir à en dire davantage. Eddie avait raison : ils devaient dire aux filles ce qu'il se passait pour qu'elles ne l'apprennent pas de quelqu'un d'autre. Mais pas aujourd'hui.

Juillet

Madeline

Madeline relut le premier jet terminé de *B/G* trois fois. C'était bien ; c'était addictif. L'urgence de la liaison amoureuse et le côté interdit rendaient la lecture irrésistible, tandis que l'amour entre Grace et Benton apportait de la douceur à l'ensemble.

Elle n'allait pas le publier.

Elle redoutait d'appeler Angie et pourtant, il fallait bien le faire.

C'est son assistant, Marlo, qui répondit.

— Elle est sortie déjeuner, annonça-t-il.

— Ah bon ? fit Madeline.

Il était 10 h 15. Personne ne déjeunait aussi tôt, pas même Angie Turner. Peut-être qu'en fait, elle était avec son carreleur dans une suite du Warwick Hotel. Madeline décida d'annoncer la nouvelle à Marlo, qui se chargerait de la transmettre à Angie.

— Écoute, Marlo, je ne vais pas publier *B/G*. Il faut le retirer du catalogue.

— Attends une seconde, dit-il, je te passe Angie.

— Je croyais qu'elle était sortie déjeuner.

— Elle vient juste de rentrer.

— Comment va mon auteur préféré ? demanda Angie en décrochant. Et comment avance le prochain best-seller ? Tu vas bientôt devenir mon auteur n°1, parce que ce livre va se placer en tête des ventes, tout en haut de la liste du *New York Times*, du *Wall Street Journal* et d'*USA Today*.

Marlo ne lui avait rien dit.

— Est-ce que Marlo t'a parlé ? lui demanda Angie.
— Parlé de quoi ?
— Je ne peux pas te laisser publier ce livre.
Silence.
Madeline attendit. Elle avait dit ce qu'elle avait à dire. Est-ce qu'elle pouvait simplement raccrocher ?
À ce moment-là, Angie se mit à hurler. Ce petit bout de femme perchée sur ses escarpins Louboutin était tellement en colère que le téléphone de Madeline en tremblait presque. Elle ne discernait pas tous les mots, mais en substance, c'était quelque chose comme :
— Tu ne peux pas simplement… Le livre, Madeline, ce n'est pas toi qui prends ce genre de décisions… C'est du suicide. Ce truc va faire tellement de bruit, tu n'imagines même pas ce que tu es en train de faire, autant prendre une lame de rasoir et se trancher la gorge directement… Ce que tu me fais, là… J'ai parlé de ce livre à mes amis, à mes vrais amis… Au cours de yoga… au match de foot de mon fils…
Puis elle prit une profonde inspiration et ajouta :
— Le budget marketing est quatre fois plus élevé que pour *Islandia*. Tu vas entrer dans la cour des grands. Tu vas rejoindre les rangs de ton cousin Stephen.
— Ce n'est pas mon cousin.
— Tu ne peux pas le retirer de la publication. Tu n'as pas le choix.
— Si, j'ai le choix. C'est mon choix, je suis désolée, Angie. Désolée de retirer le livre et désolée de te décevoir.
— C'est bien plus que de la déception. Le jour où j'ai surpris ma fille de quatorze ans en train de fumer à l'angle de Bleecker et de la Sixième Avenue, j'ai ressenti de la déception. Mais là c'est bien pire.
— Je ne peux pas te laisser publier ça. Je suis désolée de l'avoir écrit. Cette histoire n'aurait jamais dû voir le jour.

Silence. Elle eut l'impression qu'Angie allumait une cigarette.

— C'est un bon livre, Madeline.

— Mais je ne me sens pas à l'aise avec ça. Je ne veux pas te faire perdre ton temps. Tu ne peux rien dire qui pourra me faire changer d'avis.

— Ah oui ? Et si je te dis que notre service juridique te contactera dans les plus brefs délais ?

Sur ce, elle raccrocha.

Une heure plus tard, alors que Madeline était allongée sur le canapé de son appartement à lire le dernier numéro du *New Yorker* en espérant avoir une nouvelle idée de livre, son téléphone sonna.

C'était Redd Dreyfus.

Elle soupira. Il l'appelait certainement pour lui dire qu'elle devait rembourser son avance. Ou qu'il ne voulait plus la représenter. Que sa carrière de romancière était finie, qu'elle ferait mieux de ne plus jamais mettre les pieds à Manhattan, parce qu'aux yeux du monde de l'édition, elle était morte.

Elle se prépara au pire.

— Allô ?

— Madeline, comment vas-tu, ma chérie ?

Redd semblait détendu, mais vieux aussi. Il avait une cinquantaine d'années quand il avait pris Madeline comme cliente, ce qui voulait dire qu'il avait à présent dans les soixante-dix ans.

— Je suis désolée, Redd. Je ne peux pas le publier. La vérité, c'est que j'ai utilisé l'histoire de mon amie pour écrire ce livre. J'ai changé quelques petites choses, mais c'est son histoire et je ne peux pas la publier.

— Ah… Tu sais que ce n'est pas interdit par la loi de s'inspirer de faits réels pour écrire une histoire, non ? Imaginons que ton amie lise le livre et ait le sentiment que tu as transformé sa vie en fiction. Imaginons qu'elle aille jusqu'à engager un avocat. Ce genre d'affaires aboutissent très rarement.

— Ce n'est peut-être pas interdit par la loi, mais c'est interdit par *ma* loi. La loi selon laquelle je vis. J'ai écrit ça parce que je cherchais désespérément une idée et que cette histoire m'est tombée dessus. Je me suis convaincue que je ne faisais rien de mal, que je changerais les détails et que personne ne la reconnaîtrait, mais le cœur de l'histoire de Grace est aussi le cœur de mon roman et je n'ai pas le droit de l'utiliser. Ce n'est pas moral.

— Eh bien, dit-il avant de faire une longue pause. Apparemment, c'est une décision qui est en accord avec ta conscience. Je te félicite.

— Vraiment ?

— Oui. Je sais qu'Angie s'est défoulée contre toi, mais j'ai réussi à la calmer.

— Elle m'a dit que le service juridique allait me contacter.

— Elle cherche à te faire peur. Elle voulait vraiment publier ce livre, elle y tenait personnellement, mais il t'appartient. Le plus important, c'est que tu aies écrit un excellent roman. Et si tu y es arrivée une fois, devine quoi ?

— Quoi ?

— Tu peux y arriver encore. Tu vas trouver une autre idée, crois-moi.

— Et si ça ne plaît pas autant à Angie ? Est-ce que je devrai rembourser mon avance ?

— Bien sûr que non ! Il faudra qu'Angie l'accepte. Je suis sûr que tu lui donneras quelque chose d'encore meilleur, Madeline. Peut-être pas la prochaine fois, mais la fois suivante. Et même si tu ne lui donnes plus aucun livre, c'est très difficile pour un éditeur de récupérer son avance une fois qu'elle a été versée. J'ai des auteurs qui ont mis dix ans à terminer un livre ! J'en ai d'autres qui ont disparu en Amérique du Sud ! Ou qui ont plagié les rédactions de leurs enfants !

Redd s'animait. Elle savait qu'il avait pris du poids ces dernières années et elle avait peur qu'il ait une crise cardiaque au bout du fil. Heureusement, il se calma.

— Ma chérie, je sais ce que c'est. Tu as l'impression d'être le seul auteur à avoir jamais utilisé les expériences d'une amie proche pour t'inspirer, mais crois-moi, ce n'est pas le cas. On conseille toujours aux auteurs d'écrire sur ce qu'ils connaissent. Et c'est ce qu'ils font. Je comprends que tu te sentes incapable d'écrire autre chose, mais je te l'assure, tu en es capable. Tu n'as même pas à croire en toi. Je suis ton agent. C'est moi qui crois en toi.

— Merci, murmura-t-elle.

— Je m'occupe d'Angie. Après tout, tu ne me paies pas pour que je reste assis dans mon bureau à me tourner les pouces ! Allez, ma chérie, au travail !

Madeline raccrocha et se dit qu'il avait raison. Il fallait qu'elle arrête de s'inquiéter pour Eddie et ses cinquante mille dollars. Il fallait aussi qu'elle arrête d'en vouloir à Allegra. Ce n'était qu'une ado narcissique. Brick allait s'en remettre et tourner la page et il n'en serait que plus fort. Mais surtout, Madeline devait arrêter de regretter la présence de Grace.

C'était le plus dur. Elle lui manquait et c'était impossible de faire autrement.

Peut-être qu'elle pouvait écrire un roman intitulé *Grace me manque*, qui parlerait d'une romancière racontant la liaison amoureuse de sa meilleure amie avant de le regretter. Ce serait une histoire dans une histoire.

Elle commençait à avoir mal à la tête à force de penser à ça.

Elle prit son téléphone et un nouveau carnet.

Au travail !

Un peu plus tard, elle reçut un coup de fil de Rachel McMann. Madeline avait décidé d'écrire non pas une suite à *Islandia*, mais un début. Elle raconterait l'histoire de Nantucket avant que l'île ne soit engloutie par les eaux. Elle écrirait un roman sur le début de la fin alors que ses protagonistes, Jack et Diane, étaient encore dans le ventre de leurs mères. Elle ferait en sorte que le lecteur soit terrifié parce qu'il savait ce qui se passerait ensuite.

Est-ce que c'était bien ? Est-ce que ça avait du potentiel ? C'était mieux qu'une suite, en tout cas.

Rachel McMann. Qu'est-ce qu'elle lui voulait ? Elle avait déjà eu deux longues conversations téléphoniques avec elle au sujet de la relation entre Allegra et Ian Coburn. Le sujet était clos. Et à la fin de la deuxième conversation, elle avait dit à Rachel qu'elle était revenue vivre avec son mari. Trevor et elle avaient réglé leurs problèmes. C'était du passé.

Elle ne décrocha pas. Il était 14 heures. Il ne lui restait plus que quatre heures et elle voulait réussir à rédiger un résumé.

Rachel rappela et cette fois, Madeline décrocha.

— Allô ? dit-elle avec une pointe d'agacement.

— Il faut que tu t'assoies.

— Je suis assise. Je travaille, Rachel.

— Tu ne vas pas croire ce que je vais te dire.

Madeline soupira. Encore des ragots. Si elle était vraiment raisonnable, elle raccrocherait immédiatement. Mais elle n'en avait pas le courage.

— Quoi ?

— Grace Pancik avait une liaison avec Benton Coe, comme on le soupçonnait.

— Je ne crois pas qu'on soupçonnait ça, répliqua Madeline mal à l'aise. Et je ne sais pas ce qui te fait penser que c'est vrai.

— Oh, je t'en prie ! C'est ce qu'on a tous pensé en voyant cet article !

— Cet article ne prouve rien.

— Bon d'accord, admettons que ça ne prouve rien. Mais quand même…

— Mais quand même quoi ?

Elle avait envie de lui raccrocher au nez et de ne plus jamais lui adresser la parole, mais il fallait qu'elle sache ce que Rachel s'apprêtait à dire. Qui donc avait découvert la liaison entre Grace et Benton ?

— Bernie Wu a conduit la journaliste et le photographe pour l'article. Ils sont arrivés en avance et ils ont clairement interrompu quelque chose. Grace et Benton étaient enfermés dans le cabanon de jardin, et quand ils sont sortis, ils étaient tout ébouriffés.

Oh non… pensa Madeline.

— C'est des ragots, ça, Rachel. Tu devrais avoir honte de les répéter. Ce ne sont pas nos affaires.

— C'est assez ironique que tu aies tout à coup une morale vu que c'est toi qui écris un livre là-dessus.

— Je n'écris pas de livre là-dessus. J'ai jeté mon roman.

— Non ! s'exclama Rachel. Oh, Madeline !

Elle paraissait réellement bouleversée comme si Madeline venait de lui annoncer qu'elle avait fait piquer son chien.

— C'était tellement bien. J'avais hâte de le lire ! J'avais même déjà écrit un commentaire sur ma page Goodreads.

— Je l'ai jeté. J'ai supprimé le document. C'était mauvais.

Il y eut un silence pesant à l'autre bout du fil, vite remplacé par l'énergie habituelle de Rachel.

— Enfin bon, de toute façon, ce qui se passe entre Grace et Benton n'était pas la chose la plus scandaleuse que j'avais à te dire. Tu as entendu ce qui est arrivé à Eddie Pancik ?

— Non ! répondit Madeline exaspérée. Je n'ai pas entendu ce qui lui est arrivé et je ne veux pas l'entendre !

Sauf s'il a gagné au loto ou qu'il a trouvé un coffre rempli d'or au fond de l'étang de Miacomet, songea-t-elle.

— Eddie Pancik s'est fait arrêter par le FBI hier soir. Il gérait un réseau de prostitution à Low Beach Road.

Madeline ferma les yeux. Les pensées se bousculaient dans son esprit.

Pauvre Grace.

Eddie était dans une situation bien plus désespérée qu'elle ne l'avait imaginé.

Pauvre Grace.

Madeline ne faisait pas confiance à Rachel McMann.

— C'est absurde, répondit-elle.

— C'est pourtant vrai. Je ne peux pas te dire comment je suis au courant, mais j'en suis sûre. Eddie Pancik a passé son été à prostituer une équipe de cinq femmes de ménage russes pour ses clients. Sa secrétaire a surpris une ou deux conversations, je crois, entre lui et sa sœur et elle a compris ce qui se passait. Elle a contacté le FBI.

— Sa secrétaire ? Eloise ?

— Oui, elle-même.

L'idée que la septuagénaire ait pu lever le voile sur un réseau de prostitution géré par Eddie et Barbie était comique. Et pourtant, Madeline arrivait presque à entrevoir comment ça avait été possible.

— Est-ce que Grace était aussi dans le coup ?

Rachel éclata de rire et Madeline se jura que c'était la dernière conversation (en dehors du bavardage poli) qu'elle avait avec elle. Cette femme était une vipère.

— Bien sûr que non ! Grace était trop occupée à coucher avec son jardinier.

— Alors Eddie est en prison, c'est ça ?

— Libéré sous caution. J'imagine que le chèque que Grace a donné a dû être refusé, et que Barbie et Glenn Daley ont dû venir à la rescousse.

— Barbie et Glenn ?

Madeline était persuadée que ces deux-là étaient des ennemis jurés.

— Mais comment est-ce que tu es au courant de tout ça ? ajouta-t-elle.

— Comme tout le monde, répondit Rachel. Je l'ai entendu dans la rue. Les gens parlent.

Madeline raccrocha, prit une dizaine de respirations, avança jusqu'à la fenêtre et regarda les passants sur Centre Street. « Les gens parlent. » Là, à l'angle d'India et Centre, elle aperçut Sharon la blonde et Susan Pendergast en pleine conversation.

Madeline avait envie d'appeler Trevor, mais il était en vol.

Mes cinquante mille dollars sont partis en fumée, songea-t-elle. Pour de bon. Au lieu de se sentir effondrée, elle se sentait soulagée, d'une certaine façon. Elle avait perdu cet argent et n'avait désormais plus à s'en soucier.

Elle n'arrêtait pas de penser à Grace. La pauvre ! Madeline décida qu'il était temps de mettre de côté ses peurs et sa fierté.

Elle appela Grace sur son portable. Pas de réponse, ce qui ne la surprit pas. Elle raccrocha sans laisser de message.

Elle appela ensuite sur sa ligne fixe. Son cœur s'accéléra et le sang lui battit les tempes. Elle n'avait pas été aussi stressée depuis… elle ne pouvait même pas s'en souvenir. Peut-être qu'elle n'avait jamais ressenti ça auparavant.

Ce fut l'une des jumelles qui répondit, d'un air surpris. Le numéro de Madeline avait dû s'afficher sur l'écran du téléphone fixe. Heureusement pour elle, c'était Hope.

— Bonjour, Hope.

Elle s'apprêta à dire qui elle était mais se ravisa. Hope savait très bien qui était au bout du fil.

— Est-ce que ta mère est là ?

— Oui, mais elle ne veut parler à personne au téléphone.

— D'accord. Alors dis-lui que j'arrive.

Quand Madeline arriva, Grace était assise sur la marche du perron. Madeline avait peur qu'elle l'accueille avec un fusil, mais au lieu de ça, elle avait à la main quelque chose d'encore plus surprenant. Une cigarette. Grace fumait.

— N'aie pas l'air aussi choquée, lui lança-t-elle. Je fumais, à la fac.

— Je ne le savais pas, répondit Madeline.

— Eh bien tu vois, tu continues d'apprendre des choses au sujet de ta meilleure amie.

L'expression « meilleure amie » brisa la glace entre elles. Madeline prit les mains de Grace dans les siennes.

— Qu'est-ce qui se passe ? demanda-t-elle.

Grace écrasa sa cigarette sur la marche.

— Montons dans le bureau, proposa-t-elle.

Elles reprirent les mêmes places que la fois précédente, bien des semaines plus tôt, juste après que Grace eut embrassé Benton pour la première fois. Madeline s'installa dans le fauteuil en cuir vert et Grace s'allongea à plat ventre sur le canapé en velours. Madeline se rappela les mots qu'elle avait prononcés à ce moment-là : « Je préfère te prévenir, Grace, parce qu'en tant que meilleure amie c'est mon rôle, qu'il ne peut rien en ressortir de bon. »

Rien de bon.

Elle crut que Grace allait commencer par lui raconter ce qu'il était arrivé à Eddie, mais elle fondit en larmes.

— Je croyais que Benton et moi, on était amoureux. J'avais l'intention de quitter Eddie à la fin de l'été. Mais alors qu'on était en train de faire l'amour dans le cabanon, il nous a surpris. Il n'a rien vu, mais il a compris ce qu'il se passait, évidemment, et il a dit à Benton de partir. Et c'est ce qu'il a fait. J'ai essayé de le joindre, mais il me fuit. Il m'a envoyé un texto pour m'annoncer qu'il déménageait à Detroit !

Madeline s'assit par terre au pied du canapé et massa le dos de Grace qui pleurait. Elle ne pouvait pas le dire à voix haute, mais elle pensait que ce n'était pas plus mal.

Ou peut-être qu'elle se trompait. Peut-être que la plus belle fin, c'était celle qu'Angie avait décrite, celle qu'elle-même avait écrite. « Je veux une fin où la femme est heureuse, pas raisonnable. »

Madeline plongea la main dans son sac pour en sortir son manuscrit. Elle avait prévu de le donner à Grace, comme un acte symbolique. Son amie pouvait le déchirer ou le brûler, elle s'en fichait.

Mais à présent, elle avait une autre idée.

— Écoute, j'ai bien écrit un roman inspiré de ta liaison avec Benton, lui avoua-t-elle.

Grace leva les yeux.

— Non ?! J'ai cru que c'était simplement une rumeur stupide. Je n'aurais jamais cru que tu…

— Je l'ai fait. Et le voilà, dit-elle en posant le manuscrit sur la table. Mais ne t'inquiète pas, je ne vais pas le publier.

— Tu ne peux pas le publier, Madeline ! Surtout après ce qui s'est passé !

— Je le sais bien. C'est pour ça que j'ai dit à mon éditeur de tout arrêter.

Grace se redressa, une expression furieuse sur le visage.

— J'arrive pas à y croire ! Je t'ai parlé de Benton parce que tu es mon amie. Ma meilleure amie ! Et toi qu'est-ce que tu as fait ? Tu as utilisé tout ce que je t'ai raconté ? Tu avais promis de ne pas me trahir, mais c'est exactement ce que tu as fait !

— Je suis désolée, Grace. Je l'ai écrit parce que j'étais désespérée. À court d'idées. J'ai dépensé mon avance pour louer cet appartement et quand je me suis installée pour écrire, la seule histoire qui me soit venue, c'est la tienne. J'ai résisté pendant un moment, mais j'avais besoin d'argent. J'ai essayé de récupérer les cinquante mille dollars investis avec Eddie, mais je n'ai pas réussi. J'étais en colère, frustrée et j'avais peur. Mais tu as raison : je n'avais pas le droit de te voler ton histoire. C'est pour ça que j'ai dit à mon éditrice de ne pas publier le roman. Elle s'est mise très en colère. Elle a adoré le livre.

— C'est vrai ?

— C'est un bon roman, Grace. Une vraie histoire d'amour. Tu devrais peut-être le lire.

Grace jeta un coup d'œil sceptique au manuscrit.

— Je ne sais pas…

— Tu m'as tellement manqué. Et même si tu m'en veux à cause de ce roman et même si je suis en colère à cause de ce qu'Allegra a fait à Brick, je suis ici, dans ton bureau. Je suis là, Grace.

Grace la regarda et pleura de plus belle.

— Qu'est-ce que je vais faire ? sanglota-t-elle.

— Respire profondément, lui conseilla Madeline. Et maintenant, parle-moi d'Eddie.

— Je vais le faire, mais je n'ai plus confiance en toi ! Il faut que tu me promettes de ne pas…

— Tu peux me faire confiance, je te le promets.

Eddie

La personne la plus importante de sa vie désormais, c'était son nouvel avocat, Bridger Cleburne. Bridger travaillait pour un gros cabinet prestigieux de Boston mais était originaire de Lubbock, au Texas, où il avait été l'un des lanceurs phare de l'équipe de baseball ayant remporté la Little League World Series en 1984. Bridger se servit de ce passé glorieux pour créer une complicité avec Eddie, « Fast Eddie », détenteur de tant de records au lycée de New Bedford.

Eddie se fichait pas mal de ses records ou du rôle de Bridger dans la Little League World Series. Ce qu'il voulait, c'est qu'il le tire d'affaire.

Mais le « problème » d'Eddie, comme le qualifiait Bridger, n'était pas simple à régler. Il s'avérait que l'une de ses femmes de ménage, la petite Elise Anoshkin, n'avait pas encore tout à fait dix-huit ans ! Une mineure, une mineure immigrée sans papiers ! Ça n'annonçait rien de bon pour lui. Le FBI surveillait la maison depuis la deuxième semaine et ils avaient posé des micros. Les preuves étaient accablantes.

Au départ, Eddie avait cru que c'était Glenn Daley qui l'avait dénoncé. Il était sûr que Barbie lui avait fait des confidences sur l'oreiller. Et puis il s'était demandé si le responsable n'était pas Benton Coe. Benton avait peut-être cherché un moyen de se débarrasser d'Eddie pour pouvoir épouser Grace. Mais Bridger avait appris à Eddie qu'il y avait eu deux informateurs, et que ce n'était ni Glenn ni Benton. L'un d'eux était Eloise, sa propre secrétaire ! C'était donc pour ça qu'elle avait réclamé sa paie plus tôt : sa « situation délicate », c'était qu'elle avait dénoncé Eddie. Elle avait entendu Barbie parler au téléphone avec un client potentiel. Elle avait appelé le frère de son gendre, l'agent Dixon du commissariat de police de Nantucket, et la police s'était mise à surveiller la maison.

L'autre informateur, c'était le milliardaire de trente ans qui possédait la propriété. Il avait donné au FBI accès à la maison.

Mais comment est-ce que le propriétaire avait été au courant ? Il avait croisé Ronan de DeepWell, au bar du Bellagio à Las Vegas. Ronan portait une casquette de Nantucket et quand le propriétaire lui avait demandé pourquoi, il avait répondu qu'il avait loué une villa incroyable à Sconset, sur Low Beach Road. Imaginez la surprise du propriétaire en découvrant que c'était précisément sa maison ! C'était une sacrée coïncidence. Le propriétaire avait offert à Ronan un verre de Laphroaig vingt-cinq ans d'âge et l'autre lui avait tout raconté.

Le propriétaire n'était pas particulièrement gêné par l'immoralité de la situation. Mais en homme d'affaires impitoyable, il était furieux qu'Eddie ne lui ait pas proposé sa part du marché.

À présent, Eddie allait être incarcéré. Le FBI avait des éléments incriminant également Barbie, mais si Eddie passait un accord avec eux, ils épargneraient sa sœur.

Il fut donc condamné à une peine de trois à cinq ans à la maison d'arrêt de Plymouth. Le numéro 13 d'Eagle Wing Lane fut saisi par la banque ainsi que les deux locaux commerciaux que possédait Eddie, dont le cabinet du Dr Andy McMann.

La maison des Pancik était payée jusqu'à la fin du mois, mais Eddie allait conseiller à Grace de la vendre. Elle pourrait acheter quelque chose de plus petit et utiliser la différence pour financer les études des filles et rembourser Madeline.

Ces décisions furent prises rapidement, en quelques jours. Nadia et les autres filles furent renvoyées au Kirghizistan.

Il se dit que ça aurait pu être pire. La peine pourrait être réduite à deux ans pour bonne conduite. La maison d'arrêt de Plymouth était bien moins terrible que la prison du comté. Eddie aurait la télé dans sa cellule (qu'il ne partagerait pas avec un codétenu) et on disait que les aliments de la cantine provenaient d'une ferme locale. Il y avait même un barbecue une fois par mois, une salle de gym où il pourrait s'entraîner ainsi qu'une infirmerie avec une infirmière à temps plein qui réussirait peut-être à trouver un remède pour ses aigreurs d'estomac. Mais le plus important, c'est qu'il côtoierait d'autres détenus à col blanc à qui il pourrait, un jour, vendre des maisons.

Ces détails contribuaient à diminuer légèrement l'angoisse qu'il ressentait à l'idée d'aller en prison. Il était mort de honte. Dorénavant, tout le monde savait qu'Eddie

Pancik était un voyou. C'était un souteneur. Il pouvait à peine regarder les jumelles dans les yeux. Comment ça se passerait pour elles à l'école ? Qu'est-ce qu'allaient dire leurs camarades ? Leur dernière année serait fichue en l'air alors que c'était censé être la meilleure année de leur vie. Il décida que la meilleure chose à faire en tant que père et en tant qu'homme, c'était de leur présenter ses excuses. Il le fit le matin du verdict, avant d'aller plaider coupable aux dix-sept charges retenues contre lui, parmi lesquelles prostitution, travail illégal, évasion fiscale et détournement de mineur.

Les filles étaient au bord de la piscine, côte à côte. Elles étaient toutes les deux en train de lire, ce qui arrivait souvent ces derniers temps même si Eddie avait rendu son téléphone à Allegra, lui redonnant ainsi accès à sa vie sociale. Il traversa la pelouse pieds nus, son crâne chauve exposé aux rayons du soleil maintenant que ses trois panamas avaient disparu. C'était la fin juillet et la journée était magnifique. Où qu'on regarde, le jardin était en fleurs. Il était si beau, si coloré, si plaisant pour les yeux qu'Eddie eut l'envie soudaine de se mettre à genoux pour prier. Il voulait demander pardon d'avoir négligé toute cette beauté à laquelle il allait devoir renoncer.

Il se posta entre les deux transats des filles. Son père avait été directeur du pressing Ramos et n'avait jamais gagné plus de vingt-cinq mille dollars par an, mais il n'avait jamais eu à s'excuser de quoi que ce soit devant ses enfants. C'était un homme d'honneur. Eddie et Barbie parlaient toujours de lui avec respect.

— Les filles…

Elles posèrent leur livre et le regardèrent. Elles portaient des lunettes de soleil, si bien que c'était difficile de déchiffrer leur expression. Depuis qu'elles avaient appris ce qu'il s'était passé, elles le considéraient avec pitié, comme s'il était un malade en phase terminale. Mais elles devaient sans doute être en colère et écœurées. Sans doute.

— Je vous dois des excuses, commença-t-il.

Elles continuèrent de le dévisager sans ciller.

— J'ai fait quelque chose d'inexcusable. J'ai enfreint la loi et je me suis embarqué dans une histoire qui a mis en cause cinq jeunes femmes, dont une qui n'a qu'un an de plus que vous. J'ai utilisé ma position pour gagner de l'argent en proposant à ces femmes de vendre leur corps. J'ai eu tort et je veux que vous sachiez que je suis désolé.

— C'est bon, papa, dit Hope.

— Non, répondit Eddie.

— C'était un contrat passé entre vous, intervint Allegra. Tu as été payé, les filles aussi, et les types qui louaient la maison ont eu ce qu'ils voulaient. Personne n'a été blessé.

— Tu n'as tué personne, renchérit Hope.

— Ça ne signifie pas que je n'ai rien fait de mal, ajouta-t-il en repensant aux charges criminelles qui seraient à jamais associées à son nom. J'ai donné un mauvais exemple et la conséquence, c'est que je vais aller en prison et que votre mère va devoir vendre la maison.

— C'est juste une maison, minimisa Hope en haussant les épaules.

— Et je préférerais vivre en ville, de toute façon, commenta Allegra.

— D'accord.

Il ne comprenait pas pourquoi elles se montraient aussi compréhensives.

— Eddie ! lança Grace depuis le porche. Il est l'heure d'y aller !

Les filles se levèrent pour le serrer dans leurs bras.

— On t'aime, papa, dit Allegra.

— On t'aime vraiment, renchérit Hope.

— Et je vous aime aussi. Très fort. Prenez soin de votre mère.

Il était submergé par l'émotion.

— Compte sur nous.

Il leur fallut vingt minutes pour gagner le tribunal, les dernières minutes de liberté pour Eddie.

— Il y a quelque chose dont je veux te parler, dit-il à Grace.

— Tu as couché avec Nadia ? demanda-t-elle en regardant droit devant elle mais avec un rictus amer sur le visage. Je sais que ça n'a pas beaucoup d'importance vu le contexte, mais si c'est le cas, je veux que tu l'admettes.

— Non, je n'ai pas couché avec Nadia ! Ce n'est pas de moi que je veux te parler. C'est de toi.

— Tu veux me parler de moi ?

— Je veux parler de Benton.

Grace fit une embardée en entendant son prénom. C'était sans doute le dernier sujet de conversation qu'elle pensait aborder ce jour-là, pourtant Eddie voulait en parler, pour se soulager.

— Qu'est-ce qu'il y a ? demanda-t-elle.

— Je l'ai appelé l'autre soir, avant d'aller à la maison de Low Beach Road. Je lui ai demandé de passer à l'agence pour qu'on puisse discuter entre hommes.

— Est-ce qu'il est venu ?

— Oui. Je lui ai demandé ce qui se passait entre vous et il m'a répondu qu'il t'aimait. Je crois vraiment qu'il voulait que je lui laisse la place, pour que vous puissiez vivre tous les deux. Mais en même temps, il ne paraissait pas complètement sûr de lui. Il avait peur qu'un tel scandale donne une mauvaise image de son entreprise. Personne ne veut engager un briseur de couples. Il s'inquiétait pour toi et les filles. Il aimait bien Hope et la trouvait super mais n'avait jamais rencontré Allegra. Ce qui s'est passé entre vous dans le cabanon aurait l'air un peu différent si tout le monde était au courant.

Eddie avait été frappé par l'adoration que Benton vouait à sa femme. Quand il parlait d'elle, on sentait que l'amour rayonnait en lui. Et ça avait fait réfléchir Eddie.

— Je crois qu'il était prêt à prendre le risque si je lui donnais… mon autorisation, en quelque sorte.

Il était quasiment sûr que c'était la raison pour laquelle Benton avait accepté de passer le voir. Il pensait qu'Eddie allait abandonner le combat.

— Mais je n'étais pas prêt à te laisser tomber. Tu es ma femme, tu es ma vie, la mère de mes enfants. J'ai bien conscience, Grace, de ne pas avoir été le mari le plus attentif ni le plus aimant. Je me rends compte que je ne t'ai pas aidée à t'épanouir. La plupart du temps, je ne te demande pas ce que tu penses ou comment tu te sens. J'ai été incapable de répondre à tes besoins émotionnels, et c'est pour ça que j'étais très content que tu sois amie avec Madeline. Pendant un moment, je me suis même réjoui de la présence de Benton. Je savais que tu l'aimais bien, je savais que cette amitié comptait beaucoup pour toi. Je savais que tu aimais avoir quelqu'un avec qui parler de tes fleurs. Mais je ne veux pas te perdre. Je lui ai dit que s'il te contactait de nouveau, ou s'il répondait à un de tes messages ou coups de fil, je le tuerais.

— Tu le tuerais ? Vraiment ?

— Oui. Je trouverais quelqu'un pour le faire. Je l'aurais fait, Grace, et il le savait. Ou disons que sans le tuer, j'aurais trouvé un moyen de lui pourrir la vie. J'aurais fait fermer son entreprise et j'aurais sali sa réputation.

— Il t'a dit qu'il m'aimait ?

— Oui. Maintenant, je pense que tu devrais le retrouver si c'est ce que tu veux. Parce que j'ai échoué. J'ai mal agi et je n'ai pas été à la hauteur.

Grace ne répondit rien. Eddie n'avait jamais été très fort pour juger les émotions de sa femme, mais à ce moment-là, elle lui paraissait… bouleversée. Il se passait beaucoup de choses : dans quelques minutes, il allait plaider coupable, serait jugé et emmené en détention. Deux agents de police l'escorteraient en ferry jusqu'au continent, où il monterait dans une camionnette pour gagner la maison d'arrêt. Il avait avec lui un sac de voyage contenant ses affaires. Grace pourrait venir le voir dans trente jours.

Il essayait de s'imaginer qu'il partait à l'université, expérience qu'il n'avait jamais vécue. Il tenta de penser à la prison comme une institution où parfaire son éducation, jusqu'à ce que la voiture se gare devant le tribunal. Des agents du FBI attendaient dehors, ainsi que son avocat, Bridger Cleburne, accompagné d'un photographe du *Nantucket Standard* et… du commissaire de police.

Eddie poussa un soupir.

— Oh Eddie, dit Grace.

Eddie ne savait pas quoi penser du rôle du commissaire dans toute cette histoire. Le commissaire n'était pas au courant quand ils avaient bu un verre pendant la régate ni quand ils étaient allés pêcher ensemble. Mais à un moment donné, il avait appris ce qu'Eddie trafiquait et il ne l'avait pas averti. Le FBI était sans doute déjà impliqué à ce moment-là et le commissaire ne pouvait plus rien faire. Il n'aurait pas pu l'aider. Amis ou pas, tout le monde tombait sous le coup de la loi. Eddie avança vers lui, tête baissée.

— Je suis désolé, Ed...

Le commissaire lui tendit la main.

— Ne vous excusez pas. Je vous l'ai dit, je ne juge personne. Mais le tribunal juge, lui, et je suis triste de voir que ça se termine comme ça.

Eddie regarda fixement le sol en secouant la tête.

— J'ai toujours pensé que vous étiez le genre de type qui finit toujours par rebondir, ajouta-t-il. Faites attention en prison, Eddie. Conduisez-vous correctement et purgez votre peine. On ira boire un verre à votre retour.

— C'est vrai ?

Le chemin qu'il lui restait à parcourir entre cet instant et le moment où il serait de nouveau libre paraissait long et ardu, mais la confiance du commissaire lui donna du courage.

— Oui, c'est vrai.

AOÛT

Hope

Tout avait changé et en même temps, tout était resté comme avant. Son père était en prison, il était parti, mais il n'avait jamais été très présent de toute façon. Grace était un peu renfermée, mais ça lui arrivait parfois, surtout quand elle avait une migraine. Elle continuait de s'occuper du jardin et des poules, sauf qu'à présent, elle donnait des corvées à faire à Allegra et Hope. Allegra devait tondre la pelouse deux fois par semaine et Hope devait nettoyer la piscine et couper les lys fanés tous les matins.

Un jour, Allegra proposa à sa sœur d'aller à la plage.

Hope réfléchit. La plage… Est-ce qu'elles pouvaient vraiment aller à la plage ensemble comme si de rien n'était alors que leur père venait d'être mis en prison ?

— Tu es sûre que tu as envie d'y aller ? demanda-t-elle.

Elle s'était imaginé passer le reste de l'été assise au bord de la piscine, recluse et triste. Elle espérait que les gens auraient la mémoire courte et qu'à la rentrée prochaine, tout le monde aurait oublié l'histoire d'Allegra et Ian Coburn et celle de leur père, le souteneur.

— Oui j'en suis sûre. On pourra emmener des sandwiches, nos livres, et aller nager dans l'océan.

C'était tentant. Eddie était en prison, mais elles, elles étaient libres.

— Tu pensais aller où ? Aux Steps ? À Dionis ? À Sconset ?

— Je pensais plutôt à Nobadeer, dit Allegra.

— Nobadeer ?

C'était la plage que fréquentait tout le lycée. Elles y croiseraient les anciens copains d'Allegra.

— Est-ce que tu t'es réconciliée avec Hollis ? demanda-t-elle.

— Non. Mais c'est pas parce qu'elle y sera peut-être que je ne peux pas y aller. J'aime bien Nobadeer. C'est ma plage.

C'était ta plage, songea Hope. Depuis la photo d'Allegra en sous-vêtements, elle n'était plus la bienvenue là-bas. Hope n'y allait jamais, précisément parce que c'était le lieu préféré de sa sœur et de ses amis.

— On peut peut-être commencer par une autre plage, suggéra-t-elle.

— Non, on va commencer par Nobadeer.

Hope soupira. Elles étaient toujours Alice et la souris. Elle n'avait pas le courage de la contredire. Elle se demanda si Allegra comptait utiliser l'incarcération d'Eddie pour se refaire une vie sociale. Peut-être que ses anciens amis trouveraient ça cool d'avoir un père à la tête d'un réseau de prostitution ; ou peut-être espérait-elle leur faire pitié. Hope n'en savait rien. Elle ne comprenait pas les ados, quand bien même elle en était une elle aussi.

Grace leur fit des sandwichs. Elle semblait heureuse de les voir sortir.

— Il n'y a aucune raison de se cacher, dit-elle. Votre père a fait des choix regrettables et il paie son dû. Ça ne donne pas pour autant une mauvaise image de nous.

Elle mentait. La chute d'Eddie donnait une très mauvaise image d'elles. Leurs vies (la veste en cuir italien d'Allegra, la Jeep Wrangler rouge, les produits chimiques pour nettoyer la piscine, les ingrédients des délicieux sandwiches que Grace préparait) avaient été financées par un réseau de prostitution. Au moins en partie.

Ça donnait une très très mauvaise image.

Malgré tout, Allegra et Hope enfilèrent leur maillot de bain et leur paréo, mirent dans un sac leurs serviettes, crèmes solaires, bouteilles d'eau fraîche et Coca Light, sans oublier leurs précieux romans et le pique-nique de Grace.

Elles partirent pour la plage.

La journée était belle et le ciel parfaitement bleu. Allegra insista pour décapoter la Jeep afin de profiter du soleil pendant le trajet qui les menait vers les dunes de Nobadeer.

— Je suis contente qu'on y aille, commenta-t-elle. C'est le jour idéal pour se baigner. Cette vue, c'est incroyable : regarde ça !

Elles franchirent les dunes jusqu'à la plage au sable doré. L'océan paraissait plus vaste ici que partout ailleurs sur l'île. Les vagues étaient longues, l'eau bleu-vert scintillait. Des tas de jeunes gens faisaient du surf, de la planche ou du stand-up paddle. La scène était digne d'une carte postale et l'espace d'un instant, Hope pensa qu'elles avaient eu raison de venir.

Et puis elle aperçut Bluto.

On ne pouvait pas le rater. Il pesait plus de cent kilos et était pâle comme la lune. Il n'était pas laid ; il avait un visage rond et doux comme celui d'un bébé, des yeux bleus et de jolis cheveux châtains. Mais il était méchant et sa spécialité, c'était de souligner les défauts des gens pour détourner l'attention des siens. Il était allongé sur une serviette à côté de Hollis, Kenzie et Calgary. Un tout petit peu plus loin, Hannah et Brick étaient allongés ensemble. Tous les ennemis d'Allegra réunis.

Hope se tourna pour regarder sa sœur. Allegra se dirigea tout droit vers son ancienne clique en souriant. Elle portait un chapeau de paille, ses lunettes de soleil Tom Ford, un maillot deux pièces noir et un paréo noir autour des hanches. Elle était magnifique.

— Salut ! lança-t-elle.

Hollis poussa un soupir de mépris. Bluto dit d'une voix de ténor :

— Pousse-toi !

— Et pourquoi je me pousserais ?

— Parce qu'on veut pas de toi ici.

Calgary McMann éclata de rire. Hope eut envie de lui donner un coup de pied pour lui enfoncer la tête dans le sable. Elle était tout près de sa serviette. Et puis elle vit que lui et Kenzie avaient les jambes entrelacées. Berk.

— Tu trouves ça drôle, Calgary ? fit Allegra. Est-ce que tu as dit à Kenzie combien de fois tu avais essayé de m'embrasser ?

— N'importe quoi, répliqua-t-il.

Allegra baissa ses lunettes du bout du doigt.

— La dernière fois, tu m'as attendue à la sortie des toilettes pendant une fête chez toi, cet été. J'ai dû quasiment te donner un coup de pied dans les couilles pour t'en empêcher.

Kenzie fusilla Calgary du regard. Hope se réjouit intérieurement. Ce garçon avait prétendu être amoureux d'elle, mais simplement parce qu'elle ressemblait à Allegra. Elle pensa que Brick serait peut-être intéressé de l'apprendre, mais il était sur un petit nuage avec Hannah. Ils n'avaient pas l'air d'avoir remarqué la présence des jumelles. Brick était musclé et bronzé, ses cheveux tirant sur le blond. Hope ressentit un pincement au cœur en le voyant en pleine conversation amoureuse avec Hannah. Mais c'était une bonne chose, finalement. Ils allaient bien ensemble. Hannah était bonne élève, elle jouait au hockey sur glace, elle avait de l'ambition ; elle voulait jouer en première division à la fac et intégrer l'équipe olympique. Elle n'était pas aussi belle qu'Allegra, mais Brick en avait sûrement assez des belles filles.

Hope détourna les yeux juste à temps pour apercevoir Kenzie bondir de sa serviette et se jeter sur Calgary.

— T'as essayé d'embrasser cette pute ? C'est vrai ?

— Oh, arrête, intervint Hollis d'une voix perçante. C'est pas un scoop. Tout le monde sait que Calgary a envie de se taper Allegra depuis la sixième.

— Ta gueule, Hollis ! lâcha Kenzie.

Hollis se rallongea sur sa serviette.

— Fais gaffe à comment tu me parles, dit-elle.

— Laisse Allegra foutre la merde, intervint Bluto. Tu sais, je t'en veux pas d'avoir couché avec Ian Coburn. Il est mignon. Mais je t'en veux de pas me l'avoir dit.

— Moi je t'en veux d'avoir couché avec lui, dit Hollis.

— Juste parce que tu voulais te le taper, répliqua Bluto. Admets-le.

Hollis lui jeta un coup d'œil assassin.

— T'es gros, dit-elle.

— Et toi t'es une pétasse. Je regrette qu'on soit plus copains avec Allegra parce que je la préférais à toi.

— J'arrive pas à croire que t'aies dit ça ! s'exclama Hollis.

— Et tu sais, c'est vraiment dégueulasse de ta part d'avoir transféré cette photo. T'es une traîtresse, Hollis Brancato. Je suis sûr qu'un jour tu vas me faire la même chose.

Allegra prit doucement le bras de Hope pour l'éloigner de la dispute qu'elle avait créée. Personne n'avait mentionné Eddie. Peut-être qu'ils n'étaient pas au courant. Ou peut-être qu'ils s'en fichaient. À leur âge, on ne faisait pas attention à ses parents, encore moins à ceux des autres.

Elles passèrent devant Brick et Hannah.

— Salut ! lança Allegra.

Elle leur sourit gentiment mais ne s'arrêta pas.

Ils levèrent la tête.

— Salut, répondit Hannah.

— Salut, Hope, dit Brick en marquant une pause avant d'ajouter : Salut, Allegra.

Hope fut trop abasourdie pour répondre. Elle n'aurait pas su dire ce qui la surprenait à ce point, cependant. Peut-être la capacité qu'avaient les gens à être eux-mêmes, tout simplement, quelles que soient les circonstances.

Une fois qu'elles se furent éloignées, Allegra lui dit :

— Ils forment un beau couple.

Elle passa de nouveau le bras autour de celui de sa sœur qui, bien que méfiante vis-à-vis des témoignages d'amitié d'Allegra, ne put s'empêcher de ressentir de l'affection et plus encore : de l'amour pour sa sœur jumelle. Toutes les deux, elles resteraient liées et fortes jusqu'à leur mort.

— Tu trouves ? demanda Hope.

— Pas aussi beau que nous, évidemment.

Madeline

À 10 heures quelqu'un frappa à la porte de son appartement. Madeline venait d'écrire la première page de son nouveau roman : *Avant*. Angie aimait bien le titre et l'idée d'écrire un tome précédent à *Islandia*. Elle avait retrouvé son calme. Elle paraissait même contente que Redd Dreyfus ait désormais une dette envers elle.

— Je lui étais redevable depuis tellement longtemps qu'il était temps d'inverser la vapeur, lui avait-elle expliqué.

— Est-ce que je peux savoir ce qu'il s'est passé entre vous ? avait demandé Madeline.

— Je te raconterai, un jour.

Madeline n'avait pas envie de se lever pour aller ouvrir. Si elle louait cet appartement, c'était précisément pour ne pas être dérangée. Mais on continua de frapper.

Elle se demanda qui ça pouvait être.

Si c'était Rachel McMann qui passait pour l'inviter à aller boire un café, Madeline allait perdre patience.

C'était peut-être Trevor. C'était son jour de repos aujourd'hui et il en profitait pour faire des travaux dans la maison et le jardin. Il l'avait menacée de venir la kidnapper pour l'emmener en balade : ils iraient jusqu'à Great Point, déjeuneraient chez Cru puis feraient un tour de voilier sur Endeavor. Madeline savait qu'elle aurait du mal à refuser une proposition pareille.

Ou alors c'était Brick et Hannah Dromanian. Ils avaient commencé à se voir après sa rupture avec Allegra. Madeline craignait que son fils ne replonge dans une relation exclusive, mais apparemment, ils étaient avant tout amis. Aux yeux de Madeline, Hannah était une fille programmée pour réussir. Elle avait des objectifs, avait envie de voir le monde, accomplir des choses et elle aurait sans doute une bonne influence sur Brick.

Madeline fut soulagée de savoir que ça ne pouvait pas être Eddie Pancik à la porte.

On frappait toujours. La Mini Cooper de Madeline était garée à son emplacement réservé. Son visiteur savait qu'elle était là, en train d'écrire, et se fichait de la déranger.

Grace ?

Elle pensa à elle au moment où elle ouvrait la porte. Madeline appelait son amie tous les jours et l'avait invitée une dizaine de fois à l'appartement, mais Grace se sentait mieux chez elle. Elle n'avait pas envie d'aller en ville et de croiser des gens. Madeline ne pouvait pas lui en vouloir.

Elle s'attendait à ce que Grace ait l'air hagard ou épuisé, avec tout ce qu'elle avait vécu. Mais elle avait une mine radieuse. Elle portait un short blanc et un haut bleu à bretelles. Une tenue typiquement estivale. Ses yeux brillaient, son teint était lumineux, son sourire chaleureux et apaisé.

Apaisé ? songea Madeline. Comment est-ce que c'est possible ?

— Salut, dit Madeline.

— Tu l'as fait.

— Fait quoi ?

— Tu as écrit un livre sur Benton et moi ! Tu n'as rien oublié : le thé à la menthe, les macarons à la pistache, la chanson des Rolling Stones.

— Je sais, Grace. Je suis désolée. Je te l'ai dit, je ne vais pas le publier…

Grace se mit à pleurer et à trembler et Madeline se dit que son amie allait la poursuivre en justice malgré tout. Pour diffamation. Mais à ce moment-là, Grace avança et la prit dans ses bras.

— C'était comme ça que je voulais que ça se termine, avoua-t-elle.

— Dans les îles Vierges ? À observer les oiseaux ?
— Je voulais le bonheur. La paix.

Eddie

Il aurait pu se morfondre. Se laisser aller au désespoir. Fondre en larmes. Faire la liste de tout ce qui allait lui manquer.

Mais pendant le trajet qui le menait à la maison d'arrêt de Plymouth, un trajet bien trop court selon lui, il ne pensa qu'à une chose : le jour de la naissance des jumelles.

Allegra était sortie rapidement, comme un billet de banque d'un distributeur automatique.

Hope, en revanche, avait été étranglée par le cordon ombilical et avant qu'Eddie comprenne que son premier bébé était né, Grace avait été envoyée en salle d'opération pour une césarienne en urgence. Eddie avait laissé Allegra avec les infirmières et l'avait suivie, enfilant à la hâte une tenue de protection.

Il n'avait pas pu assister à l'opération (il n'en avait pas la force et avait gardé la tête entre les genoux pour ne pas s'évanouir), mais il se souvenait avoir vu le corps minuscule de Hope, tout bleu et avoir ressenti une terreur immense.

Elle est morte, avait-il pensé.

Il se souvenait que Grace lui avait crié : « Elle est morte, Eddie, elle est morte ! »

Elle lui cramponnait la main, elle avait manqué de lui briser les doigts mais il s'en fichait.

Finalement, le bébé n'était pas mort. Les médecins, les infirmières, les magiciens et les anges avaient sauvé Hope, mais elle ne pouvait pas rester à Nantucket. Elle avait dû être transportée à Boston et Eddie l'avait accompagnée. Il était responsable d'elle. C'était son père.

Beaucoup de choses s'étaient alors déroulées rapidement. Des ambulanciers en tenue bleue qu'Eddie avait trouvés incroyablement calmes et efficaces, avaient sanglé Hope sur une minuscule civière. Ils avaient collé sur sa poitrine des électrodes de la taille d'une pièce de monnaie et un masque à oxygène pas plus gros qu'un œuf. Eddie avait grimpé dans l'hélicoptère pour accompagner ce bébé si menu qu'il aurait pu loger dans son panama.

Parmi les ambulanciers, il y avait une femme aux cheveux auburn frisés. Elle s'appelait Kirstin et était installée à l'arrière pour surveiller Hope. Elle donna à Eddie un gros casque pour étouffer les bruits de l'hélicoptère et mit des écouteurs minuscules, des écouteurs de poupée, sur les petites oreilles de sa fille.

Avant que le monde devienne silencieux, Eddie lui demanda :

— Est-ce qu'il arrive que des gens meurent dans l'hélicoptère ?

— Oui, bien sûr, tout le temps, répondit-elle avant d'ajouter en souriant : mais votre fille va s'en tirer.

L'hélicoptère avait décollé quelques instants plus tard et Eddie avait le cœur plus léger.

Kirstin avait eu raison : Hope s'en était tirée, et même très bien. De temps en temps, au cours des années qui avaient suivi, Eddie regardait cette jumelle légèrement plus jeune que sa sœur (quand elle léchait son doigt pour tourner les pages d'un livre, comme Grace, ou quand elle jouait de la flûte dans laquelle il avait lui-même essayé de souffler sans produire le moindre son) et il s'émerveillait de ce qu'était devenu ce petit bébé tout bleu.

La dernière fois qu'il s'était fait cette réflexion, c'est quand il l'avait emmenée dîner au Summer House. En sortant des toilettes, il l'avait vue prendre son verre pour goûter son martini. Il avait failli lui lancer : « Hé, Hope, qu'est-ce que tu fabriques ? Arrête ! » Mais il s'était ravisé. Il savait qu'elle était curieuse du monde des adultes et admirait sa façon de l'explorer avec un mélange de courage et de prudence. Finalement, il s'en était félicité.

Ces souvenirs accompagnèrent Eddie jusqu'à la sortie de l'autoroute qui menait vers sa destination.

Eddie Pancik n'avait jamais été très versé dans l'introspection, mais quand la camionnette s'arrêta devant la prison et que les gardiens à l'entrée vérifièrent son nom sur leurs registres, il essaya d'analyser précisément son état d'esprit en cet instant.

Et le seul mot qui lui vint à l'esprit fut : béni.

Nantucket

Il y avait tellement de bruits qui couraient sur Nantucket que nous n'aurions pas été surpris qu'on nous entende jusqu'à l'île de Martha's Vineyard.

Un réseau de prostitution sur Low Beach Road et l'arrestation d'Eddie Pancik : cela fit la une des journaux à Boston et ailleurs. Des gens qui ne vivaient pas sur l'île nous demandaient : mais comment est-ce que ça peut être possible à Nantucket ?

Nantucket était une île où vivaient des hommes et des femmes, où il y avait des entreprises et des commerces, comme partout. Les plus endurcis d'entre nous répondaient : « Vous croyez qu'à l'époque de la chasse à la baleine, la prostitution n'existait pas ici ? » C'était le plus vieux métier du monde. Eddie Pancik n'avait rien inventé.

Certaines personnes bénéficièrent de ce scandale, parmi lesquelles Eloise Coffin, la secrétaire d'Eddie. Elle avait démissionné de son poste à l'agence d'Island Fog Realty – naturellement – et attendait secrètement que la station de radio locale la contacte. Un « journaliste d'investigation » d'un blog baptisé « L'appartement de Jared » l'appela pour entendre sa version de l'histoire. Eloise lui raconta donc qu'elle était en train de ranger ses paquets de yaourts grecs bios dans le frigo de l'agence quand elle avait surpris une conversation téléphonique de Barbara Pancik, proposant l'inqualifiable à leurs cinq femmes de ménage russes. Eloise était tombée des nues, surtout quand elle avait appris combien Eddie, Barbie et les filles allaient empocher.

Eloise ne précisa pas à ce fameux Jared que pendant une semaine ou deux, elle avait essayé de prendre part à l'affaire. Elle s'était montrée gentille et serviable, avait acheté une plante en pot pour Eddie, avait complimenté Barbie sur sa robe cache-cœur verte et blanche alors même qu'elle la trouvait complètement démodée. Elle avait essayé de s'intégrer à l'équipe dans l'espoir qu'Eddie ou Barbie lui confie tout et qu'elle puisse toucher sa part.

Mais ils avaient préféré être égoïstes – les Pancik étaient comme ça – et Eloise n'avait pas eu d'autre choix que d'avertir le frère de son gendre qui était policier pour lui répéter ce qu'elle avait entendu.

Jared, le « journaliste d'investigation », ne publia jamais l'histoire d'Eloise. Celle-ci demanda à sa belle-fille de vérifier sur Internet, mais elle ne trouva pas de blog baptisé « L'appartement de Jared ». Eloise attendait qu'on reconnaisse sa bonne action et raconta donc son histoire à tout le monde : amis, voisins, ses enfants et petits-enfants, son mari Clarence.

Mais Clarence avait six ans de plus qu'elle et il avait une prothèse auditive qui apparemment lui servait surtout à écouter la télévision. Il avait passé le plus clair de sa retraite à regarder la télévision : les matchs de baseball des Red Sox en été et des Patriots ou des Bruins en hiver. Et quand ce n'était pas du sport, il se branchait sur la chaîne cuisine. Eloise savait qu'il était secrètement amoureux d'une des présentatrices.

— Je suis surprise que les journalistes ne me contactent pas, lui dit-elle.

— C'est le FBI qui a attrapé le coupable, pas toi, El.

— Oh, je sais bien.

Elle avait été un peu déçue d'apprendre qu'il y avait eu un deuxième informateur, un peu plus charismatique qu'elle.

— Mais je pensais qu'on m'offrirait une récompense, par exemple, reprit-elle.

— Une récompense ?

— Oui, de l'argent. Ou une plaque.

Elle se serait contentée d'une plaque, si on la lui avait remise sur une scène devant un public. Elle aurait posé devant les photographes avec le commissaire de police, tenant chacun une extrémité de la plaque, souriant pour les objectifs. Les journaux du soir auraient titré : « Une employée découvre un réseau de prostitution ».

Mais Clarence n'écoutait plus et elle savait qu'elle ne pourrait pas capter son attention plus longtemps. Sa présentatrice préférée était à l'écran, en train de préparer des gnocchi maison avec de la sauge et du beurre noisette.

Eloise soupira. Une récompense. Elle alla dans la cuisine pour consulter les offres d'emploi. Il lui fallait un nouveau travail.

La troisième maison qu'Eddie Pancik construisait sur Eagle Wing Lane fut achetée immédiatement par Glenn Daley de Bayberry Properties, celui-là même qui, comme nous l'apprîmes plus tard, avait déjà acheté les deux précédentes. Rachel McMann le supplia de les vendre à la première occasion. Mais Glenn Daley avait une autre idée en tête. Il engagea un nouvel agent immobilier : Barbie Pancik ! Le jour où Barbie prit ses fonctions et s'installa au bureau voisin de celui de Glenn, celui-ci sortit de son tiroir une bague en diamant et la demanda en mariage.

— Est-ce que tu veux m'épouser ?

Barbie Pancik, trop bouleversée pour répondre, plaqua sa main parfaitement manucurée sur sa bouche et fit oui de la tête. Tous leurs collègues poussèrent des cris de joie en applaudissant, même si Rachel McMann se montra un peu moins enthousiaste.

Grace Pancik mit sa maison de Wauwinet Road « avec un jardin d'un hectare et demi créé par le paysagiste Benton Coe » en vente pour 3,5 millions de dollars. En moins d'une semaine, Barbie Pancik (qui serait bientôt Barbie Pancik-Daley) vendit la maison au prix demandé. Grace et ses deux filles déménagèrent dans un charmant cottage sur Lily Street avec un jardin de la taille d'un timbre-poste. Grace eut de la peine à renoncer à ses poules, mais elle trouvait ça sympa de vivre en ville et d'aller à pied jusqu'au café ou la poste pour poster des colis à Eddie.

Jean Burton l'aperçut à la poste un matin, serrant contre elle un panama pour son mari, ainsi que trois flacons de pastilles pour le ventre et une carte portant la trace d'un baiser au rouge à lèvres.

— Elle soutient son homme, commenta Jean. Je trouve ça admirable.

Nous convenions tous que c'était tout à fait louable. Qu'est-ce qui la retenait de suivre Benton jusqu'à Detroit ? Ils étaient fous amoureux. Nous ne nous étions pas trompés là-dessus.

Jody Rouisse dit à Susan Pendergast :

— Eh bien, si elle ne va pas jusqu'à Detroit pour lui courir après, je vais y aller, moi !

Mais nous savions bien que ce n'était que des mots. Jody se contenterait de suivre Benton sur Twitter, en utilisant le hashtag #belleislepark#.

À propos de panama, on racontait que Philip Meier, employé de la banque de Nantucket chargé des prêts, en avait commandé un en ligne, une imitation qui coûtait 19,99 dollars. Il alla ensuite trouver les femmes qui travaillaient au guichet de la banque.

— Je sais qu'on est seulement en août, mais est-ce que vous voulez vous déguiser en prostituées pour Halloween et m'accompagner au restaurant ? Je suis sûr qu'on gagnerait le premier prix. J'y vais en Eddie Pancik.

Elles éclatèrent toutes de rire, nerveusement. Personne n'avait envie d'accompagner Philip pour Halloween. Il était trop pénible. Même les pots de départ étaient une corvée avec lui.

Comme sa proposition n'emballait personne, il retourna dans son bureau et commanda un uniforme de prisonnier orange. Il n'avait pas besoin de cinq filles ; il allait gagner le premier prix tout seul.

N'empêche, ce serait mieux avec quelques filles.

Il allait y travailler. Il avait plusieurs mois pour les convaincre.

Madeline King et Grace Pancik étaient de nouveau amies. On les voyait ensemble à Steps Beach, elles dînaient avec Trevor Llewellyn au Languedoc ou au Straight Wharf le samedi. Nous avions tous compris que la « relation » qui avait uni Madeline et Eddie avait été financière et non sexuelle et nous avions appris que Grace avait remboursé ses amis quelques heures après la vente de la maison.

On racontait que la photo d'Allegra Pancik et Ian Coburn en sous-vêtements avait fait le tour de la toile et que les deux adolescents s'étaient vu offrir des contrats de mannequinat avec séances photo à New York, Londres et Hong Kong.

Cette rumeur fut démentie par Sharon la blonde le jour où elle emmena sa progéniture à la bibliothèque où Allegra était en train de ranger des livres au milieu d'enfants qui jouaient au camion par terre et de mamans ou nounous lisant des histoires à voix basse. Allegra était assez belle pour devenir mannequin, se dit Sharon. Ses longs cheveux noirs étaient détachés, sa peau dorée et sa robe blanche toute simple était le vêtement le plus sobre qu'elle l'ait jamais vue porter.

— Allegra ! s'exclama-t-elle d'une voix bien trop forte. Mais qu'est-ce que tu fais ici ? Je croyais que tu étais en route pour la célébrité et la gloire !

— La célébrité ? répéta Allegra tout en replaçant *Winnie l'ourson* sur l'étagère. La gloire ?

Sharon cligna des yeux. Qui est-ce qui lui avait dit qu'Allegra Pancik allait devenir mannequin pour Lucky Jeans à la place de Gisele Bündchen ? Elle ne s'en souvenait pas.

Elle quitta la bibliothèque avec ses enfants, Sterling et Colby, qui étaient en retard pour leur cours de voile. Elle était un peu déçue d'apprendre que la rumeur glamour qu'elle avait entendue était fausse.

Mais ce n'était pas bien grave. Après tout, c'était une journée magnifique sur Nantucket. Le soleil brillait et elle savait que d'ici peu, il y aurait un nouveau scoop dont elle pourrait parler.

Remerciements

Comme beaucoup d'entre vous le savent sûrement, j'ai écrit ce roman alors que je me battais contre un cancer du sein. Je l'ai dédié à mes médecins qui comptent parmi les êtres les plus intelligents, doués et professionnels que j'ai pu rencontrer. Par ailleurs, j'aimerais remercier mon oncologue, Steven Isakoff, qui continue de me maintenir en bonne santé ainsi que tous ceux qui m'ont soignée au Massachusetts General Hospital. Un remerciement tout particulier aux femmes qui travaillent aux côtés du Dr Colwell, notamment Agnes Santomarco, Heather Parker, Amy Israelian, Kelly Hurley et Mary Joyce.

J'ai été encouragée par ceux d'entre vous qui sont entrés en contact avec moi, via Facebook entre autres. Vous êtes nombreux à vous battre ou vous être battus comme moi. Chaque parole, chaque pensée, chaque prière m'est allée droit au cœur.

Je veux remercier ma famille, mes amis, mon entourage, trop nombreux pour être nommés, qui ont cuisiné pour moi et m'ont envoyé des fleurs, et tous ceux qui m'ont arrêtée dans la rue ou au supermarché pour me dire qu'ils pensaient à moi. Une pensée spéciale pour les amies du club Phi Mu de Johns Hopkins University représentée par Sue Plano. Et, dans le désordre : ma sœur Heather Osteen Thorpe, Debbie Briggs, Charles et Margaret Marino, Rebecca Bartlett, Wendy Rouillard (livraison de thé glacé), Evelyn MacEachern (livraison de macarons), Mary

Haft (des prières à foison), Wendy Hudson, Elizabeth Almodobar, Jill Roethke, Jill Surprenant, Anne Gifford, Manda Riggs, Lisa Hilderbrand (ma belle-sœur qui a survécu comme moi), Helaina Jones, Heidi Holdgate (la piscine est mon lieu de prédilection), Shelly Weedon, Holly McGowan, Melissa MacVicar, Stephanie McGrath, Laurie Richards, Mark et Eithne Yelle, Lori Snell, Loga O'Connor, Sheila Carroll, Jeanne et Richard Diamond, John et Martha Sargeant et ma nounou, Erin Frawley, qui a fait en sorte que mes enfants passent un été normal et insouciant sur la plage de Nobadeer en dépit de tout ça.

Mark et Gwen Snider du Nantucket Hotel ; le club a été mon refuge et une grande partie de ce livre a été écrit au bord de la piscine. Merci de m'avoir offert ce havre de paix.

Michael Carlisle et David Forrer : je n'ai pas de mots. Vous êtes un cadeau du ciel.

Reagan Arthur, je n'ai vraiment pas de mots. Tu es à l'édition ce que Bruce Springsteen est au rock, ce que M. Blahnik est au talon aiguille, ce que Bobby Flay est à la grillade. Tu es le meilleur dans ton domaine et chaque année qui passe, je t'admire un peu plus pour ton talent et ta sensibilité.

Enfin, je voudrais remercier mes enfants, Maxwell, Dawson, et Shelby Cunningham. Avoir une mère qui écrit deux romans par an et se bat contre le cancer, c'est un peu comme ne pas avoir de mère du tout mais tous les trois, vous m'avez donné l'impression d'accomplir quelque chose de bien chaque jour rien qu'en écoutant vos voix et en vous regardant grandir. C'est pour vous que je me bats, c'est pour vous que j'écris, c'est vous qui rendez ma vie aussi pleine et je vous aime.

CET OUVRAGE A ÉTÉ COMPOSÉ
PAR DATAMATICS
POUR LE COMPTE DES ÉDITIONS J.-C. LATTÈS
17, RUE JACOB – 75006 PARIS
ET ACHEVÉ D'IMPRIMER AU CANADA
PAR MARQUIS IMPRIMEUR
EN MAI 2016

N° d'édition : 01
Dépôt légal : juin 2016